L'avocat du diable

Chapitre 1

Si la fiction ne dépassera jamais la réalité, elle peut inspirer la réalité de certains flics.

C'est Mitch qui avait eu l'idée, en souvenir de *36*, le film d'Olivier Marchal : la plaque émaillée du boulevard Bessières comme cadeau de départ du service. Il avait bien pensé faire comme dans le film, la voler en pleine nuit avec l'aide d'un complice, en faisant sauter les rivets à la perceuse. Mais si l'opération lui paraissait dans ses cordes, un repérage des lieux avait rapidement ébranlé son optimisme. Les plaques étaient toutes fixées à plus de quatre mètres de hauteur. Inaccessibles, même debout sur la selle à l'arrière du scooter. Il faudrait une échelle...

La réalité était toujours plus compliquée que la fiction, raison pour laquelle on avait besoin de rêver; et les flics plus que les autres.

Mitch avait rejoint son bureau. Tandis qu'il sirotait son whisky, cette échelle avait titillé sa conscience. Quelques années auparavant, il n'aurait pas hésité, même en plein jour. Mais les temps avaient changé. S'il se faisait gauler, désormais c'était la sanction assurée. Adieu l'échelon exceptionnel de son grade de major...

Aux yeux de tous, la nécessité de devoir recourir à une échelle lui permettrait de justifier son désistement, l'excuse à ce qu'il considérait, en son for intérieur, comme une petite lâcheté. Il savait que la réalité était tout autre. Son audace légendaire était devenue un mythe, mais elle appartenait au passé. Il lui faudrait désormais l'entretenir par l'effort du souvenir. Subitement, il s'était senti vieux. Quelque chose en lui était cassé. Plutôt que de noyer son chagrin dans un deuxième verre, il était rentré chez lui.

Mitch n'avait pratiquement pas dormi, mais il avait fini par trouver une solution pour compenser sa désillusion de la veille.

S'il n'était plus capable de jouer au casse-cou pour entretenir sa petite folie, une autre voie pouvait néanmoins le conduire au même résultat. La nuit s'était effacée en faisant naître une idée lumineuse : trouver la source.

Gonflé par l'inspiration, il était arrivé de bonne heure au service pour passer à l'action. En insistant, il était parvenu à obtenir le service technique de la Ville en charge de l'installation des plaques de rue. En cas de vol ou de dégradation, elles étaient facturées deux cent quatre-vingts euros pièce, pose comprise. Il fallait compter une centaine d'euros en moins pour un simple achat et un délai de livraison d'environ trois mois. Mitch avait appris qu'elles étaient fabriquées par une petite société installée dans la Drôme. Profitant de son monopole, la Ville parvenait à les obtenir pour la somme unitaire de cent quarante euros. S'agissant des coordonnées de ladite société, il avait dû travailler le responsable des achats et avait finalement eu recours à son argument massif : il était de la « Grande Maison ». Et puis, ajouta-t-il, il ne voulait pas faire comme dans le film, qui, d'après son interlocuteur, avait donné des idées à beaucoup de monde. Il ne s'était jamais autant volé de plaques de rue que depuis la sortie de *36*; un petit budget pour la Ville! Curieusement, la police ne retrouvait jamais les voleurs suite au dépôt de plainte. Mitch avait bien senti une légère insinuation au téléphone.

Pensant avoir affaire à un fantaisiste, le directeur de la société Romans Émail s'était méfié, puis laissé convaincre. Après d'âpres négociations, le chiffre était tombé en fin de matinée. Pour une centaine de plaques commandées, le prix unitaire était descendu à cinquante-cinq euros, livraison comprise. Mitch avait donné rendez-vous au directeur trois mois plus tard pour passer commande. Entre-temps, par le réseau interne, il avait lancé un appel aux amicales des services de la PJ parisienne. La plaque de rue s'étant imposée comme le cadeau de départ par excellence, toutes s'étaient montrées très intéressées.

C'est ainsi qu'un matin un livreur avait déchargé une palette d'une tonne de plaques de rues de Paris dans la cour du service. Des quatre coins de Paris, des collègues étaient venus récupérer ces rectangles bleu roi encadrés de vert. Ce jour-là, Mitch avait écrit une page d'histoire de la 1re DPJ, qui le rendrait fier pour longtemps, surtout les soirs de pot, au cours desquels il ne manquerait pas de raconter sa petite histoire, en passant bien sûr sous silence l'image douloureuse de l'échelle qu'il porterait toujours en lui.

En ce jeudi soir de janvier, tous les effectifs de la 1re DPJ s'étaient rassemblés pour célébrer le départ du « Patron ». Après quatre années à diriger le service, Tanguy Guéhut allait rejoindre le centre de Paris et la prestigieuse brigade des stupéfiants. Une belle promotion, amplement méritée. Dans la grande salle de réunion, on s'était resserré pour faire de la place aux invités : des membres de la direction de la PJ, des magistrats, des chefs de service, quelques journalistes et des amis triés sur le volet. On regrettait l'époque où était convié également le reste de la famille : des tontons et des anciens clients, des dames de galanterie et des artistes de la nuit, ainsi que de bien curieux personnages vivant dans un monde interlope pourtant propice aux amitiés durables. Sans pour autant renier son passé, il fallait désormais travailler son image jusque dans les pots.

Des tables avaient été dressées par un traiteur. D'un premier coup d'œil, on s'était vite rendu compte que, s'il y avait matière à se sustenter, on avait dû oublier la réputation de la PJ et sa propension à s'arroser l'âme. Six bouteilles de champagne seulement, dans un large saladier rempli de glace, une petite dizaine de bouteilles de vin blanc. Pour une centaine de personnes, la plaisanterie était grossière. Les bouteilles traditionnelles de whisky, vodka, pastis et rhum n'avaient pas encore été mises en place. En revanche, du cidre avait fait son apparition aux côtés de nombreux jus de fruits.

Sur une table fleurie par un imposant bouquet, deux paquets attendaient le Patron. Pour ménager l'effet de surprise, les cadeaux avaient été dissimulés dans un emballage de papier kraft imitant un scellé, avec la fiche correspondante fixée par des points de cire. Si tout le monde savait ce que comportait le premier – dans l'après-midi, chaque effectif* avait écrit son nom et tracé sa signature en blanc sur le verso noir de la plaque émaillée –, le second, de la forme d'une cloche, suscitait l'interrogation. Le commandant Delestran avait récupéré l'enveloppe

* Dans le langage policier, « effectif » s'emploie au singulier pour désigner le membre d'une équipe.

tournant depuis une semaine pour la collecte d'argent. Il avait donné cinquante euros à Victoire Beaumont, son adjointe, pour les fleurs, mais n'avait rien dit pour le reste. Il fallait lui faire confiance.

Lorsque Delestran entra, tous les regards se tournèrent vers lui en pensant que le Patron allait suivre. Il n'en fut rien. Il était seul, heureux d'être là. Il balaya la salle d'un lent regard circulaire, puis, lorsque le bourdonnement des conversations reprit, se dirigea vers sa place habituelle, un angle mort qui lui permettrait d'avoir une vue d'ensemble et d'observer les réactions de chacun. Au passage, devant Claire Ribot et Victoire Beaumont, il perçut le début d'une conversation, une histoire de dîner*. La psychologue du bureau d'aide aux victimes sondait l'adjointe de Delestran. Les deux femmes s'interrompirent comme si elles avaient été prises en faute. Elles lui adressèrent des sourires espiègles, puis reprirent leur discussion, tout naturellement, mais en jouant de sa présence :

– Alors, tu y as été avec qui ?

– Avec mon père.

– Il a dû être surpris !

– Si tu avais vu sa tête à l'ouverture de la porte... Il est resté figé, tétanisé. On aurait dit qu'il avait vu son double. Heureusement que son épouse nous a invités à entrer, sinon nous serions restés dîner sur le palier.

– Tu aurais pu lui faire une plus grosse frayeur.

– Oui, j'y ai pensé, mais je n'avais pas de copine de disponible.

Complices, les deux femmes éclatèrent de rire devant leur spectateur. Elles se moquaient de lui et c'était agréable. Le regard amusé, Delestran leur tira la langue et se dirigea vers son poste d'observation.

– Et madame Delestran, elle est comment ?

– ...

Delestran les vit arriver dans le reflet de la vitre alors que la nuit refermait son couvercle sur Paris. Ce fut une entrée officielle provoquant instantanément l'arrêt des discussions. Ils étaient trois : le directeur de la police judiciaire, Tanguy

---

* Dans *Fils de personne*, le commandant Delestran crée l'événement en invitant à dîner la capitaine Beaumont.

Guéhut et une femme, inconnue de tous. Delestran se délectait des visages affichant une vague appréhension. On se questionnait en silence. Qui était-elle ? Elle n'avait pas la quarantaine. Guéhut avait trois enfants, dont deux en études supérieures. Elle ne pouvait donc pas être sa femme.

Dans ses propos liminaires, le directeur ne manqua pas de saluer les compétences et la valeur humaine de Tanguy Guéhut, qui avait mené à bien sa mission pendant quatre années au sein de la 1re DPJ. De très belles affaires avaient été réalisées sous sa direction, une façon également de mettre en avant le mérite de ses effectifs. Après des propos élogieux sur ses états de service et quelques anecdotes truculentes pour rappeler à chacun les bons moments passés ensemble, il évoqua plus sérieusement l'avenir de la police judiciaire. Le ton changea. La police, selon lui, devait se moderniser pour répondre aux enjeux modernes d'une criminalité ayant « changé de braquet ». De nouveaux outils d'investigation allaient être mis en place sous la forme d'applications informatiques dans divers domaines : écoute téléphonique, filature, rédaction de procédure, fichiers, échanges d'informations, recoupements judiciaires. Il allait falloir changer de méthode de travail, se familiariser avec ces outils plus performants. À l'image de la police technique et scientifique, dont les avancées avaient permis d'améliorer considérablement le taux de résolution des enquêtes, la technique serait désormais l'alliée incontournable de la PJ pour traquer, identifier et interpeller les criminels. Si, pendant un siècle, les aveux avaient été la reine des preuves, aujourd'hui ils ne valaient plus grand-chose. On le savait bien : les avocats dénonçaient systématiquement les méthodes employées par les enquêteurs pour « arracher » ces fameux aveux. Quand il n'y avait plus rien à défendre à la barre, détourner l'attention sur les méthodes policières était un moyen pour créer le trouble. Tandis qu'une trace d'ADN, c'était irréfutable !

Avec ce changement prenant des allures de révolution, la garde à vue ne servirait plus à travailler le client pour le faire avouer, mais à le confronter à tout ce qu'on aurait collecté au préalable. Il faudrait désormais monter des dossiers bien ficelés, effectuer un gros travail en préliminaire, avant d'aller « serrer ».

Par ailleurs, les policiers allaient devoir composer avec les avocats. Tout le monde avait entendu parler de la réforme de la procédure pénale. La PJ n'aurait pas le choix. Le législateur avait décidé. Les décrets d'application étaient annoncés pour le mois prochain. Une première évolution leur imposerait la présence du *baveux* dès la première heure de garde à vue. Plus problématique, ce dernier assisterait aux auditions, dorénavant obligatoirement filmées en matière criminelle. L'avocat pourrait même poser des questions et faire des observations écrites jointes au procès-verbal. Désormais, il faudrait attendre l'arrivée du *baveux* au service pour pouvoir entreprendre son client, donc prévoir, organiser et acter tout cela en procédure. Ce n'était que le début. Dans une seconde évolution, il était question d'emmener le *baveux* en perquisition.

Enfin, il fallait s'attendre à une réforme de la garde à vue avec une augmentation des droits pour la personne, à l'encontre de laquelle le policier avait « des raisons plausibles de soupçonner qu'elle avait commis ou tenté de commettre un crime ou un délit ». Des pourparlers étaient en cours. Le Code de procédure pénale allait prendre quelques centimètres d'épaisseur et le procès-verbal de notification des droits se rallonger d'une page supplémentaire. Le politique annonçait son souhait de simplifier, mais la réalité allait se compliquer.

Même le directeur de la police judiciaire en convenait : cela faisait beaucoup d'un seul coup ! Devant lui, les visages s'assombrirent. Et la victime ? Le législateur avait-il prévu de mettre en place des dispositions supplémentaires pour que ses droits soient réellement pris en compte ? Des remarques fusaient dans la salle en jouant sur les mots. « À quand des remises de peine pour la victime ? », « Toujours dans le même sens ! », « Toujours plus de droits pour le délinquant, toujours plus de contraintes pour le policier ». S'agissant des victimes, le directeur tenait à saluer le rôle précurseur de la 1re DPJ, site pilote pour leur prise en charge et leur accompagnement. En se penchant légèrement, Delestran vit le coup de coude adressé à Claire Ribot par sa voisine. Une psychologue dans un service de PJ, il avait fallu oser ce mélange des genres. Elle avait essuyé les plâtres et force était de constater qu'elle avait su se faire une place en apportant une réelle plus-value. Une belle réussite ! La direction comptait – le directeur cita son nom en lui adressant un regard appuyé – sur Claire Ribot pour apporter sa contribution par son retour d'expérience afin d'étendre le dispositif à d'autres services.

Avant de conclure, il voulut adresser un dernier message, cette fois-ci à destination des chefs de groupe : on ne pouvait plus faire de la police tout seul dans son coin. L'époque moderne nécessitait l'échange de l'information et la coordination entre les différents services œuvrant pour la même cause. Finie la guerre des polices ou, plus exactement, des services ! Fini le temps de l'émulation par la concurrence. Avec les nouveaux outils d'investigation et de communication, l'efficience de la PJ passait par la coopération entre les services.

Tout le monde étant réuni pour le départ de Tanguy Guéhut, le directeur lui céda la parole. Dans l'assistance, personne n'était dupe. On venait d'assister à une allocution pour préparer les consciences. C'était la fin d'une époque, l'avènement d'une nouvelle ère au cours de laquelle la technique allait prendre le dessus sur l'humain et le spécialiste sur le généraliste. Un mot avait retenu toute l'attention : « efficience » ; un mot choquant et effrayant parce qu'ignoré jusqu'à présent. La PJ était une vieille fille rebelle. Elle ne manquerait pas de se braquer si on voulait lui imposer des méthodes de management issues des entreprises privées. Ses objectifs à elle, c'étaient les criminels, donc des hommes, et non des chiffres !

Tanguy Guéhut ne s'attendait pas à cela. Déstabilisé, il était écartelé entre ce qu'il avait préparé et la teneur du discours du directeur. L'ambiance était plombée. Hésitant, il chercha ses mots, dut s'en remettre à l'improvisation pour accomplir sa dernière mission : redonner l'aspect festif à ce rassemblement en son honneur. Avec de l'émotion dans la voix, il revint sur ses quatre années, sans tirer le moindre bilan, mais en évoquant pour chacun des groupes une affaire qui l'avait marqué. Il parvint tout de même à glisser une pointe d'humour concernant certaines d'entre elles et des sourires se dessinèrent sur des visages un peu plus détendus. L'auditoire ressentait sa fierté d'avoir été à la tête du service et d'avoir partagé avec ses hommes des moments forts, parfois tragiques, faisant souvent la une des journaux – et d'autres heureusement plus légers. À travers ses remerciements, on aurait dit qu'il prenait la défense de ses équipes en réaffirmant leurs compétences, leur engagement sans faille, leur disponibilité et leur capacité à se dépasser pour résoudre des enquêtes de plus en plus difficiles. Si d'une manière générale le policier souffrait davantage du destin des autres que du sien – il avait retrouvé cette phrase dans sa mémoire –, ses collaborateurs lui avaient prouvé qu'ils avaient du cœur et c'est ce qu'il emporterait avec lui pour de nouvelles aventures. Une salve d'applaudissements retentit. Les yeux de Tanguy Guéhut s'humidifièrent, puis il applaudit à son tour ses effectifs lorsqu'ils entonnèrent, à gorge déployée, un « merci Patron » qui fit revenir l'enthousiasme. Même Delestran, peu enclin aux émotions collectives, se laissa aller à pousser la chansonnette.

Delestran avait écouté les discours en focalisant son regard sur la femme qui se tenait aux côtés de celui qu'il considérait encore comme son patron. Aussi grande que Guéhut, elle n'avait manifesté aucune réaction. Son regard était demeuré fixe. Seules ses pupilles avaient parcouru les visages dressés devant elle. Elle n'avait rien lâché, juste un petit geste de la main pour réajuster son tailleur et un changement d'appui après un léger balancement. Il avait son idée. Comme beaucoup, il s'était renseigné. Ce serait elle, désormais.

Le moment tant attendu était venu. Tout le monde lorgnait sur les deux paquets cadeaux. Mitch avait commencé à se rapprocher alors que Delestran n'avait pas encore bougé, devinant la suite. Le directeur reprit la parole pour une dernière annonce, la plus importante, avec de la solennité dans la voix :

– Mesdames et messieurs, le commissaire divisionnaire Tanguy Guéhut va vous quitter et j'ai l'honneur de vous présenter celle qui, dès demain, prendra les commandes de la 1re DPJ : madame la commissaire principale Rachel Delépine. Je vais lui laisser la parole dans un instant pour se présenter, mais, avant cela, je tenais, devant vous, à lui témoigner de tout mon soutien et celui de la direction pour les chantiers à mettre en œuvre dans le cadre de la modernisation de notre chère institution. La tâche est immense, mais je sais qu'elle sera à la hauteur des enjeux et je compte sur vous pour lui faciliter sa mission sans vous départir de votre engagement.

Pour certains, ce fut le coup de grâce. Les mots n'étaient pas innocents.

La nouvelle taulière eut le mérite de faire dans la brièveté. Ils auraient tout loisir de faire connaissance par la suite, précisa-t-elle. Aucune information personnelle. Après un premier poste en sécurité publique à Créteil, elle avait rejoint la préfecture de Police pour diriger successivement le 9e et le 20e arrondissement de Paris, puis le cabinet de déontologie de la préfecture pendant deux années. Rejoindre la police judiciaire lui permettait d'opérer le changement de direction imposé aux membres du corps des commissaires. Elle se dit ravie de sa nouvelle affectation, persuadée qu'ils feraient du bon travail ensemble. « Maintenant revenons à l'essentiel : je suis curieuse de savoir ce que contiennent ces scellés. » Elle avait l'art de diriger en s'effaçant. Ça promettait !

Les flics de PJ aimaient beaucoup faire des cadeaux, mais, par une sorte de pudeur, ils n'aimaient pas les offrir. Les filles étaient toujours missionnées pour effectuer la remise en main propre. C'était à l'image des cérémonies. Il fallait toujours désigner une femme pour tenir le coussin sur lequel étaient déposées les médailles ou porter la gerbe qu'un homme irait déposer sur la stèle. Claire et Victoire avaient refusé de céder à cette tradition parce qu'elles n'étaient pas obligées de jouer un rôle que les hommes dédaignaient pour préserver leur virilité. Les femmes n'avaient pas l'exclusivité du rôle de potiche. Elles avaient milité tout l'après-midi pour que ce petit changement s'opère enfin à la 1re DPJ. Elles avaient « également droit à la pudeur » ! L'union faisant la force, Mitch et Delestran n'avaient pas eu le choix. Ils se sacrifieraient pour la cause ; une question d'honneur plutôt que de dévouement. Hilares, les filles avaient renchéri dans la provocation en saluant leur héroïsme. En les voyant se diriger vers Guéhut avec chacun un paquet dans les mains, Claire et Victoire savouraient leur petit triomphe : un petit pas pour la femme, un grand pas pour l'humanité.

S'il n'y avait pas de grande surprise concernant la plaque émaillée, Delestran avait visé juste concernant le second cadeau : un authentique bicorne napoléonien en feutre noir avec sa cocarde maintenue par une ganse en soie. Il savait son chef féru d'histoire et admirateur de ce grand réformateur, empereur des Français. C'était son petit côté Julien Sorel, lui glissa-t-il, en lui tirant l'oreille lorsqu'il posa fièrement pour la photographie, la main dans sa veste, auréolé de cette coiffe qui lui donnait fière allure. Le cliché resterait dans l'histoire de la 1re DPJ, comme un tableau de David. Comment Delestran avait-il fait ? C'était une autre histoire... Ce n'était pas le moment des confessions, mais il se livra à une explication. Il l'avait chiné auprès d'un *tonton* connu pour avoir été, à l'époque, le plus grand receleur de Paris. Francis F. s'était rangé des affaires en devenant antiquaire aux puces de Saint-Ouen. L'appellation « *tonton* » offrait la possibilité de rendre acceptable une relation que la morale ou la bien-pensance ne pouvaient qualifier d'amicale, alors que, sur le fond, elle en avait toutes les caractéristiques. La grandeur d'un flic se mesurait parfois dans l'art du fricotage. Les jeunes n'auraient plus ce plaisir. Il fallait désormais sortir ses sources de la clandestinité et les légaliser par l'immatriculation offrant rétribution déclarée au fisc. Forcément, il y avait de la perte en ligne, seules les petites mains acceptaient de passer de l'ombre à la lumière. Delestran observa un rictus de stupéfaction sur le visage de la nouvelle taulière, vite effacé par une question à la volée :

– Et votre *tonton*, il vous a fait un prix ?

– Oui, bien sûr, pour la forme. C'est une jolie pièce, n'est-ce pas ? Pour qu'elle entre dans l'enveloppe, il m'a fallu avoir recours à quelques arguments.

– De quels genres ?

– Assiduité, fiabilité, attachement. En bref, fidélité.

– Et la plaque de rue, c'est lui aussi ?

– Non. Ça, c'est Mitch, un de vos effectifs. Je vous le présenterai.

– Elle sort d'où ?

– Ben... du coin de la rue !

– Quoi ? Vous l'avez volée ?

– Mais non. Elle vient de chez le fabricant, une petite entreprise dans la Drôme. Rassurez-vous, elle a été payée avec facture à l'appui. On savait que vous alliez arriver, alors on s'est mis dans les clous. Bienvenue en PJ, madame la principale.

– Merci, commandant.

– En tout cas, c'est une belle initiative, intervint le directeur. Je me suis laissé séduire. Vu le prix, ça ne vaut pas le coup de la piquer.

– Combien ?

– À la source, après négociations, quarante-cinq euros au lieu des deux cent quatre-vingts facturés par la mairie.

– Ah oui, quand même !

– On vous en a mis une de côté, madame.
– Pourquoi, vous voulez déjà me voir partir, commandant ?
– Non. Mais disons qu'en PJ nous avons le sens de l'anticipation.
Coiffé de son bicorne, Tanguy Guéhut eut l'heureuse idée de se saisir d'une bouteille de champagne pour mettre fin à cette passe d'armes. Les verres s'entrechoquèrent pour sonner l'armistice.
– Patron, faites ça bien…
– Oui, Delestran, comptez sur moi.
Cette complicité allait leur manquer.

Ce n'était pas la première fois qu'on changeait de patron. Tous les trois ans environ, par le jeu des évolutions de carrière, un changement de direction s'effectuait. Mais, là, c'était une patronne et certains, plus réfractaires que d'autres, l'épiaient avec méfiance. Delestran n'était pas le seul à s'être renseigné. Au cours de ses déambulations entre les petits groupes de discussions, il avait entendu des choses qui se murmuraient en douce. « Elle vient de la *roupane* *, le judiciaire, elle n'y connaît rien. » « À ce qu'il paraît, quand elle était sur le 20e, il n'y a jamais eu autant de saisines de l'IGPN. » « Moi, je me suis laissé dire que c'était une femme à poigne qui aimait avoir ses poulets à ses pieds, une vraie misandre ! » « Tu as vu, ça commence bien, il n'y a rien à boire. »
Delestran n'attachait que peu d'importance aux rumeurs. Si quelques-uns étaient inquiets, c'était parce qu'ils avaient certainement une bonne raison de l'être. Rachel Delépine avait manifestement le souci de la probité, ce qui ne lui déplaisait pas, bien au contraire. Il faudrait simplement lui laisser le temps de se familiariser avec la culture PJ, nécessitant plus de souplesse qu'avec la tenue. Prendre la tête de la 1re DPJ en quatrième poste témoignait d'un beau parcours, ce qui était sans doute le signe de solides compétences lui valant la pleine confiance de la direction. Après vingt-cinq ans de carrière, pour la première fois, il allait avoir une patronne. Pour lui, cela ne changerait

* Policier travaillant en tenue d'uniforme. Mot originaire de l'espagnol « *ropa* » (vêtement), appartenant à l'argot militaire, dont l'usage dans la police est en passe de disparaître avec le renouvellement des générations.

pas grand-chose. Il ferait comme avec tous ses prédécesseurs, il attendrait de savoir à qui il avait affaire avant d'user du mot « patron », qui, dans sa petite musique intérieure, sonnait également très bien au féminin. Car ce titre n'était pas une obligation, mais une marque de reconnaissance. Deux anciens tauliers devaient très bien s'en souvenir. Delestran ne les avait jamais appelés « patron ».

La salle n'était pas en proie à l'effervescence habituelle. Le discours du directeur avait visiblement laissé des traces. On s'animait autour de Tanguy Guéhut, mais, dans le reste de l'assistance, il régnait une gaieté artificielle. Delestran avait observé quelques départs précipités, principalement des anciens, dont Mitch et Stan. Assoiffés de réconfort, ils étaient partis voir ailleurs, et avaient certainement trouvé refuge dans un bureau équipé d'un bar clandestin. Des *clandés*, ce n'était pas ce qui manquait en PJ. Tout le monde avait sa petite réserve personnelle dissimulée au fond d'une armoire.

Delestran n'avait pas envie de faire de vieux os. La fatigue accumulée ces derniers jours l'incita à faire un dernier tour de salle. Rachel Delépine était en pleine discussion avec un brigadier-chef qu'elle ne savait pas encore être un délégué syndical. Delestran la salua et elle profita de l'occasion pour l'inviter à prendre un café dans son bureau le lendemain à dix heures. Ils feraient un tour d'horizon des effectifs de son groupe et évoqueraient les affaires en cours. Le plus difficile fut de terminer par Tanguy Guéhut. Pour se donner du courage, il repensa à Maupassant : « Les adieux furent lamentables, ils durèrent toute la nuit. » Une chaleureuse poignée de main et une solide empoignade scellèrent la fin de leurs quatre années de collaboration.

Delestran s'en alla discrètement. Comme il passait au deuxième étage, un bourdonnement tumultueux s'échappait d'un bureau. Une dizaine de personnes s'étaient retrouvées pour s'encanailler autour de boissons liquoreuses et refaire le monde. Il y avait de l'agitation, des grondements suivis d'éclats de rire, de la fumée débordait dans le couloir. En se rapprochant, il reconnut quelques voix, des habitués. Il ne fut pas surpris. Ils avaient laissé la porte entrouverte, inutile de tendre l'oreille.

Ça fermentait tendrement : « De l'eau, moi, j'en bois uniquement avec mon pastis », « Du cidre? Pfff... Et pourquoi pas du jus de pomme! Ils sont devenus fous ou quoi? » et parfois férocement : « On va la mettre au pas », « Ce n'est pas une bonne femme qui n'a jamais fait de judiciaire qui va nous dire comment travailler », « Les peine-à-jouir, moi je les soigne ». Ce n'était pas très reluisant et, pourtant, ce qui pouvait passer pour méchant ne l'était pas véritablement. Delestran le savait. Ils se montaient entre eux. L'effet de groupe, la surenchère et la connerie masculine leur faisaient dire n'importe quoi, même des choses qu'ils ne pensaient pas. Certains flics avaient parfois besoin de sombrer dans le vulgaire pour en revenir apaisés et de nouveau fréquentables.

Delestran hésita, puis se montra dans l'encadrement de la porte. Vapeurs d'alcool, fumée de cigarettes, des bouteilles trônaient sur le bureau à côté d'une assiette de cacahuètes. Parmi les convives, deux retraités avaient fait le déplacement. Fidèle à sa légende, Drissou tournait son glaçon dans son verre rempli de liquide jaune avec son index droit. Il attendait qu'il fonde avant de boire son mélange. Cela lui permettait de réduire sa consommation en espaçant les prises. Cette habitude contractée pendant ses années de service lui avait fait perdre toute sensibilité au niveau de la phalange. Il ne pouvait même plus plier l'index à son extrémité. À l'époque, au stand de tir, le majeur se substituait à l'index pour faire action sur la queue de détente de son arme de service; une sécurité supplémentaire. À côté de lui, Maxou arborait un barreau de chaise au coin des lèvres. Les yeux globuleux, mais la gouaille bien tranchante, il se sentait chez lui.

– Ah! Te voilà, Delestran.

– Salut, les retraités. Ils vous laissent encore rentrer?

Maxou avait saisi l'allusion. Il prit la mouche en bégayant légèrement, comme chaque fois qu'il s'énervait.

– Il manquerait plus que ça! Quand je pense que je t'ai vu arriver jeune puceau. Dis-leur, toi, que ta carrière, c'est à nous que tu la dois. Nous, on t'a appris à travailler, et j'espère que ces petits trous du cul d'là-haut s'en souviendront, parce que...

– Parce que quoi?

– Parce que le respect des anciens, en PJ, c'est sacré. Tu veux boire un petit godet?

– Pourquoi petit ?

Un sourire se dessina sur les lèvres de Maxou.

– Non merci. Je vais rentrer.

– Tu me déçois. Nous, tu vois, on n'a plus rien à perdre. Alors on se remémore le bon temps, les belles affaires, celles qu'on t'a appris à faire. Et je peux te dire... que c'était quand même autre chose ! Nous, on avait des couilles ! On n'était pas des bons à rien ou des tarlouzes, comme tous ces petits cons qui rentrent à l'école de police en voulant faire comme à la télé. Tu es sûr que tu veux pas boire un coup ?

Ce genre d'échange pouvait durer longtemps. Plus que l'alcool, ces retraités venaient chercher une compagnie auprès de laquelle faire reluire leur passé. Rien de nouveau : Delestran était fatigué d'entendre toujours le même refrain. Il ne voulait surtout pas finir comme eux.

– Si je peux me permettre un conseil : fermez la porte. Ce serait dommage de vous faire griller d'entrée par la nouvelle taulière.

C'était surtout adressé à Mitch et Stan.

– Écoute-moi, Julien – Maxou était sérieux : il avait arrêté de bégayer. Toi et les autres, je compte sur vous pour ne rien lâcher. Leurs méthodes à la con, on n'en veut pas. C'est la mort de la PJ. Si vous lâchez, c'est nous que vous assassinez. Tu comprends ? On a mis un siècle à construire cette belle maison et ils veulent tout brûler d'un seul coup. Je compte sur toi, Julien. Tu m'entends ?

Delestran l'avait entendu, mais se sentit inutile. Il se composa une tendresse dans le regard pour ne pas lui faire de la peine et quitta le bureau en leur souhaitant une bonne nuit.

Quelques instants plus tard, un nouvel arrivant fit son apparition dans le bureau de la contre-soirée. Alex Matriceanu, dit l'Américain, n'aurait pas manqué l'occasion de rejoindre ses potes après une affaire d'enlèvement-séquestration, torture et actes de barbarie, meurtre aggravé dans le milieu albanais. Avec ses collègues du SDPJ 93, il venait de déférer les trois protagonistes. C'était une affaire rondement menée à la suite de la découverte, dix jours auparavant, du cadavre d'une prostituée roumaine sur les bords du canal de l'Ourcq, aux abords de Pantin. Une semaine d'écoute téléphonique, quatre-vingt-seize heures de garde à vue, ils avaient bossé comme des fous ! Alex en parlait comme s'il avait été le directeur d'enquête, alors qu'il n'était qu'interprète requis par les services de police. Mais il était membre de la maison, et était considéré comme tel à part entière. En PJ, Alex, c'était quelqu'un. Tout le monde le connaissait. Après quelques verres de mise en bouche à Bobigny, son 4X4 noir l'avait conduit tout naturellement à la 1re DPJ. À l'entrée, le planton l'avait salué en ouvrant la barrière. Il était arrivé avec une bouteille de whisky et le DVD d'un vieux porno allemand récupéré lors d'une perquisition. La grande classe ! Maxou allait pouvoir se rincer l'œil en s'humidifiant le gosier et tirer sur son cigare.

Il était vingt-deux heures. Les images défilaient sur l'écran sans que personne y prête attention. On avait réduit le volume sonore pour permettre à Alex de refaire l'affaire du canal de l'Ourq en y apportant sa petite touche personnelle : du tragique sublimé par son emphase alcoolisée, le tout servi par une âme généreuse. Un vrai numéro d'acteur ! Maxou s'en délectait en lâchant des bouffées de cigare, Drissou battait la mesure du glaçon dans son verre et les autres gobaient les paroles, le verre à la main et les yeux humides de joie.

Alex n'avait pas terminé son récital lorsque Rachel Delépine débarqua dans le bureau. Ce fut un choc de voir surgir la nouvelle taulière à l'improviste. Elle les fustigea en contenant son exaspération. La mâchoire serrée, ses muscles masséters ondulaient sur ses joues. Elle défiait l'assistance d'un regard noir difficile à soutenir. Le temps semblait s'être arrêté. Personne ne broncha. Certains baissèrent les yeux ou se cherchaient un appui quelconque, d'autres avaient la bouche ouverte dans une douloureuse expression. Seul Maxou, l'œil mauvais, avait un pli narquois au coin des lèvres. Tout pouvait basculer, mais personne ne savait précisément vers quoi. Que fallait-il faire pour ne pas perdre la face ?

La taulière jeta un coup d'œil sur l'écran, puis traversa le bureau pour ouvrir la fenêtre. Des jambes se replièrent, des chaises s'écartèrent pour ne pas lui faire obstacle. En revenant dans l'encadrement de la porte, elle s'empara des clés de trois véhicules de service accrochées aux clous à l'entrée. Elle aurait pu partir ainsi, sans rien dire, mais elle voulut avoir le dernier mot :

– Messieurs, la fête est finie. Je vous invite donc à rentrer chez vous auprès de vos chères et tendres épouses. Pour ceux qui souhaiteraient rentrer avec un véhicule de service, vous pouvez passer dans mon bureau pour récupérer les clés après un passage à l'éthylomètre. Bonne soirée et à demain !

Chapitre 2

Mitch et Stan étaient arrivés au service en métro. Ce n'était pas dans leurs habitudes. Si d'une manière générale il fallait « être pris pour être appris », Delestran n'était pas sûr que leur petite mésaventure de la veille leur serve de leçon. Chez ces deux entêtés, la résistance se muait souvent en obstination. Tout penauds, ils faisaient pourtant profil bas. Mais pour combien de temps ? Les deux acolytes se firent moquer par le reste du groupe, qui imaginait aisément la scène. Cela avait dû être folklorique. On aurait aimé voir leur tête. On pouvait compter sur Alex et sa faconde enivrante pour assurer la diffusion... Et la taulière, comment allait-elle réagir ?

Delestran n'était par un adepte du sermon et encore moins de la morale. Il leur demanda néanmoins de faire attention. Il ne fallait pas braquer la taulière s'ils voulaient préserver leur petite tranquillité. De la retenue et un peu de pondération, la meilleure solution était encore d'effectuer correctement leur travail. Pas de sermon, ni de morale ; juste une recommandation. En plus d'être de bons flics, on leur demandait désormais d'être des hommes irréprochables. Mais à quel prix ?

Il ne montait pas dans le bureau de la taulière dans les meilleures dispositions. Mais Delestran en avait vu d'autres, des situations bien plus périlleuses, comme lorsque ses gars mettaient directement leur vie en danger pour la sauvegarde de celle d'autrui. On pouvait leur accorder un petit écart ; pas sûr que les ascètes de la tempérance soient en mesure de prendre les mêmes risques pour leurs congénères.

Rachel Delépine n'avait pas encore eu le temps d'aménager son bureau en y ajoutant une touche personnelle. Elle avait paré au plus pressé avec le mobilier et les équipements laissés par l'ancien locataire. Cela faisait un peu vide dans une pièce devenue subitement trop grande. Elle comblerait par la suite, précisa-t-elle avec aplomb. Elle avait néanmoins apporté sa machine à expresso et lui proposa un café avant qu'il ne prenne place sur une chaise un peu éloignée de son bureau. Delestran fut embarrassé lorsqu'elle lui ouvrit le coffret à capsules. Des couleurs aux significations inconnues. Son doigt se dirigea vers une bleue, parce qu'elle lui rappelait la mer.

– Long ou court ?

– Long, s'il vous plaît.

– Pour le sucre, désolée. Comme je n'en prends pas, j'ai oublié d'en apporter.

– Je m'en passerai, madame.

– Prenez place.

Delestran porta le petit gobelet à ses lèvres. Cela lui changeait de son gros mug habituel. Il avait du goût, ce café : une rondeur agréable et étoffée, mais pas de quoi tenir un homme éveillé pendant une nuit de surveillance.

La taulière engagea la conversation :

– Je suis très heureuse de faire votre connaissance, commandant. J'ai beaucoup entendu parler de vous. Vous avez une solide réputation et j'espère que nous entretiendrons des rapports cordiaux basés sur l'estime et la confiance réciproque.

– Je le souhaite aussi, madame.

– Comme vous le savez, je viens de la tenue. J'ai donc beaucoup à apprendre, même si ma formation de juriste et mes précédents postes m'ont permis de faire du judiciaire. Cela dit, rien de comparable avec les affaires que vous traitez habituellement. C'est d'ailleurs ce qui m'a motivée. Un gros défi, mais vous pouvez compter sur moi.

– Pareillement, madame.

– Je vous propose que, dans un premier temps, vous me parliez de vos effectifs, puis, dans un second temps, que vous m'évoquiez les dossiers en cours. Ça vous va ?

Qu'aurait-elle dit s'il lui avait répondu « non » ?

Il débuta par son adjointe, le lieutenant Victoire Beaumont, une sortie d'école, mais en poste désormais depuis sept ans, une femme aux qualités exceptionnelles qui ne manquerait pas, un jour, de donner son nom à un groupe de PJ. Compétente et autonome, elle assurait son intérim lorsqu'il partait en vacances. Ils formaient bien plus qu'un binôme. Delestran s'empêcha d'en dire davantage, mais la taulière comprit qu'elle avait affaire à un paternaliste masquant sa sensibilité par une froideur apparente. Venaient ensuite, les deux anciens, les majors Stanislas Riaud et Michel Mateoni, des purs produits de la PJ, caractériels et fonceurs, mais dévoués à leur travail. Presque soixante ans de service à eux deux, donc une solide expérience sur laquelle il pouvait compter. Ensuite, il y avait les plus jeunes, les brigadiers Anna Bellama et Olivier Lessourd, respectivement douze et dix années de service, et enfin la dernière recrue, Stefan Henrich, qui venait d'obtenir son bloc* d'officier de police judiciaire. Selon Delestran, c'était un groupe homogène dans lequel il régnait une excellente ambiance de travail et qu'il avait plaisir à diriger.

– Homogène ? Vous trouvez ?

– Oui.

– Ce le serait avec un peu plus de femmes.

– Je parlais d'homogénéité de compétences et non de genre.

– Soit ! Et vous ?

– Moi ?

– Oui, vous ?

– Ma réputation ne vous suffit pas ?

– Si vous croyez que je suis une femme qui peut se contenter de la réputation d'un homme...

– Il n'y a pas grand-chose à dire. Je suis rentré dans la police par hasard, il y a vingt-cinq ans, et comme elle a satisfait mon appétit de curiosité humaine, j'y suis resté.

– C'est tout ?

– C'est déjà beaucoup.

– Toujours en PJ ?

– Oui.

– Finalement, vous êtes comme tout le monde ici, vous n'avez connu que la PJ. C'est dommage : la mobilité, ça a du bon.

Que pouvait-il lui répondre ? Qu'en vingt-cinq ans il ne lui semblait pas avoir été immobile.

– Pourquoi voudriez-vous que je sois différent ?

– Concernant vos effectifs, j'ai deux ou trois choses à vous dire. Figurez-vous que j'en ai croisé quelques-uns hier soir en quittant le service.

– Oui, je suis au courant.

– Si vous les aviez vus, ils étaient... pathétiques !

---

* Formation interne à la police.

– Vous y allez un peu fort, madame.
– Vous croyez ?
– Je le pense. Et s'agissant des retraités, ils ont été de bons flics.
– Il ne manquerait plus qu'ils aient été mauvais. En tout cas, je tenais à vous dire une chose, Delestran. Si vos effectifs sont victimes d'intempérance, faites-le-moi savoir : on les fera soigner. Un stage de voile au Courbat* leur fera le plus grand bien.
– Je ne pense pas qu'ils soient victimes, et encore moins, d'intempérance, comme vous le dites. Disons qu'ils aiment bien se retrouver après le travail pour partager du bon temps autour d'un verre.
– Un verre ? Vous plaisantez ? Des bouteilles !
– Oui, mais des bouteilles partagées.
– Soit ! Néanmoins, je vous demande de surveiller leur consommation d'alcool, surtout en service. Il y va de votre responsabilité de chef de groupe. Je ne tolérerai aucun écart. Je vous rappelle qu'ils sont soumis au même code de la route que nos concitoyens ! Ils se doivent d'être exemplaires en toutes circonstances. Il y va de l'honorabilité de notre institution. C'est écrit dans le code de déontologie. La déontologie, ce n'est pas un gros mot, y compris pour la PJ !
– Je n'y manquerai pas, madame.
– Et puis les films pornos, j'aimerais autant qu'ils les regardent chez eux et pas au service.
À nouveau, que pouvait-il lui répondre ? Qu'il avait connu bien pire ? Qu'il y avait donc du progrès ?
– Vous vouliez évoquer les affaires en cours ?
– Oui, allons-y. Juste ce qu'il y a d'urgent. Le reste, nous verrons plus tard.
– Très bien. Dans ce cas, je ne vous parlerai que d'une seule affaire, une très belle affaire sur laquelle nous travaillons depuis quinze jours. Ça frétille, on pourrait être amené à serrer d'un moment à l'autre. Une synthèse d'une douzaine de VFQ.
– VFQ ?
– Vol par fausse qualité.

* Établissement de santé destiné aux policiers, soignant les dépendances à l'alcool, aux produits stupéfiants, ainsi que les états de burn-out et d'épuisement.

La taulière se sentit un peu confuse. En fait, elle était étonnée qu'un groupe crime de PJ puisse travailler sur ce genre de dossier.

– Allez-y, commandant : je vous écoute.

Il s'agissait d'une très belle équipe, comme il ne s'en faisait pratiquement plus. Des beaux voyous, de la vieille école, usant d'un mode opératoire ayant fait ses preuves, si bien qu'ils n'avaient jamais changé de registre.

Ils étaient cinq, moyenne d'âge : cinquante ans, des amis d'enfance du quartier Saint-Paul à la fidélité éprouvée par une dizaine d'années chacun passées à l'ombre pour des faits similaires. Ces Juifs aux origines tunisiennes aimaient flamber dès qu'ils faisaient un gros coup. Delestran en avait déjà serré quatre sur les cinq; c'est dire s'ils se connaissaient bien. Il en parlait avec des égards qui frisaient l'admiration. Ce n'était rien d'autre que du respect mutuel, que s'accordaient policiers et voyous lorsque les règles du jeu étaient respectées des deux côtés.

La taulière connaissait le principe, mais Delestran lui en détailla le mode opératoire parce que c'était vraiment du « beau travail ». Cette équipe travaillait « à la caresse », ce qui n'en faisait pas moins des criminels au regard du Code pénal. Le succès de leur petite entreprise tenait dans la préparation et surtout le ciblage de la victime. Ils arpentaient le bitume des beaux quartiers, souvent en matinée, aux abords des marchés, à la recherche de personnes âgées mais encore suffisamment autonomes pour vivre seules ou en couple. Vulnérabilité apparente, tenue vestimentaire soignée, présence de bijoux, ils avaient l'œil pour détecter le potentiel de richesses cachées dans un appartement. Une fois repérée, la cible conduisait, sans le savoir, l'un d'entre eux jusqu'à la porte de son appartement pour y être « logée ». Obtenir le digicode de l'immeuble, puis l'identité de la future victime sur les boîtes aux lettres était un jeu d'enfant pour ces roublards passés maîtres dans l'art de la tromperie. Avant d'engager la deuxième phase, il y avait un impératif : que la cible soit dans l'annuaire téléphonique pour qu'elle puisse être contactée le jour J depuis une cabine téléphonique.

– Une cabine téléphonique? s'étonna la taulière.

– Oui. Avec l'arrivée des portables, les cabines téléphoniques ne sont plus beaucoup fréquentées, mais elles fonctionnent encore. C'est pratique pour ceux qui n'ont pas encore fait le grand saut et pour ne pas être identifié lors d'un appel.

– Et donc, ils appellent la victime ?

– Oui, mais avant il leur reste une dernière chose à effectuer : une prise de contact pour confirmer qu'ils ont bien la bonne cible. L'un d'entre eux se présente au domicile en se faisant passer pour un représentant. Un rapide coup d'œil sur le mobilier et la décoration lui permet d'avoir la certitude de biens à dérober et la forte probabilité de l'existence d'un coffre-fort caché quelque part.

– Et le coffre-fort, comment font-ils pour le trouver ?

– Vous allez voir. Nos lascars sont des artistes. Les victimes vont elles-mêmes les amener au *coffio*, l'ouvrir devant eux et leur remettre le contenu pour qu'ils puissent partir avec, tout naturellement. En douceur... Je vous l'ai dit : du beau voyou ! Quand c'est bien préparé et bien joué, c'est implacable. C'est sûr que, pour nous, cela paraît grossier. Mais les victimes, crédules en raison de leur vieil âge, n'y voient que du feu. C'est un peu comme pour les tours de magie : quand on connaît le truc, on se demande comment on a pu se faire berner si longtemps.

La séquence du passage à l'acte se déroulait en trois plans. Deux d'entre eux se présentaient au domicile de la cible en qualité de plombiers. Un bleu de travail, une petite sacoche à outils en cuir en bandoulière et le prétexte de devoir purger les canalisations : la scène leur était ouverte. Pendant que l'un occupait les propriétaires dans la cuisine à manipuler les robinets, démonter un siphon, l'autre se faisait volontairement oublier dans l'appartement. Une dizaine de minutes était suffisante pour faire impression. Un peu de liquide à vaisselle sur les robinets et la tuyauterie pour effacer les empreintes et ils quittaient les lieux avec les remerciements des propriétaires, qui n'avaient rien à payer puisque l'intervention était prise en charge par le syndic. Le plan suivant se jouait à distance, depuis une cabine téléphonique. Les petits vieux recevaient l'appel d'un commissaire de police. L'une de ses équipes venait de procéder à l'interpellation de deux individus se faisant passer pour des plombiers qui en profitaient pour commettre des vols. Bien sûr, c'était la panique pour les petits vieux. Les signalements correspondaient. Ils n'avaient pas beaucoup vu le second. Où était-il, d'ailleurs ? Occupés dans la cuisine avec le premier à actionner les robinets, lui fournir un seau, une serpillière ou une éponge, ils ne l'avaient pas vu fouiller leur appartement. Catastrophe ! Ils ne s'étaient rendu compte de rien. Mais le commissaire les rassurait. Il envoyait immédiatement deux inspecteurs à leur domicile pour faire un état des lieux et leur présenter les objets qui avaient été découverts sur les deux voleurs.

Le dernier plan débutait par un bruit de sonnette. La police avait été rapide... Cinq minutes après avoir raccroché au téléphone avec le commissaire de police, deux hommes se présentaient au domicile. L'un exhibait une carte de police, une photocopie couleur passant pour une vraie, et l'autre portait un brassard. « Merci d'être venus si vite »... Les deux policiers se voulaient rassurants. Ils avaient récupéré le butin des voleurs : des lingots d'or, d'anciennes pièces de monnaie, des bijoux, de l'argent. À la réaction des petits vieux, les deux faux policiers savaient qu'ils avaient « tapé » juste. Alors c'était le coup de grâce : l'exhibition d'un objet quelconque, une montre, un bibelot, un portefeuille, appartenant forcément au couple puisqu'il avait été subtilisé par le deuxième plombier. Affolement... Sous l'emprise, il fallait aller vérifier tout de suite et ils conduisaient les faux policiers à leur coffre-fort, qu'ils ouvraient devant eux. Les lingots, les bijoux, les billets s'y trouvant avaient été remplacés par des faux : cela ne faisait aucun doute. Les faux policiers devaient les emporter pour aller faire des vérifications. Ils allaient revenir rapidement. Pas d'inquiétude, les voleurs avaient été interpellés, les vrais lingots et bijoux étaient en sûreté... Les petits vieux se feraient restituer leurs biens, mais, en attendant, les vrais voleurs partis, ils se retrouvaient seuls chez eux à devoir attendre. Abasourdis, ils n'avaient même pas l'idée de s'interroger sur la manière dont le faux plombier était parvenu à ouvrir leur coffre-fort.

– C'est ignoble ! s'exclama la taulière. Comment peut-on faire ça à des personnes âgées ? Jouer de leur crédulité, de leur vulnérabilité, pour mieux les dépouiller ? Vous appelez cela des beaux voyous, vous, commandant ?

– Madame... Je suis aussi révolté que vous. C'est bien pour cela que nous sommes là, pour mettre fin à ces agissements odieux. Ce sont des criminels, mais on peut leur reconnaître un certain talent dans l'art de la mise en scène, vous ne trouvez pas ? Pas de sang versé, pas de violence, pas d'arme exhibée ; juste conditionner la victime à remettre volontairement le bien qui va lui être dérobé.

– Vous pourriez être leur avocat, commandant. Et pourtant, vous m'avez dit que vous étiez sur le point de les interpeller?

– Sur leur prochain coup, oui. On va les faire en *flag*!

– Comment les avez-vous accrochés?

– C'est Anna Bellama qui les a levés. à partir du numéro de téléphone de la victime, elle est remontée à la cabine d'où avait été passé l'appel, avenue Mozart, juste à côté du commissariat du 16e.

– Je vois, vous avez eu un ADN. Bravo!

– Un ADN? Non. Je vous avoue qu'on n'a même pas fait passer l'IJ sur la cabine. Je vous laisse imaginer le nombre d'ADN que l'on aurait retrouvés, ceux avant l'appel et ceux après... Un sacré mélange!

– Oui, mais dans ce mélange vous auriez eu celui de l'auteur.

– C'est vrai, au milieu d'une quarantaine d'autres. Et après combien de temps? Parce que cela ne se fait pas en deux coups de cuillère à pot. Là encore, on a beau être en 132-71, difficile de motiver l'urgence par un crime de sang.

– 132-71?

– Du Code pénal. La bande organisée.

– Et alors, comment avez-vous fait?

– Voyez-vous, madame, les voyous sont comme les honnêtes gens. La répétition fait baisser leur vigilance. Et il leur arrive de faire une erreur que nous exploitons. Ensuite, il suffit de tirer le fil. En analysant la facture détaillée de la cabine téléphonique, Anna s'est rendu compte que, quatorze secondes après avoir raccroché avec la future victime, l'auteur contactait un numéro fixe. Quatorze secondes, ça ne laisse pas suffisamment de temps pour changer d'utilisateur... Une réquisition et Anna a obtenu l'identité de la personne contactée : une femme domiciliée à Hyères. Après m'en avoir parlé, on a décidé de tenter le coup. Anna l'a appelée. La femme a confirmé avoir effectivement reçu un appel ce jour-là, sur ce créneau horaire. Elle s'en souvenait d'autant mieux que c'était son ex-mari, dont elle était sans nouvelles depuis cinq ans. Cinq années sans payer la pension alimentaire, même s'il lui promettait de solder bientôt ses arriérés, nous n'avons pas eu besoin de la motiver pour nous donner son nom : Albert Patchouel, connu également sous le sobriquet de Poupée; une vieille histoire de panaris et un pansement volumineux qui lui avait valu la moquerie de ses camarades.

– Vous avez eu de la chance !
– La chance se provoque, il faut chercher.
– Et ensuite ?
– Un tonton m'a fourni son 06. On l'a branché. On a identifié le reste de l'équipe et récupéré les autres 06. On a eu la confirmation que les téléphones étaient sur zone à chaque coup. On en a branché deux autres pour être confort. On a su qu'ils utilisaient un véhicule pour se déplacer dans Paris, une Citroën Xsara. On l'a repérée et balisée. On sait donc désormais où ils sont à tout moment. On travaille en CR* depuis l'identification de Poupée et on attend qu'ils fassent un nouveau coup pour les faire en *flag*.
– Votre tonton, c'est celui du bicorne ?
Elle percutait vite, la taulière !
– Vous imaginez bien que je ne peux rien vous dire.
– Donc c'est lui !

La suite fut moins favorable à Delestran. La taulière n'en démordait pas : il fallait les serrer tout de suite, ne pas attendre qu'ils commettent un fait supplémentaire. Qu'ils soient tous en train de mener la grande vie à Deauville n'était pas un problème. Bien au contraire, c'était une chance de les interpeller tous en même temps en profitant d'un effet de surprise. Si on partait à midi, ils dormiraient dans les geôles de la 1re DPJ dès ce soir. Puisqu'ils étaient accrochés, le groupe Delestran aurait tout le loisir pendant le week-end de les travailler pour les déférer devant le magistrat instructeur en début de semaine. On pouvait convoquer toutes les victimes samedi après-midi pour qu'elles les reconnaissent. Cela viendrait appuyer les éléments de la téléphonie. Et puis on retrouverait certainement de fausses cartes de police, des brassards, et avec un peu de chance, des objets précédemment dérobés.
– Où ça ? Sur eux ? demanda Delestran, agacé.
– Dans leur voiture ou le logement qu'ils occupent à Deauville, lui rétorqua-t-elle avec désobligeance.
Avec Guéhut, cela ne se serait pas passé comme cela. Lui, il aurait compris. Il n'y aurait même pas eu matière à discuter.

* Commission rogatoire. Lors d'une instruction préparatoire menée par un juge d'instruction, ce dernier peut déléguer des actes d'enquête aux policiers par voie de commission rogatoire.

Delestran masqua son irritation et tenta de faire entendre raison à la taulière. Même pris en *flag*, ces beaux voyous chiqueraient* tout. C'était un principe chez eux. Alors, s'agissant des éléments permettant de les accrocher, ils seraient balayés d'un trait. Oui, ils étaient sur zone, mais avec la portée de la cellule à trois cents mètres, pour la défense, cela ne voudrait rien dire. Le coup de téléphone à son ex-femme ? Elle devait faire une erreur. L'argent pour justifier leur train de vie ? Des gains au jeu. Même les écoutes seraient remises en cause. C'était bien leur portable, mais ce ne serait pas leur voix. Les lingots et les bijoux dérobés ? Ils ne savaient pas de quoi les policiers parlaient.

À son tour agacée, Rachel Delépine interrompit Delestran :

– Ils pourront chiquer et mentir, c'est leur droit, mais ça ne changera rien. Avec ce que vous avez obtenu, on peut aller les chercher et les déférer. Moi, ça me suffit.

– Vous oui, mais le juge d'instruction, je ne suis pas sûr. Il est toujours déplorable pour l'action publique d'arriver au procès avec un dossier fragile. Les juges du fond sont sensibles aux coïncidences, surtout lorsqu'elles sont noyées par le doute que ne manquera pas d'instaurer la défense. Oui, on les accroche, on les défère, mais, au bout du compte, ils vont prendre combien ? Alors qu'avec un *flag* ils vont prendre plein pot. On aura tout : le butin, les cartes de police, les brassards. Devant l'évidence, leur chique habituelle se retournera même contre eux. D'ailleurs, ils le savent très bien : pris en *flag*, ils font moins les fanfarons. Alors faites-moi confiance, madame. Soyez patiente et vous aurez du résultat.

– Mais je ne peux pas me permettre d'être patiente, commandant. Car voyez-vous, moi, je pense aux victimes. Nous en avons déjà neuf. Vu le traumatisme subi, je n'en veux pas une dixième.

– Sans vouloir remettre en cause leur choc émotionnel, je vous rappelle qu'il n'y a aucune violence, aucun préjudice corporel.

– Pour l'instant. Et si ça se passe mal pour la dixième ? Vous l'avez envisagé ?

– Madame, ce sont des voyous à l'ancienne. Je les connais. Ils ne s'en prendront jamais physiquement à leurs victimes.

---

* Argot policier : nier jusqu'à l'évidence.

– Vous pouvez vous en porter garant ?

Delestran ne répondit pas. Que cherchait-elle à la fin ? Elle voulait faire un coup d'éclat sitôt arrivée pour se faire bien voir auprès de la direction ? Delestran se sentait coincé, à court d'arguments.

– Vous ne pouvez pas vous porter garant parce que vous avez un doute. Parce que vous savez très bien qu'avec les hommes on n'est sûr de rien.

– Oui, j'aurai toujours un doute. Mais moi, je me contrefiche des effets d'annonce. Seule la sanction prononcée par une cour d'assises me préoccupe.

Elle eut un sec haussement d'épaules, puis un silence de réflexion au cours duquel elle semblait peser le pour et le contre. Son visage prit soudain l'expression d'une profonde gravité en défiant Delestran :

– Bon, je vous donne une semaine pour faire le *flag*. Vous avez sept jours, pas un de plus. Sinon, vous irez les chercher avec ce que vous avez. Encore une fois, moi, ça me suffira.

Il fallait se battre en interne alors que la guerre était à l'extérieur. Que d'efforts pour pouvoir travailler convenablement ! pensa Delestran.

– Vous avez obtenu une rallonge d'une semaine, en revanche je vous demande désormais de travailler sous LRP*. Ce sont les instructions de la direction. Fini de travailler dans l'illégalité, sans payer la licence Word. On se met dans les clous. C'est votre expression, Delestran : se mettre dans les clous, n'est-ce pas ?

Il acquiesça tout en absorbant le choc. Certes, le LRP était une application performante, permettant de travailler en réseau avec du traitement de texte et de nombreux modèles de procès-verbaux, mais cette première version ne satisfaisait pas Delestran. Tout le monde pouvait se connecter au logiciel et avoir accès au contenu des procédures, à commencer par la taulière. Désormais, ce serait comme s'il l'avait constamment sur le dos.

La descente de l'escalier pour rejoindre son bureau lui fut pénible. Il n'était pas près de l'appeler « patronne ». Qu'allait-il dire à ses équipiers ?

---

* Logiciel de rédaction de procédure.

Il y avait de l'agitation dans son bureau. Un petit événement avait enflammé les discussions en son absence. Delestran vit des regards sombres avec, pour certains, du dépit et de l'exaspération. Seules Victoire et Anna demeuraient impassibles. Mitch attendit que Delestran s'installât à son bureau après avoir rempli son mug de café avant de lui tendre une affiche qu'il avait décrochée :

– Tiens, regarde. Elle en a mis partout, dans les couloirs, à l'accueil, à côté de la photocopieuse, même sur la porte des toilettes.

– Qui, elle ?

– Ben, la nouvelle taulière !

Delestran chercha ses lunettes sur son bureau. Il avait été contraint d'assumer enfin sa presbytie. Finalement, cela n'avait pas été si douloureux de devoir recourir à cet équipement pour améliorer son confort de lecture. Finies les moqueries lorsqu'il devait tendre les bras jusqu'au ridicule.

C'était une affiche en couleur à l'initiative du ministère de l'Intérieur. Elle avait pour titre « Le baromètre des violences sexistes et sexuelles au travail », avec, dans la partie centrale, une large flèche rectiligne et descendante. Une classification figurait sur la partie gauche de la flèche. D'un « environnement sain » en vert, on déclinait dans le jaune avec l'« agissement sexiste », puis dans l'orange avec le « harcèlement sexuel » et dans le rouge avec l'« agression sexuelle », pour finir dans le noir pour le « viol ». Sur la partie droite, des comportements illustraient cette classification avec une gradation. Si « l'égalité professionnelle entre les hommes et les femmes », « le respect du refus de relations extra-professionnelles » étaient une évidence, encore fallait-il les réaffirmer. Mais tout était dans la nuance, comme chaque fois. Des « blagues » ou des « commentaires sur l'apparence » relevant du sexisme, on basculait dans le harcèlement sexuel avec « les rumeurs diffusées sur la personne » et « des regards insistants, des gestes déplacés portant atteinte à la personne ». Au bas de la page, sous l'intitulé « sexisme : pas notre genre ! », figuraient le rappel que les violences sexistes et sexuelles étaient passibles de sanctions disciplinaires et pénales et un numéro vert, ainsi qu'une plateforme en ligne pour des conseils.

– Alors ? Tu en penses quoi ? Elle nous prend pour qui ? interrogea vigoureusement Mitch.

– C'est une affiche du ministère. Elle doit répondre à un besoin.

– Un besoin ? Franchement, les filles – Mitch se tourna vers Victoire et Anna –, vous pensez vraiment qu'on vous prend pour des jambons et qu'on se comporte avec vous comme des sauvages ?

– Personnellement, je n'ai pas à me plaindre. Vos blagues salaces, ça passe parce qu'on vous connaît, mais je ne suis pas sûre que ça plaise à tout le monde. Pour des personnes qui ne partagent pas notre intimité, il faut faire attention : elles peuvent devenir blessantes.

– Moi non plus, je n'ai aucune raison de me plaindre. On sait que vous êtes forts en gueule, que vous aimez la provocation, la surenchère. Mais faut pas le prendre mal, juste comme un rappel.

– Putain ! Mais on n'est plus des gamins !

– Justement ! Un petit rappel, ça ne peut pas faire de mal.

– La prochaine étape, c'est quoi ? Vous ne voyez pas ce qui est en train de se passer, là ? Ils sont en train de tout remettre en cause.

– Calme-toi, Mitch ! Cela ne changera pas notre quotidien.

– Facile à dire pour toi, Henrich. Tu verras, quand tu deviendras un vieux con comme nous, si tu tiendras toujours le même discours.

– Le « c'était mieux avant » ?

– Oui, c'est exactement ça.

– Le discours du directeur, hier soir, tu l'as en travers de la gorge !

– Et pas qu'un peu dans la gorge ! Comme leur thermomètre !

– Les gars, quand je suis arrivé en BAC, il y a quinze ans, on m'a déjà dit : « C'est plus comme avant. »

Delestran les écoutait sans rien dire. Ils avaient tous un peu raison, mais il était sceptique, non pas sur le fond, mais sur la forme. Le schéma ne représentait pas un baromètre, mais un thermomètre. Il y avait erreur sur le titre. Était-ce voulu ? Certainement, pour éviter les remarques graveleuses.

– Bon, les gars, je vais devoir interrompre vos grandes discussions. Je redescends du bureau de la taulière et j'ai des réjouissances à vous annoncer.

Delestran préféra aller à l'essentiel. Il leur avait évité un déplacement en urgence à Deauville et un week-end de travail.

Comme il avait obtenu une rallonge d'une semaine pour les faire en *flag*, il faudrait être d'attaque lundi matin, pour les prendre en filature à la sortie de leur hôtel. Il faillit employer le verbe « espérer », mais se ravisa au dernier moment, en souhaitant qu'ils trouvent une cible rapidement. Donc rendez-vous lundi matin à sept heures au service pour les raccrocher. Ils étaient donc en week-end dès le vendredi midi. Ils tombèrent des nues, mais déguerpirent sans chercher à comprendre.

Seule Victoire Beaumont resta dans le bureau de Delestran. Elle avait bien senti qu'il y avait autre chose. Il était soucieux, bien qu'il cherchât à ne pas le laisser transparaître. Lorsqu'elle lui posa la question, il répondit simplement : « Ça va être compliqué. » Alors elle l'invita à déjeuner pour qu'il prenne le temps de lui expliquer.

Chapitre 3

Était-ce la giboulée qui leur avait fait cesser les recherches ? Les faux policiers avaient quitté le 16e arrondissement après une grosse averse assombrissant les façades des immeubles tandis que les vrais mettaient fin à leur surveillance, une fois de plus, malgré l'arc-en-ciel enjambant le bois de Boulogne au loin.

Après avoir passé, pour ainsi dire, la journée ensemble, chacun rentrait de son côté ; à l'hôtel pour les uns, au service pour les autres. La moue de Poupée adressée à ses complices n'avait laissé que peu d'espoir. Si une vieille dame tirant son caddie avec difficulté avait suscité de l'intérêt en raison d'un collier de perles et d'un foulard Hermès noué juste au-dessus, le rapide état des lieux de son appartement avait dû être décevant. Sur les ondes, on avait entendu la voix de Delestran : « Ça ne doit pas être bon, ils se remettent en chasse. » Et cela avait continué pendant des heures, jusqu'à cette averse salvatrice, vers seize heures, venant tirer le rideau sur cette journée décevante.

Toute la journée, ils s'étaient relayés en « tête de filoche » pour ne pas être « détronchés », avaient évité, sans montrer qu'ils avaient vu, les coups de sécurité que les faux policiers effectuaient pour s'assurer qu'ils ne faisaient pas l'objet d'une surveillance : un demi-tour soudain, un revirement à l'angle d'un bâtiment, la descente dans le métro et la remontée après le passage d'une rame, plusieurs tours de rond-point en véhicule, le franchissement d'un feu rouge. Henrich était resté au service pour suivre en direct les écoutes et annoncer les progressions de la Xsara balisée. De longues attentes, de soudaines montées de stress, mais pas d'adrénaline. Encore une journée à manger debout dans la rue alors que les objectifs étaient confortablement installés à une terrasse pour garder un œil sur les passants.

Le groupe Delestran rentrait au service en chien battu, plus dépité que ceux qu'ils avaient surveillés toute la journée. De grosses gouttes de pluie échappées du toit pianotaient sur le zinc du rebord des fenêtres. Avec un peu d'imagination, on aurait dit que le temps marquait son impatience.

Cela faisait trois jours qu'ils devaient affronter le regard interrogateur de la taulière. Elle devait guetter leur retour derrière la vitre de son bureau, faisait en sorte de les croiser dans l'escalier. Elle savait déjà, mais posait quand même la question, feignait la compassion à leur réponse négative. Au fil des jours, elle semblait prendre du plaisir à jouer le sablier. Mais, en cette fin d'après-midi, le temps imparti s'était écoulé. Jamais ils n'avaient eu cette contrainte imposée. Une *deadline* en PJ, on croyait rêver !

– Delestran, je vous laisse vous poser et on se retrouve dans trente minutes dans mon bureau pour décider de la suite.

Décider de la suite ? Son œil triomphant avait le goût de l'humiliation.

– Je viens avec du sucre ?

– Ou un décapsuleur, ajouta Stan d'une voix mordante, faisant l'effet d'une menace.

D'un pas lourd, Delestran poursuivit son ascension avec résignation.

Il avait écouté sans rien dire en faisant son caméléon, l'œil désenchanté mais jamais morose. On savait où ils étaient logés, trois hôtels de seconde zone dans le 9e arrondissement. Avec le renfort d'un autre groupe crime, on irait serrer tout le monde au petit matin, dès six heures, et on enchaînerait avec les perquisitions pour y trouver les fausses cartes de police et les brassards. La taulière était confiante, ils devaient les avoir sur eux. Pour Delestran, cela ne changeait pas grand-chose.

– Vous penserez à la perquisition de la Xsara, commandant ?

– Non.

– Comment ça, non ?

– Vous vouliez peut-être parler de la fouille de la Xsara ?

– C'est la même chose.

– Dans la pratique, oui, mais en matière judiciaire, non. Je vous rappelle que la perquisition est liée à un domicile, donc soumise à l'heure légale, alors qu'un véhicule peut être fouillé à toute heure.

– Delestran, vous chipotez. Ne soyez pas mauvais joueur ! Je sais très bien que vous auriez voulu les faire en *flag* et que cela vous rend aigri. Mais, encore une fois, il faut être raisonnable. Et puis, je compte sur vous pour les habiller*. La garde à vue, ça sert à ça, non ?

– Je suis comme vous, madame. J'ai une obligation de moyens, mais pas de résultats.

– Ne soyez pas défaitiste, Delestran. Vous voulez que j'appelle le juge pour lui faire savoir notre décision ?

– Si vous le souhaitez, puisque c'est votre décision.

Rachel Delépine le jaugea sans montrer la moindre faiblesse. Puis elle se ravisa, un pas en arrière pour reprendre son élan avec un sourire espiègle.

– Non. Finalement, comme c'est votre enquête, je vous laisse faire.

La garce ! C'était tout ce qu'il détestait ; cette manière de faussement lui laisser la main sans aller au bout des choses.

Aucune surprise au retour de Delestran, la taulière avait maintenu sa décision. Ils allaient serrer à six heures du matin. Victoire se chargea de la répartition des effectifs, renforcés d'un groupe crime, cinq véhicules de trois. Puis elle prépara les pochettes de chaque objectif avec une copie de la commission rogatoire, un procès-verbal de notification de garde à vue dont il suffirait de remplir les blancs, la photo et les antécédents judiciaires.

Delestran s'apprêtait à contacter le juge d'instruction lorsque Henrich fit irruption dans le bureau, euphorique :

– J'ai du nouveau, commandant. Tu vas jubiler. Je viens de faire un point sur les écoutes : ils vont *taper* demain.

– Comment ça ?

– Ils commencent à être à sec, niveau pognon. Ils ont besoin de renflouer les caisses. C'est Poupée qui est à l'initiative. Faut que tu viennes écouter.

Tout le groupe Delestran se rassembla autour de Stefan Henrich dans son bureau. Sur le PC portable, il fit défiler les dernières conversations de Poupée et de Philippe Drussion, les deux têtes pensantes des faux poulets, une dizaine d'appels émis et reçus au total. C'était incroyable de se retrouver à nouveau avec des hommes dont ils avaient surveillé les moindres faits

* Argot policier : accumuler les éléments à charge.

et gestes au cours de la journée. Ils étaient si proches qu'ils les entendaient respirer. Les écoutes, c'était voir à travers la voix en devinant tout le reste. Parmi le flot de paroles souvent banales, il arrivait parfois qu'une information devienne capitale. Poupée eut le mérite d'aller à l'essentiel. Il avait vraiment besoin d'argent, avait pris des engagements et n'allait pas tarder à se retrouver sur la paille alors qu'il y avait un gros coup à faire. De l'or et des bijoux, il y en avait ! Il n'avait pas son pareil pour les renifler à travers les murs. Il prenait Drussion à témoin en lui rappelant les coups précédents. Là, c'était « un vrai pot de miel », à coup sûr. Se retrouver en présence du petit-fils étudiant que le vieux couple hébergeait l'avait refroidi, mais n'avaient-ils pas renoncé trop tôt ? Sa voix nasillarde se faisait onctueuse pour tenter de convaincre son interlocuteur. « Un étudiant, ça va en cours. » Il suffisait d'attendre qu'il sorte pour passer à l'action. Il en était convaincu, surtout avec ce qu'il avait vu dans l'appartement : des tableaux de maître, des sculptures, une collection impressionnante d'œufs de Fabergé dans une vitrine. Drussion était méfiant. Ils en avaient longuement discuté, les autres étaient du même avis : trop de risques avec la présence du jeune homme. Mais Poupée insista. Ce serait trop bête de passer à côté. Que risquaient-ils, une fois le petit-fils parti ? Il suffisait de se mettre en surveillance de bonne heure devant l'immeuble, d'attendre qu'il quitte le domicile de ses grands-parents pour que la voie soit libre. Drussion contacta les autres pour les sonder. Poupée reçut également des appels de ses comparses, joua sa carte à fond pour convaincre. Au fil des discussions, les policiers eurent la conviction qu'ils allaient le faire. Et ce fut la dernière conversation, qui datait de trente minutes à peine. Drussion contactait Poupée :

– Tout le monde est OK. On se donne la matinée, on te suit. Tu as intérêt à avoir du pif, sinon tu vas en entendre parler.

– Phiphi, tu me connais... Mon nez, c'est un détecteur de métal précieux.

– Oui, je te connais, justement. Tu te couches de bonne heure et demain matin on passe te prendre, il faut être sur place à sept heures, en espérant que ce petit con ait cours dans la matinée. C'est quoi, l'adresse, déjà ?

– 18, rue Beaujon.

– Tu te souviens des codes d'accès ?

– Oui, j'ai tout noté.

– Tu as intérêt à être bon.
– Tu ne seras pas déçu.

C'était inespéré. Heureusement que Henrich avait eu l'idée d'aller faire un dernier relevé. Delestran garda son calme malgré sa joie. Cette fois-ci, elle allait descendre. Il composa le numéro de la taulière :

– Madame ? Delestran. Est-ce que vous pourriez descendre. Oui, c'est important. Un imprévu. Nous ne pourrons pas aller serrer demain matin à six heures. Il va nous falloir différer l'interpellation. Nous sommes tous réunis. On vous attend.

Bien entendu, Delestran n'avait rien dit au téléphone, non pas pour ménager son effet de surprise, mais parce qu'il était toujours plus intéressant d'observer une réaction en direct que de l'entendre à travers le combiné. La voix pouvait mentir, pas le regard. Il n'était pas question de se venger, mais de l'éprouver un peu, pour voir jusqu'où elle pouvait aller.

Elle se fit attendre, mais finit par arriver. Delestran lui donna les identités et les rôles des deux personnes dont elle allait entendre les voix. Henrich lança la lecture et Delestran scruta sa réaction. Elle était concentrée sur la bande passante défilant sur l'écran. Ses yeux bifurquèrent à deux reprises sur Delestran, pour revenir ensuite se fixer sur l'écran. De légers hochements de tête signifiaient qu'elle prenait acte des informations au fur et à mesure tout en réfléchissant déjà aux conséquences. Elle serra les dents au début, puis relâcha l'étreinte progressivement. À la fin de l'écoute, son visage s'était assoupli pour, semble-t-il, accueillir la décision finale. Ils allaient effectivement *taper*.

– C'est une bonne nouvelle. Je comprends mieux votre message maintenant et je note que vous avez le goût du mystère, commandant. Qu'est-ce que vous en pensez ? Il me semble qu'il faut savoir saisir cette opportunité, non ?

– Oui, je suis d'accord avec vous.

– Comment voulez-vous procéder ?

C'était une question intéressante, non pas sur le fond, mais sur la forme, une façon de dépasser la tension par un retour à l'apaisement en lui demandant son avis.

– Avec le renfort du groupe Demuriez, les faire en *flag*. Les laisser faire leur coup, puis redescendre en pression en les suivant à distance, et lorsqu'ils ne s'y attendent plus, les serrer au moment opportun, lorsqu'ils rentrent au nid.

– Ça me va. Est-ce que vous avez besoin d'une équipe spécialisée ? Je peux faire appel à la BRI, si vous le souhaitez.

– Je ne pense pas que ce soit nécessaire. Comme je vous l'ai dit, ce sont des anciens. Au niveau sécurité, les risques sont réduits. Avec une douzaine d'effectifs, c'est confortable.

– Il n'y a plus qu'à prier pour que tout se passe bien. Je vous fais confiance. Je vous laisse rappeler le juge.

Delestran acquiesça sans rien rajouter. D'un pas en arrière, chacun avait fait un pas de côté. Ils allaient enfin pouvoir travailler ensemble en appliquant les bonnes intentions de départ formulées la veille.

Le lendemain, tout se passa comme prévu. Poupée était à la manœuvre, attablé à une terrasse de café avec une vue sur le hall d'entrée du 18, rue Beaujon. La Xsara et ses quatre occupants étaient stationnés dans une petite rue à proximité. En périphérie, les policiers étaient en attente dans leurs véhicules tandis qu'Anna et Stanislas avaient rejoint un *pigeonnier* dégotté la veille au soir auprès d'un riverain occupant un appartement au troisième étage. Derrière le voilage du séjour, ils avaient une vue imprenable sur le hall et même un œil sur Poupée allumant cigarette sur cigarette. Ravi de pouvoir apporter son concours à la police, ce cadre commercial leur avait laissé les clefs de son appartement. Il suffirait de les glisser dans la boîte aux lettres à leur départ. Avant de rejoindre son travail, il en avait profité un peu. Anna lui avait tout expliqué. Il avait même vu Poupée attablé. S'il n'avait pas eu sa réunion si tôt, il serait bien resté chez lui avec les policiers qui surveillaient des voyous en passe de commettre leur méfait. C'était comme dans les films, sauf que c'était la réalité, et qui plus est, dans son salon ! L'ordinaire du policier devenait extraordinaire pour le citoyen. Il aurait des choses à raconter à ses collègues au café. À la demande d'Anna, il s'engagea à ne pas regarder Poupée lorsqu'il passerait à sa hauteur, trottoir opposé, pour aller prendre son métro. C'était son rôle à jouer pour ne pas faire capoter l'affaire et il s'en acquitta superbement, la tête droite et la démarche rigide. Anna l'appellerait en soirée pour le remercier.

Peu avant huit heures, un jeune homme sortit du hall avec un sac à dos. Poupée écrasa sa cigarette à peine allumée et passa un appel. Anna annonça sur les ondes la sortie du jeune homme, celle que tout le monde attendait, ainsi que la réaction de Poupée. En lien avec Henrich resté au service pour suivre les écoutes, Delestran confirma l'information deux minutes plus tard. Poupée venait de prévenir ses complices : le jeune homme avait quitté l'immeuble. Ils se donnaient une dizaine de minutes avant de passer à l'étape suivante, histoire de s'assurer que l'étudiant ne revienne pas après s'être rendu compte qu'il avait oublié quelque chose. L'expérience et le souci du détail étaient gages de réussite.

Dans les voitures de police, on sentait monter la fièvre des grands jours. Ce n'était pas encore l'adrénaline, mais cette fois-ci on savait qu'on allait y avoir droit.

À huit heures quinze – horaire noté par Delestran pour figurer ultérieurement sur le procès-verbal d'interpellation –, Anna annonça que Poupée venait de payer son café et qu'il quittait la terrasse avec son portable à l'oreille. Henrich confirma qu'il venait d'activer les deux faux plombiers. Poupée disparut pour rejoindre la cabine téléphonique la plus proche, qu'il avait certainement repérée auparavant. Inutile de le suivre, on savait qu'après son coup de fil aux victimes il rejoindrait la Xsara. À huit heures et vingt minutes, deux nouveaux acteurs entrèrent en scène en se présentant devant le porche du 18, rue Beaujon. Gérard Tilouine avait revêtu un bleu de travail et Edmond Siffert portait en bandoulière une mallette à outils. « Ils passent vraiment bien, s'exclama Anna sur les ondes. La veste est floquée dans le dos du groupe Suez. » Ils composèrent le code, disparurent dans le hall. Les policiers n'avaient pas obtenu l'information sur la localisation de l'appartement. Peut-être aurait-il fallu intercepter l'étudiant ? « Oui, il aurait fallu, au risque de l'apeurer sur le devenir de ses grands-parents, mais on s'en passera », annonça Delestran.

Dissimulés derrière le voilage, Anna et Stanislas focalisèrent leur attention sur la façade du bâtiment qu'ils avaient en face d'eux, à une vingtaine de mètres. La tension était montée d'un cran. Le silence des ondes se faisait exaltant. « Plus c'est long, plus c'est bon », les flics se le disaient souvent quand ils avaient la chance de se retrouver en pareille occasion, une manière d'accroître la confiance et de forcer le destin.

« Je viens de voir passer Siffert devant une fenêtre au quatrième. C'était furtif, mais c'était lui. » Anna modulait sa voix malgré l'excitation, comme si elle redoutait d'être entendue par ceux d'en face. Delestran consulta sa montre et nota l'horaire :

huit heures vingt-sept minutes. On y était ! Ils étaient au boulot, Tilouine en train de faire couler les robinets pour occuper les petits vieux dans la cuisine tandis que Siffert s'était éclipsé dans le but de récupérer un bibelot qu'il dissimulerait dans sa sacoche. Suspendu aux ondes, chacun voyait la scène dans sa tête.

Ce fut encore un long silence, que quelques-uns occupèrent en fumant une cigarette en baissant la vitre de leur véhicule.

« Ça sort, ça se dirige vers la Xsara. Ils sont *speed*. Ça sent bon ! », annonça Anna. Huit heures et trente-cinq minutes, nota Delestran, qui contacta Henrich en anticipant la suite. Effectivement, sitôt les faux agents de retour dans la Xsara, Philippe Drussion téléphona à Poupée : « C'est bon, à toi de jouer. » De nouveau le silence. Delestran resta en ligne avec Henrich. Un objet devait passer de l'arrière à l'avant du véhicule. Qu'avaient-ils dérobé ?

« À tous de Delestran, confirmation de Stef'. Poupée vient d'annoncer à Drussion que les petits vieux ont mordu et qu'ils sont à point, terrorisés pour leurs bijoux planqués quelque part. Ils sentent que c'est presque gagné. Anna et Stan, vous allez bientôt les voir apparaître. Vous annoncerez. Priorité à Stan et Anna sur les ondes. »

Huit heures et quarante-deux minutes. « Drussion et Lapige viennent de rentrer. Lapige a un chandelier en argent à la main et Drussion un sac à dos », rapporta Stan sur les ondes. C'était le dernier acte, le plus long. Encore une fois, on les devinait, cartes de police exhibées, en train de convaincre les petits vieux d'aller ouvrir leur coffre-fort pour vérifier le contenu, tout en brandissant le chandelier dérobé, véritable pièce à conviction. « Les fumiers, on va les crever en *flag* », lâcha Mitch au volant, en rallumant une clope.

Le temps passait normalement, mais c'était interminable. Le rythme cardiaque augmentait, tout le monde était dans les *starting-blocks*. On vérifiait l'emplacement de ses menottes, resserrait les arcs de métal, des cliquetis se faisaient entendre.

Delestran était confiant, tout se passait comme prévu. Il retrouverait bientôt les tontons de Saint-Paul et ferait connaissance avec leur nouvelle recrue, Éric Lapige. Plus jeune que les quatre autres, c'était une pièce rapportée. Poupée l'avait imposé au groupe suite à son dernier passage à l'ombre pendant trois ans. Sur ce coup-là, il avait été formellement reconnu par les victimes, d'abord en qualité de faux représentant lors du repérage de l'appartement, puis en faux policier. Il ne pouvait plus se permettre de doubler les rôles. À trop montrer sa trombine, ça finissait par se voir, même pour la mémoire vacillante des victimes très âgées. Il avait rencontré Lapige au casino du Touquet. Ce manouche sédentarisé venait de se remplir les poches chez une bourgeoise qu'il était parvenu à *emboucaner*. Il l'avait baisée, puis lui avait fait contracter une assurance-vie. Double escroquerie, l'une étant l'acte préparatoire de l'autre. Ils s'étaient reconnus sans se connaître. Ce jeune avait une gueule et de l'avenir. Il n'avait peur de rien, mais, bien tenu, sa fougue deviendrait un atout majeur pour monter sur les coups. Les écoutes avaient parlé lorsque Philippe Drussion avait demandé à Poupée de surveiller son poulain, qui, parfois, prenait un peu trop d'initiatives. « Tu lui fais comprendre. Il fait ce qu'on lui dit de faire, sinon il dégage. » Le message était clair.

« Ça sort. Le sac à dos de Drussion a du poids à l'intérieur. Ils sont chargés. » La voix d'Anna tombait du ciel comme une bénédiction. Sans se concerter, les chauffeurs firent démarrer en même temps leur véhicule, prêts à enquiller derrière la Xsara. Neuf heures et cinq minutes, ils avaient pris leur temps.

– À tous, de Delestran. Je suis en lien avec Henrich. Un seul véhicule derrière la Xsara en filoche, juste pour l'avoir à vue, de loin. Mitch, c'est pour toi, et Victoire, tu annonces les progressions. Pas de risque. Si vous les perdez, on est couvert par Henrich. Les Demuriez, vous me suivez, à distance. Ils vont certainement nous promener un peu avant de se poser quelque part. Pendant ce temps, Anna et Stan, vous faites la *vérif* chez les petits vieux. On a le temps pour serrer. On les laisse redescendre en pression. Je donnerai le top.

– Suivi pour Victoire.

– Suivi pour Stan.

– Reçu pour les Demuriez.

– Tu veux les serrer quand ? demanda en *off* Olivier Lessourd.

– Lorsqu'ils vont se poser ou plus tard, lorsqu'ils rejoindront leur hôtel, répondit Delestran, le portable à l'oreille en lien avec Henrich.

– À tous, de Delestran, la balise bouge, ça prend avenue Hoche en direction du parc Monceau. Mitch, c'est pour toi.

L'adrénaline, c'était maintenant.

– À tous, d'Anna. C'est positif. Positif ! Deux lingots d'or et cinq d'argent, un collier en diamants, des bagues et des bijoux également, quelques montres, un lot de trente pièces d'or et environ dix mille euros en numéraire, de la fraîche pour les anniversaires des petits-enfants.

– Suivi pour Delestran.

– Qu'est-ce qu'on fait, Jul' ? On raccroche ou on reste avec les victimes ?

Sous le coup de l'émotion, elle l'avait appelé Jul'. Seule son épouse l'appelait ainsi. Personne n'y prêta attention, sauf Delestran, bien sûr, qui trouva cela amusant.

– Cela fait dix minutes qu'ils nous baladent. On vient de passer Villiers, ils viennent de prendre l'avenue de Clichy en direction du *périph'*. Dès qu'ils se posent, on va les serrer. Quatre véhicules pour les bloquer, ça va le faire. Reste avec les victimes, Anna. Tu les prends en charge au service et tu commences à les entendre.

– Bien reçu, commandant.

S'était-elle rendu compte de sa petite familiarité en la corrigeant au message suivant ?

– Putain, les cons : ils nous ramènent au service ! On vient de passer la Fourche, ça prend direction porte de Saint-Ouen, annonça Victoire en tête de *filoche*.

– Allez, au bercail !

C'était la voix d'Olivier Lessourd, à l'arrière du véhicule de Mitch et Victoire.

Delestran regarda dans le rétroviseur central, les deux véhicules du groupe Demuriez étaient juste derrière le sien.

– On suit. On attend qu'ils se posent...

Ils étaient effectivement passés devant la 1re DPJ, boulevard Bessières, mais avaient poursuivi sur les extérieurs, boulevard Ney en direction de la porte de la Chapelle. On avait bien cru qu'ils allaient prendre le périphérique, mais c'était un coup de sécurité. Au dernier moment, ils avaient bifurqué pour passer sous le périphérique, fait deux tours de rond-point et étaient revenus dans Paris en empruntant les Maréchaux en direction de la porte d'Aubervilliers. Cette manœuvre avait contraint Delestran, toujours en liaison téléphonique avec Henrich, à prendre la tête de filature, Mitch ayant décroché pour ne pas se faire griller.

– Ça ralentit, annonça Delestran. On est sur MacDonald. Ils vont se poser. Je les passe. Mitch, tu prends la suite. Demuriez ? Position ?

– En attente porte d'Aubervilliers. Les deux véhicules, prêts à s'engager sur MacDo, juste derrière Mitch.

– OK, très bien. On les laisse se stationner. Je viens de les dépasser. C'est en cours, entre deux platanes. Rien autour. Je fais demi-tour à la Villette et je vous rejoins. On va les serrer.

Et à la suite, adressé à Henrich :

– Stef', on ne va plus les avoir à vue. Donc si ça bouge, tout de suite tu nous dis.

– Balise à l'arrêt, commandant.

Après être passé à la hauteur de la Xsara, en sens inverse, pour revenir porte d'Aubervilliers, Delestran confirma :

– Ça y est, ils sont posés. On va serrer. Dès que j'arrive derrière vous, on y va. Les Demuriez devant, Mitch et moi derrière. On les prend en tenaille. Ils sont en vis-à-vis du square Claude-Bernard. C'est bon pour tout le monde ?

– Elle est garée où exactement ?

– Entre un Renault Trafic blanc et une Clio rouge, Jean-Jacques.

– C'est bien pris.

Delestran regarda une dernière fois sa montre, neuf heures et trente minutes. Il appuya sur le commutateur de sa radio :

– Top interpellation !

Si la Xsara était bien stationnée, elle n'était pas à l'arrêt. Éric Lapige n'avait pas coupé le moteur. Se sentant pris au piège par les quatre véhicules de police qui l'enserraient, il enclencha la première en donnant un violent coup de volant pour foncer dans l'espace réduit entre les deux véhicules du groupe Demuriez, qu'il percuta. Fort heureusement, les policiers n'avaient pas eu le temps de sortir des véhicules. Le pied rageur, Lapige recula pour reprendre de l'élan et repartit de plus belle en percutant à nouveau les deux véhicules pour ouvrir le passage. Le moteur hurlant, il força encore et parvint à se dégager pour prendre la fuite. Cela s'était passé si vite que les policiers avaient subi sans pouvoir réagir. Qu'auraient-ils pu faire, du reste ? Les Demuriez avaient été secoués, mais ils n'étaient pas blessés. Leurs véhicules étaient faiblement endommagés, de la tôle froissée, ils roulaient encore. Delestran avait observé la scène dans l'impuissance la plus totale. Il resta un instant tétanisé par le regard furieux de Lapige, qu'il avait croisé lorsque celui-ci s'acharnait à ouvrir le passage. Les yeux gorgés de haine. Il l'avait même entendu hurler à travers les vitres. Il ne s'attendait pas à cela. Avait-il commis une erreur ? Il serait toujours temps par la suite de refaire le film. En attendant, il fallait prendre le véhicule en chasse pour les intercepter.

Mitch s'était lancé à la poursuite des fuyards, suivi des véhicules de Delestran et ceux du groupe Demuriez. Une enfilade de gyrophares et de sirènes assourdissantes prenait l'aspiration de la Xsara devenue complètement folle. Incontrôlable, elle virevoltait dans le courant de la circulation, tentait d'éviter les obstacles qui se dressaient devant elle au dernier moment. On avait changé de dimension. Tout ce qui vivait autour avait disparu. Le champ de vision s'était réduit à un tube. On frôlait les parois. La radio crachait les progressions annoncées par Lessourd, mais, en raison des avertisseurs sonores tonitruants, plus personne ne les entendait. On naviguait à vue en tentant de ne pas se faire décrocher et tous les passagers remettaient leur destin au sort des conducteurs concentrés à l'extrême.

Dans l'avenue de Flandre, le compteur avait dépassé les quatre-vingts kilomètres-heure. On enchaînait les freinages d'urgence, les accélérations brutales, les changements de file intempestifs, les appels de phares à contresens, et des coups de volant projetaient violemment les passagers de gauche à droite. Les sirènes n'avaient aucun effet sur le véhicule en fuite. Affolé, il était devenu inarrêtable. Combien de temps cela allait-il durer ?

Ils déboulèrent sur le boulevard de la Villette, puis furent aspirés par ceux de la Chapelle et de Rochechouart en se faufilant sans rien heurter, par miracle. Rien n'y faisait. La Xsara s'échappait en imposant sa trajectoire aléatoire aux autres usagers, qui, soulagés d'être encore en vie, voyaient par la suite défiler une fusée bleue de quatre bolides. On était tellement dans l'action qu'on n'avait même pas le temps d'avoir peur. Cela viendrait plus tard, avec la réflexion.

Et la vie s'arrêta soudainement, cinq minutes plus tard.

En voulant griller un énième feu rouge, place Pigalle, la Xsara déboîta dans le couloir de bus. Masquée par la présence d'un camion de livraison à l'arrêt, elle percuta un homme traversant le passage protégé pour rejoindre le trottoir. Le choc fut d'une violence inouïe. Tel un pantin désarticulé, le corps fut projeté dans les airs avant de retomber lourdement sur le bitume, inanimé. Lors de l'impact, Lapige donna, en vain, un brutal coup de volant et perdit le contrôle de son véhicule, qui effectua un tête-à-queue avant de finir sa course encastré dans une barrière de la bouche de métro de la place centrale.

Des cinq occupants, Lapige fut le moins choqué. Il parvint à s'extraire rapidement de l'habitacle pour s'enfuir, mais tomba sur Delestran, venu à sa rencontre. Sans la moindre hésitation, Lapige dégaina et pointa son arme sur Delestran, figé par la stupeur de l'instant. Il n'avait rien vu venir, il ne l'avait même pas imaginé armé. Les deux hommes se faisaient face, séparés de trois mètres. Le doigt sur la détente, le canon pointait la tête de Delestran, incapable de réagir. Il suffisait à Lapige d'appuyer pour lui ôter la vie.

– Baisse ton arme, sinon je te fume, cria Beaumont.

En protection, elle braquait son arme de service sur Lapige. La cible était à cinq mètres, guidon et cran de mire alignés.

– T'as entendu ? Baisse ton arme. Baisse ton arme, je te dis.

Elle hurlait tout ce qu'elle avait dans les tripes et dans le cœur en se rapprochant légèrement. Lapige détourna son regard dans sa direction, ce qui la fit stopper à trois mètres de lui. Il lui adressa un sourire mauvais, celui d'un homme qui n'avait plus rien à perdre.

– Baisse ton arme, sinon je te fume, lui souffla-t-elle calmement, pour renforcer sa détermination.

Lapige l'ignora et revint fixer son regard dans celui de Delestran, tétanisé. Il le transperça de ses yeux de fou, qui semblaient lui dire : « J'ai le droit de vie ou de mort sur toi. Et je veux que tu le ressentes pour que ça te hante le restant de tes jours. »

La tension était à son comble. Les policiers étaient à la merci d'un fou. Le pouvoir et la peur avaient changé de camp pour quelques secondes d'éternité. Victoire devait-elle tirer ? En état de légitime défense de son chef de groupe, elle aurait dû tirer, mais ne le fit pas. Pourquoi ? Jamais elle ne saurait l'expliquer.

Battements de paupières, les yeux de Lapige se dérobèrent, puis revinrent se fixer une dernière fois dans ceux de Delestran. Ce n'était plus de la haine qui s'affichait dans sa rétine, mais de la pitié. Il écarta les bras largement en croix, expulsa le chargeur de son arme dirigée désormais vers le ciel. Il restait toujours une cartouche chambrée à l'intérieur de la culasse.

Une déflagration retentit, faisant sursauter Delestran.

– T'as eu peur, poulet ?

Lapige riait aux éclats tandis que l'arc métallique des menottes de Victoire se refermait sur son poignet. Il desserra la main, elle récupéra l'arme avant qu'elle ne chutât au sol. C'était fini.

Que se serait-il passé si Lapige avait appuyé sur la détente ?

Chapitre 4

Que s'était-il passé ?

Cinq faux policiers avaient été interpellés en flagrance. Ce serait leur dernier coup avant plusieurs années. Menottés et répartis chacun dans un véhicule de police, ils patientaient sous bonne garde. La tête entre les genoux, ils devaient refaire le film des événements. Seul Lapige, le buste droit, faisait la girouette pour ne rien manquer de ce qui se passait autour. Dans l'habitacle de la Xsara, Victoire Beaumont avait récupéré un sac à dos au fond duquel brillaient une rivière de diamants, des lingots d'or et d'argent, d'anciennes pièces de monnaie en métal jaune aux côtés de bijoux, montres de collection et d'une épaisse liasse de billets. Drussion et Lapige avaient été trouvés porteurs de fausses cartes et brassards de police. Les preuves seraient accablantes.

Mais l'essentiel était ailleurs.

Des policiers en tenue étaient rapidement intervenus sur les lieux en soutien à leurs homologues de la PJ. Ils avaient établi un périmètre de sécurité, mis en place des déviations de circulation. La place Pigalle avait été évacuée, la sortie du métro fermée, les passants maintenus à distance. En vain, les sapeurs-pompiers étaient intervenus.

L'homme était mort sur le coup.

Son corps avait été placé dans une bâche et hissé dans le VSAB* en attendant son transport à l'IML** par les pompes funèbres. Les services de la voirie étaient attendus pour nettoyer la chaussée et faire disparaître la flaque de sang qui agissait comme un aimant sur les badauds agglutinés derrière la rubalise tandis que les policiers l'évitaient du regard.

---

* Véhicule de secours aux asphyxiés et blessés.

** Institut médico-légal.

Un peu à l'écart, Delestran était assis sur le rebord d'un trottoir. Prostré, il semblait contempler la scène de l'extérieur alors que ses doigts étaient agités de nervosité. Lorsque Victoire s'était approchée pour lui parler, il n'avait pas réagi. Muet et paralysé, il gisait là. Il s'était vu mourir.

Que s'était-il donc passé pour en arriver là ?

Pourquoi Poupée avait-il recruté ce fou furieux de Lapige ? Pourquoi avait-il pris la fuite en fonçant sur les véhicules des policiers ? Pourquoi ses complices ne l'avaient pas convaincu de s'arrêter en raison des risques inconsidérés qu'il leur faisait prendre, chassés par les policiers ? Pourquoi était-il armé ? Pourquoi n'avait-il pas tiré sur Delestran ?

Pourquoi Victoire n'avait-elle pas tiré en état de légitime défense ?

Pourquoi Delestran n'avait-il pas eu le réflexe de sortir son arme ? Pourquoi n'avait-il pas pris la décision de cesser la chasse ? Pourquoi, connaissant si bien les quatre autres, ne s'était-il pas renseigné sur Lapige ? Pourquoi n'avait-il pas voulu faire comme l'avait décidé la taulière au départ ? Pourquoi avait-elle cédé ?

Un pompier sortit du camion et s'approcha de Delestran avec un téléphone portable à la main.

– C'est le téléphone du mort. Cela fait deux fois qu'il sonne.

Il repartit dans le véhicule rejoindre le mort. Delestran n'avait rien dit. Il avait tendu la main. Son absence de réponse valait consentement malgré son regard vide.

Que se serait-il passé si Lapige avait tiré ?

Au loin, une dépanneuse chargeait la Xsara sur son plateau pour le transport à la 1re DPJ. Les policiers en tenue s'activaient à prendre les mesures qui figureraient sur le plan de l'accident annexé à leur rapport. Les faux policiers avaient quitté les lieux pour rejoindre une cellule en attendant d'être auditionnés.

Le téléphone vibra, puis une sonnerie retentit. Elle fit sortir Delestran de sa torpeur. Pourquoi décrocha-t-il ?

– Antoine ? C'est moi, Florence. Tu m'entends ?

Il l'entendait, mais, lui, c'était Julien.

– Bonjour, madame. Je m'appelle Julien Delestran et je suis commandant de police.

– La police ? Passez-moi mon mari, s'il vous plaît.

– Je ne peux pas, madame.

– Comment ça, vous ne pouvez pas ? Qu'est-ce qui se passe ? Je veux parler à mon mari.

– Madame, je ne...

– Pourquoi je ne peux pas lui parler ? Il s'est passé quelque chose ? Où est-il ? Antoine est avec vous ? Pourquoi avez-vous son portable ? Antoine, je veux parler à Antoine !

Elle s'énervait. Sa voix tournait à l'angoisse. Delestran ne pouvait pas lui dire que son mari était mort. Ça ne se faisait pas par téléphone.

– Vous êtes où, madame ?

– Chez ma gynéco. Antoine doit me rejoindre. Nous avons rendez-vous et il est en retard.

– Quelle adresse ?

– Mais à la maternité de l'hôpital Lariboisière. Allez, ça suffit la plaisanterie. Passez-moi mon mari, s'il vous plaît.

– Antoine ne viendra pas, madame. Je viens vous voir et je vous expliquerai. Surtout ne bougez pas, j'arrive.

Il raccrocha sans entendre sa réaction. Cette annonce devint d'un seul coup sa seule préoccupation, une idée fixe à laquelle son esprit se cramponnerait désormais. Delestran se leva et se dirigea vers la bouche de métro. Beaumont fut intriguée, il avait le pas alerte. On aurait dit qu'il courait. Ce n'était pas normal. Elle l'intercepta avant qu'il ne plongeât dans l'escalier.

– Tu vas où ?

– Je reviens.

Victoire ne comprenait pas. Il ne la regardait pas, poursuivait la descente des marches.

– Julien ! Attends ! Je viens d'appeler la taulière pour lui rendre compte. Elle est furieuse. Elle nous attend au service.

– ...

– Tu m'entends, s'agaça Victoire. La taulière veut nous voir. Tout de suite !

– Vas-y. Je te rejoindrai.

– Elle a dit « nous ».

– Et alors ?

– Elle nous attend de pied ferme.

– Elle peut, mais j'ai une chose à faire.

– Quoi ?
– Aller voir la femme d'Antoine.
– Tu sais où la trouver ?
– À la maternité de l'hôpital Lariboisière. Elle vient d'appeler sur son portable.
– Et tu vas lui dire quoi ?
– La vérité.
– Les circonstances aussi ?
– Oui.
– Tu ne veux pas la faire venir au service ?
– Non.
– Tu y vas avec qui ?
– Tout seul.
– Un de nous va venir avec toi.
– Non. Vous, vous avez du travail.
Il descendit les marches et disparut en laissant Victoire désemparée. Elle prit son portable et chercha dans son répertoire.
– Allo, Claire ? C'est Victoire. J'ai une urgence...

Delestran attendait dans une petite salle que madame Florence Marchand ait terminé sa consultation. C'était la deuxième échographie, elle allait connaître le sexe de l'enfant qu'elle portait dans son ventre. En retard, son mari ne viendrait pas, finalement. Elle n'en connaissait pas la raison, mais Delestran était là pour ça : l'annonce. Ce moment-là était d'une telle violence qu'on avait l'impression de tuer la personne à qui on s'adressait. Delestran était le messager du pire. Ce n'était pas une première, mais, là, c'était vraiment particulier. Il appréhendait et curieusement retrouvait toute sa lucidité.

Comment allait-il procéder ? De l'empathie, mais pas de sympathie, disaient les théoriciens. Facile à dire... Dans la vraie vie, la frontière n'existait pas. On ne pouvait pas se cantonner à souffrir autour, on était obligé de souffrir avec. On transmettait le venin et on prenait la morsure. Ça laissait des traces.

Delestran avait l'impression de se retrouver comme avant une autopsie, lorsqu'on attend que quelqu'un vienne vous chercher pour entrer dans la salle. Ce grand silence contrastait avec ce qui ne manquerait pas d'arriver lorsque tout s'arrête brutalement par la perte de l'être aimé : les hurlements, les pleurs et les cris insupportables. L'annonce était un meurtre sans cadavre. On imposait la mort, mais il fallait continuer à vivre.

Pourquoi Lapige n'avait-il pas appuyé sur la détente ?

Le cœur haletant, Claire Ribot surgit dans la salle d'attente. Elle avait fini par le trouver. Elle vint s'asseoir à son côté, ne lui adressa aucune question. Elle était là, tout simplement. Par pudeur, ils n'osèrent pas se regarder. La main de Claire vint se poser sur l'avant-bras de Delestran pour les lier l'un à l'autre face à ce qui les attendait. Partagé, le silence devint moins terrifiant.

À travers la cloison, on entendit des bruits, puis la porte s'ouvrit. Une femme revêtue d'une blouse blanche fit son apparition dans l'encadrement de la porte.

– La secrétaire m'a prévenu du motif de votre visite. Je n'aimerais pas être à votre place. Madame Marchand est à côté, l'examen s'est bien passé. Tout va bien, enfin... Où voulez-vous la rencontrer ?

– Ici, ce sera très bien, répondit Claire Ribot.

– Dans la salle d'attente ?

– Oui, c'est mieux. Dans votre salle d'examen, cela risque d'être perturbant par la suite pour madame Marchand et, de ce fait, compliqué pour vous. Un lieu marqué par ce type d'annonce, mieux vaut que ce soit ici.

– Très bien. Je vais la chercher.

Delestran se leva. C'était maintenant. Dans le regard de Claire, il puisa la force de faire le premier pas. Sur l'instant, on ne comprend pas. Ce n'est que plus tard qu'on s'étonne de cette complicité, faisant éclore une étrange beauté dans l'horreur de la situation.

Florence Marchand n'était pas sereine. Ses yeux battaient d'affolement. Elle posa ses bras autour de son ventre arrondi, comme si elle avait mal. Delestran eut l'impression qu'elle savait déjà. Il fallait se préparer à sa réaction, bien qu'on ne sache jamais comment celle-ci se manifeste. Ils se rapprochèrent jusqu'à établir un contact physique, parce que cela allait être inhumain.

– Madame, j'ai une mauvaise nouvelle à vous annoncer. Votre mari a été renversé par une voiture alors qu'il traversait la chaussée. Il est mort sur le coup.

Elle lui sauta au cou en hurlant. Delestran se laissa faire. Elle l'agrippa, le secoua avec une force insoupçonnée. C'était physique, il fallait passer par là. La foudre noire jaillissait de ses entrailles, puis elle disjoncta.

– Ce n'est pas possible. Vous vous trompez. Vous n'êtes pas au bon endroit. Vous m'entendez? Antoine est parti au travail ce matin comme d'habitude, il m'a dit : « À tout à l'heure », donc il va venir. Il est simplement en retard. Je suis désolé, mais il y a erreur sur la personne.

Elle venait de faire volte-face. Redevenue incroyablement paisible, déterminée et convaincue, elle était dans le déni le plus total. Réaction saine; c'était normal, on s'y attendait. Il fallait la laisser passer par ce stade qui exprimait l'inacceptable.

– Antoine va rentrer à la maison, donc je vais y aller. En plus, il va être heureux : il va avoir une fille. Je vais aller chercher mon fils à l'école. Antoine rentrera ce soir à la maison et tout sera comme avant.

Plus rien ne serait comme avant, mais il ne servait à rien de la contredire. Il fallait l'entourer et l'accompagner dans le processus. Claire avait capté l'information. Les Marchand avaient un fils. Il faudrait également lui annoncer le décès de son papa. Elle se projeta dans l'étape suivante, alors que Florence Marchand n'était qu'au début d'un interminable chemin dont ils partageaient avec elle un tronçon.

– Quel âge à votre fils, madame Marchand?

– Cinq ans.

– Comment se prénomme-t-il?

– Jérémy.

Florence Marchand n'en démordait pas. Son mari allait rentrer à la maison. Les policiers avaient commis une erreur, mais elle ne leur en voulait pas. Devant leur résistance passive, en silence, elle commença cependant à se raidir, puis s'irrita.

– Si, comme vous me le dites, Antoine est mort, je veux voir le corps de cet homme pour vous prouver qu'il ne s'agit pas de mon mari.

« C'est une idée intéressante », pensa Claire Ribot. Puisqu'elle venait d'elle, pourquoi pas, après tout? Elle adressa un coup de menton à Delestran pour le sonder. Cela ne se faisait pas, mais étant donné les circonstances exceptionnelles... Claire accentua sa demande d'un regard pugnace.

– Je reviens, faut que je passe un coup de fil, lui répondit Delestran.

Ils s'étaient compris. Delestran sortit de la salle. Claire avait envie de lui dire des choses sans importance. Il faudrait qu'elle le fasse plus tard. Parce que c'était bien, malgré tout.

Delestran contacta madame Delermann, procureur de la République près le TGI de Paris. Elle n'était pas une amie à proprement parler, mais ils travaillaient en confiance depuis de nombreuses années, pouvaient compter l'un sur l'autre. Delestran savait qu'elle entendrait sa demande en faisant tout pour y répondre favorablement. Oui, cela ne se faisait pas. Le Code de procédure pénale interdisait tout contact entre un corps en passe d'être autopsié et une tierce personne. Il fallait préserver l'intégrité des preuves, comme sur une scène de crime. Mais puisqu'il s'agissait de son épouse, manifestement étrangère à cette mort accidentelle, on pouvait, pour une fois, refermer le Code de procédure pénale.

– Je vous donne mon accord, commandant. Vous pourrez l'acter en procédure. Je vous laisse voir avec l'IML pour vous organiser. Je vous souhaite bon courage. Si les gens savaient...

– Je ne vous remercie pas, madame Delermann.

C'était leur petit jeu entre eux, puisqu'on remerciait les gens qu'on ne voulait plus revoir...

– Moi non plus, commandant. Et faites ça bien...

Il lui restait à en faire de même avec la cheffe de l'IML. Sous ses allures de bête féroce, madame Leduc était un être au cœur sensible, mais encagé dans une carapace de glace. Elle était comme Delestran, la pudeur s'imposait en toutes circonstances. Pas besoin d'en faire des tonnes, elle l'avait bien compris. Il fallait qu'elle se renseigne auprès des thanatopracteurs et voir avec l'accueil si une chambre mortuaire était disponible. Elle le garda en ligne quelques minutes, le temps de descendre au sous-sol pour avoir une confirmation – oui, il était présentable –, puis de remonter en surface, tout aussi énergiquement, où une secrétaire lui confirma qu'à partir de quatorze heures tout pourrait être mis en place dans une salle aménagée. « On s'occupera de lui ensuite en allant voir à l'intérieur. Bonne journée, Delestran. » C'était concis et efficace, c'était madame Leduc.

Soulagé, Delestran rejoignit Claire Ribot et Florence Marchand. Elles s'étaient rassises, discutaient de tout et de rien comme des gens qui faisaient connaissance. Discrètement, il indiqua à Claire le chiffre deux avec sa main en désignant sa montre, puis mima la nécessité de temporiser. Florence Marchand était entre deux mondes, semblait avoir oublié la raison de leur présence. Claire la faisait parler. Lorsqu'elle s'arrêta, elle lui fit une proposition :

– Madame Marchand, on ira voir le corps en début d'après-midi. En attendant, voulez-vous un café, un thé ou peut-être quelque chose à manger ?

Il fallait occuper le temps pour ne pas avoir à subir son silence et laisser germer l'angoisse de la future confrontation.

Elle se laissa transporter à l'arrière du véhicule. Assise à son côté, Claire Ribot parvint à la faire parler de son mari pendant le trajet. Il n'était pas question de la brusquer, juste de laisser le temps d'ouvrir l'espace du possible. Plus ils avançaient, plus la forteresse dans laquelle elle s'était retranchée s'effritait. En traversant la place de la Bastille, Delestran jeta son œil vif dans le rétroviseur central. Pour la première fois, Florence Marchand venait d'user de l'imparfait : « Antoine était un papa exceptionnel. » Arrivés à l'IML, ils avaient déjà fait un bon bout de chemin.

Avant d'entrer, Claire Ribot demanda à Florence Marchand si quelqu'un de son entourage pouvait aller chercher son fils à l'école et le ramener à son domicile, où sa maman l'attendrait le moment venu. Sa sœur pourrait s'en charger. C'était une très bonne nouvelle, elle aurait quelqu'un pour la soutenir. On la contacterait à la sortie de l'IML. Décidément, elle pense à tout, se dit Delestran. Florence Marchand n'avait pas posé de questions, comme si elle avait trouvé cela normal. À cet instant-là, Delestran eut la conviction qu'elle avait, inconsciemment, pris acte de son veuvage.

Fallait-il qu'elle rentre seule ou accompagnée ? Florence Marchand trancha. Elle s'approcha de Delestran, la voix suppliante :

– S'il vous plaît. Toute seule, je ne pourrai pas. Vous pouvez venir avec moi ? J'ai besoin de quelqu'un avec moi.

Pourquoi lui ? Désarçonné, Delestran se tourna vers Claire Ribot. « Vas-y ! lui disait son regard luisant. C'est toi qu'elle veut. Vas-y avec elle ! » Il y avait une telle force de persuasion dans ces deux charbons ardents que Delestran n'avait pas le choix.

– Je peux vous prendre la main ?

Elle la serra de toutes ses forces. En cherchant un point d'accroche, elle donnait en même temps du courage à Delestran. C'était nouveau pour lui. Il se laissa embarquer. Jamais il n'oublierait ce moment où il entra dans cette salle, main dans la main, avec cette femme si courageuse qui allait être confrontée au corps mort de son mari.

Que se serait-il passé si Lapige avait appuyé sur la détente ?

Cela dura une quinzaine de minutes. L'horreur absolue, puis, le choc passé, des gestes tendres et des mots ciselés à tout jamais dans sa mémoire. « C'est une fille, Antoine »... Cette femme était admirable de dignité. Témoin de l'indicible, Delestran ne trouverait jamais les mots. Elle était ressortie en lui disant merci. C'était fou ! Qui pourrait le croire ?

Claire Ribot le récupéra, ébranlé, les yeux rougis, prêt à décharger tout ce qu'il s'était forcé à retenir. Elle le prit à l'écart.

– Julien, c'est fort ce que tu as fait. Pour elle, mais aussi pour toi.

Elle avait raison. Ce n'était pas le corps d'Antoine Marchand qu'il avait vu au départ, mais le sien à la place du mort. Puis cette image s'était volatilisée. Ça non plus, il n'en parlerait pas. Personne ne comprendrait.

– Maintenant, je prends le relais. L'annonce à son fils, je m'en charge. C'est pour cela que je ne suis pas rentrée avec toi dans la salle, pour ne pas être « polluée » – elle avait mimé des guillemets avec ses mains. Allez, tu vas pouvoir souffler un peu, fumer une cigarette.

– Merci, Claire.

Lui aussi, il avait dit merci...

Madame Marchand habitait rue du Jourdain, dans le 20e arrondissement, pas très loin de chez Delestran. Voisins d'arrondissement, la rue de Belleville les séparait. Ils s'étaient certainement croisés, mais jamais rencontrés. Dorénavant, ils se reconnaîtraient si le hasard les mettait à nouveau sur le même chemin. Sa sœur devait récupérer Jérémy à la sortie de l'école. Elle se retrouvait dans la position de Claire et Delestran quelques heures auparavant. Subitement, l'angoisse de l'annonce à son fils avait balayé le choc qu'elle venait de vivre lors de la confrontation. Sa douleur n'existait plus, elle se projetait sur celle de son fils et cela la terrorisait.

– Vous m'aiderez pour le lui dire ?

– Oui, madame, vous ne serez pas seule.

– Si vous le souhaitez, on peut préparer un peu ce moment, dès à présent, pendant le trajet ? Vous êtes d'accord ?

Elle acquiesça en la fixant du regard. Claire orienta la discussion en modulant sa voix. Son art consistait à libérer la parole par des questions que Florence Marchand n'aurait pas osé formuler. « Quels mots vous viennent à l'esprit maintenant pour annoncer à Jérémy le décès de son papa ? », « Quels mots sont difficiles à prononcer maintenant ? », « À quelles questions vous sentez-vous capable de répondre ? », « Comment imaginez-vous la réaction de votre enfant ? », « À cet instant précis, quel est selon vous l'essentiel à dire à Jérémy ? ». Elle écoutait ses réponses, l'aidait dans la formulation. Elle n'imposait rien, ne lui donnait finalement aucun conseil. Elle levait des interdits en ouvrant une sorte de passage secret dans lequel Florence Marchand pouvait s'engouffrer pour y trouver sa propre solution. Impressionné, Delestran écoutait sans oser regarder dans le rétroviseur.

– Si vous saviez comme j'ai peur.

– Je serai à vos côtés. Vous savez, j'ai aussi peur que vous.

Le visage de Florence Marchand s'assouplit avec une esquisse de sourire.

– Merci d'être là.

– C'est normal, madame. Le moment que vous allez vivre est très important pour la suite et je sais que vous saurez l'affronter.

Une heure plus tard, la vie de Florence Marchand bascula pour la seconde fois en quelques heures. Lorsqu'elle entendit sa sœur sonner à la porte, elle regarda Claire d'un air déterminé. Ses yeux disaient : « Je suis prête. » Elle ouvrit la porte et prit son fils dans les bras.

Il fallait savoir partir : ni trop tôt, ni trop tard ; juste au bon moment. L'annonce avait été faite. De la famille venait d'arriver. On pouvait donc se retirer en laissant cette famille avec un drame qu'on avait modestement amorti. Delestran et Claire

Ribot n'avaient pas pris l'escalier pour redescendre du quatrième étage. Confinés dans la cage d'ascenseur, ils se faisaient face en silence, stupéfaits de ce qu'ils avaient fait. Tout passait par le regard : le soulagement, la conscience d'avoir vécu un moment qui marquerait leur vie professionnelle, le sentiment surtout d'avoir pu compter l'un sur l'autre. Il y aurait désormais un avant et un après.

Ils s'étaient retrouvés à l'air libre dans la rue comme deux rejetés, entre deux mondes, au milieu des passants insouciants. Telle était la vie des flics, toujours en décalage. N'en était-il pas de même pour les psychologues ?

Au moment de démarrer, Delestran eut une hésitation, comme une pudeur. Sa main ne parvenait pas à enclencher le contact. Claire se saisit de l'instant pour l'interroger en posant sa main sur son avant-bras :

– Julien, à quoi penses-tu ?

– C'est difficile à exprimer. C'est un peu tout à la fois.

– Ton sentiment général, à chaud, c'est quoi ?

– Un mélange, entre deux extrêmes. Personnellement, je me sens sale. Mais il me semble que nous avons été bons. En fait, c'est comme si j'avais eu à me faire pardonner de quelque chose d'odieux et que j'y étais parvenu. Grâce à toi.

– Et là, maintenant, de quoi tu as envie ?

C'était l'instant du relâchement, et pourtant Delestran ne pouvait pas lui dire qu'il aurait eu envie de la serrer dans ses bras.

– Mais, dis-moi, tu fais ta psychologue ?

– Et toi, le flic, en posant des questions ? Alors, j'attends...

– C'est étrange, mais il me semble que c'est un peu de tendresse dont j'ai besoin en ce moment. Et toi ?

– Ça va te paraître tout aussi étrange, j'aurais bien aimé me blottir dans tes bras dans l'ascenseur. Mais, je sais, cela ne se fait pas.

Que se serait-il passé si Lapige avait appuyé sur la détente ?

Chapitre 5

Le contraste était saisissant. Une demi-heure après avoir quitté le domicile de Florence Marchand, Delestran se retrouva dans le bureau de Rachel Delépine. À peine avait-il déposé son arme et ses menottes dans le caisson de son bureau que la taulière l'avait appelé. Il avait eu tout juste le temps d'échanger quelques mots avec Victoire. Pas de difficulté sur l'affaire en cours. À la question de savoir comment s'était passée l'annonce avec Claire, il avait simplement répondu « très bien », puis il était monté au quatrième.

Elle ne l'avait pas invité à s'asseoir. Delestran était donc resté debout, devant son bureau, les mains derrière le dos. Elle avait dû fulminer tout l'après-midi. Son téléphone n'avait pas arrêté de carillonner : le préfet de police, la direction, le parquet et même les journalistes s'en étaient mêlés. Rien sur l'affaire faite en *flag*, il n'y en avait eu que pour le mort, avec parfois des remarques insidieuses. Ce n'était que le début. Elle redoutait un effet médiatique désastreux pour le service qu'elle dirigeait seulement depuis une semaine. Franchement, elle n'avait pas besoin de cela pour commencer. L'IGPN allait être saisie, il fallait s'attendre à passer à la moulinette. On aurait des comptes à rendre, Delestran le premier. « Aurait-on pu éviter le drame ? » À maintes reprises, elle avait dû répondre à cette question en tentant de prendre la défense de Delestran. Elle était dans une position délicate. La taulière avait pris la foudre tout l'après-midi et s'en déchargeait sur Delestran, impassible.

En colère, elle s'en voulait. Elle aurait dû imposer davantage son point de vue, être ferme, plutôt que de faire confiance à Delestran. Que s'était-il passé ? Pourquoi avoir pris autant de risques et en avoir faire prendre aux autres usagers ? Pourquoi n'avait-il pas cessé la chasse ? Un chef de groupe devait savoir garder son sang-froid et prendre du recul pour prendre la décision qui, manifestement, s'imposait. Elle l'avait suffisamment prévenu sur les risques courus. Il aurait dû éviter le pire. Devant l'absence de réaction de Delestran, Rachel Delépine avait lâché le mot : « incapable », qui dans son esprit équivalait à de l'incompétence. Elle disait cela parce qu'elle était en colère. Le pensait-elle vraiment ?

Elle avait fini par se rendre compte que Delestran était indifférent à ses propos. Ses mots glissaient sur lui, même lorsqu'elle haussait le ton. Elle était confrontée à une masse indolente qui n'absorbait plus rien. Mieux valait garder son calme pour prendre les bonnes décisions, elle essayait de se convaincre en butant sur son apathie.

– J'espère que la famille ne va pas nous mettre des bâtons dans les roues. Ils en disent quoi, d'ailleurs ?

– C'est un peu tôt, madame.

– C'est tout ce que vous trouvez à dire, Delestran ?

Que pouvait-il lui dire ? Bien sûr qu'il était désolé – et le mot était faible –, mais pas pour la même chose.

– En l'état actuel des choses, oui.

– Comment ont-ils réagi ?

– Comme des gens qui viennent de perdre un être aimé.

– J'imagine...

Non, elle ne pouvait pas imaginer, mais il s'empêcha de le lui dire. Cela n'aurait servi à rien.

– Bon, Delestran, voilà ce qu'on va faire. Pour commencer, vous allez me faire un rapport circonstancié sur l'accident. Vous avez intérêt à me le bétonner. Je le transmettrai à la direction et j'en adresserai une copie à l'IGPN. Je le veux demain matin à neuf heures sur mon bureau. Concernant l'affaire, prenez du recul, votre adjointe s'en occupe très bien. Vous pouvez lui faire confiance. C'est une femme solide et compétente, qui sait manager un groupe. Normalement, on part sur un déferrement lundi matin. D'ici là, on verra comment ça bouge dans les médias. Je ferai le point en début de semaine avec la direction et on avisera sur votre avenir. Pour lundi, prévoyez un costume. Chez les *bœufs*, ça fait toujours mieux ! C'est compris, Delestran ?

– Oui.

– Ça va, Delestran ? Vous ne paraissez pas être dans un état normal.

– Oui, ça va.

– Je ne sais pas si c'est du mépris ou alors une forme d'indifférence, mais j'ai l'impression qu'il y a quelque chose qui cloche chez vous. Victoire Beaumont m'a raconté pour Éric

Lapige. Franchement, vous auriez pu y passer. Vous vous rendez compte ?

À l'évocation de Lapige, une image et une question revinrent comme un flash dans sa mémoire. Delestran marqua le coup en baissant les yeux.

– Je ne vous l'ai pas demandé, mais si vous souhaitez un soutien psychologique, je peux faire le nécessaire auprès de la direction.

– Ce ne sera pas nécessaire.

– Comme vous voulez.

– Je peux disposer ?

Delestran n'attendit pas la réponse pour faire demi-tour. Cela suffisait !

Lundi matin, Delestran était arrivé au service avec une veste et une chemise, mais il n'avait pas mis de cravate, par principe. Durant tout le week-end, son groupe avait travaillé sans relâche. Bien entendu, les faux policiers avaient tout chiqué. La téléphonie, leur voix sur les écoutes, les surveillances, ce n'était pas eux. Comme on s'y attendait, la représentation des suspects aux victimes, derrière la vitre sans tain, s'était révélée décevante. Pourtant, les enquêteurs s'étaient donné les moyens en allant chercher les douze victimes à leur domicile, puis en les raccompagnant une fois les auditions terminées. La 1re DPJ s'était transformée, l'espace d'un après-midi, en annexe d'Ehpad nouvelle génération, avec chaises roulantes, déambulateurs et cannes de marche. En raison du stress, accru par leur grand âge, et de l'émotion, trois membres de la Croix-Rouge avaient aménagé un poste de prise en charge dans une salle au rez-de-chaussée. Malheureusement, la moitié des victimes n'avaient pas reconnu ceux qui étaient venus les dépouiller plusieurs semaines auparavant. Quant à l'autre moitié, entre les hésitants et ceux qui ne pouvaient être formels, quelques-uns avaient reconnu des vrais policiers mélangés aux faux pour donner de la crédibilité à l'opération. Le *tapissage*, avec les personnes âgées, c'était toujours du pain bénit pour la défense.

Heureusement, il y avait le *flag*. Mis devant l'évidence des lingots, diamants et bijoux trouvés en leur possession, ils s'étaient murés dans le silence. Ils n'avaient pas à s'en expliquer. Le procès-verbal de huit pages relatant la mise en place de la surveillance jusqu'à l'interpellation, reprenant toute la chronologie et les mouvements de chacun, était un modèle du genre. Anna Bellama « avait fait ça bien »... Irréfutable, la puissance de la plume désarmerait la défense.

Delestran avait assisté aux auditions de Lapige menées par Victoire. Sans rien dire, il l'avait écouté pendant plusieurs heures se débattre contre les accusations avec, le concernant, des qualifications supplémentaires : violences volontaires contre personnes dépositaires de l'autorité publique avec arme par destination, mise en danger de la vie d'autrui et homicide involontaire. Pas la moindre empathie ni même de regret, il était resté froid et inflexible bien que Victoire se soit employée à le malmener. Lapige avait en lui une rage qui s'exprimait à travers la sécheresse de ses réponses et des réactions impulsives. C'était un indomptable à qui seule la mort pourrait faire entendre raison. Delestran s'en voulait de ne pas s'être intéressé à lui avant d'agir, car cet homme était manifestement dangereux.

Victoire s'était chargée du rapport de transmission, faisant office de synthèse. Delestran ayant oublié de lui préparer un Post-it, elle avait été contrainte de lui réclamer les deux mots qu'elle devait absolument placer pour respecter la tradition. Embarrassé, il ne lui en avait donné qu'un seul : ordalique. Cet adjectif lui avait permis de qualifier la conduite de Lapige durant la course-poursuite.

Mise en pages la veille, la procédure comportait mille sept cent vingt-trois feuillets. En cinq exemplaires dont deux certifiés conformes, elle avait été descendue aux geôles sur un chariot roulant pour accompagner les futurs mis en examen au TGI. Olivier Lessourd avait gagné les paris sur le nombre de feuillets, mais on n'avait pas bu de champagne, simplement une bière dans le couloir, à l'arrache. La mort d'Antoine Marchand avait entaché le succès de cette affaire et affecté les hommes de Delestran, qui avaient perdu leur enthousiasme. On se serait presque cru à l'usine ou à la mine pendant tout le week-end.

Déférer un lundi matin à neuf heures était vraiment inhabituel ; une première. Un fourgon cellulaire transférait les cinq hommes au dépôt de Paris, en attente de leur présentation devant le magistrat instructeur, alors que Delestran quittait le service pour se rendre chez les *bœuf-carottes*.

Les *bœufs* ne l'avaient pas maltraité, mais cela avait duré. Fidèles à leur réputation, ils l'avaient fait mijoter pendant six heures. On lui avait accordé une coupure méridienne de trente minutes pour se restaurer. Delestran s'était retrouvé seul, assis sur un siège, face à la vitre d'un distributeur. Il avait fallu tout reprendre depuis le début, circonstancier chaque phase de l'intervention qui avait conduit au drame, jusqu'à la chasse qui avait duré une dizaine de minutes dans la réalité et pris deux heures à être rédigée sur le papier. Delestran avait gardé son calme tout du long, y compris dans la dernière heure, lorsque les questions s'étaient faites insidieuses. Non, sur l'instant, il n'avait pas eu le sentiment de prendre des risques ou d'en faire prendre aux autres usagers. Oui, il aurait pu cesser la chasse, mais à aucun moment il n'y avait songé puisqu'il ne s'était pas senti en danger. Plus embarrassant était le lien de causalité entre la chasse et les risques pris par Lapige. Il était évident que, en voulant prendre la fuite, Lapige avait pris tous les risques. Pouvait-on reprocher à Delestran d'avoir provoqué ces risques et donc retenir à son encontre une responsabilité dans la mort d'Antoine Marchand ? Pendant une heure, ils avaient tourné autour de cette question essentielle : la provocation, qui, si elle était avérée, induirait forcément une responsabilité pénale. On avait ouvert le Larousse : est-ce que Delestran avait cherché à provoquer une réaction violente ? Non. Puis le Code pénal : est-ce que Delestran avait incité Lapige à commettre un crime ou un délit ? Non. Pouvait-on reprocher à Delestran une complicité d'homicide involontaire ? La question ne lui avait pas été posée directement, mais le parquet aurait à y répondre aux termes de l'enquête, qui allait se poursuivre par d'autres auditions, à commencer par Lapige. Delestran ne s'était pas offusqué de ces questions dérangeantes. Il connaissait trop bien la règle et il valait mieux y répondre dans le bureau des *bœufs* que dans le box d'une salle d'audience. C'était un mauvais moment à passer, selon son homologue, heureux d'avoir terminé sa journée. Depuis quelque temps, Delestran les enchaînait, ces mauvais moments.

Une nouvelle estocade lui fut portée au moment où il s'y attendait le moins, à son retour au service, dans sa propre maison. Ce n'était pas encore le coup de grâce, mais la décision de la taulière lui fit courber l'échine en le saignant à blanc. En attendant les conclusions de l'enquête de l'IGPN, elle avait décidé de le relever de ses fonctions de chef de groupe.

Victoire Beaumont allait être nommée à sa place, ce qui lui permettrait par la même occasion, après sept années de service, de prétendre légitimement à prendre son galon de capitaine. Le groupe Delestran allait donc être rebaptisé Beaumont et Victoire assurerait la continuité. Pour maintenir le groupe à effectif constant pendant ces quelques mois, elle allait recruter un nouvel enquêteur, plus précisément une enquêtrice, qui avait attiré son attention parmi les nombreuses candidatures. Un peu de sang neuf ferait du bien. Rachel Delépine le rassura : ce n'était que du provisoire, en attendant les conclusions de l'IGPN.

Delestran savait très bien qu'à son âge le provisoire pouvait durer longtemps, jusqu'à devenir définitif. Il encaissa douloureusement cette décision qu'il n'avait pas vue venir, prenant acte sans être en mesure d'opposer la moindre résistance. Il pouvait s'estimer heureux, selon la taulière. Avec la direction, elle avait fait ce qu'il fallait au niveau de la communication pour éteindre l'incendie avant qu'il ne se propage partout dans les médias. La police n'était pas responsable de la mort d'un homme. Le plus difficile avait été fait. La famille n'avait toujours pas déposé plainte jusqu'à présent. La tempête était passée. La casse avait été évitée. On allait pouvoir de nouveau travailler dans la sérénité. Elle se disait soulagée.

Qu'allait-elle faire de lui ? Elle y avait pensé, bien entendu. Elle allait créer une cellule spéciale, rattachée à son état-major. Delestran allait prendre de la hauteur en rejoignant le quatrième étage. Il serait en charge des synthèses judiciaires, de la rédaction des télégrammes, des statistiques et de la mise en place des futures réformes d'un point de vue opérationnel. Elle tenait à valoriser son expérience pour servir d'appui aux différents groupes du service. Il aurait un rôle d'analyse, d'expertise et de conseil. Elle lui avait même laissé entendre qu'avec un tel poste il pourrait prétendre à obtenir l'échelon exceptionnel de son grade. Fallait-il qu'il le prenne comme une promotion, finalement ? Tout cela lui paraissait si creux, enjolivé de mots conceptuels qu'il ne comprenait pas. Déboussolé, il l'avait laissée dévider sa bobine sans la moindre résistance. À quoi bon ? Il n'avait même pas réagi à l'acronyme qu'elle avait trouvé pour intituler ses nouvelles fonctions : la CAJ, la cellule d'appui judiciaire.

Que se serait-il passé si Lapige avait tiré ?

Il aurait eu une promotion à titre posthume, avec son nom accolé à une promotion d'élèves officiers ?

Mais Lapige n'avait pas tiré ! Toujours vivant, il venait d'être mis au placard ; provisoirement et jusqu'à nouvel ordre. Tel le travailleur inutile des Enfers*, Delestran allait rejoindre sa CAJ.

Et il fallait « imaginer Sisyphe heureux ».

Delestran avait contacté son épouse pour lui dire qu'elle ne l'attende pas pour dîner. Cela lui arrivait régulièrement, au gré des affaires. Être mariée à un policier l'avait habituée à savoir occuper seule ses soirées. C'était dommage, l'adaptation d'un « roman dur » de Simenon, son préféré, était rediffusée ce soir à la télévision : *L'Ours en peluche*, avec Alain Delon et Laure Killing. « Oui, c'est dommage, mais tu me connais, je préfère toujours les livres », lui répondit-il sans rien laisser transparaître de sa tristesse à travers sa voix. Elle n'avait pas posé de questions, comme toujours, savait qu'elle se réveillerait le lendemain à son côté en l'ayant certainement secoué au cours de la nuit pour qu'il se retourne et arrête de ronfler. « Bonne soirée, madame Delestran, et bon film. » Il avait raccroché.

En vingt-cinq ans, c'était la première fois qu'il n'avait pas envie de rentrer à la maison, alors que plus rien ne le retenait au travail. Cela l'avait pris subitement, comme une pulsion. Il avait envie de fuir sans savoir quoi exactement.

D'une démarche lourde, il quitta le service en saluant d'un simple mouvement de tête le planton qui avait activé le déverrouillage de la barrière. On aurait dit un vieux chien sans laisse qu'on mettait à la porte de chez lui. La démarche en souffrance, les épaules rentrées sous le poids de la culpabilité, il se sentait lourd et triste, telle une bête malade qu'on envoie à l'abattoir.

Il rejoignit la Fourche, se dirigea vers la place de Clichy. La nuit s'épaississait à chacun de ses pas, alors que les noctambules s'éveillaient dans le quartier de Pigalle aux néons accrocheurs. Ce monde, il le connaissait bien. Pendant des années, il s'en était délecté avec gourmandise pour satisfaire son appétence de curiosité humaine, mais, ce soir, tout lui semblait fade,

---

* Expression métaphorique désignant Sisyphe.

insipide. Quelque chose avait changé. Un ressort s'était cassé. Pourquoi cette impression étrange d'être devenu un homme réduit à son passé ? La marche offrait la possibilité de libérer des pensées nouvelles, surprenantes de vérité.

Place de la Trinité, les Grands Magasins, place de l'Opéra, les lieux remplis de souvenirs défilaient devant ses yeux. Il s'était mis en pilotage automatique, souriait à l'idée que, finalement, il savait très bien où il allait. Ce n'était pas un voyage au bout de la nuit, mais un voyage tout de même, non pas pour aller quelque part, mais pour rencontrer quelqu'un. Serait-elle là ?

À l'angle de la rue Vignon et de la place de la Madeleine, l'Audi grise toute cabossée était stationnée à cheval sur le trottoir. Un homme en mal de tendresse avait pris place à bord de l'habitacle. Nicole avait éteint ses *warnings* et s'apprêtait à démarrer pour rejoindre sa garçonnière, une chambre de bonne sous les toits de Paris, dans la rue de Ponthieu. Delestran traversa juste devant le capot de la voiture pour se faire voir tout en guettant la réaction. Ce fut tout d'abord un sourire et des yeux pétillants, puis l'embarras d'être accompagnée et de ne pas pouvoir se rendre disponible sur l'instant. Delestran n'était pas passé là par hasard. Elle connaissait les hommes dans ce qu'ils dissimulaient de plus terrible. En leur permettant de s'allonger à ses côtés, elle leur offrait la possibilité de s'abandonner en libérant une vérité nue pétrie de tendresse. Est-ce que ce soir, pour une fois, Delestran n'avait-il pas envie de s'allonger à côté de Nicole ? Il n'aurait pas eu besoin de se déshabiller pour se mettre à nu, parce qu'avec elle on pouvait tout dire ; même le pire.

Nicole symbolisait un monde qu'il avait peur d'avoir perdu, remplacé par la volonté des hommes modernes au cœur sec. L'ours en peluche était toujours là, derrière une vitre, posté sur un rebord de trottoir. Delestran pouvait rentrer chez lui.

La décision de la taulière avait provoqué un émoi sans précédent à la 1re DPJ. La nouvelle s'était propagée dans tous les groupes à l'heure du café matinal en l'absence du principal intéressé, curieusement absent. On était descendu des étages pour rejoindre son bureau animé de vives conversations. L'orage grondait. De quel droit avait-elle mis Delestran au placard ? La taulière faisait l'unanimité contre elle. « Pour qui se prend-elle ? » « Cela ne va pas se passer comme ça ! » De l'indignation, on était rapidement passé à la révolte. Il fallait faire preuve de solidarité, organiser les représailles, passer à la contre-attaque et taper fort ; plus fort qu'elle. Les idées fusaient dans un déchaînement de paroles souvent acerbes. Pour commencer, il fallait la mettre à l'isolement, au pilori du silence : interdit de lui parler. Ensuite, on allait s'occuper de son baromètre des violences sexistes au travail. Il allait virer au rouge sous les hautes pressions de la colère. Ce qui était « réclamé » pour les femmes n'était manifestement pas appliqué pour les hommes dans ce service dirigé par une femme tyrannique. La reine de l'affichage serait décapitée par un tract syndical dans lequel il fallait trouver une idée forte, le coup de grâce. Doué du crayon, Olivier Lessourd commença une ébauche de caricature pendant que les autres travaillaient sur le slogan. Ils avaient recherché sur Internet un nom de dictateur féminin célèbre. Personne ne connaissait Ranavalona, la reine de Madagascar ; Marie Tudor et Catherine II n'étaient connues que de nom. Concernant Elena Ceausescu, il y avait eu discussion. Elle était bien plus terrible que son mari, mais le dictateur en titre, c'était lui. Alors, ils avaient tenté de féminiser le nom. Dictatrice ou dictateuse, cela ne faisait pas très sérieux, et puis c'était moche. Le plus simple était de se focaliser sur son nom en lui ôtant son ancienne particule. Anna Bellama suggéra le mot « misandre » , inconnu de beaucoup, dont la définition, recherchée dans le dictionnaire, sonna comme une évidence. Un slogan fut trouvé : « l'épine du poison au royaume de la misandrie ». Il restait à développer des arguments sérieux, circonstanciés et factuels, illustrant l'état d'urgence dans lequel se trouvait la 1re DPJ et pointer, en conclusion, la menace d'une propagation aux autres services. Enfin, pour parachever la contre-offensive, chaque effectif rédigerait un rapport demandant sa mise à disposition de la direction, pour tout autre service et pour convenances personnelles. Mitch et Stan se feraient un plaisir de collationner l'ensemble, qu'ils remettraient à la taulière, qui devait en prendre connaissance avant la transmission à la direction.

Adossée contre la fenêtre, Victoire Beaumont avait assisté aux préparatifs de la riposte sans rien dire. Elle était solidaire, mais gênée de se retrouver dans cette situation. Devoir assurer l'intérim de Delestran dans ces conditions...

Victoire profita d'une accalmie pour s'extraire du bureau et prendre la direction de celui de Claire Ribot. Une envie de prendre l'air et d'évoquer son inconfort avec sa copine. Claire était au courant, comme tout le monde, de la mise au placard de Delestran. Elle tempéra l'impression générale d'injustice face au sort qui lui avait été réservé. Personne n'y avait prêté attention, mais Delestran avait subi un choc traumatique important lors de l'interpellation. Tout le monde s'était focalisé sur l'épreuve qu'il avait endurée lors de l'annonce du décès, mais lui, préalablement, il s'était vu mourir. Et ce ne serait pas sans conséquences. La première d'entre elles avait d'ailleurs été sa réaction immédiate : la sidération, puis l'obsession de l'annonce du décès à effectuer. Son cerveau s'était fixé sur cette tâche pour faire disparaître momentanément les angoisses. Il avait dû être terriblement ébranlé par la confrontation avec le corps d'Antoine Marchand en présence de sa femme. Mais il en était ressorti vivant avec la conscience de l'être, et ça, c'était le plus important. Il avait réussi ce passage en ayant même retrouvé un peu d'estime de lui-même, un bien-être personnel paradoxalement accru. Dans le domaine de Claire, on évoquait des symptômes dissociatifs pour illustrer cette réaction.

Alors, bien sûr, il allait avoir des flashs et des moments d'angoisse. Delestran allait mal dormir dans les prochains jours. Fallait-il redouter une montée de paranoïa, des psychoses chroniques ou des bouffées délirantes ? Claire se montra rassurante, Delestran était un être sain et équilibré, bien entouré. On pouvait redouter une hypersensibilité, des sautes d'humeur, des évitements face à des situations qui lui rappelleraient le choc initial, mais pas davantage. Il pouvait compter sur sa femme et ses collègues pour l'aider à cheminer et à digérer l'information. Il allait se redécouvrir. Le bouleversement des valeurs ne signifiait pas une remise en question, bien au contraire. Il y avait fort à parier qu'il en sorte, d'ici quelques mois, bonifié, avec plus de compassion et d'altruisme. En somme, il serait plus en capacité d'être heureux. Les études scientifiques sur les personnes ayant fait l'expérience d'une mort imminente abondaient dans ce sens. C'était à se demander s'il ne fallait pas tous passer par là pour qu'enfin chacun puisse être heureux et vivre dans un monde apaisé.

Victoire avait retrouvé le sourire grâce à Claire. Cette mise à l'écart de Delestran était peut-être un mal pour un bien. Même si elle n'avait pas été décidée à cet effet, elle lui serait profitable pour passer le cap et revenir plus fort.

Il fallait cependant considérer le reste et cette ambiance délétère. Claire n'avait pas de remède miracle. On ne pouvait que parler, communiquer, verbaliser, pour empêcher le cloisonnement. Elle était en charge de l'accompagnement des victimes relatives aux affaires que traitaient les policiers du service, les affaires internes ne relevaient pas de sa compétence. Victoire avait compris le message : Claire n'était pas la sainte Rita* de la 1re DPJ.

Lorsque Victoire revint dans son bureau, Delestran était enfin arrivé. Il avait un carton vide entre les mains pour prendre quelques effets et les monter au quatrième. Ce n'était pas un déménagement, simplement un aménagement temporaire. Il avait été informé de ce qui se tramait en douce pour prendre sa défense et s'était montré circonspect. Il n'était pas à plaindre, ne comprenait pas tout ce remue-ménage. C'était une décision de la direction en attente des conclusions de l'enquête de l'IGPN. Le tract était donc disproportionné, malvenu et très infamant à l'encontre de la taulière. Cela ne servait à rien, ne ferait qu'attiser les braises. Quant à la décision que chacun voulait prendre de se mettre à la disposition de la direction, c'était complètement insensé. Ils n'allaient pas remettre en jeu leur carrière pour lui, d'autant plus que ce n'était que du provisoire. Pourquoi autant d'emportement ? Delestran ne comprenait pas. Sa voix apaisée et son ton un peu lunaire avaient suscité des interrogations. Cela ne lui ressemblait pas. Où était le rebelle habituel ? Il ne se rendait vraiment pas compte de ce qui se passait. Mitch et Stan tentèrent de lui faire ouvrir les yeux en le provoquant :

– Julien, on veut bien que tu sois un peu perturbé, mais quand même... Tu es devenu l'avocat du diable ou quoi ? En tout cas, nous, il est hors de question qu'on ferme les yeux. Parce qu'après toi ce sera nous !

---

* Sainte Rita est connue pour être la patronne des causes désespérées.

Delestran paraissait désorienté par cet emballement, ces insinuations et le regard coléreux de Mitch. Ses gars avaient perdu la raison ? Il avait temporisé, puis s'était agacé pour enfin hausser le ton.

– Tout va bien. Vous perdez votre temps. Alors, votre tract et vos rapports, vous oubliez ! C'est compris ? Je vous préviens, si...

Il n'avait pas terminé sa phrase, avait montré le poing, puis quitté le bureau sans remplir son carton, rouge de colère. On ne l'avait jamais vu comme cela.

Victoire le rattrapa dans le couloir.

– Julien ?

Il ne réagit pas instantanément, mit un peu de temps à se retourner. Son regard indolent la déstabilisa.

– Julien... Qu'est-ce qui se passe ? Tu sais, les gars, ils comptent sur toi, ils ont besoin de toi. Ça les touche beaucoup ce qui t'arrive, ils trouvent cela injuste et moi aussi.

– Ne t'inquiète pas, ça passera.

– On dirait que ça ne te touche pas.

– Mais si, ça me touche. Je suis heureux que tu prennes la suite. C'est ton tour maintenant, capitaine Beaumont... à la tête du groupe Beaumont... À toi de jouer maintenant ! Ma petite Victoire, si tu savais comme je suis fier.

Delestran était encore chamboulé, en décalage total. Il avait dit cela avec une résignation heureuse qui la perturba. Victoire repensa aux symptômes dissociatifs décrits par Claire. Il passait de l'indifférence à une idée fixe, comme pour l'annonce du décès, et tout le reste n'avait plus aucune importance. Victoire se sentait prise au piège. Elle ne pouvait pas prendre son galon dans ces conditions. Que devait-elle faire ?

Chapitre 6

Après le temps de la pression, vient celui de la dépression.

Rapidement, Delestran s'était rendu compte que ses nouvelles fonctions n'occuperaient pas tout son temps. Un mi-temps aurait suffi. Il arrivait au service à neuf heures, récupérait un journal au poste de garde et rejoignait directement son bureau au quatrième en prenant l'ascenseur. Par correction, il passait saluer la taulière, occupée à lire ses mails avant la réunion du matin, à laquelle il n'était pas convié.

– Bonjour, Delestran. Comment ça va ?

– Bonjour, madame. Très bien.

– Tenez, j'ai une commande de la direction. Un tableau à rendre concernant les modes de saisine sur les six derniers mois. Si vous pouviez y jeter un œil. Je ne sais pas pourquoi ils nous demandent ça, mais puisqu'ils nous le demandent, je vous le confie. N'oubliez pas de valoriser le service. Vous verrez, il y a une case « à l'initiative du service »: c'est la plus importante. Faites bien le tour des chefs de groupe de façon à ne pas en oublier et tenez-moi au courant !

Le lendemain, c'était une nouvelle demande et les jours suivants une autre : des statistiques, une directive devant faire l'objet d'une note, une jurisprudence de la Cour européenne des droits de l'homme ou un arrêt de la Cour de cassation à décortiquer et synthétiser pour diffusion auprès des effectifs. Rien de très réjouissant. Parfois, elle n'avait rien à lui faire faire et mettait fin à l'entrevue par un simple « bonne journée » qui lui faisait faire demi-tour.

Après avoir bu son café, Delestran épluchait les télégrammes sur le Rescom* pour dresser la synthèse des événements s'étant déroulés à Paris au cours des dernières vingt-quatre heures. La taulière la voulait sur son bureau à onze heures, sitôt la réunion

* Réseau de communication interne à la Police nationale.

terminée. À quoi pouvait-elle lui servir ? Quelle valeur ajoutée ? Mais puisqu'elle l'exigeait, Delestran le faisait avec sérieux. Il y trouvait parfois de l'amusement en comparant la différence de traitement d'une même affaire entre un télégramme policier, très factuel, et le compte rendu qui en était fait dans la presse. Là se situait certainement la valeur ajoutée : la communication, sous couvert de l'information.

Lorsqu'il croisait ses collègues dans les couloirs, Delestran les saluait, comme avant. Cependant, il eut rapidement l'impression de n'être plus des leurs. Cela ne venait pas d'eux, mais de lui ou, plus exactement, de leurs regards embarrassés, qu'ils tentaient de contrebalancer par un excès de jovialité. Au début, il était heureux d'échanger quelques mots avec eux, même s'ils n'avaient pas grand-chose à se dire. Mais, au fil des jours, il ressentit de la gêne. Les regards devenaient fuyants. La compassion finissait toujours par prendre le dessus lorsque, inéluctablement, ils évoquaient sa situation. On aurait dit qu'ils prenaient des nouvelles de son état de santé. Ils le plaignaient, réaffirmaient leur solidarité, l'incitaient à ne rien lâcher, comme on essaie de convaincre un malade de se rétablir au plus vite, puis disparaissaient en le laissant seul dans le couloir. En quelques semaines, un fossé s'était creusé. Conscient d'être le principal responsable, Delestran n'en voulait à personne. C'était comme ça et, pour ne pas aggraver la situation, il fit en sorte de ne plus croiser personne. Dans les couloirs, il rasait désormais les murs.

Victoire et Claire étaient les seules à venir le déranger dans ses tâches administratives. La psychologue fut la première qui osa. Un matin, elle se présenta dans son bureau avec un bouquet de fleurs alors que les circonstances étaient à la grisaille ; un moyen selon elle de corriger le destin. Tout comme Delestran, elle avait reçu un faire-part pour assister aux funérailles d'Antoine Marchand. Pour raisons professionnelles, elle l'avisa qu'elle ne s'y rendrait pas. Toujours en charge de l'accompagnement de Florence Marchand, elle risquait de se retrouver en conflit et de ne pas pouvoir assurer efficacement sa prise en charge. Dans son domaine également, le mélange des genres était à proscrire. Delestran n'était pas dans la même situation. C'était à lui de décider. Peu importait sa décision, du moment qu'il soit vrai dans sa démarche. Sans rien dire à personne, il s'y était rendu. Il n'était pas rentré dans l'église, pas cette fois-ci ; c'était au-dessus de ses forces. Il s'était contenté d'attendre à l'extérieur et d'accompagner le cercueil au cimetière. Il s'était tenu à l'écart, un bouquet de fleurs à la main. Les larmes aux yeux, il avait vacillé en voyant la boîte disparaître dans la terre au milieu de la famille resserrée.

Que se serait-il passé si Lapige avait tiré ?

Delestran avait attendu de se retrouver seul dans le grand dortoir des morts pour s'approcher de la tombe. Il lut l'épitaphe avec un tremblement de la lèvre inférieure et déposa sur la stèle le bouquet que Claire lui avait confié. En se relevant, il chercha en lui quelque chose de très profond. Il ferma les yeux, s'inclina et demanda pardon. Qui d'autre que Claire aurait pu entendre cela ? En songe, elle lui adressa son plus beau sourire en guise de réconfort et le silence fit le reste.

Les fois suivantes, elle lui apportait une gourmandise pour lui redonner de l'appétit. Et parfois, quand il revenait à son bureau, il trouvait un rocher au chocolat déposé sur son poste de travail, un petit rocher dans son emballage doré. C'était une empreinte que Delestran se faisait une joie de rendre éphémère. Même quand elle n'était pas là, Claire lui faisait du bien.

Victoire passait également régulièrement. Son chef lui manquait. Elle lui donnait des nouvelles du groupe, de l'avancée des affaires et des difficultés auxquelles elle était confrontée en sollicitant son conseil. La recrue de la taulière était venue se présenter. Elle avait reçu un accueil glacé par les vieux mâles du groupe, qui lui reprochèrent, une fois partie, son manque de féminité. « Il ne manquait plus que ça, une broute-minous déménageuse de piano », avait ironisé Stan avec l'appui de Mitch, hilare. Victoire lui raconta comment elle avait été obligée de réagir vigoureusement en haussant le ton :

« Quand les femmes sont trop féminines, elles aguichent, limite si vous ne les traitez pas de putes, et quand elles ne le sont pas, vous leur en tenez tout autant rigueur. Jamais satisfaits, c'est jamais comme cela vous convient. Et c'est ça votre problème, vous les mecs : il faut toujours que ça vous convienne ! Car vous êtes toujours en attente de quelque chose. Franchement, je plains vos femmes. Moi, je n'attends pas que vous soyez sensibles ou virils, musclés ou enrobés, et je me fous de savoir si vous mettez des slips ou des caleçons, si vous voyez ce que je veux dire... Moi, ce que j'attends de vous, c'est que vous soyez compétents, impliqués, et que vous fassiez votre travail. Alors justement, messieurs, au travail ! »

– Tu crois que j'ai bien fait, Julien ? lui demanda Victoire, la voix fébrile, alors qu'elle lui avait ressorti sa diatribe, mot pour mot, avec la hargne de l'instant.

– Oui. Je pense que tu as trouvé les bons arguments. Fais juste attention à ne pas les braquer. Tu verras par la suite, si la nouvelle est effectivement à la hauteur, ils finiront par l'adopter pour ce qu'elle est et non pour ce qu'elle paraît.

– C'est quand même un problème, qu'une femme doive faire ses preuves pour être acceptée ; alors qu'un homme...

– Les temps changent...

– J'espère bien ! Euh... Enfin, je veux dire, je le souhaite.

Cette hésitation éclaira le visage de Delestran, qui retrouva le sourire. Rien n'avait changé entre eux, leur complicité était toujours intacte. Effectivement, il n'était pas un homme d'espoir. Ils en avaient suffisamment discuté. Ce mot était banni de son vocabulaire parce qu'il faisait vivre, mais vivre mal, parce qu'il y avait toujours la déception à la fin.

– Victoire, ils sont d'une autre génération. Même s'ils n'ont pas encore pris le train en marche, je t'assure qu'ils vont le prendre, parce que ce sont des hommes intelligents. Ils sont durs mais pas butés.

– Oui. T'inquiète, je sais faire la part des choses. Mais il faut quand même être vigilant et le leur rappeler, pour qu'ils n'y montent pas trop tard, dans le train. En tout cas, personne n'a moufté et j'ai reçu le soutien d'Anna, qui a applaudi à la fin.

– Ne change rien, Victoire. Fais-toi confiance.

Bien qu'elle s'en sorte très bien, elle avait hâte que Delestran revienne prendre la direction du groupe. Lui, ne semblait pas si pressé. Victoire avait l'impression qu'il n'y songeait plus. Elle le secoua. Il n'allait pas s'en tirer comme ça. On avait besoin de lui en bas. Son bureau était toujours en place, ils n'avaient touché à rien et il avait deux mois de retard sur sa cotisation de café. Il était trop jeune pour se laisser aller au naufrage. Elle allait lui botter les fesses avec son quarante et un. On aurait dit une fille provoquant son vieux père toujours jeune à ses yeux. Cette femme était une vraie guerrière au cœur tendre, une fille comme il aurait tant aimé en avoir s'il avait eu la chance d'avoir des enfants. Par compensation, elle était devenue l'orgueil de ses yeux.

Plutôt que d'aller déjeuner avec ses collègues, Delestran partait en vadrouille. Lorsqu'on venait le chercher, il était déjà parti. Il emmenait sa carcasse en promenade dans Paris en se fondant dans l'agitation de la foule. C'était sa fuite. Son regard lent glissait sur les choses, se fixait parfois sur un détail qui prenait une importance capitale. Le grand spectacle de la rue avait toujours été sa petite distraction. Après une heure de déambulation, il rejoignait son perchoir sur les marches de l'opéra Garnier pour mieux se dissoudre dans l'observation du monde. C'était son petit vice : épier les gens, avec le désir d'une découverte, surprendre un geste, une attitude, et les accompagner le plus longtemps possible en leur inventant une biographie avant qu'ils ne disparaissent.

Il flottait sur la ville une rumeur printanière. La jeunesse frétillait, les citadins pressés vaquaient à leurs occupations, alors que ses yeux s'étaient épris d'un couple de petits vieux enlacés, marchant ensemble dans l'insouciance d'une tendresse émouvante. Ils étaient beaux à voir. Un modèle à suivre ; mais comment faire pour leur ressembler ?

En marge du monde, il lui semblait pourtant être un privilégié. Il était toujours en mesure d'observer tout cela. Que se serait-il passé si Lapige avait tiré ? Cette question le hanterait jusqu'à la fin de ses jours. C'était peut-être un mal pour un bien finalement, le moment de passer la main ? Il avait envie de décrocher et de passer à autre chose, mais quoi ? Bien sûr, il était heureux pour Victoire, mais lui...

Delestran se remettait en mouvement, dos au soleil, comme un enfant perdu. Il remontait en direction des boulevards extérieurs en faisant face à son ombre effrayante.

Personne ne s'occupant de lui, il prenait des largesses. Il revenait de plus en plus tard au service pour rentrer dans sa CAJ. Jamais il n'avait autant consulté sa montre. Delestran était devenu un fonctionnaire avec des horaires de bureau. Ce n'était pas sans certains avantages, il rentrait plus tôt à la maison. Pour son épouse, c'était plutôt l'inverse. Elle n'était pas habituée à le voir débarquer si tôt dans leur appartement. Il venait perturber sa petite mécanique habituelle de tranquillité avant de préparer le repas. De le voir tourner en rond, sans rien avoir à faire ni où se poser, elle s'était sentie dans l'obligation de lui trouver de l'occupation. Du bricolage, un peu de lecture, reprendre des cours d'anglais, lui laisser préparer leur futur voyage à Florence... Il avait essayé, pour lui faire plaisir, mais elle avait bien vu qu'il n'y était pas, engourdi dans une nonchalance qu'elle ne lui connaissait pas. Plutôt que de s'agacer, madame Delestran avait fini par avancer l'heure du dîner. Désormais, ils regardaient toujours le journal télévisé de vingt heures, mais après être passés à table. Lorsqu'elle lui avait demandé si cela allait durer, il lui avait répondu que c'était un changement de fonction dans le cadre d'une évolution de carrière, sans lui en dire davantage. Elle avait trouvé cela bizarre. Il n'employait jamais ces mots.

– Tu ne feras plus d'enquête ?

– Si, mais différemment.

– Tu as l'air malheureux.

– Qu'est-ce qui te fait dire ça ?

Pourquoi ne lui parlait-il pas de ses soucis ? Pour la première fois depuis leurs trente années de mariage, il avait l'impression que son épouse ne pouvait pas le comprendre. Ils n'avaient jamais eu besoin de communiquer pour s'entendre et là, lorsqu'il aurait fallu, il n'y parvenait pas.

La nuit, il dormait mal. Son sommeil était agité. Il se retournait sans cesse. Elle préférait quand il ronflait, un simple coup de coude et elle était tranquille pour le restant de la nuit. Son gros ours traversait une mauvaise passe. Elle savait que, lorsqu'il avait mal, il lui était impossible de l'avouer. Il ne faudrait pas que cela dure trop longtemps.

Par la force des choses, et par sa propre renonciation, Delestran s'était retrouvé comme un étranger parmi les siens. Exclu des enquêtes, des dispositifs opérationnels, des réunions ; il ne faisait plus aucun effort pour s'intéresser à la vie du service. Il se laissait glisser tout doucement dans l'isolement et parvenait même à y trouver du réconfort. On aurait dit qu'il se satisfaisait de son sort en se rapprochant dangereusement du précipice. La taulière l'avait mis sur la touche et il avait pris la direction du vestiaire.

Convié un soir à boire une bière après une très belle affaire, il avait fait le constat de n'être plus concerné par les propos échangés, toujours enflammés. Les préoccupations de ses collègues n'étaient plus les siennes. Par quoi était-il préoccupé ? Lui-même n'en savait rien. Il était simplement pris d'une tristesse persistante et d'un manque d'intérêt pour tout ce qui se passait autour. Delestran était méconnaissable. Il n'était plus un flic. Des expressions furent employées dans son dos : grande fatigue, *burn-out*, dépression. En échange, on se voulait charitable, ce qui le torturait davantage. Il ne se sentait pas malade, sauf dans les regards des autres. Et dans ces yeux voulant le préserver, il finit par voir de la pitié. Cela le terrifia. Lapige...

Victoire et Claire avaient fini par demander une audience à la taulière. Après en avoir discuté, elles avaient décidé d'y aller à deux pour optimiser leurs chances de la convaincre. Il fallait faire quelque chose pour Delestran. Il y avait urgence. Madame Delépine les avait reçues dans son bureau à la fin d'une journée particulièrement agitée. Un groupe Stups venait de faire une superbe affaire avec la saisie de onze kilos de cocaïne pure, de quoi rendre la taulière radieuse et peut-être complaisante.

Sans préambule, Victoire rentra dans le vif du sujet. Cela faisait deux mois que Delestran avait été écarté du groupe et, après un rappel chronologique de ce qu'elle avait constaté, elle considérait qu'il était désormais un homme en grande souffrance. On ne pouvait pas continuer comme ça. Il fallait absolument réagir. Feindre de l'ignorer serait se rendre complice de son mal-être. Victoire en appelait à la bienveillance tout en pointant également la responsabilité hiérarchique relative à la santé mentale des effectifs. Pour ne pas paraître agressive, elle n'avait pas cité l'article R 434-6 du Code de déontologie, mais ses paraphrases n'avaient pas échappé à la taulière. Dès le début, Claire et Victoire eurent le sentiment qu'elle était réceptive. Était-ce parce qu'elles étaient entre femmes ?

Madame Delépine les avait écoutées en accusant chaque détail d'une approbation qui témoignait de sa bonne disposition. Elle semblait prendre conscience d'une réalité qui lui avait échappé. Il fallait effectivement trouver une solution.

– D'après ce que vous venez de me dire, il semble que nous soyons en plein dans un cas de RPS*. Pensez-vous qu'il faille désarmer le commandant Delestran ?

– Non, ce serait pire ! réagit Claire, vigoureusement.

– Madame, vous savez comme moi que désarmer un policier est une mesure pouvant être ressentie comme une humiliation pour le principal concerné. Mon chef de groupe a bien trop conscience de la valeur de la vie pour avoir l'idée de mettre fin à ses jours.

– Vous le connaissez mieux que moi, Victoire. Mais la question doit quand même être posée. Il y va de ma responsabilité.

– Vous avez raison et je suis bien heureuse de vous l'entendre dire. Mais je pense que nous pouvons trouver une autre solution, moins... comment dire... radicale.

– Le problème, c'est que l'IGPN n'a toujours pas rendu les conclusions de son enquête et que, de ce fait, je suis un peu bloquée. Par ailleurs, je suis sous contrôle de la direction, je vous le rappelle. Je n'ai pas les mains libres.

– Nous savons tout cela, madame.

Il y eut un silence. Loin d'être embarrassant, il était plutôt de ces moments de réflexion personnelle pour trouver une solution collective.

– Claire, vous en pensez quoi ? Le risque pour Delestran, c'est quoi ? Qu'est-ce qui se passe dans sa tête ?

– C'est difficile à dire, madame. Vous savez, Delestran est un grand sensible sous ses allures de gros ours. Il n'a pas voulu le montrer, mais il a été très affecté par la mort d'Antoine Marchand. Je peux vous dire qu'il a dû prendre sur lui, pas uniquement pour l'annonce du décès. Il a donné de sa personne, il a été très loin dans ce qu'on peut demander à un homme en pareille situation. Il lui a fallu beaucoup de courage, surtout après ce qu'il a vécu.

– Ce qu'il a vécu ?

– Oui, ce qu'il a vécu. La mort d'Antoine Marchand, c'est l'arbre qui cache la forêt.

– Et la forêt, comme vous dites, Claire, c'est quoi ?

– Sa mort ! Delestran s'est vu mourir !

– Vous parlez de cette situation, lorsqu'il s'est retrouvé en joue de... comment s'appelait-il, déjà ?

---

* Risque psycho-social.

– Éric Lapige.

– Expliquez-moi, Claire. Les conséquences, c'est quoi ?

– Encore une fois, c'est difficile pour moi. Il n'est pas mon patient. D'ailleurs, je pense qu'il s'y serait refusé – Claire Ribot lâcha un petit rire –, trop d'orgueil, le commandant ! Ce que je peux vous dire, outre les généralités de remise en question des valeurs et des priorités que l'on retrouve dans ces cas-là, c'est que Delestran se considère comme bienheureux d'avoir été écarté, suite à cette expérience de mort imminente qu'il a vécue. Il fonctionne comme certains résistants qui ont besoin de souffrir pour expier une faute. Ce qui est dramatique dans sa situation, c'est qu'il n'est pas en capacité de ressentir la douleur, puisqu'il y a cette expérience de mort qui emporte tout. En clair, il se fait du mal sans s'en rendre compte et il tourne en boucle.

– Le danger, c'est quoi ?

– L'isolement total. Et là, nous pouvons intervenir. Il faut le ramener parmi nous. Que la vie reprenne le dessus.

– Si je vous comprends bien, Claire. Il faut lui permettre de ressentir à nouveau la souffrance.

– C'est paradoxal. Mais, avec Delestran, c'est exactement ça.

– Je ne pensais pas que les hommes pouvaient être si compliqués.

– Delestran n'est pas un homme comme les autres, c'est bien pour cela qu'il faut l'aider. Rien ne viendra de lui-même.

– Alors qu'est-ce qu'on fait, mesdames ?

– Pas besoin d'en faire des tonnes. Juste le relancer.

– Le relancer ?

– Oui, le remettre en mouvement. Lui donner un os à ronger.

– Mais comment ? Je suis bloquée.

– Madame, je suis sûre que vous allez trouver un moyen. Un vieux dossier qui traîne, ça pourrait faire l'affaire.

Rachel Delépine pivota sur sa chaise afin de s'offrir une vue dégagée à travers la vitre de son bureau. Elle devait trouver une solution, effectivement. Ce serait également pour elle l'occasion de prouver à l'ensemble de son service que, malgré les apparences, elle pouvait avoir du cœur. De gros nuages sombres menaçaient, mais elle devait trouver une éclaircie.

– Mesdames, je vous remercie d'être venues me voir. J'ai entendu et compris votre message. Vous pouvez compter sur moi. On va sauver le soldat Delestran !

Victoire Beaumont avait rejoint son bureau. Une grosse averse était tombée subitement sur Paris. Une giboulée rebelle, à la traîne, avait assombri les bâtiments. Le crépitement de l'eau avait conduit Victoire à se rapprocher de la fenêtre de son bureau. Les yeux dans le vague, elle observait le paysage déformé par les gouttes de pluie dégoulinant le long de la vitre. Aspirées par la gravité, les plus nombreuses s'abandonnaient à chuter d'un trait, à la verticale. D'autres manifestaient une curieuse résistance en prenant un malin plaisir à relier des points imaginaires en zigzaguant par saccades. Quelques-unes, plus dures, semblaient s'acharner à se maintenir tout en haut, comme cramponnées au verre à tout prix.

Beaumont s'en amusa, puis son visage s'assombrit progressivement. Ce spectacle, si anodin soit-il, des petites gouttes de pluie, n'était-il pas à l'image des hommes ?

Chapitre 7

Quand on tire sur l'élastique de la dépression, soit il casse et c'est la chute, soit il vous échappe et vous propulse dans la direction opposée.

Si la taulière avait convoqué Delestran, ce n'était pas pour boire le café. En début de semaine, elle avait reçu un dossier particulier. Sur le bordereau de transmission figuraient le tampon à l'encre rouge « affaire réservée », puis les instructions en noir de la main du directeur : « À suivre avec une attention toute particulière, en faisant preuve de discernement et de discrétion. Me rendre compte personnellement. » Ne sachant pas à qui l'attribuer, elle avait tergiversé. Depuis son entretien avec Victoire Beaumont et Claire Ribot, Delestran était devenu l'homme providentiel. Elle allait faire d'une pierre deux coups.

Pour une fois, la sensibilité de l'affaire n'était pas due à la notoriété de la victime, mais à celle de l'auteur des faits. Une femme de trente-cinq ans avait déposé plainte contre Dominik Jean, le célèbre écrivain-voyageur faisant régulièrement la une des médias. Les faits étaient graves. Il s'agissait d'un viol commis en juin 2003. Sept années s'étaient écoulées, ce qui allait compliquer l'affaire. Dans sa plainte, madame Camille Fauvert affirmait avoir été emmenée de force dans une chambre d'hôtel d'un célèbre palace parisien, non loin de l'Arc de Triomphe, dans laquelle elle aurait été abusée sexuellement une bonne partie de la nuit.

Camille Fauvert avait rencontré son agresseur deux jours auparavant, à l'occasion d'un vernissage dans une galerie d'art. Il aurait agi comme il le faisait habituellement avec les femmes, en répandant sur elle son charme naturel malgré leur différence d'âge : une trentaine d'années. Qu'un homme tel que lui, avec son aura, sa culture et son charisme, s'intéresse à elle, simple assistante dans l'audiovisuel, l'avait surprise et flattée. Elle s'était sentie exister. Il lui avait ouvert les portes d'un autre monde en lui faisant miroiter tant de possibilités.

Elle y avait cru lorsqu'il l'avait invitée le lendemain à dîner dans un des meilleurs restaurants de la capitale. Subjuguée par sa vie d'aventurier et tellement réussie comparée à la sienne, par son éloquence, elle n'avait rien vu venir. Éblouie, elle s'était laissé entraîner dans ce luxueux hôtel où Dominik Jean disposait d'une chambre en permanence. Il lui avait proposé de l'utiliser plutôt que devoir rejoindre sa banlieue avec le dernier RER.

La suite, ce fut une nuit de soumission aux excès et à la débauche infligés par ce personnage dévorant la chair féminine comme un dû. À la lecture de la plainte, la taulière avait ressenti un profond dégoût et du mépris pour cet énergumène profitant de sa célébrité pour assouvir ses pulsions. Sous l'emprise de son agresseur, la jeune femme avait été incapable de réagir, elle s'était laissé posséder.

La soixantaine, Dominik Jean avait acquis une telle notoriété que ses initiales suffisaient à l'identifier. DJ traînait une sulfureuse réputation. Il était « l'homme aux mille femmes », comme l'avait titré récemment en couverture un célèbre hebdomadaire lui ayant consacré vingt pages d'un numéro spécial. Il était l'auteur de plusieurs best-sellers, avait roulé sa bosse aux quatre coins de la planète, et jusque sur les terrains de guerre. Aventurier, écrivain de renom, il avait occupé des postes à l'étranger dans le cadre de missions diplomatiques pour assurer le rayonnement français.

Cela faisait tellement d'années que cela durait, en toute impunité. Combien étaient-elles, traumatisées à vie par ce monstre au visage angélique ? Il fallait que cela cesse, que DJ réponde de ses actes et que la justice le punisse à la hauteur du mal qu'il avait répandu. Delestran allait s'en charger.

– Bonjour, Delestran, veuillez prendre place. Un café ?

– Non merci, c'est déjà fait.

– Bon, voilà, j'ai un dossier qui me tient à cœur et j'ai pensé à vous. Une affaire réservée que nous a confiée la direction. Dominik Jean, vous connaissez ?

– Oui, comme tout le monde.

– Eh bien, figurez-vous qu'une femme vient de déposer plainte contre lui pour des faits de viol. Vous voulez lire la plainte ?

– Oui, je veux bien.

Delestran n'était pas un adepte de la lecture rapide. Il aimait prendre son temps. Il chercha ses lunettes dans la poche intérieure de sa veste et se lança sous le regard attentif de la taulière observant ses réactions. Elle l'avait vu tiquer sur la date des faits. À sa grande déception, ce fut sa seule réaction. Les propos rapportés n'avaient aucun effet sur lui. Il les accueillit froidement, sans le moindre étonnement.

– Vous en pensez quoi, Delestran?

– C'est une affaire délicate. La plaignante ne nous facilite pas la tâche avec un dépôt de plainte si tardif. On peut se demander pourquoi elle réagit ainsi, après sept années de silence.

– Vous sous-entendez quoi, Delestran? Vous savez, après avoir été victime de tels agissements, il est compliqué pour une femme de venir déposer plainte. Il lui faut beaucoup de courage. Elle éprouve un sentiment de honte et de culpabilité, et doit se sentir un peu responsable et donc non légitime pour se faire reconnaître comme victime. On peut également imaginer qu'elle a refait sa vie depuis, qu'elle a un nouvel équilibre. Ce dépôt de plainte, c'est comme une bombe qui peut venir tout chambouler à nouveau. Elle doit redouter de ne pas être crue et soutenue par son entourage dans sa démarche. Il lui a fallu du temps pour prendre en compte tous ces éléments, ce qui explique ce délai tardif. Donc, je vous en prie, aucun jugement hâtif. Nous nous devons de la croire et de la soutenir.

– J'entends bien, madame, d'autant plus qu'il y a peut-être une autre explication concernant ce délai tardif...

– Laquelle?

– Elle a peut-être eu connaissance de faits similaires. Ce qu'elle n'a pas fait pour elle, elle peut le faire pour d'autres en se sentant moins seule et donc plus légitime.

– Vous me surprenez, Delestran.

– C'est dommage, madame.

– Je ne vous pensais pas aussi fin et sensible à la cause des femmes.

– Ne vous y trompez pas, madame. Si je suis sensible à une cause, c'est uniquement à celle des victimes.

– Et considérez-vous que madame Camille Fauvert est une victime?

– Elle se présente comme telle. À nous d'enquêter et la justice décidera. Cela ne va pas être facile. En l'absence d'éléments matériels, ça va être parole contre parole. Je suppose que Dominik Jean aura son mot à dire avec une tout autre version.

– Vous connaissez sa réputation ?

Delestran se rappela son premier entretien, dans ce même bureau, deux mois auparavant. La taulière avait eu connaissance de sa solide réputation et avait rajouté : « Si vous croyez que je suis une femme qui peut se contenter de la réputation d'un homme... »

– Je suis comme vous, madame, je ne me fie pas à la réputation d'un homme.

– Mais enfin, Delestran, c'est de notoriété publique. Cet homme a une image scandaleuse. Il profite de son aura pour collectionner les femmes et il les abandonne dès qu'il les a consommées. Sous le masque de l'élégance se cache un ogre cannibale. Il prend les femmes pour des excitants permanents, de la chair à plaisir. Et le pire, c'est qu'il ne s'en cache pas. Alors, bien sûr, Dominik Jean est un homme cultivé et brillant qui sait jouer de son importance sur la place publique, mais dans le domaine privé, c'est un monstre. Quant à la rumeur, vous savez, Delestran, une rumeur contient toujours une part de vérité. Et pour lui, cela ne fait aucun doute. Je connais ce genre d'homme. Ce sont des êtres qui ont peur de manquer, mais de manquer de quoi, je vous le demande ? Et au lieu de se soigner, ils transfèrent leurs souffrances sur les femmes en en faisant des victimes à leur place. Donc, dans l'intérêt public et des femmes en particulier, c'est à nous de le soigner !

Madame Delépine s'était emportée en dressant le portrait d'un homme condamné dès le départ, se dit Delestran. Concernant son allusion précédente, visiblement elle n'avait pas compris. Chez elle, la réputation était visiblement une notion à géométrie variable.

– Bon, voilà ce que vous allez faire, Delestran : vous me le convoquez le plus rapidement possible et vous me le mettez en garde à vue. Vous aurez tout loisir de le travailler, y compris dans le cadre d'une prolongation de vingt-quatre heures supplémentaires. Je veux qu'il y vienne, vous m'entendez ? Je veux qu'il crache !

– Vous y allez fort, madame...

– La garde à vue est une source de droits, il pourra se défendre. Ce n'est pas parce que cet homme est connu dans le Tout-Paris, qu'il doit bénéficier d'un régime dérogatoire. Je vous donne une bonne occasion de vous relancer, Delestran. Alors ne vous faites pas prier. Allez-y, foncez !

– Si cela fait sept ans, nous ne sommes pas à un jour près. Avant de le convoquer, j'aimerais beaucoup m'intéresser à lui.

– Mais enfin, Delestran ! Vous travaillez pour qui : la victime ou l'auteur ? Faudrait être cohérent et faire ce que vous dites ! Vous êtes pénible !

– Vu l'antériorité des faits, nous ne sommes pas obligés de nous précipiter.

– Vous n'allez quand même pas lire tous ses livres, parce que, là, on risque d'atteindre la prescription !

– Je vous rassure, j'en ai déjà lu quelques-uns. Je voudrais juste gratter un peu avant de le convoquer, savoir à qui j'ai affaire.

– Vous êtes chiant, Delestran ! Il vous faut toujours du temps. La dernière fois, je vous ai laissé une semaine et on a vu le résultat. Cette fois-ci, je vous laisse vingt-quatre heures.

Delestran était reparti avec la plainte. Seul dans son bureau, il la relut en pesant chaque mot. C'était fluide, logique et implacable. Le rédacteur n'avait posé aucune question à la fin de la déposition. Les besoins de précisions semblaient avoir été anticipés par la déclarante dans son récit. Elle ne se contentait pas de relater. Elle expliquait, désignait, se justifiait, pour convaincre davantage. Le *plainteur* n'avait pas eu besoin d'orienter la victime pour faire correspondre les éléments factuels et juridiques, Camille Fauvert s'en était chargée elle-même. Cela laissait supposer des conseils préalables et une préparation pour ce qui pouvait s'apparenter à une autodictée.

Camille Fauvert n'avait subi aucune violence physique. Elle n'avait fait l'objet d'aucune menace ou surprise*. Tout reposait sur la contrainte, une contrainte psychologique qu'elle avait nommée et définie : l'emprise. Il avait « pris possession de mon être pour parvenir à ses fins ». C'était comme « un envahissement mental visant à exercer son pouvoir de domination ». Par la

* Article 222-23 du Code pénal : « Tout acte de pénétration sexuelle, de quelque nature qu'il soit, commis sur la personne d'autrui par violence, contrainte, menace ou ruse est un viol. Le viol est puni de quinze ans de réclusion criminelle. »

séduction, il avait obtenu « la mainmise sur ma psyché pour confisquer ma liberté ». Mise en « dépendance », elle n'avait eu « d'autre choix que d'accepter de le suivre, puis de se soumettre pour assurer sa sauvegarde ». Dominik Jean l'avait « réduite au statut d'objet ». Telle une marionnette, il avait manipulé les fils « d'une force irrépressible agissant sur sa volonté ». Elle s'était retrouvée dans « l'incapacité d'exprimer son non-consentement ».

Aux termes de sa déclaration, Camille Fauvert livrait sa conclusion : « J'étais sous l'emprise totale de mon agresseur. Les actes sexuels pratiqués ont été obtenus sous la contrainte. Je dépose donc plainte contre le nommé Dominik Jean pour des faits de viol. »

Beaucoup de policiers auraient été décontenancés de devoir travailler sur ce type de dossier. La double problématique de l'éloignement des faits confronté à une obscure notion de contrainte psychologique les aurait refroidis. S'il ne se montrait pas plus optimiste que cela, Delestran avait le sentiment d'avoir entre les mains un dossier intéressant, dans l'air du temps. Il lui permettrait d'assouvir sa petite vanité d'approcher le secret des choses dans les rapports humains. Il n'en fallait pas davantage pour le relancer. Il avait déjà hâte de rencontrer ce bien curieux personnage, de le voir en vrai, devant ses yeux, et de tenter de le mettre à nu pour entrevoir la vérité. Il retrouva rapidement ses habitudes, plaça la plainte de Camille Fauvert à l'abri dans une pochette jaune. Sur la couverture cartonnée, au feutre noir, il inscrivit le numéro de procédure en haut à gauche, puis, au centre, la qualification pénale avec la date des faits suivie de « affaire C/ JEAN Dominik ». En complément, il porta une observation inhabituelle : « sous emprise », entre parenthèses. Sur son bureau, cette pochette agissait comme un soleil. Il se sentait revivre. C'était reparti ! « Merci madame ! », lâcha-t-il.

Dominik Jean était né le 8 août 1948 à Nice. Dans quatre mois, il allait donc avoir soixante-deux ans. Son image médiatique n'en faisait pas vraiment un futur retraité. Animé par un physique agréable, il n'avait pas encore basculé dans le déclin. Ses rides étaient celles de la malice et non du flétrissement. Malgré tous ses excès, il devait compenser par une rigueur quotidienne dans son alimentation et une activité sportive soutenue pour conserver sa fraîcheur. Il y avait manifestement chez cet homme une stratégie pour maintenir son physique attractif.

DJ était inconnu des services de police. Que ce soit en qualité d'auteur ou de victime, il était vierge de tout antécédent judiciaire, ce qui était plutôt rare. Qui n'avait jamais mis les pieds dans un commissariat pour un dépôt de plainte suite à un vol ou à des dégradations ? Pour quelqu'un qui avait passé sa vie à accumuler les conquêtes féminines, il s'en était sorti proprement. Aucune femme jalouse ou revancharde n'avait porté plainte jusqu'à présent pour soulager son besoin de vengeance.

En consultant le FNPC*, Delestran eut une surprise. C'était un de ces détails, sans conséquence pour l'enquête, qui prenaient pourtant pour lui de l'importance. Dominik Jean était né Dominique. Il avait fait modifier l'orthographe de son prénom androgyne sur ses autres documents d'identité, mais avait oublié de le faire sur son permis de conduire. Un « k » en lieu et place d'un « que », une simplification ajoutant une part de mystère sur ses origines, tout en apportant une clarification sur son genre. Ou bien était-ce la volonté de se distinguer en refusant la banalité par une simple coquetterie d'artiste ?

Les fichiers de police s'étaient montrés bien maigres concernant DJ. Rien sur la main courante, aucune intervention à son domicile, au 18, rue Marbeuf, dans le 8e arrondissement, adresse récupérée sur le fichier des cartes grises faisant apparaître une Jaguar XF V8 Luxe Premium. Alors Delestran passa le restant de son temps sur la plus grande base d'informations pour les policiers, ce navigateur qu'il avait vu apparaître avec des yeux ahuris, mais avec lequel il s'était familiarisé par un usage régulier et souvent très utile. C'était devenu tellement pratique, ce moteur de recherche, qu'il se demandait parfois comment il avait fait avant.

Son bachot en poche, DJ avait quitté Nice pour rejoindre Sciences Po Paris à tout juste dix-huit ans. Il se destinait à une carrière diplomatique, avait obtenu brillamment un master de droit, spécialité affaires internationales. Mais, après la réussite aux écrits du concours d'entrée au ministère des Affaires étrangères, il ne s'était pas présenté à l'oral. Il avait préféré prendre

* Fichier national des permis de conduire.

la poudre d'escampette avec un ami du lycée Masséna de Nice, qui venait de terminer ses études en géographie. Ils étaient partis à vélo dans une folle aventure qui les avait conduits depuis Paris jusqu'à Pékin en six mois, avec un passage à Lhassa. Sans autorisation, ils étaient parvenus à atteindre la capitale du Tibet clandestinement. Par la suite, les deux complices avaient poursuivi leurs escapades sur d'autres territoires. Ainsi, l'année suivante, ils avaient remonté l'Amazone sur des milliers de kilomètres sur une embarcation de fortune au cours d'une expédition ethnologique afin de rencontrer des peuples indigènes. Quelques mois plus tard, ils avaient cheminé à travers la cordillère des Andes, jusqu'à rejoindre Ushuaïa, en Terre de Feu, la pointe la plus méridionale du continent américain; le fameux « bout du monde ». Ces expéditions avaient donné lieu à des publications de récits de voyage dont les succès leur permettaient de financer de nouveaux projets. Après une traversée à pied du continent africain, du sud au nord, une première, les deux amis compagnons de voyage s'étaient séparés. Chacun avait suivi sa destinée. Au début des années quatre-vingt, DJ rejoignit le continent asiatique avec une ONG où, en mer de Chine, il porta assistance et sauva la vie de nombreux *boat people*. Membre de la Société des explorateurs français et de Solidarité internationale, il monta plusieurs missions humanitaires sur des terrains de guerre, en Afghanistan, au Kurdistan et en Somalie.

Juste après la chute du mur de Berlin, on perdit sa trace à Moscou. La rumeur laissait supposer qu'il avait rejoint un groupe d'activistes proche d'une mafia pétersbourgeoise œuvrant pour le grand rapprochement entre l'Europe et la Russie. Dans des circonstances jamais clairement établies, il avait été pris pour cible au cours d'un règlement de comptes à Sotchi, en Crimée. Il avait reçu une balle dans les intestins, parce que ce n'était pas mortel mais faisait énormément souffrir, selon la pratique locale. Avertissement suffisamment sérieux pour quitter définitivement la Russie en plein chaos post-soviétique. Il avait été rapatrié par le Quai d'Orsay, soigné et mis au repos à l'hôpital militaire de Clamart.

Au milieu des années quatre-vingt-dix, DJ avait entamé une deuxième carrière, plus officielle. Nourrissant ses écrits de ses expériences personnelles, il était rapidement devenu un écrivain à succès. Son talent avait été reconnu par l'obtention de nombreux prix littéraires prestigieux. En l'espace d'une dizaine d'années, il était devenu l'un des auteurs qui vendait le plus de livres en langue française. DJ semblait avoir trouvé dans l'écriture un moyen de dire qui il était tout en étant quelqu'un d'autre. Inspiré par Kessel, Garry, Kerouac, London, il avait su redonner un deuxième souffle à cette littérature dans laquelle se confondaient l'œuvre et l'engagement d'un homme embarqué dans l'Histoire.

Décoré de la Grande Médaille d'or des explorateurs et fait chevalier des Arts et Lettres, il avait refusé la Légion d'honneur sans se donner la peine d'en exposer la raison. Par ailleurs, après avoir occupé un poste de vice-consul à Buenos Aires, il avait refusé celui de consul en Californie, pour mieux se consacrer à la littérature.

C'était une vie sacrément bien remplie, se dit Delestran. D'où lui venait cet appétit exorbitant pour vivre ainsi à profusion ? Il s'était construit une vie « hors norme », dans l'abondance, l'excès et la démesure. On aurait dit une fuite en avant, une inlassable course-poursuite dans laquelle seule l'écriture lui permettait de se maintenir en équilibre. Elle semblait être sa bonne étoile, celle qui veillait sur lui en compensant peut-être un grand vide.

Parmi tous les articles qu'il avait consultés, Delestran n'avait rien trouvé sur l'enfance de DJ, pas la moindre indication sur ses origines. Le contraste était saisissant entre le foisonnement de sa vie adulte et le désert de son enfance. Pas la moindre référence. D'où sortait-il ? On était tous le fils de quelqu'un, lui semblait être le fils de personne. C'était le grand vide. Si naître était surgir du néant par la volonté d'un homme et d'une femme pour se construire sur les fondations d'un héritage familial à travers une éducation, DJ avait surgi adulte, amputé de son enfance. Pour Delestran, il y avait là quelque chose à creuser. C'est dans l'enfance qu'on retrouve les indices permettant de comprendre un homme et, pour certains, leur vocation d'artiste.

Et les femmes, dans tout cela ? Dans ses livres, DJ en parlait superbement bien. Delestran se souvenait notamment de deux ouvrages : *Je n'en reviendrai pas* et *Une nuit pour la vie*, dans lesquels il s'était mis en scène à travers un personnage principal torturé à la Dostoïevski, à la fois fasciné et terrifié par les femmes. L'un était devenu fou, l'autre s'était suicidé. Il y avait sous sa plume une lutte permanente entre une recherche de sensibilité exacerbée et un besoin de virilité animale. L'homme à la délicatesse enflammée pouvait se transformer en fauve avide de femelles sous l'effet de ce qu'il appelait « sa fièvre noire ».

Sur Internet, DJ s'affichait aux bras de ses conquêtes. Il ne se cachait pas, assumait ce qu'il était. Entre rumeur et réalité, des listes avaient été dressées, une collection de clichés photographiques les illustraient, photos officielles mais également volées. Et parmi tous ces visages de femmes, celle qui apparaissait en premier sur le moteur de recherche, la plus consultée et certainement celle dont il était le plus fier, était saisissante. Elle avait été prise en 1991 à Calcutta. DJ posait aux côtés de Mère Teresa dans sa tenue traditionnelle en sari à liseré bleu avec un crucifix de bois épinglé sur l'épaule. L'icône controversée* offrait à l'objectif son visage énigmatique, aride et pénétré de piété, tandis que DJ portait sur elle le regard émerveillé d'un homme en adoration. Comment un homme était-il capable d'un tel écart ? Pouvait-il être ce violeur dénoncé dans la plainte que Delestran avait sur son bureau ? S'il était facile d'être un héros sur l'instant en profitant des circonstances, il était tellement plus difficile d'être un honnête homme sa vie durant. Il en était de même à l'inverse, un homme monstrueux ne pouvait pas être totalement un salaud. Où se situait DJ dans cette si vaste palette de nuances ?

Delestran avait acquis une certitude : DJ n'appartenait à aucune catégorie. C'était un homme au style d'autrefois, un être inapprivoisable. Son impuissance sentimentale devait l'obliger à surjouer pour dissimuler son grand malheur. « Pas de conclusion hâtive », lui avait dit la taulière. Ce n'était pas une conclusion, simplement une impression.

Au terme de sa journée, Delestran se sentait revivre.

---

* Traditionaliste entêtée et opposée fermement à l'avortement, Mère Teresa s'était vu reprocher des propos antiféministes, notamment lors de son discours à l'occasion de la remise du prix Nobel de la paix qui lui avait été décerné en 1979 : « La plus grande force de destruction de la paix aujourd'hui, un meurtre direct par la mère elle-même. »

Chapitre 8

Dominik Jean était arrivé en homme libre à la 1re DPJ. Un taxi l'avait déposé devant les grilles du service. Le planton fut surpris de le voir débarquer. Il le reconnut instantanément, se leva avec précipitation comme un enfant pris en faute. Déroutés par cette soudaine apparition, ses yeux n'osèrent fixer celui qui se tenait avec aplomb derrière le comptoir d'accueil. Il devait y avoir une erreur.

– Bonjour, monsieur Jean. Je... je peux vous aider, peut-être ?

– Je suis invité par un certain Delestran, commandant de son état. Je suis un peu en avance. Je vous prie de bien vouloir me faire annoncer auprès de lui.

– Delestran, vous dites ?

– Oui, de la police judiciaire. C'est indiqué sur ce document officiel, « une affaire [me] concernant », paraît-il.

Le gardien de la paix s'empara de la convocation pour vérifier.

– Un instant, je vous prie. Je l'appelle.

À cet instant, deux véhicules de police s'apprêtaient à quitter le service. Les lumières bleutées activées sur les toits indiquaient qu'il y avait urgence. Le combiné à l'oreille, le gardien de la paix se pencha vers son pupitre pour activer l'ouverture des grilles. Dès que l'espace fut suffisant, les véhicules démarrèrent en trombe, sirènes hurlantes. DJ s'était retourné pour les regarder passer à travers la baie vitrée, légèrement agacé par ce remue-ménage.

– Commandant, votre convoqué vient d'arriver.

Puis, après avoir raccroché :

– Le commandant arrive, il va venir vous chercher.

Delestran l'avait fait attendre dix minutes. Dominik Jean ne s'en offusqua pas. Il lui serra la main comme s'il lui faisait cadeau de sa présence.

– Je suis heureux de faire votre connaissance, commandant. La police est un monde qui m'est inconnu. Pour une fois, je n'aurai pas à me répéter. Tout me sera nouveau. Voilà mon bonheur du jour. C'est fatigant de devoir toujours se répéter, n'est-ce pas ?

DJ en imposait, mais Delestran ne se laissa pas impressionner. Ce n'était que le début.

– Si vous voulez bien me suivre...

Ils prirent soin d'éviter que leurs regards se croisent dans les miroirs de l'ascenseur.

– Je vous remercie d'être venu.

– Il m'est difficile de résister à une invitation, surtout lorsqu'il s'agit de la police judiciaire.

Dans le couloir, ils rencontrèrent Claire Ribot, qui revenait du bureau de Rachel Delépine. Delestran marqua un temps d'arrêt, un bref échange de courtoisie sous le regard dévorant de DJ. Elle le fixa de ses yeux noirs examinateurs, puis s'en détourna pour échanger quelques mots avec Delestran, à l'écart.

– Victoire vient de partir sur un féminicide. Vous allez lui manquer.

– Elle se débrouillera très bien sans moi.

– Tout va bien, commandant ?

– Grâce à vous, oui. Si vous êtes sage, je viendrai vous en toucher deux mots.

– Avec grand plaisir. Belle journée à vous !

– Pareillement, Claire.

Exclu de la conversation, DJ n'en demeura pas moins intrigué tout en feignant l'indifférence.

Dans le bureau, il prit place face à Delestran, qui lui proposa un café.

– Je suis curieux de savoir quelle affaire me concerne. J'ai beau avoir fait le tour, franchement, je ne vois pas. Il me tarde de le savoir.

Delestran l'observait de biais en remplissant deux tasses de liquide noir. Grand et élancé, de corpulence athlétique, il faisait plus jeune que son âge. Mais, à y regarder de plus près, on pouvait détecter un début d'empâtement et quelques plis de chair au niveau du ventre. Assis, il n'était pas si impressionnant. En fait, tout tenait dans la finesse des traits de son visage, animé de ses yeux gris-bleu qui vous absorbaient. Sa chevelure ondulée et argentée contrastait avec son teint hâlé. Delestran fut attiré par ses mains. Les paumes étaient charnues et sensuelles, ses phalanges musclées se terminaient par des ongles d'une propreté impeccable, parfaitement limés et auréolés d'un fin liseré blanc. DJ était un homme qui avait commencé à rencontrer le début de sa vieillesse, mais qui n'avait pas dit son dernier mot en soignant son physique et son apparence. C'était une évidence.

– Monsieur Jean, si je vous ai convoqué, c'est en raison d'une plainte déposée à votre encontre par une jeune femme pour des faits de viol.

– Une jeune femme, vous dites. Vous m'en voyez à la fois flatté et surpris. Une admiratrice, certainement !

– J'en doute fort, surtout après les faits qu'elle vous reproche.

– De qui s'agit-il ?

– Madame Camille Fauvert.

Le front plissé par l'effort de concentration, DJ cherchait dans sa mémoire.

– Franchement, ce nom m'est totalement inconnu. Il va falloir que vous me rafraîchissiez la mémoire.

– Une femme que vous avez rencontrée, il y a sept ans, au cours d'un vernissage.

– Sept ans, vous dites ? Mais c'est une éternité ! Comment voulez-vous que je m'en souvienne ?

– Je vous demande de faire un effort, monsieur Jean.

– Vous vous souvenez de tout ce que vous avez fait, il y a sept ans, vous, commandant ?

– Non, bien sûr, pas de tout, mais j'ai quelques souvenirs, surtout lorsqu'il s'agit d'une personne.

– Eh bien, figurez-vous que moi, rien ! Peut-être que si je voyais son visage...

– Je suis désolé, je n'ai pas de photographie.

– J'ai parlé de son visage et non de son portrait. Une photographie n'y changerait rien, alors qu'avec une confrontation tout me viendrait certainement.

Delestran ne fut pas surpris. L'homme était à la hauteur de son personnage. La mémoire ne lui reviendrait pas, mais l'émotion suscitée lui « viendrait » par la confrontation avec le vrai et non le représenté. Il avait devant les yeux un homme qui le sortait de son ordinaire. Il fallait le prendre autrement que les autres. Plutôt que de lui donner lecture de la plainte, il décida de reprendre les faits chronologiquement en s'appuyant sur les éléments factuels et de passer sur l'interprétation qui en avait été faite. DJ l'écouta avec intérêt sans manifester la moindre récrimination, accueillant chaque détail avec une sorte de fierté offensée. Aux termes de l'exposé des faits, Delestran déposa la plainte sur son bureau, marqua une pause pour sonder DJ sans le défier.

– Je viens de vous donner connaissance des propos de madame Camille Fauvert. La mémoire vous revient-elle ?

– Monsieur Delestran, soyons sérieux. Vous avez dû vous renseigner sur ma personne. Vous savez que j'aime terriblement les femmes. Vous pensez vraiment que je suis cet homme monstrueux dont vous venez de dresser l'infâme portrait ? C'est une bien piètre reconnaissance. Vous me voyez, moi, Dominik Jean, user de la force pour parvenir à mes fins avec une jolie femme ? Mais, monsieur, je n'ai pas besoin de cela. Elles y viennent parce qu'elles le souhaitent secrètement.

Delestran tiqua. C'était un argument qu'il avait entendu tant de fois chez des violeurs, mais il le laissa poursuivre.

– Posséder une femme ne m'intéresse pas, je veux qu'elles se livrent. Par leur sacrifice, elles me rendent hommage et moi, en retour, j'apporte une touche de fantaisie à leur vie ennuyeuse. Vous savez, la beauté est facilement accessible si on la désire. Je suis sensible à la beauté des femmes, aux fragilités qu'elles tentent de dissimuler, à leur appétit sauvage enfoui et leur grand désespoir de ne pas être dévoilées. En somme, je les libère de ce mal et je me moque de la morale. Je ne doute pas que cette jeune femme, comment se prénomme-t-elle déjà ? Camille, c'est ça ? Que Camille soit très attrayante, mais le récit qu'elle fait de notre nuit n'est qu'un tissu de calomnies. Je serais ignoble d'agir ainsi. Non, croyez-moi, commandant, je suis bien au-dessus de ces infamies. Je peux me regarder droit dans la glace. Je n'ai pas besoin de me mentir pour exister. D'ailleurs, quel besoin anime cette demoiselle de venir remuer tout cela après sept années, à part me nuire ? Je suppose que, vous aussi, vous vous êtes posé la question.

Delestran se fit l'avocat de la victime. Il reprit un à un les arguments avancés par la taulière, pouvant justifier le délai tardif pour déposer plainte.

– Soit ! Eh bien, passons à autre chose, voulez-vous ?

– Vous avez une chambre dans ce palace parisien, le Royal Monceau, d'après ce qu'elle indique ?

– Oui, je fréquente les palaces de Paris et j'ai effectivement ma chambre au Royal Monceau. Mais ce n'est pas pour y séquestrer des femmes après les avoir enlevées. Je n'agis pas contre leur gré, mais avec leur bénédiction. Elles peuvent quitter la chambre à tout moment. D'une manière générale, je me comporte mieux avec les femmes qu'avec les hommes, et croyez-moi, si je m'arrange parfois avec le Code civil, je respecte toujours le Code pénal.

Odieux et sublime, DJ avait le sens de la formule. Il était conscient de l'effet qu'il produisait, y compris sur Delestran. Il employait le présent, un présent continuellement renouvelé, faisant disparaître le passé dont il n'avait pas souvenance. Delestran se résolut à changer d'axe pour mieux y revenir par la suite. Le plus simple était de faire comme à chaque audition : commencer par l'identité, pour faire connaissance.

Delestran ouvrit le modèle correspondant à l'identité sur le nouveau logiciel de rédaction de procédure. Après s'être agacé contre le formalisme, il préféra reprendre un document de texte libre et faire à sa guise. Cela lui permit d'en apprendre bien plus sur DJ que s'il s'était laissé guider par la trame du modèle imposé.

Dominik Jean était né à Nice le 8 août 1948, une année de fortes chaleurs, précisa-t-il. Lorsque Delestran lui demanda sa filiation, la réponse fut tranchante : « Inconnue. » Delestran aurait très bien pu se contenter de cette formulation sans appel, mais il insista. Abandonné le jour de sa naissance à la maternité de l'hôpital Pasteur, DJ avait été élevé par l'Assistance publique. C'était dit avec un détachement glaçant, proche du dédain. Le 8 août avait donc décidé du choix de son prénom. Refusant le sort qui lui était attribué par la vie, il en avait modifié l'orthographe dès qu'il avait appris à écrire. Dès l'enfance, il avait voulu se distinguer pour affirmer son existence, il en était fier désormais. Concernant l'origine de son nom de famille, il n'en savait rien. Il n'était pas nécessaire de vouloir tout expliquer dans la vie, il fallait laisser de la place à l'imaginaire. Jean, c'était court, donc très bien.

– Marié ?

– Jamais de la vie !

– Des enfants ?
– Non, aucun.
– Vous êtes sûr ?
DJ regarda Delestran avec un air amusé.
– Oui, je suis sûr. Je sais ce que vous pensez, avec toutes ces femmes autour de moi... Mais non, croyez-moi, c'est impossible. Et puis j'ai deux bonnes raisons : la première, c'est que nous vivons sur une terre surpeuplée. La seconde est plus personnelle. Je n'ai pas vocation à faire une photocopie de moi-même et d'en assumer les terribles conséquences. Un seul, ça suffit, vous ne trouvez pas ?
DJ rit allègrement de sa formule. Pourquoi Delestran était-il persuadé qu'il existait une troisième raison, peut-être la principale, à laquelle les deux autres ne servaient que d'habillage ? Le « Et puis », certainement. Mais il y avait surtout : « impossible », adjectif péremptoire.
– Donc pas d'enfant ?
– Non. Mais vous savez, écrire, c'est faire un enfant tout seul, qu'on donne au lecteur. Donc mes livres sont ma descendance.
– Une adresse ?
– 18, rue Marbeuf, dans le 8e arrondissement.
– Une résidence secondaire ?
– J'ai une cabane dans le bassin d'Arcachon.
– Une cabane ? Vous êtes modeste.
– Ah ! Je vois que vous lisez la presse à scandale ! Vous avez vu les photos sur le magazine *People de France*. Ils sont terribles, les journalistes ! Il faut toujours qu'ils en fassent plus que vous pour vendre leur papier. Je vous l'accorde, commandant : c'est une belle résidence, mais comme elle est montée sur pilotis, on peut considérer que c'est une cabane.
– Et puis, vous avez également une garçonnière.
– Une garçonnière ?
– Oui, la chambre au Royal Monceau.
– Ah ! J'aimerais beaucoup en être propriétaire, mais je n'en suis que le locataire. Il est vrai que j'en jouis selon ma convenance, mais ce n'est pas toujours la même chambre. Il faut savoir changer de décor dans les distractions du derrière... En fait, je vais vous faire un aveu, commandant : je connais très bien le directeur, c'est un lecteur assidu, devenu un ami. Alors, je bénéficie de quelques arrangements...
– Un téléphone ?

– Eh bien, figurez-vous que non.
– Vous n'avez pas de portable ?
– Pour être exact, je n'en ai plus. Je donne le numéro de mon agent. C'est plus classe, non ? Et plus mystérieux. Et puis je m'en servais très peu. Moi, si vous voyez ce que je veux dire, les nouvelles technologies, ça me dépasse un peu. D'ailleurs, mon petit doigt me fait dire que nous devons nous ressembler de ce côté-là. N'est-ce pas, commandant ?

DJ n'avait pas tort. Fin observateur, il avait su tirer parti de l'agacement de Delestran aux prises avec ce nouveau logiciel de rédaction de procédure pour en déduire qu'ils avaient effectivement un point commun de ce côté-là. Il reprit :

– En réalité, je me le suis fait voler. Comme quoi, le hasard fait parfois bien les choses.
– Dans quelles circonstances ?
– C'était il y a trois semaines, dans ma salle de sport. Je l'ai oublié sur un appareil de *cardio-training* et, quand je suis revenu un peu plus tard, il n'y était plus. J'ai demandé à l'accueil si on le leur avait rapporté, mais rien. Cela a dû faire un heureux.
– Vous n'avez pas porté plainte ?
– Porter plainte ? Vous rigolez. Je n'ai pas à être plaint. De toute façon, comme je vous l'ai dit, il ne me servait quasiment à rien.
– Mais, dites-moi, j'ai du mal à concevoir qu'un homme comme vous, avec un tel train de vie, puisse parvenir à se passer d'un téléphone portable. Comment faites-vous pour vous organiser ? Vos réunions, dédicaces, rendez-vous, interviews et vos déplacements ?
– Mon agent, madame Delporte : elle veille sur moi. En fait, tout passe par elle. Et comme je la vois tous les jours chez mon éditeur, pas besoin de portable. Avec Fabienne, nous formons un vieux couple. C'est pour ainsi dire la seule femme à laquelle je suis resté fidèle. Une femme extraordinaire ! Et croyez-moi, je m'y connais ! Cela fait trente ans que cela dure. Elle, elle m'enterrera ! Elle est tout pour moi. Elle s'occupe vraiment de tout, y compris des contrats, de mes revenus, et elle se charge même de payer mes impôts. J'ai une totale confiance en elle. Elle a une délégation de signature et me décharge de toutes ces tâches administratives, tellement encombrantes, pour que je puisse me consacrer entièrement à mon activité littéraire. Sans elle, je serais perdu ! Cette femme est ma bonne étoile. Elle a

été là dès le départ. Elle m'a vu naître, elle me verra mourir. Et comme nous avons commencé sans ces fichus portables, on peut très bien continuer ainsi très longtemps, jusqu'à la fin.

– Vous avez effectué votre service militaire ? Et si oui, dans quelle arme ?

– Non, dispensé. Eux non plus n'ont pas voulu de moi.

– Le motif ?

– Objecteur de conscience. Je suis un vrai pacifiste, l'armée et moi, c'était donc incompatible. Et vous, commandant, vous avez fait votre armée ?

– Oui. Dans l'artillerie.

– Et ça vous a apporté quoi, d'artiller ?

– La camaraderie. C'est beaucoup, n'est-ce pas ?

– Si vous le dites.

– Je suppose que vous ne pouvez me donner aucune indication sur vos revenus.

– Vous commencez à me connaître, commandant. Il faudrait demander à Fabienne. Elle vous dira cela avec précision. Disons que cela doit être très fluctuant d'une année sur l'autre, mais je suis un homme très riche, je n'ai pas besoin de me préoccuper de l'argent pour vivre selon mes envies. Comme je n'ai pas d'héritier, tout sera pour elle à la fin.

DJ se savait mortel. Il en avait pleinement conscience, envisageait déjà sa fin. Il fallait cependant revenir sept années en arrière. Ne pas se souvenir était pour lui une façon de ne pas croire à la réalité du passé. Après deux heures d'une audition reprenant les faits point par point, DJ avait fait preuve de bonne volonté, mais il avait raconté une histoire qui se reproduisait quelles que soient les femmes qu'il séduisait. Il ne se servait d'aucun artifice pour corriger ses défauts. Il avait la vitalité d'un homme de conviction que rien ne pouvait enrayer. Camille Fauvert était « une » parmi tant d'autres et c'était toujours la même histoire. Elles venaient à lui parce qu'il était Dominik Jean, pour se voir belles dans le miroir de ses yeux. Il n'avait d'autre solution que de leur donner ce qu'elles désiraient, d'abord secrètement, puis intensément et enfin férocement. C'était ça, le secret de la vie : renouer avec l'instinct originel, le passage du désir charnel au plaisir animal. Toutes ces femmes passaient à l'acte, d'abord dans ses bras, puis dans son lit. Elles assouvissaient leurs envies tant de fois refoulées, réactivaient leur imagination endormie. Elles ne se compromettaient pas, elles se révélaient en se libérant de leurs chaînes. « Il n'y a rien de plus délicieux que de faire jouir une femme qui s'est si longtemps retenue, parfois toute une vie. » Elles dévoilaient l'inconnue qu'elles souhaitaient être et qui sommeillait en elles. DJ en tirait tout son orgueil, sans la moindre retenue. Aucune pudeur.

Cette Camille Fauvert devait certainement faire partie de ces femmes, mais DJ n'en avait pas souvenance. Ses accusations étaient donc absurdes et ridicules. À aucun moment, il n'avait fait preuve de violence, contrainte, menace ou ruse. Les femmes n'avaient jamais été aussi libres qu'en sa présence; libres de venir jusqu'à lui, libres de le suivre dans cette chambre, libres d'en partir à tout moment, libres de s'abandonner à lui. Il reconnaissait cependant une chose : « Ces femmes étaient fascinantes », et lui, il leur faisait vivre de vrais moments de poésie. C'était un artiste, un artiste de la vie!

DJ avait un regard captivant dont Delestran ne pouvait que difficilement se détacher, à part quand il était contraint de vérifier de temps en temps ce qu'il retranscrivait sur l'écran. Bien sûr, Dominik Jean accentuait, exagérait, enjolivait et même parfois il mentait. Mais il mentait en conscience, tout en affirmant qu'il était sincère. Cela faisait partie de son personnage. Il ne mentait pas pour sauver sa peau, mais pour affirmer qui il était.

Delestran avait cherché à le déstabiliser en invoquant un consentement jamais exprimé, un abus de position dominante, en jouant sur la crédulité et la naïveté de ces femmes, une impossibilité de refuser, mais DJ avait tout balayé d'un trait : « Si vous les aviez vues dans mon lit, gourmandes et déchaînées, de vraies sauvages sous le masque des apparences et de formidables jouisseuses, croyez-moi! » L'emprise? « Qu'est-ce que j'y peux? Si vous croyez que je calcule! Je vis, moi! Et tant que je vis, je suis immortel! » Il avait réponse à tout, y compris lorsque Delestran, à court d'arguments, osa aborder la morale : « Votre morale, c'est du ciment à enterrer les gens », « Dans le cercueil, vice et vertu se confondent en pourriture ». Il citait Flaubert : « La vertu c'est le masque, le vice c'est la vérité. » Il était exécrable, monstrueux, diabolique, mais il impressionnait, devenait cinglant : « Vous prônez tous la richesse de la différence, mais, en vérité, vous êtes une majorité d'hypocrites.

La différence, lorsqu'elle se présente, vous ne l'acceptez pas ; pire encore, vous n'êtes même pas capables de la concevoir. »

Il fallait se rendre à l'évidence. Avec ce qu'il avait entre les mains, il lui serait difficile d'aller plus loin. DJ était un fin stratège. Pour se défendre d'un crime qu'il n'avait pas commis, la meilleure manière était d'avouer qui il était. Il le faisait superbement bien. Delestran se retrouvait bloqué, comme enlisé dans des sables mouvants. Pour s'en extraire, il lui faudrait aller voir ailleurs, dans l'entourage de Dominik Jean par exemple.

– Pourriez-vous me communiquer la liste de vos maîtresses et celle de vos conquêtes ?

– Mais vous me prenez pour qui ? Je ne suis pas polygame, donc une seule à la fois. D'autre part, je ne suis pas un collectionneur. Les femmes ne sont pas des trophées que l'on met dans la vitrine de son passé.

– Vous devriez quand même parvenir à me donner les identités des dernières, faites un effort !

– Je ne sais pas, ma mémoire me joue des tours. Regardez les journaux !

– Vous êtes cynique !

– C'est un jugement, commandant, et comme tout jugement, il est contestable. Donc je le conteste ! Maintenant, si vous me demandez de faire un effort, je veux bien faire ça pour vous.

– Je vous écoute.

– Je ne peux pas vous donner celles du passé. En revanche, je peux vous donner le nom de la future, une jolie petite brune. Mais qui était donc cette délicieuse créature rencontrée dans le couloir ? Une collègue ? Quelque chose me laisse pourtant penser qu'elle n'est pas policière. C'est dans son regard. J'ai eu l'impression de me faire transpercer.

– Vous avez raison.

Malgré l'incroyable audace de DJ, Delestran jouait le flatteur.

– Elle se prénomme Claire. Elle est la psychologue de notre service.

– Psychologue, vous dites. Vous savez, commandant, les psychologues, pour les faire jouir, ce n'est pas facile. Elles ont l'orgasme cérébral. De vraies vicieuses, mais délicieuses...

– S'il vous plaît, monsieur Jean, la provocation ne préfigure pas l'indécence.

– J'en conviens, mes propos sont mal venus. Ce n'est ni l'endroit ni le moment. Donc les policiers travaillent avec des psychologues. Intéressant… Criminologue ?

– Non. Claire s'occupe de nos victimes. Elle les prend en charge en assurant un soutien psychologique.

– Intéressant. Vraiment très intéressant. Commandant, on peut fumer dans votre bureau ?

– Si vous le souhaitez, c'est possible.

Delestran se leva pour ouvrir la fenêtre. DJ alluma un cigarillo, Delestran une blonde.

– Je n'ai jamais aimé les blondes. Elles manquent de caractère. Je parle des cigarettes bien sûr. Vous êtes marié, commandant ?

– Oui.

– Vous aimez donc votre femme ?

– Il me semble.

– Et vous avez des enfants ?

– Non, je n'ai pas eu cette chance.

DJ afficha un visage peiné à la réponse de Delestran. Puis enchaîna sur d'autres questions relatives à son métier. Il inversait les rôles.

– Vous faites quand même un drôle de métier. J'aimerais beaucoup vous inviter pour poursuivre cette amicale conversation. Rassurez-vous : ce ne sera pas un dîner, ni même un souper, je ne vous considère pas comme une statue, commandeur.

Et il riait avec allégresse.

– Ce ne sera malheureusement pas possible, monsieur Jean. Je pourrais me le voir reprocher.

– Merci pour cet aveu, commandant.

Il y eut un moment de silence. Bien qu'il fût dérangé par ses propos, Delestran était vraiment impressionné par le charisme de Dominik Jean. Il en arrivait presque à comprendre les femmes qui tombaient sous son charme. Il avait quelque chose que les autres n'avaient pas. DJ ne fuyait pas.

– Je peux vous confier un secret, commandant ?

C'était peut-être le moment des confidences ?

– Je vous écoute.

– Vous savez, tout le monde envie ma vie, mais parfois elle m'est extrêmement pénible. Il me faut assumer ce que je suis. Je me dois d'être celui qu'on attend que je sois. C'est un rôle difficile à tenir : une grande comédie dans une petite tragédie.

Il était sincère, mais où voulait-il en venir?

– Je n'ai pas que des amis et j'ai beaucoup d'ennemis, surtout chez les femmes. Je fais véritablement l'objet d'une entreprise de démolition. Je suis harcelé, figurez-vous. On me calomnie. On m'en veut à mort. Lors de mes apparitions publiques, je suis attendu. Certaines prennent un malin plaisir à me mettre des bâtons dans les roues. Et pour quoi? Pour me nuire! Elles perturbent mes interventions. Je suis parfois contraint de les annuler. Je fais l'objet d'une vengeance collective. On m'insulte, on me crache dessus. Oui, on me crache dessus! Je suis un féministe, j'aime les femmes. Mais, face à moi, j'ai souvent affaire à des néo-féministes, des femmes qui haïssent les hommes. Et elles, ces petites bâtardes dégénérées, elles me le font payer très cher.

– C'est un jugement. Et comme vous l'avez dit, tout jugement est contestable.

– Non, ce n'est pas un jugement, c'est une réalité, répliqua DJ agacé.

– Je parlais du terme de « bâtardes dégénérées ».

– Bon, soit. Passons! Il n'empêche qu'elles me pourrissent la vie. Je n'en dors pas de la nuit, vous entendez? Elles veulent ma mort. Je suis victime. Vous pensez que je devrais déposer plainte?

Il était sincère, mais détournait les faits pour mieux s'en servir. Et cela ne manqua pas.

– Si je dépose plainte, je pourrais bénéficier, comme tout le monde, des services de cette agréable réparatrice bienfaitrice. Après tout, c'est vrai, je suis une victime moi aussi. Claire pourrait s'occuper de moi. C'est mon droit, on me le doit.

On aurait dit un chien battu. Mais cela ne prit pas.

– Je vais vous demander de bien vouloir aller attendre dans le couloir. Il me faut rendre compte au parquet de votre audition. Puis je vous informerai des suites que souhaite donner le procureur de la République à cette affaire. Si vous voulez bien me suivre...

Delestran n'était pas mécontent de son coup. Il envoyait DJ dans le couloir comme on sort un élève de la salle de classe, pris la main dans le sac, pour le punir de sa supercherie.

Delestran rendit compte à madame Delermann en la contactant sur son portable pour ne pas avoir à attendre.

La magistrate fut tout aussi embarrassée que lui. D'une manière générale, ces affaires étaient déjà compliquées. Concernant DJ, l'antériorité des faits et la personnalité de l'auteur présumé la rendaient insoluble. Pourtant, il y avait quelque chose de vraiment immoral. Delestran en convenait également. Une confrontation ne servirait à rien. Chacun resterait sur ses positions et ce serait exposer la jeune femme à une blessure supplémentaire. Delestran pouvait la réentendre, pour servir de paravent aux arguments mis en avant par Dominik Jean. Le plus simple était peut-être de trouver – et madame Delermann usa des guillemets – une « vraie victime », plus récente. Delestran n'avait pas le choix s'il voulait aller au bout des choses.

– Je ne vous dis pas merci, madame la procureure.

– Moi non plus, Delestran. Et faites ça bien…

La complicité pouvait avoir la douceur de l'innocence.

DJ allait repartir comme il était arrivé, en homme libre, mais avec l'obligation de déférer à toute convocation ultérieure. C'était une manière de lui signifier qu'ils seraient certainement amenés à se revoir. Il prit acte sans la moindre réaction, comme si tout était normal, et demanda à passer un appel pour qu'un taxi vienne le chercher. Delestran lui proposa son poste téléphonique, l'invita à faire le zéro avant de composer le numéro qu'il souhaitait joindre.

– Fabienne, c'est moi, Dominik. Ils ont voulu me couper la tête, mais tu me connais, je m'en sortirai toujours vivant. Je parlerai encore. Je te dis ça devant les gros yeux d'un commandant de police dont je viens de faire connaissance et qui, ma foi, est d'une charmante compagnie. J'ai accepté son invitation et lui, figure-toi, qu'il a refusé la mienne. Mais je compte bien lui faire changer d'avis et m'en faire un ami.

Il riait sans retenue, tout heureux de ce petit jeu.

– Tu peux me commander un taxi ? 46, boulevard Bessières, s'il te plaît. Des appels en mon absence ?

…

– Refuse pour l'interview et confirme pour la matinale de demain matin. Je vais lui faire avaler sa critique de la dernière fois, à cet histrion des salons feutrés. Il s'est fait du bien en se masturbant sur mon dos, je vais lui montrer comment on baise. Tu me prépares un dossier sur lui. Je vais le mettre à genoux, puis à quatre pattes. Il va couiner, fais-moi confiance. En plus, ce sera du direct. Pour l'émotion, il n'y a rien de mieux.

...

– Je passe en fin de journée récupérer tout cela au bureau.

DJ faisait comme chez lui et Delestran prenait un malin plaisir à le voir agir ainsi. Cet homme était vraiment saisissant.

– Commandant, j'ai un petit service à vous demander.

– Je vous écoute.

– Vous pourriez me communiquer les coordonnées téléphoniques de votre collègue, Claire. Je souhaiterais prendre un rendez-vous avec elle.

– Cela ne va pas être possible.

– Comment ça ?

– Ce ne sont pas les victimes qui la contactent, mais elle qui contacte les victimes.

– Curieuse façon de faire pour un service public ! Je vous sens méfiant, commandant.

– Non. Il s'agit tout simplement de ne pas décider à sa place. Mais je lui ferai connaître votre demande. Elle vous contactera par l'intermédiaire de votre agent, madame Delporte.

– Mais vous n'avez pas ses coordonnées ?

– Je les ai. Vous venez de composer son numéro.

– Ah oui. Où avais-je la tête ? Me voilà rassuré ! Je compte sur vous, commandant.

– Vous pouvez, monsieur Jean.

Delestran raccompagna Dominik Jean en silence à la sortie du service. Un taxi l'attendait devant les grilles. Avant de rejoindre son bureau, il fuma une cigarette en repensant à cette rencontre si particulière. Dominik Jean était un homme étonnant, d'une tranquille insolence. Il aimait appuyer ses affirmations de citations pour leur donner une force implacable. Outre Flaubert, il avait cité Camus en reprenant les propos du docteur Rieux dans *La Peste* : « Je suis dans la nuit et je tente d'y voir clair. » Dominik Jean ne semblait croire en rien, sauf en lui-même. Une question taraudait cependant Delestran : cet homme était-il heureux ?

Delestran écrasa son mégot, jeta un coup d'œil sur le parking. La Mégane et la 308 n'étaient pas là. Victoire était toujours sur son homicide.

Chapitre 9

Rachel Delépine avait tenu à être présente avec ses équipes sur la scène de crime. Depuis le temps qu'elle l'attendait, elle commençait à désespérer. La vraie police, c'était comme dans les romans policiers, il fallait un crime. Il était enfin arrivé, un féminicide qui plus est. Elle ne pouvait pas manquer cela.

Elle prit la place du chef de bord dans le véhicule conduit par Victoire Beaumont, avec Anna Bellama et Olivier Lessourd à l'arrière. L'IJ et le légiste devaient les rejoindre sur les lieux, comme d'habitude. Elle était la seule à avoir revêtu son brassard autour du bras en montant dans l'habitacle. Pendant le trajet, facilité par l'activation du gyrophare, elle prit connaissance du message de l'état-major, à l'origine de la saisine. Une femme d'une trentaine d'années avait été découverte décédée dans son appartement par les sapeurs-pompiers, alertés par son employeur, inquiet de son absence. Aucune réponse devant sa porte fermée, la sonnerie de son téléphone retentissait dans le vide dans l'appartement. Les hommes du feu avaient été contraints de déployer la grande échelle pour entrer dans l'appartement en brisant une vitre au troisième étage. Elle gisait dans son canapé. On évoquait une vilaine trace autour du cou, laissant penser à une strangulation. On ne connaissait pas encore son identité, seulement son adresse : 6, rue La Bruyère, dans le 9e arrondissement.

À l'angle de la rue Blanche, un policier en uniforme faisait barrage. À la vue du gyrophare et du pare-soleil « Police » abaissé par la taulière, le gardien de la paix s'écarta pour les laisser passer. Dans le fond de la rue, un camion de sapeurs-pompiers en pleine voie repliait sa grande échelle tandis qu'un car police-secours était stationné à cheval sur le trottoir devant le théâtre La Bruyère.

Rachel Delépine sortit rapidement du véhicule, se dirigea vers le porche devant lequel un policier faisait le pied de grue.

– Commissaire Delépine, 1re DPJ.

– Mes respects, patronne.

Le gardien de la paix la salua réglementairement en faisant claquer sa main sur sa cuisse.

– Deux effectifs vous attendent au troisième avec le médecin.

– Il est déjà là ?

– Oui.

– Merci beaucoup.

Satisfaite, ou peut-être rassurée de s'entendre appeler patronne, elle s'engouffra sous le porche. Dans le hall, un paillasson avait été déplacé pour maintenir une porte vitrée ouverte. Elle permettait d'accéder aux étages. Sans se retourner, la taulière s'élança dans l'escalier, immédiatement sur sa droite.

Arrivée sur le palier du troisième, elle se rendit compte que ses équipiers étaient à la traîne. À sa vue, deux agents de la police-secours rectifièrent leur position. Un peu plus haut, un homme était assis sur les marches de l'escalier, une mallette à ses pieds. Il était en train de remplir un document avec un volet bleu repliable.

– Commissaire Delépine, 1re DPJ.

Nouveaux claquements de main sur la cuisse.

– C'est le médecin, patronne. Bien entendu, il y a un OML*. Vous voulez voir le corps ?

Rachel Delépine regarda en contrebas par-dessus la rambarde. Personne ne montait.

– Non, je vais attendre mes collègues. Ils ne vont pas tarder.

Elle se tourna vers le médecin, un homme d'une cinquantaine d'années, le visage émacié et porteur de verres en demi-lune. Des Stan Smith contrastaient avec son complet anthracite. Il releva la tête en positionnant ses verres sur le bout de son nez.

– Alors, docteur ? Ça dit quoi ?

– Ça dit qu'elle est morte.

– Je m'en doute. Mais qu'est-ce que vous avez constaté ?

– Que la mort était réelle et constante.

– Mais encore ?

– Rien de plus.

– Comment ça, rien de plus ?

---

* OML : Obstacle médico-légal : case cochée par le médecin chargé de constater le décès qui entraîne la saisie de la police pour rechercher les causes de la mort en raison de circonstances suspectes.

– Moi, je ne suis pas légiste. On m'a requis pour constater le décès. C'est tout. Maintenant, vu son âge, seulement trente-six ans, et la marque qu'elle présente autour du cou, vous imaginez bien que je mets un obstacle. Ce sera à vous de déterminer les causes de la mort. Tenez, voilà le bleu*. Je dois y aller. J'ai d'autres patients à voir, des malades certes, mais vivants, eux. Vous n'oubliez pas de m'envoyer la réquisition au secrétariat.

– Au secrétariat ?

– Oui, au numéro habituel, à SOS Médecins.

– Oui, bien sûr, docteur. Ce sera fait.

– Bonne journée et bon courage, car là, il y a enquête...

Le docteur Martineau se saisit de sa mallette et disparut en dévalant l'escalier.

Seule avec les deux policiers, Rachel Delépine ne savait pas quoi faire.

– Patronne, on a récupéré la CNI** de la défunte pour le certificat de décès. Vous la voulez ?

– Oui, je veux bien.

Adèle Bourselier était née le 12 février 1974 à Reims. La photographie correspondante mettait en évidence une femme brune aux cheveux courts et aux traits délicats avec des lèvres fines et un nez grec présentant une légère bosse au milieu de l'arête. Rachel Delépine s'agaça, pesta. Pour tempérer sa contrariété après avoir jeté une nouvelle fois un œil par-dessus la rambarde, elle examina la porte d'entrée. Pas de poignée à l'extérieur, simplement un pommeau décoratif en laiton, trois points d'ancrage, aucune trace d'effraction. La boiserie de l'encadrement était intacte et les clés se trouvaient dans la serrure à l'intérieur.

Devait-elle rentrer dans l'appartement ou attendre sur le palier que les autres la rejoignent ? Que faisaient-ils ? Les deux policiers ressentirent son malaise. Ce n'était pas la peur de se confronter à un cadavre qui la dissuadait de rentrer. En dix années de police, elle en avait vu quelques-uns. Jamais elle n'oublierait le premier, lors de son stage d'application à Nantes,

* Certificat de décès désigné ainsi par les policiers en raison d'un volet bleu rabattable par le médecin pour préserver le secret médical relatif à certaines observations effectuées sur le défunt.

** Carte nationale d'identité.

alors qu'elle n'était encore qu'une élève. À l'issue de leur vacation, des flics alcoolisés avaient joué à la roulette russe dans les vestiaires du commissariat. Impensable et pourtant bien réel ! Comment pouvait-on en arriver là ? Ce jour-là, elle avait compris que le métier de policier lui ferait voir ce que personne n'osait imaginer. Non, si elle n'entrait pas, c'était davantage par correction vis-à-vis des équipes qu'elle dirigeait désormais. Elle masqua son impatience en examinant le verso de la pièce d'identité d'Adèle Bourselier sans rien y apprendre d'important, puis en consultant son téléphone portable à la recherche d'un éventuel message qu'elle n'aurait pas entendu arriver. Elle jeta son dévolu sur les dernières photos qu'elle avait prises : ses deux filles au zoo de Vincennes le week-end précédent avant que leur père les récupère pour sa semaine de garde.

Des bruits dans l'escalier accompagnés d'une rumeur grandissante la détournèrent de son écran. Enfin ! Beaumont, Bellama et Lessourd apparurent sur le palier. Ils saluèrent leurs collègues de la sécurité publique, serrages de mains et échanges de courtoisie, le sourire aux lèvres malgré les circonstances.

– Qu'est-ce que vous faisiez ? Ça fait dix minutes que je vous attends !

– Ben, le début des *constates*, répondit Beaumont. Les moyens d'accès : digicodes puis interphones, l'escalier et l'ascenseur pour accéder au troisième, l'absence de loge de gardienne. La base, quoi !

– Et il vous a fallu dix minutes ? Tenez, moi, j'ai récupéré l'identité de la victime. Elle s'appelle Adèle Bourselier. Elle est née le 12 février 1974 à Reims. Cela lui fait trente-six ans. Un peu jeune pour mourir.

Beaumont consulta la CNI avec une ombre de compassion sur son visage. Elle n'était pas beaucoup plus âgée qu'elle.

– Bon, vous avez vu, aucune trace d'effraction sur la porte. La victime devait connaître son assassin. Elle a dû le recevoir chez elle et il a pu quitter tranquillement les lieux après l'avoir étranglée. La porte devait être fermée mais non verrouillée, simplement claquée.

– Oui, j'en ai eu la confirmation auprès du caporal Michaud, le pompier qui a brisé la fenêtre du salon pour entrer dans les lieux, précisa Anna Bellama. La serrure n'était pas verrouillée, les clés étaient en place à l'intérieur. Il lui a simplement suffi d'actionner la poignée pour ouvrir. Donc, effectivement, l'auteur est ressorti sans problème en claquant la porte.

– Bon, on y va ?

– L'IJ et le légiste ne devraient pas tarder à arriver.

– C'est juste pour jeter un œil, capitaine. On ne va pas polluer la scène. On restera à distance.

– Un instant, s'il vous plaît, madame.

Victoire Beaumont s'adressa aux deux policiers :

– Bon, les gars, je vais vous mettre à contribution. Vous allez me faire l'enquête de voisinage. Quelqu'un a peut-être vu quelque chose ou même croisé le tueur dans les parties communes, dans le hall, l'escalier ou l'ascenseur. Il faudrait aussi connaître les habitudes d'Adèle Bourselier, savoir si elle recevait, par exemple. Enfin, vous voyez ce que je veux dire, vous avez l'habitude. Vous me faites ça bien, OK ? Si les voisins sont absents, vous leur glissez une *convoc'* sur le pas de la porte avec mon numéro de téléphone. Vous prenez note ? 01-53-46-70-56. Et ensuite, vous élargissez avec les commerces de la rue. Vous me passez tout au peigne fin. Je sais, c'est fastidieux, mais si on sort des affaires, c'est parfois grâce à vous, *la roupane*. Vous me ferez un joli PV de vos diligences. Et surtout, si vous trouvez quelque chose, vous savez où me trouver, vous n'attendez pas.

– Merci, lieutenant. Vous pouvez compter sur nous. On va vous faire ça bien.

– Non, c'est désormais capitaine, fit remarquer la taulière.

– Félicitations, capitaine !

– Ça s'arrose, fit l'autre, les yeux pétillants.

Victoire lui adressa un sourire.

– Si tu me trouves quelque chose, tu me connais... Je saurai me montrer reconnaissante et je ne t'oublierai pas ! J'ai été bien élevée...

Delestran n'était pas loin. La taulière la prit à part.

– Vous les tutoyez ?

Elle avait envie de répondre : « C'est la PJ, biquette », comme elle avait entendu si souvent Delestran s'exclamer : « C'est la PJ, biquet ! », mais elle se ravisa.

– On se connaît, donc... Et puis, ce sont des gars que j'apprécie. Après vous, madame.

De la main, Beaumont lui désigna l'encadrement de la porte.

Habillée et chaussée d'escarpins, une femme était avachie sur le canapé de la pièce principale, les paupières lourdement fermées. On aurait pu la croire endormie. Le bras gauche pendait dans le vide. La main avait une couleur lie-de-vin, tout comme les doigts, crispés, effleurant le parquet. La tête en arrière reposait sur l'accoudoir. Le visage cyanosé indiquait une détresse agonique par manque d'oxygénation. Sa gorge était marquée par une vilaine trace violacée. Cela ne faisait aucun doute. La vie ne s'était pas en allée toute seule. Cela avait été violent. Il avait fallu s'y employer, et pourtant, il n'y avait aucune trace de lutte autour.

La mort imposait son silence implacable aux policiers qui se tenaient à distance, toujours impressionnés par cet état définitif que rien ne pouvait inverser. Il faudrait désormais attendre le légiste pour redonner la parole au cadavre, le temps d'un examen.

Troublée, Beaumont éprouva le besoin de prendre un peu de recul. Ce n'était pas la présence de la taulière qui la perturbait, mais plutôt l'absence de Delestran. Il n'était plus là, avec son expérience et sa force tranquille. Un peu déstabilisée, elle ressentit cruellement un manque. C'est par la disparition qu'on prend soudainement conscience de l'importance d'une présence. Certes, Delestran n'était pas mort, mais c'était tout comme. Beaumont devait désormais faire sans lui. Elle pouvait néanmoins s'appuyer sur tout ce qu'il lui avait appris.

Alors qu'aurait-il fait à cet instant précis ? Si Delestran n'avait pas de méthode – il s'en vantait pour faire taire ses admirateurs –, il avait ses petites habitudes, en dérogeant parfois aux règles imposées. Pour faire connaissance avec le mort, il fallait entrer en contact avec lui, et Delestran commençait toujours par le toucher sans attendre le légiste.

Beaumont s'empara d'une paire de gants en latex extraite de la mallette à constatations.

– Qu'est-ce que vous faites, Beaumont ? Vous n'attendez pas le légiste ?

– Laissez-la faire, madame. Elle sait ce qu'elle fait, rétorqua Lessourd, croyant revoir Delestran à l'œuvre. Elle fait juste une petite vérification, mais, rassurez-vous, elle ne va rien modifier.

Beaumont contourna le canapé et vint se placer dans l'axe de la tête, en fléchissant légèrement les jambes. Avec précaution, elle saisit l'arrière du crâne à deux mains pour tester la souplesse de la nuque. Elle se décala progressivement pour en faire de même avec le coude, puis le genou. Tout le monde retenait son souffle.

– Alors, demanda Anna Bellama, verdict ?

– Elle est à température ambiante. La rigidité cadavérique est pratiquement complète. Une bonne douzaine d'heures. Elle est morte hier, en début de soirée.

Devant les yeux interloqués de madame Delépine, Olivier Lessourd expliqua que la rigidité cadavérique débutait trois heures après le décès par la nuque, atteignait les bras au bout de six heures, puis les membres inférieurs à la douzième heure. Quarante-huit heures après le décès, le phénomène s'inversait en raison de la dégradation des tissus. Le corps retrouvait sa souplesse dans un long processus conduisant à la putréfaction.

– Intéressant, lâcha-t-elle en guise de reconnaissance.

Sur la table basse devant le canapé, deux verres et une bouteille de jus d'orange laissaient imaginer un moment de convivialité. L'assassin avait-il bu un verre avec sa future victime avant de passer à l'acte ? Si tel était le cas, les enquêteurs auraient la signature biologique du criminel sur le rebord de l'un des verres. Sinon, on aurait à identifier celui ou celle qui avait vu Adèle Bourselier vivante pour la dernière fois. On avait envie de se rapprocher pour y voir de plus près, mais il valait mieux attendre l'arrivée de l'IJ.

Avant de visiter les autres pièces de l'appartement, Beaumont s'intéressa à la bibliothèque du salon. Qu'il y en ait une était déjà une indication intéressante pour faire connaissance avec la victime. Delestran y attachait toujours une attention particulière. « Dis-moi ce que tu lis et je te dirai qui tu es », répétait-il sans cesse. Sur trois niveaux, elle comportait beaucoup d'ouvrages parmi lesquels, en partie basse, les grands auteurs de la littérature française : Balzac, Flaubert, Camus, Proust, Maupassant et Zola, entre autres. Au-dessus, Beaumont eut le plaisir de découvrir d'autres noms, plus féminins : Sévigné, Beauvoir, Yourcenar, Colette, Duras, Veil. Elle en avait lu quelques-unes, surtout Colette. Elle admirait tout particulièrement cette femme moderne avant l'heure et si courageuse pour son époque. Dans la partie supérieure, parmi Olympes de

Gouges, Virginia Woolf et Virginie Despentes, qu'elle connaissait de renom sans avoir lu leurs ouvrages, d'autres noms lui étaient inconnus. La tête inclinée, elle les détailla en lisant sur les dos : Margaret Atwood, Alice Walker, Eve Ensler, Jane Austen, Astrid Lindgren, Doris Lessing, Mona Chollet. Attentive à sa découverte, Beaumont n'avait pas vu que la taulière s'était rapprochée pour lire par-dessus son épaule.

– Nous avons affaire à une femme de goût.

Surprise, Victoire se retourna et s'écarta pour faire de la place à sa cheffe. Les livres agissaient sur elle comme un aimant.

– Vous connaissez ces autrices, Victoire ?

– Non. Je les découvre.

– Voilà des femmes qui ont agi pour la cause de notre sexe ! Tenez, *Paroles de femmes* d'Annie Leclerc, à lire absolument. Je vous le recommande, c'est un texte philosophique et poétique, un véritable chant libératoire de la parole féminine pour se délivrer de l'impérialisme masculin. Et celui-ci, *Ainsi soit-elle*, de Benoîte Groult, un roman policier dans lequel la victime est une femme. C'est un livre qui a bouleversé la société française, une belle introduction pour une vraie prise de conscience. Ce livre, il m'a ouvert les yeux.

Cette multitude de couvertures colorées formaient bien plus qu'un décor. Grâce à ces livres, Victoire eut l'impression de découvrir un peu sa cheffe de service, une femme visiblement érudite, amatrice de littérature féministe. Elles s'étaient rapprochées en se collant l'une à l'autre. On aurait dit qu'une bulle s'était créée autour d'elles.

– Je vous aime bien, Victoire, vous savez ?

C'était vraiment étonnant, cette confession en pareil endroit, devant les livres. Il n'y avait aucune ambiguïté, mais Victoire en fut si déroutée qu'elle ne sut pas quoi répondre.

– Je pense que nous allons faire du bon travail ensemble. Vous avez beaucoup de choses à m'apprendre. Je compte sur vous. J'ai besoin de vous.

Des échanges de voix à l'entrée de l'appartement les ramenèrent à la triste réalité. Le docteur Renaud avait eu la bonne idée d'arriver en même temps que l'IJ. Il était venu en métro. La station Saint-Georges était toute proche. Depuis qu'il avait retrouvé son véhicule de service en fourrière à l'issue d'une intervention, depuis surtout qu'il avait dû payer l'amende et les frais de garde, son administration refusant de le faire, il avait décidé d'utiliser les transports en commun lorsque les circonstances le permettaient.

– Le chef est en vacances ? s'exclama-t-il avec bonhomie.

Sa question jeta un froid. Il s'en rendit compte immédiatement.

– Non, Delestran n'est pas en vacances. Il a d'ailleurs actuellement du pain sur la planche avec un dossier que je lui ai confié. Mais, désormais, la cheffe de groupe, c'est le capitaine Beaumont, lui rétorqua Rachel Delépine.

Le froid devint glaçant. Sans savoir de quoi il retournait, le docteur Renaud comprit qu'il s'était passé quelque chose. Beaumont lui adressa un petit geste à la dérobée pour le rassurer. Elle lui expliquerait plus tard.

Tout le monde se retrouva sur le palier pour laisser le champ libre au photographe de l'IJ en charge de prendre les clichés qui constitueraient ultérieurement l'album photographique de la scène de crime. Pendant que deux techniciens revêtaient leur combinaison blanche, Beaumont donna ses instructions :

– Oliv', tu prends des notes, tu te chargeras du PV de *constates*. Anna, je te laisse faire le tour de l'appartement. Tu me passes tout au peigne fin. Ce serait bien que tu lui trouves une famille. Tu n'oublies pas les poubelles dans la cuisine et la salle de bains, les albums photo s'il y en a et les papiers : banque, travail, assurance... Avec la taulière, on va assister le légiste pour l'examen de corps.

Victoire se ganta de nouveau les mains de latex pour donner le signal de départ.

Le corps fut déplacé et allongé au sol. Le docteur Renaud découpa les vêtements afin de mettre la victime à nu. En raison de la rigidité cadavérique, il était toujours pénible de déshabiller un cadavre. Au niveau des épaules et de l'encolure notamment, c'était parfois un vrai casse-tête. Ce qui passait avec la souplesse devenait difficilement franchissable lorsqu'un bras rigide formait un angle droit. Les ciseaux permettaient de tout simplifier, d'éplucher « proprement » le corps de ses vêtements. Pour détendre l'atmosphère, le légiste tenta de faire de l'humour : « Il est déjà si difficile de déshabiller une femme en temps normal... », mais la taulière ne réagit pas. Dès le départ, elle s'était renfermée dans une coquille hermétique pour endurer ce moment redouté. Le déplacement du corps avait provoqué quelques borborygmes et libéré les premières odeurs miasmatiques dues à la dégradation. Il fallait respirer par la bouche et s'accrocher le temps que le haut-le-cœur passe. Acquisition d'un savoir pratique par l'expérience. La taulière retrouva quelques couleurs lorsque le docteur Renaud débuta son examen en nourrissant ses observations d'explications techniques. Comme bon nombre de légistes, il avait le souci de se mettre au service de sa science. « Lui, on ne le verrait jamais intervenir en qualité d'expert sur les plateaux de télévision », avait confié Delestran à Victoire, à la sortie de sa première autopsie. Pendant une trentaine de minutes, Rachel Delépine eut droit à un cours particulier de médecine légale, un cas pratique durant lequel la technique lui permit d'adoucir le traumatisme. Tout y passa avec le souci du détail : l'installation, la rupture et l'intensité des rigidités cadavériques, les lividités, leurs différentes colorations, la nécessité de les confronter avec la position de découverte du corps pour savoir s'il avait été déplacé, la cyanose et l'asphyxie mécanique par strangulation, la putréfaction, l'entomologie et tout ce que l'autopsie permettrait de constater par la suite. S'agissant du délai *post-mortem*, le légiste eut recours à une sonde pour mesurer la température interne. Il confia le résultat à Victoire, qui eut le privilège, pour la première fois, de faire usage du nomogramme de Henssge*. C'était une tâche qui revenait habituellement à Delestran lors de son petit rituel complice avec le légiste. L'instant pouvait paraître insignifiant pour un regard extérieur, mais, pour Victoire, il était solennel. En prenant la place de son chef de groupe, elle endossait également la responsabilité de maintenir la tradition avec, un jour, la charge de la transmettre à son tour. Par ce petit détail, on sentait qu'on appartenait à quelque chose de grand et de fort; une famille!

Compte tenu de l'évaluation du poids de la défunte faite par le légiste et des températures du corps et de la pièce, Victoire traça deux droites dont l'intersection avec un abaque donna un résultat qu'elle annonça à voix haute :

– Quinze heures, plus ou moins une heure. Il est onze heures, cela nous fait donc un décès hier, entre dix-neuf et vingt et une heures.

---

* Système d'abaque permettant de déterminer, en fonction de la température du corps, de la température ambiante, de la masse et du sexe de l'individu, l'intervalle de temps probable depuis sa mort.

Comme avec Delestran, le légiste vérifierait le résultat obtenu par l'élève de circonstance, mais c'était cohérent au regard de la rigidité cadavérique désormais complète.

Adèle Bourselier n'avait pas été agressée sexuellement. Il restait au légiste une dernière opération à effectuer pour terminer son examen : un prélèvement de sang cardiaque. En raison d'éléments troublants rapportés par Anna Bellama au cours de l'examen, Victoire préféra le faire immédiatement plutôt que d'attendre l'autopsie. Le prélèvement serait envoyé ainsi au plus vite au laboratoire. C'était toujours douloureux de voir le légiste enfoncer profondément l'imposante aiguille d'une vingtaine de centimètres dans la poitrine du cadavre, puis la seringue se remplir de liquide rouge. Souvent, les policiers préféraient détourner le regard pour s'éviter une souffrance supplémentaire.

Tout le monde avait vu les deux verres sur la table basse. L'un, au plus proche du cadavre, présentait un fond de liquide jaune faisant penser à du jus d'orange, tandis que l'autre était vide. Pourquoi l'un avait-il contenu du jus d'orange et pas l'autre ? Certes, les deux protagonistes n'étaient pas obligés de boire la même chose, mais qu'avait bu le visiteur devant être le meurtrier ? De l'eau ? En fait, le problème était ailleurs : les deux verres n'étaient pas similaires. Si l'un faisait partie d'une série qu'Anna Bellama découvrit dans un meuble vitrine du salon, l'autre semblait être unique. C'était un petit verre ballon, assez classique, sans marque apparente. Dans l'appartement, et notamment dans la cuisine, il y avait d'autres verres, mais aucun verre ballon. D'ailleurs, Anna Bellama avait noté l'absence de bouteilles de vin ou d'alcool. La victime ne semblait boire que du soda et du jus de fruits. Tout aussi troublant, le verre contenant du jus d'orange appartenait à une série de six, mais à sa place d'origine, dans la vitrine, il n'en restait que quatre. Un vide correspondant à deux unités jouxtait les quatre verres. Il en manquait deux, dont un seul se trouvait sur la table basse. Qu'était devenu le sixième ? Anna Bellama l'avait cherché partout, dans les placards, le lave-vaisselle, y compris d'éventuels éclats de verre dans la poubelle, impossible de mettre la main dessus. Les policiers avaient tous en tête l'acronyme régissant les constatations appris à l'école de police : MAS, modification-apport-suppression. Il y avait là quelque chose d'anormal, une double incohérence dont il leur faudrait trouver l'explication.

Sur le verre ballon, le technicien de l'IJ découvrit un mélange d'empreintes digitales. Inexploitables, selon lui. Sur le rebord, il effectua un prélèvement ADN par tamponnage. On risquait certainement de trouver quelque chose. Et cette fois-ci, s'il y avait un mélange, on pourrait isoler chaque ADN. Sur l'autre verre, les empreintes relevées correspondaient à celles d'Adèle Bourselier. Un prélèvement ADN fut également effectué et, à l'aide d'une seringue, le technicien pompa quelques gouttes de liquide jaune aux fins d'analyse. Les deux verres furent placés sous scellés.

Les policiers poursuivirent leurs investigations dans l'appartement. D'autres découvertes dont on ne savait pas encore l'importance furent effectuées. Olivier Lessourd avait pris cinq pages de notes. Il se voyait déjà en train de passer son après-midi à les retranscrire sur le procès-verbal de constatations. Avant de rendre compte au parquet, Victoire Beaumont fit le point avec le légiste et ses deux collègues, puis elle prit attache avec les effectifs de la police-secours ayant terminé leur enquête de voisinage. Il lui fallait désormais faire une synthèse de tout pour rendre compte au magistrat.

Il était treize heures lorsqu'elle fut mise en relation avec Marc Gallien, substitut du procureur de la République, la voix haletante.

– Victoire Beaumont, capitaine à la 1re DPJ. C'est pour vous rendre compte d'une affaire d'homicide volontaire. Avec mon équipe, l'IJ et le légiste, nous venons de procéder aux premières constatations.

Le magistrat s'excusa d'avoir la bouche pleine, un sandwich qu'il était en train d'avaler entre deux appels.

– Un instant, capitaine.

Victoire l'imaginait dans un couloir bordé de piles de dossiers posés à même le sol, le casque sur les oreilles, revenant du bureau de sa greffière, à qui il venait de donner des instructions concernant le traitement d'un déferrement qu'il venait d'ordonner, tout en se sustentant en coup de vent. Elle entendit une porte se refermer et la voix du magistrat se faire plus calme.

– Allez-y, capitaine. Je vous écoute.

Victoire Beaumont prit une profonde inspiration.

– Le lieu de notre intervention : 9e arrondissement, 6, rue La Bruyère au troisième étage. La victime, identité établie à partir de sa CNI : Adèle Bourselier, née le 12 février 1974 à Reims. Elle vivait seule, célibataire, sans enfant. Le voisinage évoque une femme discrète et sans problèmes, recevant peu. Pas d'hommes de passage, uniquement des copines. On a trouvé de la famille. Ses parents habitent dans la périphérie de Reims, un village à une dizaine de kilomètres. On enverra les gendarmes pour l'avis famille. Elle était infirmière, travaillait depuis cinq ans dans un Csapa, un centre de soins, d'accompagnement et de prévention en addictologie, le Rectangle, se situant au 52, rue Marcadet à Paris 18ᵉ. Il s'agit d'une structure d'accueil financée par l'Assurance maladie. Elle prend en charge et accompagne des personnes en matière d'addiction, drogue, alcool, tabac, troubles du comportement alimentaire et autres, tels que le jeu et le sexe. Elle devait prendre son service ce jour à sept heures, mais elle ne s'est pas présentée à son service. C'est sa cheffe de service qui a donné l'alerte.

– La porte ?

– Fermée mais non verrouillée. Simplement claquée. Confirmé par le pompier qui est entré en premier dans les lieux. Appartement type F2, assez grand, une cinquantaine de mètres carrés environ, sommairement meublé. Pas de désordre apparent. Pas de trace de lutte ou de violence, rien n'a été fouillé.

– Elle était propriétaire ou locataire ?

– Ah ! ça, je n'en sais rien. En fait, je n'ai pas cherché, mais je peux le savoir rapidement.

– Pas d'urgence. Allez-y, continuez, capitaine.

– Bon, concernant la victime, habillée, allongée dans son canapé en décubitus dorsal, la tête en appui sur l'accoudoir. C'est le docteur Renaud qui a procédé à l'examen de corps.

À l'évocation du légiste, Victoire Beaumont chercha un stylo autour d'elle. Une idée lui était venue. Elle s'empara des notes d'Olivier Lessourd et inscrivit : caméra vidéo, tripodes, station Saint-Georges, tout en continuant son compte rendu.

– Délai *post-mortem* moins de vingt-quatre heures, décès évalué hier soir entre dix-neuf et vingt et une heures. J'en viens au plus important, la victime présente des traces de strangulation au niveau de la gorge, le légiste est formel. Pas de lien utilisé, mais, d'après les ecchymoses digiformes, deux petites traces ovales et similaires au niveau du larynx et des excoriations semi-lunaires autour du cou, l'auteur a utilisé ses deux mains et faisait face à sa victime. Le visage était d'ailleurs cyanosé avec des pétéchies sous-conjonctivales en raison d'une détresse respiratoire agonique. Bien entendu, des prélèvements ont été effectués sur le cou de la victime pour révéler un éventuel ADN de contact et on a protégé ses mains dans des enveloppes kraft pour un curetage des ongles qui sera pratiqué à l'IML.

– Il faut de la force pour étrangler quelqu'un et surtout une réelle volonté de tuer en maintenant la prise pendant de longues secondes. Elle était comment, la victime, au niveau de son gabarit ?

– Un mètre soixante-deux, poids à confirmer plus tard, mais évalué par le légiste à cinquante-cinq kilos, et je vous vois venir, monsieur le procureur, le légiste n'a pas constaté d'autre lésion traumatique sur les zones de prise, de maintien ou de défense. Elle ne s'est pas défendue.

– C'est incroyable ! D'après ce que vous me dites, on dirait qu'elle a été étranglée dans son sommeil. Des traces de piqûre dans les zones de plis ?

– Non, le légiste est formel, rien de ce côté-là. Par ailleurs, la rigidité cadavérique était complètement installée, les lividités étaient fixées et conformes avec la position de découverte. Les conclusions du légiste sont sans appel. La mort est consécutive d'une asphyxie mécanique manuelle, et comme il est impossible de s'étrangler soi-même...

– Une agression sexuelle ?

– Non, pas d'après l'examen du légiste.

– Bon, je vais requérir une autopsie. Dès à présent vous faites le nécessaire pour faire transporter le corps à l'IML et à votre départ vous mettrez l'appartement sous scellés. Vous avez trouvé son téléphone ?

– Oui. Quelques appels émis et reçus, des 06 du répertoire, des habituées et des copines apparemment, et des fixes qu'il nous faudra identifier. Des SMS également, mais rien ne pouvant se rattacher au meurtre.

– Vous me ferez une téléphonie complète avec la géolocalisation.

– Ce sera fait, monsieur le procureur.

– Vous avez constaté des traces suspectes dans l'appartement ? Des indices ? L'IJ, ça dit quoi ?

– J'y venais, monsieur. Hormis les prélèvements habituels, génétiques et paluches, une quinzaine au total, il y a cette histoire de verre.

– De verre ?

Victoire dut s'y reprendre à deux fois pour expliquer ce qu'ils avaient découvert et la double incohérence du fameux verre ballon. Ce qui était si simple à visualiser sur place était plus compliqué à expliquer par téléphone.

– Donc, vous ne savez pas d'où sort ce verre ? Vous pensez qu'il a été apporté par le tueur ?

– Je n'en sais rien, monsieur le procureur. Mais avouez que c'est troublant.

– Lors de l'autopsie, il faudra prévoir une toxicologie.

– C'est déjà en cours. Le légiste a prélevé du sang cardiaque. Ça part en analyse en début d'après-midi.

– Très bien, capitaine. Je suppose que pour les restes du jus d'orange...

– Oui, pareil, monsieur le procureur.

– Vous avez trouvé des médicaments ?

– Pas de traitements médicaux en cours. Concernant les médicaments, uniquement ce qu'on trouve chez tout le monde : aspirine, Doliprane, ibuprofène, un sirop pour la toux. Pas de somnifère ou d'anxiolytique. On a fouillé partout, sac à main, table de chevet, armoire de salle de bains, meubles de cuisine, caissons de bureau, seulement ce que je vous ai évoqué précédemment. Bien entendu, tout sera listé et énuméré dans le PV de *constates*.

– Très bien, capitaine. Autre chose encore ?

– Oui, s'agissant de la latéralité.

– Latéralité ?

– Les à-côtés, la personnalité de la victime.

C'était un mot qu'aimait bien employer Delestran, hérité des anciens. Marc Gallien était peut-être trop jeune pour y être habitué. Désormais, il saurait.

– Joli mot ! Très signifiant ! Latéralité, je prends. Je vous écoute, capitaine.

– Madame Adèle Bourselier était une féministe, une militante. Elle faisait partie d'une association, le MFI : Mouvement des femmes insoumises. Je ne connaissais pas, il va falloir qu'on se renseigne. En interne, on doit bien avoir des collègues qui suivent ce genre d'association au niveau des RT*. On a retrouvé de nombreux documents relatifs à cette association féministe : des tracts, stickers, des appels à manifestation, des actions de sensibilisation, des opérations coup-de poing. Apparemment, elle était très active. On a trouvé l'adresse du siège social, dans le 13e arrondissement. On ira leur rendre une petite visite pour en savoir davantage.

– Pour un féminicide, c'est une victime idéale !

– Comment ça ?

– Non, ne le prenez pas mal. Je me suis mal exprimé. Je voulais dire que sa disparition est peut-être en lien avec son militantisme. Une vengeance ?

– Oui, bien sûr, nous y avons pensé. Il n'est pas exclu non plus qu'elle ait reçu la visite impromptue d'un de ses patients de l'association le Rectangle, un patient en manque...

– Exact. Cela vous fait quelques pistes de travail, capitaine.

Marc Gallien relut ses notes à voix haute et enchaîna :

– Bon, résumons ! On a dit, autopsie, toxicologie, téléphonie, appartement placé sous scellé, vous me jetterez un œil sur sa situation bancaire, on ne sait jamais. La famille, c'est en cours, l'association féministe et son environnement professionnel, vous allez vous en occupez. Vous voyez autre chose, capitaine ?

– Dans l'immédiat, non.

– Capitaine Beaumont, je contacte la cheffe de l'IML pour qu'elle fasse faire l'autopsie au plus vite. Demain, ce serait bien. On fera le point à l'issue. D'ici là, vous aurez certainement du nouveau. Je vous laisse mon numéro de portable professionnel pour vous éviter l'attente au standard. Comme je suis de permanence, vous pouvez me joindre à tout moment. N'hésitez pas. Bien entendu, vous poursuivez en *flag* en visant le 221-1 **. On verra par la suite pour la préméditation et d'éventuelles circonstances aggravantes. Je vous souhaite bon courage et je vous remercie pour votre appel. C'était très clair. Bonne journée, capitaine Beaumont.

– Pareillement, monsieur le procureur.

---

* Renseignements territoriaux.

** Article 221-1 du Code pénal : « Le fait de donner volontairement la mort à autrui constitue un meurtre. Il est puni de trente ans de réclusion criminelle. »

Voilà, le parquet était désormais dans la boucle. Tout était dans les rails. Beaumont allait avoir besoin de la totalité de son équipe pour mener à bien la suite des investigations.

– Il en dit quoi, le *proc'* ? Féminicide, obligé !

– Tout le laisse à penser. Faudra voir par la suite, madame. Parfois, on a des surprises.

– Oui, mais là, vous avez vu les marques comme moi. Il faut beaucoup de force. Seul un homme est capable de déployer une telle violence. En tout cas, je n'ai pas besoin de vous motiver. Il faut arrêter au plus vite ce monstre et empêcher qu'il ne recommence. Si vous avez besoin de moyens humains et matériels supplémentaires, n'hésitez pas, Victoire.

– Je vous remercie, madame. Avec mon groupe, ça devrait le faire.

Elle ne l'appelait toujours pas « patronne ». Cela devait l'agacer, mais elle ne le montrait pas.

Rachel Delépine quitta précipitamment l'appartement. Arrivée la première, elle était visiblement pressée de repartir. Trois heures avec un cadavre, elle n'en pouvait plus, même si elle était satisfaite d'avoir pris part aux constatations. Au moins, elle pourrait dire qu'elle était sur le terrain.

Les techniciens de l'IJ rangeaient leur matériel sur le palier, s'apprêtant eux aussi à quitter les lieux. Il ne restait plus que Victoire Beaumont, Olivier Lessourd et Anna Bellama avec le cadavre d'Adèle Bourselier, dont la nudité avait été dissimulée par une couverture récupérée dans une armoire.

– Anna, tu peux faire les réquisitions pour les PFG et l'IML ?

– OK.

– Oliv', tu prépares une fiche de scellé pour l'appartement.

– Putain, on va être obligés d'attendre les PFG ! Tu as un délai d'intervention ?

– Non, d'ailleurs, je ne les ai pas encore commandées. Je vais voir avec le chef de bord de la police-secours. T'inquiète, c'est lui qui posera le scellé sur la porte au départ du corps. Tu vas lui laisser un morceau de cire molle et tu lui montres comment poser le scellé sur la porte. Il nous ramènera les clés avec son PV de saisine. Comme ça, on va gagner du temps, on ne sera pas obligés de rester.

– Si la taulière savait...

– T'inquiète, cela ne lui viendra même pas à l'esprit.

– De quoi ?
– Qu'il n'est pas OPJ et que de ce fait il ne peut pas effectuer le placement sous scellé.
– Alors je ne suis pas inquiet, « madame T'inquiète ».

Victoire se retrouva seule dans l'appartement. D'un lent regard circulaire, elle balaya la pièce principale en se demandant ce que Delestran aurait fait de plus, aurait fait de mieux. N'était-elle pas passée à côté de quelque chose ? Après avoir visualisé l'ensemble de leurs constatations, il lui sembla avoir coché toutes les cases, sauf une. Elle était restée dans le salon, n'avait rien vu du reste de l'appartement. Lessourd et Bellama s'en étaient chargés, mais elle, non. Selon Delestran, il fallait tout voir et parfois même revoir avant de quitter les lieux. Alors elle fit le tour du propriétaire ou de la locataire.

Dans la cuisine, elle revoyait Delestran se diriger automatiquement vers le réfrigérateur, non pas pour regarder ce qu'il y avait à manger, mais pour ouvrir le freezer. C'était sa petite manie à lui, systématiquement, ouvrir le compartiment à glace. Ce n'était un secret pour personne. Tout le monde savait que, au cours d'une de ses premières affaires, il y avait fait une découverte stupéfiante : un fœtus. Ce rituel était sa façon de ne jamais oublier l'horreur d'avoir tenu entre ses mains ce petit être congelé dans son linceul de glace. Delestran était un homme qui, parfois, au lieu de se souvenir, avait besoin de commémorer. En ouvrant la porte du freezer, Victoire lui rendit hommage. Vide.

Elle jeta un coup d'œil dans la salle de bains, souleva le couvercle de la chasse d'eau dans les toilettes – là, c'était pour elle en souvenir de son premier kilo de cocaïne dans du film alimentaire – et se dirigea dans la chambre. Le volet roulant étant fermé, Beaumont dut appuyer sur l'interrupteur. Elle vit apparaître un lit double, une armoire, une penderie avec des vêtements sur cintres, un cadre comportant des photos de voyages avec des copines, une étagère supportant des boîtes de rangement cartonnées et une reproduction d'un tableau de Salvador Dali, au-dessus du lit. Rien de particulier. Il n'était pas question de fouiller, cela avait été déjà fait et bien fait puisque tout avait été remis en place, sans désordre. Elle contourna le lit pour atteindre la manivelle afin de remonter le volet, sans savoir pourquoi, comme si c'était chez elle ou pour savoir ce qu'Adèle

Bourselier avait en vis-à-vis. Quelque chose attira son attention, un objet posé sur l'étagère basse de la table de chevet. C'était un livre qui avait été manifestement lu. La couverture était gondolée, des pages avaient été cornées. *Femme d'un jour,* de Dominik Jean. Victoire repensa aux ouvrages de la bibliothèque. Connaissant la réputation sulfureuse de l'auteur, la présence de ce livre était surprenante. Elle le prit en main, l'ouvrit. Il était dédicacé : « Pour Adèle, j'aimerais tant vous dire tout ce que je ne suis pas parvenu à écrire. » Sous la signature, très affirmée, figurait un numéro de téléphone, un fixe commençant par 01. Beaumont ne vit qu'une seule explication : l'infirmière spécialisée en addictologie avait certainement voulu étudier un cas particulier à travers ses écrits, un sujet qu'elle n'aurait jamais en qualité de patient. Elle reposa le livre, prit la direction de la sortie sans repasser devant le cadavre d'Adèle Bourselier. Elles se retrouveraient le lendemain en salle d'autopsie.

Chapitre 10

Ça commençait mal. Elle était en retard et n'avait pas eu l'élégance de l'avertir. Pour patienter, Delestran buvait son café en relisant la plainte de Camille Fauvert et l'audition de Dominik Jean. Il tournait sa cuillère aussi régulièrement que possible. Le tintement métallique battait la mesure. Pour une même histoire, les versions étaient aux antipodes. Viol pour l'une, dénonciation calomnieuse pour l'autre. Chacun prétendait être victime. Si les hommes venaient de Mars et les femmes de Vénus, visiblement, ces deux-là n'étaient pas de la même galaxie. Par un curieux alignement de planètes, ils s'étaient pourtant rencontrés, étaient parvenus à communiquer et à s'entendre pour que l'attraction les fasse rejoindre l'intimité d'une chambre d'hôtel. C'était ensuite que cela avait divergé et, sept ans plus tard, c'était la guerre. On avait chargé la police d'enquêter pour que la justice tranche. Comment en était-on arrivé là ? Delestran avala son café d'un trait.

Il n'en voulait ni à l'un ni à l'autre, avait de la compassion pour l'une et manifestait de l'intérêt pour l'autre. Son métier n'était pas de se battre au milieu de ses concitoyens, mais de défendre les plus faibles tout en essayant de comprendre les plus forts.

Une image lui vint en lieu et place de sa cuillère, qui tournait en rond : celle d'un métronome oscillant d'un extrême à l'autre. Ce fut une révélation. Le métronome, c'était lui au milieu des hommes.

Avec Dominik Jean, il avait pris la défense de Camille Fauvert. Avec elle, ce serait l'inverse. Il allait volontairement appuyer là où cela faisait mal. Il fallait tenter de provoquer une réaction pour expulser le pus du mensonge et que la vérité des chairs soit enfin mise à nu.

Elle avait fini par arriver, mais elle n'était pas seule. Camille Fauvert était accompagnée d'une femme, maître Aurore Aubert, qui se présenta avec froideur. Delestran ne s'y attendait pas.

Mais, après tout, si les gardés à vue pouvaient désormais être assistés d'un défenseur lors de leur audition, pourquoi pas une victime ?

– Excusez-nous pour le retard. Difficile de trouver une place de stationnement autour de chez vous.

– Veuillez me suivre, s'il vous plaît.

Delestran récupéra une chaise dans la salle de réunion pour que maître Aubert puisse prendre place à côté de Camille Fauvert. La main sur la cuisse de sa cliente, l'avocate tentait de lui apporter le réconfort de sa présence en lui adressant un regard rassurant. Il lui avait été déjà si difficile de venir déposer plainte, devoir être de nouveau entendue sur les faits la tourmentait. Delestran le comprenait aisément. Il prit le temps de lui expliquer les raisons pour lesquelles il l'avait fait venir devant lui : des divergences entre ses déclarations et celles de Dominik Jean. Ces divergences tenaient davantage dans l'interprétation des faits que dans leur matérialité. Dominik Jean avait confirmé la chronologie des faits, y compris l'acte sexuel, d'ailleurs renouvelé au cours de la nuit, mais avait nié avoir fait usage de violence, contrainte, menace ou ruse. Pour lui, la relation sexuelle avait été librement consentie et, semble-t-il, appréciée, d'après la teneur de ses propos.

– Ma cliente s'attendait à ce que ce phallocrate réfute les faits et qu'il fasse dans la provocation. Certes, nous pouvons écarter les violences et menaces, mais la contrainte est à prendre en considération. S'agissant de la ruse, la manipulation dont a fait l'objet madame Fauvert et qui l'a conduite à être sous emprise, me semble évidente. C'est d'ailleurs la signature de ce criminel.

– Je pourrais savoir ce qu'en pense votre cliente, madame Camille Fauvert ?

– Madame Camille Fauvert maintient ses déclarations et s'offusque de ce qu'a pu dire Dominik Jean.

– S'il vous plaît, maître. J'aimerais entendre la voix de Camille Fauvert. Madame Fauvert ?

Si Delestran se montra inflexible avec l'avocate, il prit soin d'adoucir sa voix avec Camille Fauvert pour ne pas l'effrayer. Il la sentait fragile et angoissée de devoir répondre directement.

– J'ai bien conscience que c'est difficile à croire. Vous savez, j'ai honte de m'être laissé entraîner dans cette nuit de débauche.

Tout ce que je peux vous dire, c'est que ce n'était pas moi et que j'étais comme possédée. On m'a forcée à faire des choses que je n'aurais pas faites normalement.

Elle jeta un œil sur son avocate pour se trouver du courage.

– Cette plainte, il m'a fallu du temps pour l'envisager. C'était compliqué pour moi. Il m'a fallu du temps pour prendre conscience que j'étais une victime et complètement sous emprise. On m'a forcée. Sans aide extérieure, je n'y serais pas parvenue. Je suis désolée, mais...

– Camille, vous n'avez pas à être désolée, voyons ! Nous en avons suffisamment parlé, interjeta maître Aubert.

– Oui, c'est vrai. Surtout que je ne suis pas la seule. Donc je maintiens ma version des faits. Il a abusé de moi. Il m'a violée. J'ai dit la vérité.

– Quand vous dites « on m'a forcée », vous parlez de Dominik Jean ?

– Vous insinuez quoi, commandant ? s'offusqua l'avocate.

– Rien du tout, maître. Il s'agit d'une plainte contre personne dénommée. Je m'attendais donc à ce que cette personne soit nommée par votre cliente.

– J'entends bien, mais mettez-vous à la place de madame Fauvert. Il y a de quoi être déstabilisée d'être convoquée comme si on mettait sa parole en doute.

– Je vous l'accorde, maître.

– Oui, Dominik Jean m'a forcée à faire ce que je n'aurais pas fait en temps normal, énonça Camille Fauvert. Dominik Jean a abusé de moi.

– Voilà, commandant ! Vous êtes content ? (Et se tournant vers sa cliente.) Bravo Camille, c'est bien. Vous êtes courageuse.

– En l'état actuel des choses, le plus simple, c'est que je vous donne lecture de l'audition de Dominik Jean et nous reprendrons à l'issue, point par point. Comme je n'avais pas prévu votre présence, maître, il faudra vous contenter d'un seul document pour deux.

Maître Aubert se rapprocha de sa cliente. Fébrile, Camille Fauvert prit connaissance des propos de son agresseur avec la boule au ventre. Si, au départ, elle s'attacha au poids de chaque mot, hochant parfois la tête, marquant même une hésitation, son regard se mit à glisser progressivement sur les lignes.

Sa main trembla en transmettant à sa voisine le premier feuillet qu'elle venait péniblement de terminer, redoutait de s'attaquer au suivant. Elle retenait son souffle, mais son visage ne trahissait aucun stigmate de douleur. Plus les mots défilaient sous ses yeux, plus sa tête s'inclinait sous le poids de la désolation. Imperceptiblement, elle s'affaissait sur sa chaise, accusait le coup dans une sorte de résignation. Camille Fauvert donnait l'impression de vouloir en terminer au plus vite, comme si elle connaissait déjà l'histoire. Elle expédia les deux derniers feuillets sans pratiquement les lire. Son supplice terminé, elle dirigea son regard au coin du mur pour le fixer pendant un long moment de réflexion.

– Mais c'est répugnant. Il se prend pour qui, cet énergumène ? C'est un comble, carrément monstrueux ! s'offusqua maître Aubert avec véhémence. Avec ma cliente, nous considérons que ces propos sont une véritable infamie.

Elle jeta les feuilles au nez de Delestran sur son bureau.

– C'est littéralement abject. Cela en dit long sur le mal qu'il prend un malin plaisir à faire subir aux femmes. C'est de la barbarie, l'œuvre d'un véritable pervers. Ça ne va pas se passer comme ça !

La colère verbalisée par maître Aubert n'avait aucune prise sur Camille Fauvert. Le regard toujours assigné au coin du mur, elle n'entendait plus rien.

– Camille, faites-moi confiance, on va lui faire payer. Vous m'entendez ?

Elle tenta de l'arracher à sa fixité en la prenant tendrement par les épaules. D'un mouvement brusque, Camille Fauvert s'extirpa, comme s'il s'agissait d'une agression. L'avocate tenta de détourner son malaise.

– Vous voyez, commandant, dans quel état se trouve ma cliente ! Son traumatisme, vous l'avez devant les yeux. C'est invivable pour elle. C'est une preuve, ça, commandant ! Je vous le dis, moi, Camille Fauvert est détruite. Oui, détruite !

Delestran n'avait d'yeux que pour Camille. Il guettait le moment où elle allait revenir parmi eux. Il décida de provoquer l'instant, en modulant sa voix.

– Madame Fauvert, je sais que c'est extrêmement pénible pour vous. Je ne suis pas là pour vous juger, mais j'ai quelques questions à vous poser. Madame Fauvert ? Je suis comme vous, j'essaie de comprendre. S'il vous plaît, je peux vous poser quelques questions ?

La prévenance de Delestran eut l'effet escompté. Camille Fauvert s'arracha de sa fixité pour lui offrir un instant de vérité. Elle posa sur lui son regard chétif, les yeux gorgés d'humidité. On aurait dit une élève prise en faute, qui tentait malgré son chagrin pétri de culpabilité d'esquisser un sourire pour exprimer sa bonne volonté.

Ce fut un instant pénible pour Delestran que de voir cette femme en larmes devant lui. S'il en avait eu la possibilité, il aurait aimé mettre fin à cette rencontre, mais il lui fallait continuer.

– Commandant Delestran, vu l'émoi de ma cliente, je vous demande de bien vouloir m'accorder une pause pour que je puisse m'entretenir avec elle avant que vous poursuiviez votre interrogatoire.

– Non, maître, je ne l'ai pas commencé.

Il lui avait répondu froidement, sans avoir besoin de se justifier.

Delestran ouvrit le logiciel de rédaction de procédure pour se saisir d'un procès-verbal blanc. Après avoir renseigné l'incipit en faisant état de la présence de maître Aubert, il posa sa première question :

– Après avoir fait la rencontre de Dominik Jean au cours d'un vernissage, avez-vous accepté de le suivre librement au restaurant ?

– Oui.

Puis il enchaîna en prenant soin de retranscrire fidèlement les réponses :

– Vous êtes-vous rendue librement à l'hôtel Royal Monceau à l'issue de ce dîner ?

– Oui.

– Dominik Jean a-t-il fait usage de pression pour vous convaincre de l'accompagner ?

– Non, pas vraiment.

– Aviez-vous bu de l'alcool ou consommé des produits de nature à altérer votre discernement ce soir-là ?

– J'ai bu deux verres de vin au cours du repas, mais je savais ce que je faisais.

– Dominik Jean vous a-t-il fait monter de force dans la chambre ?

– De force, non pas vraiment.

– Comment ça, « pas vraiment » ?

– Disons que je me suis sentie un peu obligée.

– Comment se caractérisait cette obligation ? Dominik Jean exerçait-il une pression sur vous ? Était-il menaçant ?

– Menaçant, non, mais c'était Dominik Jean. Vous comprenez... Au cours du dîner, il m'avait dit qu'il recherchait quelqu'un pour devenir son agent et qu'il me voyait très bien dans ce rôle, que j'avais toutes les compétences, que si je le souhaitais, il était prêt à m'engager. Selon lui, cela allait changer ma vie. En plus, c'était un CDI très bien rémunéré, car cela nécessitait une grande disponibilité. J'allais devoir le suivre partout. Vous imaginez...

– Et vous l'avez cru ?

– Je n'avais aucune raison de ne pas le croire. Il était si convaincu.

– Convaincu ou convaincant ?

– Les deux.

– Lorsque vous vous êtes retrouvée dans la suite avec lui, a-t-il fermé la porte à clé ?

– Je ne sais pas.

– Aviez-vous le sentiment de pouvoir quitter la chambre à tout moment ?

– Oui, il me semble. Mais c'était difficile. À ce stade, je ne pouvais pas.

– A-t-il exigé de vous des faveurs de nature sexuelle ?

– Non, mais j'ai bien senti qu'il voulait.

– Et vous, le désiriez-vous ?

– Je ne sais pas. J'étais intimidée. De me retrouver là, seule avec Dominik Jean, dans cette chambre, c'était... Je ne sais pas comment dire. J'avais un peu peur.

– Peur de lui ?

– Non, enfin, oui, un peu.

– Comment avez-vous réagi lorsqu'il vous a embrassée ?

– Je l'ai laissé faire.

– Ça vous a plu ?

– Difficile à dire, c'était nouveau pour moi. Je ne pouvais pas refuser.

– Vous aviez pourtant la possibilité de lui exprimer votre refus. Pourquoi ne l'avez-vous pas fait ?

– Il n'aurait pas compris.

– Vous a-t-il forcée à vous déshabiller ?
– Non, c'est lui qui l'a fait.
– Vous ne vous y êtes pas opposée ?
– C'était difficile, ses paroles étaient si douces et envoûtantes, ses mains si caressantes. Je ne pouvais pas.
– Éprouviez-vous du désir pour cet homme ?
– Je ne sais pas.
– Vous a-t-il imposé un acte de pénétration sexuelle en vous maintenant de force ou en faisant usage de violence ?
– Non. D'ailleurs, il ne m'a pas pénétrée tout de suite, il s'est d'abord occupé de moi. J'étais envahie de caresses. Il jouait avec mes seins, puis avec mon sexe. J'ai senti monter en moi une fièvre incontrôlable. Il me dévorait. Je ne pouvais pas résister. C'était plus fort que moi. Mon corps ne m'appartenait plus. J'avais l'impression d'être à la fois ailleurs et quelqu'un d'autre.
– Combien de temps cela a-t-il duré ?
– Je ne sais pas. J'ai perdu la notion du temps.
– Dominik Jean affirme que vous avez éprouvé du plaisir. Est-ce exact ?
– C'était pour lui faire plaisir.
– Et vous ?
– Je n'en sais rien.
– Vous simuliez ?
– Je ne sais pas. Ce n'était plus moi. C'est tout ce que je peux vous dire.
– Avant l'acte de pénétration sexuelle, l'avez-vous repoussé pour lui exprimer le fait que vous ne le souhaitiez pas ?
– Franchement, je n'ai rien vu venir. Ça s'est fait, c'est tout.
– Et d'après les déclarations de Dominik Jean, vous avez recommencé au cours de la nuit ?
– C'est lui qui voulait. Moi, je me suis laissé faire.
– Pourquoi ne pas l'avoir repoussé ? Vous en aviez la possibilité, et à de nombreuses reprises...
– Mettez-vous à ma place, c'était difficile. Je ne pouvais pas, il m'avait promis...
– Promis quoi ?
– Ben, de m'engager.
– Était-ce douloureux ?
– Sur l'instant, non. C'est ensuite que j'ai eu mal.
– Quand ?
– Le lendemain.

– Vous pouvez préciser ?
– Nous devions dîner ensemble, au même endroit, et il n'est jamais venu. J'ai cherché à le contacter sur son numéro de portable qu'il m'avait donné, mais je suis tombée systématiquement sur sa messagerie.
– Et qu'avez-vous fait ?
– Que vouliez-vous que je fasse ? Je suis rentrée chez moi.
– Avez-vous cherché à le revoir ?
– Oui, forcément.
– Et alors ?
– Deux jours plus tard, je l'ai attendu à la porte de sa maison d'édition et, lorsqu'il m'a vue, il m'a dit : « Mais que faites-vous donc là ? Qui vous envoie ? » Il m'a vouvoyée, après la nuit que nous avions passée ensemble !
– Et que vous a-t-il dit ?
– Un truc de fou : « Il faut vous en remettre, ma petite. Et passer à autre chose ! » Vous imaginez ? Après tout ce que j'avais consenti à faire pour lui ! Je me suis quand même offerte à lui sans ménagement. Je lui ai tout donné !
– Je suppose que vous lui avez demandé des explications ?
– Oui, mais il n'a rien voulu savoir. C'était comme si ce qui s'était passé n'avait pas existé. Le comble, c'est quand il m'a soutenu que le poste d'agent qu'il m'avait promis était déjà occupé. Qu'il avait recruté une assistante et qu'il était donc désolé pour moi. La place était prise.
– Vous l'avez cru ?
– Je ne sais pas. En fait, je n'en sais rien. J'étais tellement abasourdie et en colère contre lui. Son ton froid et détaché malgré son regard tout mielleux, c'était humiliant. J'avais envie de le gifler.
– Vous ne l'avez pas fait ?
– Je n'ai pas pu, c'était Dominik Jean, quand même ! En pleine rue, cela ne se fait pas.
– Et par la suite, que s'est-il passé ?
– Rien. J'ai gardé tout ça pour moi pendant des années, jusqu'au jour où j'ai rencontré une femme qui avait subi la même chose que moi, mais avec un autre homme. Elle m'a conseillé une association pour la défense des femmes. Je m'y suis rendue. J'ai été prise en charge et écoutée. J'ai pu bénéficier d'un accompagnement. Dans le cadre de ma reconstruction, malgré les sept années passées, je devais déposer plainte

contre Dominik Jean. J'ai longtemps hésité. Pourquoi remuer tout cela ? Et puis, je me suis laissé convaincre, pour moi et les autres. Vous connaissez la suite.

Delestran mit fin à ses questions pour inscrire la mention terminale à son procès-verbal avant de lancer une impression pour que Camille relise son audition avant signature :

« Après lecture faite par elle-même, madame Camille Fauvert persiste en ses propos et signe avec nous et son conseil, en la personne de maître Aubert, le présent procès-verbal, ce jour à onze heures et quarante minutes. »

L'avocate réagit vigoureusement :

– Attendez, commandant ! Vous n'allez pas vous en sortir comme ça !

– Je n'ai fait que retranscrire les propos de votre cliente.

– Certes, mais j'ai des observations à formuler.

– Je vous écoute, maître. Vous voulez peut-être préalablement marquer une pause pour vous entretenir avec votre cliente.

– Je veux bien.

– Je vous laisse une dizaine de minutes, seule à seule dans mon bureau, le temps d'aller fumer une cigarette, et ensuite nous reprendrons là où nous en étions.

– Je vous remercie.

Que se passait-il là-haut, dans son bureau ? Quelle allait être la réaction de maître Aubert après s'être entretenue avec sa cliente. Malgré ses questions, Delestran avait ressenti de la compassion pour cette jeune femme. Il n'aurait pas voulu se retrouver à sa place. Il s'était empêché d'aller plus loin, non pas par pudeur, mais pour ne pas accentuer son mal-être. D'une plainte dictée par l'entremise d'un intérêt supérieur, on était passé à une reconnaissance de culpabilité à travers un espoir déçu. C'était terrible, mais c'était la réalité. Il fallait s'attendre à ce que l'avocate reparte à la charge. Mais avec quels arguments, cette fois ?

Dominik Jean était vraiment un personnage hors-norme. Il n'avait pas d'égal pour démasquer les femmes en attente de quelque chose. Oubliant celles du passé, il traçait de nouveaux horizons pour la nouvelle qu'il devait convoiter avec des yeux dévorants. Usant de son charme mystérieux et abusant de sa position dominante pour parvenir à ses fins, il les abandonnait sitôt cueillies dans son inlassable fuite. Menteur et pragmatique, hypocrite et cynique, c'était un homme lumineux capable d'actes abominables.

Les dix minutes étaient passées. Delestran remonta dans son bureau et retrouva maître Aubert très remontée. Sitôt qu'il fut assis, elle se lança dans une longue charge. Mais rien de nouveau. Manipulation, emprise, possession, toujours les mêmes mots dont la répétition émoussait l'acuité. Sa cliente était sous l'influence d'une force irrépressible qui l'avait conduite à se soumettre à sa volonté. Camille Fauvert était meurtrie dans sa chair de s'être offerte à un escroc. Cet homme était un psychopathe, une machine infernale à broyer les femmes. Hypnotisées, les femmes se voyaient transformées, pour son plaisir, en instruments du vice déchaîné. Et puis, il prenait la fuite, incapable d'assumer ses actes. C'était bien la preuve de sa culpabilité. Sa cliente n'était pas la seule victime. Il y avait d'autres femmes et tant de drames. Des femmes avaient tout perdu : famille, enfants, travail. D'autres s'étaient retrouvées en dépression, recluses dans le silence. Certaines avaient tenté de mettre fin à leurs jours. Sous le masque flamboyant de sa notoriété se terrait un homme monstrueux faisant des femmes des victimes en série.

Agacé par les abus de langage et cette emphase superfétatoire, Delestran s'était focalisé sur Camille Fauvert, impassible, les yeux perdus dans le vague. Que pensait-elle de tout cela ?

Voyant Delestran indifférent à ses propos et à court d'arguments, maître Aubert lança une dernière accusation. L'avait-elle préparée en désespoir de cause ?

– Et comme si cela ne suffisait pas, commandant, ce qu'il y a de pire dans cette histoire, c'est que vous êtes un homme et que vous avez pris fait et cause pour un homme au détriment d'une femme. Vous n'avez pas pu vous empêcher de prendre la défense de Dominik Jean.

Delestran la fustigea.

– Madame – il ne l'avait pas appelée « maître » volontairement –, sachez que je me suis empêché à plusieurs reprises. Mais vous êtes tellement polarisée sur votre cause que vous ne vous en êtes même pas rendu compte.

– Je crois rêver !

– Vous ne rêvez pas, madame. J'aurais très bien pu demander à votre cliente si Dominik Jean avait fait usage d'un préservatif.

– Parce que, sept années plus tard, vous seriez parti à la recherche de traces de sperme ?

– J'aurais également très bien pu lui demander si Dominik Jean avait joui.

– Ah quoi bon ? Certainement, d'ailleurs !

– Et enfin, j'aurais très bien pu demander à madame Fauvert, si elle aussi avait joui.

– Vous vous rendez compte de ce que vous dites ?

Cette fois-ci, c'est elle qui le fustigeait.

– Jouir d'un viol ? Mais vous êtes aussi monstrueux que l'autre !

– Non, madame. Je me suis empêché de le lui demander pour ne pas accabler davantage votre cliente, pour laquelle j'essaie de faire mon travail en toute objectivité, sans prendre fait et cause pour qui que ce soit, et encore moins en agissant sous le joug d'une quelconque solidarité masculine, comme vous le sous-entendez. Je fonctionne en mode binaire et non genré ! Chez moi, il n'y a pas d'homme ni de femme, il n'y a que des criminels et des victimes. Et croyez-moi, parfois, il n'est pas simple d'y voir clair.

– Alors que comptez-vous faire ?

– Je n'ai pas à vous rendre compte de mon enquête, maître. Mais lorsqu'il n'y a pas d'élément matériel et que, sur ce point nous serons également d'accord, c'est parole contre parole, je n'ai d'autre choix que d'entendre les proches des deux parties.

– Je vais demander au parquet une expertise psychiatrique sur la personne de Dominik Jean.

– C'est votre droit. Si le parquet vous l'accorde, il faut s'attendre, par souci d'équité, à ce qu'il en soit de même pour votre cliente.

– Très bien. Comme cela, elle se verra délivrer un certificat médical attestant, je n'en doute pas vu son traumatisme, d'un certain nombre de jours d'ITT psychologiques.

– Effectivement.

C'était franchement pénible, cette petite guéguerre. Delestran avait envie d'apaiser la situation. Il pensait à Camille Fauvert. Elle devait avoir hâte de sortir de son bureau.

– Madame Fauvert, la parole des femmes n'a pas toujours été respectée dans notre pays, y compris dans la police. Nous avons commis des erreurs, bien plus par ignorance que par misogynie. Parfois, nous sommes encore maladroits. Nous manquons de tact, notamment dans l'accueil des femmes victimes de violences ou de faits plus graves. Mais croyez-moi, les temps changent. Nous avons appris de nos erreurs et, surtout, nous nous formons. Nous avons également une nouvelle génération de policiers qui comprend beaucoup plus de femmes et je suis persuadé que nous n'en serons que meilleurs. À ce titre, au sein de notre service, une psychologue est à votre service si vous souhaitez un accompagnement. Il me semble que ce serait opportun, compte tenu de votre traumatisme, dont je suis bien conscient. Voyez-vous, moi, je suis limité, mais notre psychologue a les moyens de vous accompagner pour vivre, si ce n'est au mieux, en tout cas le moins mal possible, l'épreuve que vous êtes en train de traverser. Elle s'appelle Claire Ribot. Je vous donne sa carte avec ses coordonnées. N'hésitez pas à la contacter ! De mon côté, si vous n'y voyez pas d'inconvénients, je lui transmettrai vos coordonnées téléphoniques afin qu'elle vous appelle pour prendre de vos nouvelles. C'est important pour moi de savoir que vous ne serez pas seule en quittant mon bureau. Et croyez-moi, je ne lâche pas l'affaire. Cela ne va pas être simple, mais je compte bien m'y employer, parce que voyez-vous, moi aussi, je suis troublé. Quelque chose me dérange dans tout cela. Je ne sais pas si cela relève du Code pénal, du Code civil ou de la morale, j'ai du mal à le situer, mais je suis perturbé.

– Merci, commandant.

Il n'y avait aucun cynisme dans les propos de Delestran. Il était sincère. Camille Fauvert s'empara de la carte de visite de Claire Ribot et la rangea dans son sac. Elle lui serra la main avec un regard dont il se souviendrait.

Chapitre 11

Ce n'était pas la première et pourtant Victoire se demandait toujours ce qu'elle faisait là. Accompagnée de Stanislas Riaud, elle attendait qu'on vienne les chercher dans la petite salle faisant office de vestiaire. Elle avait revêtu une blouse blanche en coton rêche attachée par un long ruban noué sur son ventre, une charlotte et des surchaussures, remonté son masque chirurgical juste au-dessous des yeux, seule partie du corps encore visible. Ils ressemblaient à deux cosmonautes dans une salle d'embarquement désaffectée.

L'attente faisait partie du conditionnement, une façon de se préparer en laissant agir un silence pythagorique. Ce mutisme n'était pas une règle de discipline ou un exercice spirituel. Il ne revêtait pas non plus de valeur mystique. Il traduisait juste une appréhension tout en offrant la possibilité de remettre de l'ordre dans son esprit : la vie, plus que tout ! De l'autre côté de la cloison, elle s'était violemment arrêtée. Des hommes en blouse blanche allaient procéder à de la découpe de chair humaine pour en connaître la raison. L'autopsie permettait de donner la parole au cadavre en allant voir à l'intérieur, au plus proche. Il n'était pas donné à tout le monde de vivre une telle expérience. Elle pouvait remettre en cause vos croyances, religieuses ou philosophiques, bousculer vos certitudes et faire naître le doute propice au jaillissement d'une petite vérité. Victoire se considérait comme une privilégiée. Une nouvelle fois, elle allait prendre conscience du miracle de la vie.

Un assistant leur ouvrit la porte et ils furent invités à rejoindre la salle dans laquelle le corps d'Adèle Bourselier était allongé sur l'imposante table en inox. Aiguisant ses instruments, le docteur Renaud avait pris soin de déposer une serviette sur le sexe de la jeune femme. Il était le seul à avoir cette délicate attention, quel que soit le sexe du défunt. Victoire se demandait toujours comment on pouvait croire en Dieu en pratiquant un tel métier.

Il fallait un peu de temps pour se faire à ce nouvel environnement, médicalement austère et vieillissant. Le revêtement marron et granuleux du sol, les murs carrelés de blanc à hauteur d'homme, puis peinturés d'un vert acidulé décati, le plafond jauni avec de curieuses auréoles aux angles, la lampe chirurgicale et son bras articulé, la balance à plateaux suspendue au-dessus de la paillasse accolée à la table de dissection, le kit d'instruments chirurgicaux au métal étincelant déposé sur une desserte. Il y avait aussi la lumière bleue de la lampe antimouche à côté de la seule fenêtre, au vitrage opaque, avec sa grille parsemée de petits cadavres d'insectes desséchés, et ce siphon par lequel les eaux de lavage ensanglantées seraient aspirées lorsque tout serait terminé. Et puis de temps en temps, le vrombissement d'une rame de métro vous rappelait qu'à l'extérieur la vie suivait son cours.

Adèle Bourselier n'avait plus d'identité. Son corps portait un numéro d'enregistrement matérialisé par un bracelet médical autour du poignet. Cependant, il était encore temps d'avoir une pensée pour cette jeune femme que la mort n'avait pas encore défigurée. Victoire posa un regard enveloppant et peiné sur son cadavre. Elles étaient pratiquement du même âge.

Le docteur Renaud se rapprocha les mains vides. Il pointa son index ganté en direction du cou. Il présentait des lésions caractéristiques d'une strangulation manuelle. Elles avaient été constatées sur la scène de crime, mais, avec la dégradation progressive des tissus, elles étaient davantage marquées. Le violet s'était assombri. Il était désormais évident que ces ecchymoses correspondaient aux deux pouces et aux extrémités des phalanges de l'auteur. « On va aller voir à l'intérieur, vous verrez, ce sera encore plus parlant. » Victoire s'écarta pour rejoindre son poste d'observation et laisser le légiste à son affaire. Le docteur Renaud fit le tour de la table, se saisit d'un bistouri et marqua une pause en considérant le corps allongé devant lui. S'excusait-il de ce qu'il allait lui faire subir ?

Le plus impressionnant était les trente premières minutes, depuis une profonde incision du sternum au pubis jusqu'à l'action bruyante de la scie circulaire découpant la boîte crânienne. La peau et sa sous-couche de graisse orangée était écartée de chaque côté comme les pages d'un livre ouvert en son milieu. À l'air libre, la façade thoracique était découpée à l'aide d'une puissante pince. On entendait les verrous des cartilages d'ancrage des côtes sauter un à un. Devenus accessibles, les organes vitaux allaient être prélevés un par un, pesés et disséqués. Rapidement éventré, le corps avait perdu son caractère humain. Une odeur nauséabonde se dégageait des entrailles. Le corps n'était plus qu'un amas de chair, livrant son fonctionnement, si fragile et pourtant incroyablement bien fait. Le docteur Renaud tenait délicatement dans ses mains le cerveau d'Adèle Bourselier. Avant de le déposer sur le plateau de la balance, il leva les yeux sur Victoire.

– Tout est là.

– Oui, je sais, docteur. Il suffirait de brancher un câble USB pour tout savoir.

C'était devenu un rituel entre eux.

Le légiste finit par isoler l'appareil respiratoire pour un examen minutieux. Victoire se rapprocha de la table de dissection. Après les poumons, qui avaient crépité à la pression manuelle du légiste, signe d'une détresse respiratoire, c'était le moment le plus important. Le docteur Renaud lui fit part de ses observations au fur et à mesure de ses incisions chirurgicales. Lors de l'extraction, il n'avait pas observé de séparation des vertèbres avec déchirement de la moelle épinière, qui aurait, dans ce cas, provoqué une mort instantanée. Il releva une zone ecchymotique autour du larynx avec fracture de l'os hyoïde, la brisure d'une des deux cornes thyroïdes et l'écrasement du cartilage. Il y avait donc bien une obturation des voies aériennes par l'action d'un tiers avec ses pouces exerçant une forte pression. Couplée avec une obstruction de la carotide par l'enroulement des phalanges, privant le cerveau de sang oxygéné, la victime avait rapidement sombré dans l'inconscience avant de décéder d'une anoxie cérébrale en quelques minutes. Il fallait de la force et de l'endurance pour causer de telles lésions. La pression devait être maintenue suffisamment longtemps pour obtenir le décès. On pensait bien entendu à un homme plutôt qu'à une femme, le rapport de force étant naturellement à son avantage.

Par ailleurs, le légiste n'avait constaté aucune lésion traumatique sur les zones de prise, de maintien ou de défense.

Les crevées* pratiquées sur ces zones n'avaient relevé aucun hématome sous-dural. La victime n'avait pas eu la possibilité de se défendre. L'emprise devait être très forte et l'agression survenue brutalement.

Dans le couloir, Stanislas Riaud brancha le pistolet à cire pour constituer les scellés des prélèvements effectués sur les organes aux fins d'analyses anatomopathologiques**. Le placement sous scellé était l'unique raison justifiant leur présence lors de l'autopsie, non pas pour les réaliser – cela ne nécessitait pas une qualification particulière –, mais pour en garantir juridiquement l'origine et la conservation, sans altération, modification ou échange possible. Subir deux heures de découpe de chair humaine pour faire couler de la cire chaude et apposer quelques poinçons, résumée ainsi, l'autopsie pouvait s'apparenter à un vrai supplice, alors qu'en réalité elle était une source d'enrichissement ; pour l'enquête et la vie en général***.

Victoire était toujours soulagée de ressortir de l'IML. Elle se sentait si heureuse d'être vivante. Pendant quelques minutes, il fallait se réhabituer à la lumière du jour et à l'agitation de Paris avant d'y reprendre rapidement sa place.

– Un couscous, Victoire ?

Elle consulta sa montre. Treize heures.

– Allez ! Va pour un couscous.

– Chez Kader ?

– Si tu me prends par les sentiments...

Stanislas Riaud démarra le véhicule. Sitôt sortis du parking à l'arrière de l'IML, ils s'engouffrèrent dans le flot de circulation, en direction du 13e arrondissement. En temps normal, pour un couscous chez Kader, on était capable de traverser Paris au

* Profondes incisions musculaires pratiquées en début d'autopsie afin de détecter des contusions.

** L'anatomopathologie permet l'étude au microscope des prélèvements réalisés au cours de l'autopsie et de révéler une maladie ou un antécédent médical.

*** Une récente évolution du Code de procédure pénale dispense désormais les policiers d'assister aux autopsies en octroyant au légiste la prérogative d'effectuer tout type de scellé qu'il jugera utile.

gyro deux tons. Tout proche, il leur était difficile de résister à la tentation, surtout après une autopsie.

À leur retour au service peu avant quinze heures, Mitch resta bouche bée lorsqu'il apprit qu'ils avaient été chez Kader sans eux. Cela ne se fait pas ! Avec Delestran, ça ne se serait pas passé comme ça. Ce n'était pas dit franchement, mais insinué par de lourds sous-entendus. Chez Kader, on y allait lorsqu'on avait bien travaillé, en guise de récompense, pas au début d'une affaire. Il n'avait pas tort. Beaumont prit conscience de son erreur. Elle tenta de minimiser. Ils n'avaient pas festoyé, étaient restés seulement quarante-cinq minutes. Juste un plat, pas de dessert ni de digestif. Expéditif. C'était chez Kader, mais cela aurait très bien pu être ailleurs. « Justement ! On ne va pas chez Kader comme on va au kebab. Ça se mérite ! » lui rétorqua Mitch avant de lâcher définitivement l'affaire. Beaumont venait de prendre une petite leçon. Cela ne se reproduirait plus.

Elle rassembla son groupe pour faire le point. L'autopsie avait confirmé ce qu'on savait déjà. La victime ne s'était pas défendue. Vu les lésions sur le larynx, l'auteur avait de la poigne. On attendait les réponses aux réquisitions téléphoniques, bancaires, et les analyses du laboratoire. Stanislas Riaud avait reçu les résultats de l'IJ. Le prélèvement effectué sur la gorge d'Adèle Bourselier n'avait mis en évidence aucun ADN de contact, l'auteur devait porter des gants. Par contre, sur le rebord du verre, un ADN distinct de celui de la victime avait été révélé. C'était un ADN masculin. Inconnu au Fnaeg*, c'était vraisemblablement la signature de l'auteur. Cette empreinte génétique serait une base de travail solide pour une comparaison dès qu'ils auraient un suspect. Dernière chose, anecdotique, le prélèvement sur la sonnette avait révélé un mélange de trois ADN féminins, également inconnus du fichier. L'auteur devait déjà être porteur de gants ou bien n'avait-il pas sonné pour entrer dans l'appartement.

Anna Bellama et Stefan Henrich avaient procédé à quelques auditions dans l'environnement de la victime. Adèle Bourselier était une femme très appréciée du voisinage. Discrète et

* Fichier national des empreintes génétiques.

courtoise, elle était toujours prête à rendre service. Personne n'avait fait état de mouvement ou de rencontre suspecte dans l'immeuble récemment. Il avait fallu absorber la peine des voisins en faisant preuve d'empathie malgré le sentiment, au bout du compte, de travailler un peu pour rien. Ils avaient également reçu sa cheffe de service et une collègue de l'association du Rectangle. Cela faisait cinq ans qu'Adèle Bourselier travaillait en qualité d'infirmière. Si elles étaient confrontées à une population fragilisée, parfois agressive en raison du manque, elles n'avaient pas eu connaissance de menace ou d'incident qui puisse laisser supposer qu'on s'en prenne à sa vie. Les deux enquêteurs avaient eu la confirmation qu'elle était très investie dans le mouvement féministe. Elle y consacrait beaucoup de son temps libre, accueillait parfois des femmes en détresse à son domicile avant de leur trouver un toit. On ne lui connaissait pas d'amoureux. Les hommes, elle s'en méfiait sans jamais s'être épanchée sur les raisons. Adèle Bourselier n'était pas une femme à se confier, mais plutôt à recevoir les confidences. Tournée vers les autres dans sa vie professionnelle comme dans sa vie privée, on ne savait finalement rien d'elle, si ce n'est son engagement avec le Mouvement des femmes insoumises.

Mitch avait gratté un peu sur cette association en usant de son carnet d'adresses. Il avait mis sur le coup un collègue de promotion travaillant aux Renseignements territoriaux qui lui avait transmis une note interne. Si le MFI ne posait pas de problème au niveau de la sécurité intérieure, il s'agissait néanmoins d'un groupe composé de néo-féministes, une branche dure et dissidente du féminisme traditionnel, connu pour ses actions coups-de-poing. « Des chiennes de garde coupeuses de testicules », avait résumé Mitch. L'association comportait trois cents adhérentes et cinq salariées. Elle bénéficiait de financements publics, car elle venait effectivement en aide aux femmes victimes de violences conjugales, de harcèlement sexuel et de discriminations professionnelles, mais une bonne partie de leur budget était issue de partenaires privés et de mécénat. Affiliée à la communauté LGBT, elle entretenait également des contacts avec la mouvance ultra-gauche. « Des pures et dures aux cœurs rouges, des teigneuses revanchardes avec des sécateurs dans les mains », avait conclu Mitch, qui n'avait pu s'empêcher d'en rajouter un peu.

Victoire était bien décidée à leur rendre une petite visite.

– Mitch, tu as quelque chose de prévu dans l'immédiat ?

– Avec Stan, je dois aller récupérer les vidéos de la station Saint-Georges au PC sécurité de la RATP.

– Je peux m'en charger avec lui, se dévoua Anna Bellama, qui avait senti le coup venir.

– Merci, Anna. Dans ce cas, Mitch, tu peux m'accompagner au siège du MFI ?

– Euh, tu y tiens vraiment ?

– Ne me dis pas qu'elles te font peur !

– Non mais... enfin, bon, ça risque de ne pas être une partie de plaisir.

– Si tu veux, je peux te prêter un caleçon en cotte de mailles, renchérit Lessourd.

– T'inquiète pas pour moi, Oliv' ! Au pire, j'ai les pinces. Et je sais me tenir en public. Un agneau, dévoué et rallié à leur cause, elles n'y verront que du feu.

– Eh bien voilà ! Allez, c'est parti, s'exclama Beaumont.

Puis, se tournant vers Lessourd :

– Oliv', tu peux prendre attache avec les parents ? Ils vont pouvoir récupérer le corps de leur fille pour procéder aux funérailles. Tu cales ça avec eux, OK ? Et tu leur dis qu'ils peuvent compter sur nous, on va trouver celui qui a fait ça. Tu les rassures sans faire le faux cul. Enfin, tu vois, quoi, tu sais...

– OK, je m'en charge.

Ils s'étaient garés à l'angle de la rue de l'Ourcq sur un emplacement de livraison en abaissant le pare-soleil police. L'épicier du coin avait été chargé de jeter un œil sur la Mégane pour garantir sa présence à leur retour, les ASP * ne prenant pas toujours le temps de faire le tour du véhicule avant de procéder à son enlèvement. Victoire Beaumont sentait Michel Mateoni un peu inquiet. Une fausse indolence masquait sa nervosité tandis qu'ils rejoignaient le numéro 25 de l'avenue de Flandre. Devant le porche, une plaque en plexiglas noir signalait la présence de l'association en fond de cour, deuxième étage. Ils sonnèrent et entrèrent comme les y invitait le panonceau fixé sur la porte. Derrière un pupitre, une hôtesse d'accueil était en communication téléphonique. Elle leur désigna une salle d'attente sur leur

* Agents de surveillance de Paris, chargés principalement de la répression du stationnement.

gauche. La salle était tapissée d'affiches d'informations relatives aux droits des femmes, aux campagnes de prévention et aux actions menées par le Mouvement des femmes insoumises. Victoire jetait un œil à travers l'encadrement de la porte tandis que Michel Mateoni décryptait le contenu des affiches avec un sentiment d'adversité. Ça frappait fort, dénonçait, affirmait, on montrait les muscles avec un logo récurrent : une croix rouge surmontée d'un cercle de la même couleur avec un poing noir à l'intérieur. Le ton était donné. Ici, les femmes étaient en lutte. Heureusement qu'il était accompagné de Victoire !

À l'arrivée de l'hôtesse, Victoire se leva :

– Bonjour, madame. Vous avez rendez-vous ?

– Non.

– Je vois que vous êtes venue accompagnée. Votre papa ?

– Non, mon collègue.

– Ah, c'est dans le cadre du travail. Très bien. Si vous le souhaitez, une conseillère peut vous recevoir afin que vous lui exposiez les faits dont vous êtes victime.

– Je ne suis pas victime.

Victoire lui exhiba sa carte tricolore pour mettre fin au malentendu.

– Capitaine Victoire Beaumont, 1re DPJ, et mon collègue, le major de police Michel Mateoni.

Le sourire bienveillant de l'hôtesse s'effaça d'un trait.

– Vous venez au sujet d'Adèle, notre adhérente ? Nous avons appris son décès. C'est dramatique ! Encore un féminicide... le cinquième en à peine quatre mois ! Si vous saviez comme nous sommes affectées par cette tragédie. En quoi puis-je vous être utile ?

– Nous souhaiterions rencontrer la responsable de votre association pour recueillir des informations au sujet de madame Bourselier.

– Je vous demande un instant. Je vais voir si madame Dupin peut vous recevoir.

Quelques instants plus tard, ils se retrouvèrent dans le bureau de la présidente du Mouvement des femmes insoumises. Si l'hôtesse avait été accueillante, madame Gabrielle Dupin se montra moins affable. Victoire avait beau être une femme, elle était policière et, qui plus est, elle était accompagnée d'un homme. Les enquêteurs n'avaient rien demandé, mais ils durent subir une charge ininterrompue pendant plusieurs minutes avant même d'exposer le motif de leur visite. Il avait fallu qu'elle vide son sac de colère d'entrée de jeu. Ils l'avaient laissée répandre son fiel dénonçant l'oppression du patriarcat et une police, à l'image de la société, beaucoup trop virile et réactionnaire. Son féminisme se voulait davantage accusateur que réconciliateur. Elle se revendiquait de la nouvelle génération, celle qui devait réinventer le féminisme afin de l'armer efficacement pour remporter la victoire. Au moins, les choses étaient claires. Elle n'avançait pas masquée, assumait parfaitement sa radicalité. Son discours était moralisateur, donc culpabilisant. Il ne s'agissait plus de faire valoir des droits, mais d'une lutte pour prendre la place des hommes, voire que ces derniers prennent la place des femmes. Michel Mateoni bouillait sur place alors que Victoire ne s'y retrouvait pas. La forme avait dissous le fond, desservait ce qui méritait pourtant d'être entendu.

Les présentations faites, Victoire tenta de ramener la présidente à l'objet de leur visite.

– Madame Dupin, je vous remercie beaucoup pour cette présentation. Ce fut très instructif. Mais vous vous en doutez bien, nous ne sommes pas ici pour enquêter sur un sujet qui mérite effectivement d'être largement défendu.

Victoire savait suffisamment ruser pour ramener les gens à la raison sans pour autant tomber dans l'hypocrisie. Pendant le grand déballage rempli d'animosité de Gabrielle Dupin, elle s'était demandé ce que venait faire Adèle Bourselier dans cette association. Sympathisante ? Militante ? Activiste ?

– Nous enquêtons sur le meurtre d'Adèle Bourselier, qui était membre de votre collectif, et nous aimerions en savoir davantage sur elle.

– Un féminicide ! Encore un ! Vous pensez qu'il est lié avec notre association ?

– Je n'en sais rien, madame. Pour l'instant, il n'y a aucune raison objective de le penser.

– Moi, cela ne m'étonnerait pas !

– Comment ça ? Vous avez des soupçons ?

– Vous savez, dans le combat que nous menons, nous nous exposons. Il y a des gens qui nous veulent du mal. Nous gênons et certains sont prêts à tout pour nous éliminer.

– Il ne s'agit pas de tomber dans la paranoïa, madame.

– Les cinq féminicides recensés depuis le début de l'année, ce n'est pas de la paranoïa. Les lettres d'insultes et de menaces que nous recevons, non plus. De nombreuses adhérentes ont fait l'objet de violences lors d'actions de sensibilisation ou de manifestations, y compris de la part de vos collègues. Des plaintes ont d'ailleurs été déposées. J'ose espérer qu'elles ne seront pas classées sans suite, à l'image de celle que nous avons déposée lorsque le siège de notre association a été vandalisé, l'année passée, par une horde de mâles testostéronés.

– J'en suis désolée.

– Oui, vous pouvez ! Et dites à vos collègues d'y aller plus doucement sur les manifs ! Certains ont tendance à faire usage de leur matraque comme ils se servent de leur queue.

– S'il vous plaît, madame, ne rentrons pas dans ce petit jeu. Je ne suis pas prête à tout supporter. S'agissant des manifestations, d'une manière générale, nous la police, nous avons tout intérêt à ce que cela se passe bien. Donc, nous n'avons aucun avantage à allumer la mèche... Par ailleurs, je vous signale que si vous pouvez manifester en toute sécurité, c'est parce qu'il y a aussi des CRS qui sont là pour vous protéger des gens qui voudraient vous en empêcher.

– Faut que je vous en remercie ?

– Non, pas forcément, car c'est notre travail. Je vous demande juste de ne pas l'oublier et d'en tenir compte dans votre jugement.

– J'essaierai de ne pas l'oublier.

– Bon, passons à Adèle Bourselier. Avez-vous eu connaissance de menaces ou d'actes de violences dont elle aurait été victime dans le cadre de votre activité ? Des gens qui lui en voudraient directement ?

– Vous savez, je ne la connaissais pas personnellement. Elle était plutôt discrète, agissait en deuxième rideau. Mais j'ai fait ma petite enquête de mon côté. On ne m'a rien signalé. J'ai également vérifié auprès de notre service juridique et Aurore, notre avocate, n'avait pas de dossier en cours la concernant. Bien entendu, cela ne veut rien dire. Si nous conseillons à toutes nos adhérentes de ne rien laisser passer et de faire valoir leurs droits systématiquement en leur garantissant un soutien, un accompagnement et une aide à la fois juridique et financière, la parole ne se libère pas toujours. Les traumatismes du passé sont tenaces.

– Quel était précisément son rôle au sein de votre association ?

– Comme toutes les adhérentes, elle rendait service, prenait part aux différentes actions que nous menons. On m'a dit qu'elle était infirmière, qu'elle travaillait dans un service d'addictologie et qu'elle n'hésitait pas à héberger des femmes dans l'urgence. C'était une travailleuse de l'ombre, de celles qui font la force de notre collectif.

– Elle avait certainement de très bonnes copines au sein de votre association. Il serait très intéressant pour nous de les rencontrer. Elles auraient peut-être des choses à nous dire pour orienter notre enquête.

– Ça, je n'en sais rien. Encore une fois, je ne la connaissais pas, mais je vais me renseigner. Un instant.

Gabrielle Dupin décrocha son téléphone.

– Malika, tu peux venir s'il te plaît ?

Puis sitôt raccrocha.

– Malika travaille bénévolement pour nous depuis cinq ans. Elle assure le secrétariat. Je ne vous dirai pas comment elle est arrivée chez nous, mais elle connaît toutes nos adhérentes, donc elle pourra vous renseigner.

La secrétaire se présenta dans une tenue vestimentaire très colorée. D'origine berbère, elle était souriante malgré l'horreur d'une blessure au visage qu'elle masquait en se positionnant de trois quarts. La partie droite avait été gravement brûlée. Elle avait conservé l'usage de son œil droit, serti dans une fente rétrécie de chair reconstituée. La vision furtive de cette partie du visage cicatrisée faisait d'autant plus mal que la jeune femme était jolie. Elle portait le deuil de sa beauté meurtrie avec une grande dignité.

– Malika, ces gens sont de la police. Ils sont chargés de l'enquête sur le féminicide d'Adèle. Tu la connaissais, toi, Adèle. Tu pourrais nous dire qui elle fréquentait au sein de notre mouvement ? Elle ne faisait pas partie d'une commission, mais elle devait avoir des copines.

À l'évocation du prénom d'Adèle, Malika inclina le regard vers le sol pour encaisser une douleur manifeste. Elle prit sur elle pour se redresser et évoquer ce qu'elle savait de cette adhérente.

– Adèle était une femme simple, discrète et extraordinaire. On pouvait compter sur elle. Je l'avais contactée deux ou trois fois pour une urgence et elle avait toujours répondu présente. Je sais qu'elle vivait seule, mais qu'elle avait un petit groupe de copines de l'association avec lesquelles elle sortait, partait en voyage. Elles allaient également à la salle de sport ensemble.

– Vous pourriez nous communiquer leurs identités et leurs numéros de téléphone ?

La secrétaire se tourna vers sa présidente pour savoir ce qu'elle devait faire. Gabrielle Dupin ferma les yeux en signe d'acquiescement.

– Je vais consulter nos fichiers et je reviens.

Gabrielle Dupin attendit que Malika ait quitté le bureau.

– Vous avez vu. Voilà ce qui arrive à une femme lorsqu'elle décide de s'affranchir de la tradition patriarcale. On la tatoue à l'acide pour la punir.

Que pouvaient-ils dire, sinon rien, consternés par ce qu'ils avaient vu ? Pour occuper le temps, Michel Mateoni posa quelques questions sur l'organisation du MFI, ses financements et ses adhérentes en général. Il reçut une fin de non-recevoir. Les statuts étaient consultables auprès du greffe des associations de la préfecture de Police, les financements à la Cour des comptes. Pour le reste, ses collègues des RG pourraient le renseigner, ils étaient toujours à traîner autour. La présidente ne leur donnerait rien.

– Pourrait-on avoir la liste de vos adhérentes ? osa Beaumont.

– Vous êtes terrible, vous, la police ! Vous ne pouvez pas vous empêcher de demander des noms. Ah ! Ça, les listes, vous aimez ! Il vous en faut... Vous ne soupçonnez quand même pas l'une d'entre nous ?

– Non, bien entendu. C'est juste pour pouvoir leur poser quelques questions.

– Nous sommes plus de trois cents. Vous n'allez quand même pas toutes nous contacter pour poser vos fichues questions ?

– Dans un premier temps, non, mais s'il le faut, nous le ferons.

– Eh bien, dans un premier temps, vous vous contenterez des noms que Malika va vous donner, c'est déjà bien assez ! Vous ne changerez donc jamais, vous les flics ! Des listes, des noms... Pourtant, vous, madame, capitaine, c'est ça ? Vous êtes une femme, on aurait pu s'attendre à ce que ça change.

– Les choses changent, madame, la profession se féminise. Ce n'est pas toujours facile, mais c'est en marche.

– Vous m'en voyez rassurée. On peut donc s'attendre à une légère évolution dans quelques années. Une police avec moins de cow-boys !

C'était dit avec une ironie mordante. Victoire Beaumont jugea inopportun d'y répondre. Elle mit sa main sur l'avant-bras de son collègue pour l'en dissuader également.

– En cas de besoin, je vous enverrai un de mes cow-boys avec une réquisition judiciaire.

Gabrielle Dupin pouffa par dépit.

Ils repartirent avec une feuille de papier sur laquelle Malika avait inscrit, d'une belle écriture, quatre noms avec les numéros de téléphone correspondants. Il n'y eut pas de poignée de main. Ils connaissaient la sortie, inutile de les raccompagner.

Ils marchèrent en silence pour rejoindre leur véhicule. Un petit geste de la main à l'épicier en guise de remerciement.

– Putain ! Mais quelle grosse conne !

Mitch avait attendu d'être assis pour lâcher tout ce qu'il avait retenu pendant une heure.

– Tu as vu la haine qu'elle nous porte ! Et nous les hommes, je ne t'en parle même pas. Elles font peur, ces bonnes femmes. Putain ! Si elles sont toutes comme elle, on a du souci à se faire ! Des chiennes enragées !

– C'est vrai que son petit discours d'entrée de jeu, c'était du coriace.

– Elles nous haïssent. Vu leur gueule, pas étonnant !

– Comment ça, leur gueule ?

– Franchement, t'as vu la tronche de leur présidente, un gros sac à patates, coiffée à la scie sauteuse avec une bouche en étau à broyer une paire de couilles.

– Tu y vas un peu fort !

– Tu trouves que j'y vais un peu fort ? Mais cette gonzesse, elle n'a rien de féminin. Ni dans le physique, ni dans le comportement et encore moins dans la façon de penser. Pas la moindre douceur ! À se demander si elle a un cœur... Elle n'a rien pour faire bander un mec et c'est ça son problème. Les autres, ça doit être pareil. Elles sont vilaines et elles le cultivent pour mieux se faire passer pour des victimes.

– Mitch, je ne peux pas te laisser dire ça. Déjà, tu aurais été moins regardant s'il s'agissait d'un homme, beaucoup moins regardant... Toi, qu'un homme ait un gros cul, qu'il s'habille comme un sac à merde et qu'il pue de la gueule, tu t'en fous. Alors que lorsqu'il s'agit d'une femme, tout de suite, on dirait que ça t'agresse. Ensuite, il me semble que ces femmes ont toutes été, à un moment ou l'autre, victimes d'agissements commis par un homme. Et je ne te parle pas uniquement de la secrétaire. Elles ne sont pas arrivées là par hasard, à se rassembler pour se défendre. Enfin, quel mal elles te font ? En quoi, personnellement, elles te portent préjudice ?

– Mais tu rigoles, là ?

– Non, je ne rigole pas ! Je suis sérieuse. Elles ont droit de vivre leur vie comme elles l'entendent. Le « vivre-ensemble », c'est ça !

– Eh bien, moi, je ne veux pas vivre avec elles !

– Je crois que tu n'as pas le choix, ou alors il faut que tu dégages.

– Que je dégage ? Ben, manquerait plus que ça ! C'est à elles de dégager, pas à moi !

– Désolée, mais tu devras d'adapter.

– M'adapter ? Mais je suis normal, moi. Je me demande à quel moment ça a merdé ? Ben oui, pour en arriver là, ça a dû merder quelque part ! La dégénérescence programmée, on y est !

– Elles pourraient en dire autant de toi.

– Ah oui ? Vas-y, cite-moi un exemple.

– Je ne sais pas... Par exemple, quand vous vous arsouillez la gueule, le soir après le boulot, avec Maxou et les autres, en regardant des pornos et à déblatérer vos blagues salaces tout en refaisant le monde comme ça vous arrange. Avoue que ce n'est pas glorieux...

– Mais on n'emmerde personne !

– Certes, vous n'emmerdez personne, jusqu'au jour ou l'un d'entre vous cartonnera quelqu'un en rentrant à la maison.

– Putain, tu ne vas pas t'y mettre toi aussi. Déjà la taulière...

– Pourtant, j'ai raison. Vous êtes bien plus dangereux pour la société en conduisant bourrés que ces femmes du MFI.

– Nous n'avons tué personne !

– Pour l'instant ! Et elles non plus !

– Putain, mais tu es en train de prendre leur défense !

– Non, je regarde juste les choses en face.

– Parce que toi, bien évidemment, tu es irréprochable ! Capitaine Blanche-Neige...

– De ce côté-là, oui ! Et bien plus que tu ne le crois.

– Madame la vertu, fais gaffe, parce que la neige, quand ça fond, elle devient sale !

– Elle devient sale, parce que c'est dégueulasse en dessous.

– Pas faux. Putain, t'es chiante! Tu verras, quand tu deviendras vieille, c'est moins simple.

– Je sais… Je ne vous juge pas. Je sais que ça vous fait du bien de vous retrouver. Que boire un coup, c'est un prétexte pour être ensemble et vous réenchanter… Mais tout de même, il ne faudrait pas que ça tourne au drame. Parce que, là, vous auriez une bonne raison de picoler.

– Ça y est, c'est fini?

– Allez, viens que je te fasse un bécot.

Victoire lui prit la tête à deux mains. Surpris, Mitch se laissa faire. Elle lui déposa un long baiser bruyant et ventousé sur le front.

– Allez, vas-y! Démarre.

Victoire n'avait rien dit à Mitch, mais quelque chose la dérangeait. Certes, Gabrielle Dupin ne connaissait pas personnellement Adèle Bourselier, mais elle n'avait pas manifesté beaucoup d'empathie suite à son décès. Aucune affliction, pas la moindre tristesse dans le regard; simplement de la colère contre les hommes. Ces femmes devaient toutes avoir une bonne raison d'en vouloir à un homme en particulier, mais elles avaient basculé dans la généralité, ce qui en disait long sur leur souffrance.

Chapitre 12

Madame Delestran l'avait vu partir plus tôt qu'à l'accoutumée. Il avait revêtu sa veste Farmer qu'il ne portait que les dimanches, lorsqu'ils allaient se balader en forêt ou sur les bords de Marne. Il n'était pas question de se déguiser, simplement de prendre des précautions en changeant d'apparence pour suivre à distance. Elle n'avait pas posé de questions. Savoir que son mari partait en balade dans Paris l'avait rassurée. Il était toujours un policier de terrain. Par habitude, il ne ramenait jamais son arme de service à la maison, n'avait pas ressenti le besoin de l'avoir avec lui pour ce qu'il avait à faire. Il irait directement sur place, sans passer par le bureau. La veille, il n'avait rien dit à personne. Certes, Delestran était dans une CAJ, mais il avait bien l'intention de profiter de sa liberté.

Il était arrivé de bonne heure, s'était posté dans un café, avait commandé un grand crème. Il s'était mis à l'affût, avec une vue sur le porche de l'immeuble de Dominik Jean. Cette fois-ci, il avait une bonne raison d'observer les gens qui passaient dans la rue tout en guettant l'ouverture de la porte du 18, rue Marbeuf.

C'était la mise en route, le début de l'agitation, avec des gens pressés d'arriver quelque part et la peur d'être en retard. Installé derrière la vitrine, Delestran faisait le poisson rouge. Son regard lent mais toujours en mouvement glissait sur les choses, puis se fixait sur un détail : un écolier traînant les pieds, une gardienne récupérant les containers poubelles sitôt vidés par les éboueurs, une petite grand-mère, toute recourbée, partant faire ses courses, des hommes et des femmes connectés marchant tête inclinée, un clochard à la recherche de mégots de cigarettes dans le caniveau… C'était sans fin. Dans ce grand ballet du quotidien des anonymes, il lui semblait que tout pouvait avoir de l'intérêt.

DJ se faisait désirer.

– Garçon, un autre crème s'il vous plaît.

Quelques voisins sortirent, mais disparurent rapidement dans la masse. Ce ne fut que lorsque Paris retrouva un semblant de calme, vers neuf heures, que le rectangle vert s'ouvrit largement et que, sortant de la pénombre, il apparut en pleine lumière. Dominik Jean avait opté pour un style casual avec une veste en suédine beige et un pantalon chino du même ton. Un fin pull bleu pastel avec un col roulé éclairait son visage. Des chaussures de ville noires complétaient une sobriété calculée, parfaitement associée. Il était élégant sans être pompeux. Dès qu'il fut sur le trottoir, il marqua une longue pause en adoptant une posture altière. D'un vaste regard circulaire, il considérait son domaine en élargissant l'horizon. On aurait dit qu'il imposait au monde sa présence en se faisant admirer. Le style et l'allure ne tenaient pas dans sa tenue vestimentaire, mais dans son comportement. Delestran avait l'impression d'avoir affaire à un comédien faisant son entrée en scène. Il déposa quelques pièces de monnaie dans la soucoupe, se prépara à lui emboîter le pas.

Après ces longues secondes de contemplation, Dominik Jean prit la direction de l'avenue George-V en renvoyant Delestran au rôle de figurant, trottoir opposé, à une vingtaine de mètres derrière. Il marchait paisiblement, sans se soucier de rien, dans le décor de la rue. Après un arrêt à un kiosque, il repartit vers l'avenue des Champs-Élysées avec un journal et une revue sous le bras tout en fumant un cigarillo. Le kiosquier pensa d'abord à un paparazzi lorsque Delestran lui demanda ce que Dominik Jean venait d'acheter. Il se ravisa à la vue de la carte tricolore déployée discrètement. « *Le Figaro* et *Télérama* », lui répondit-il du bout des lèvres. Delestran rattrapa son retard, traversa l'avenue en profitant d'un feu rouge sans le perdre de vue. Il avait noté un geste de galanterie à l'égard d'une femme plus âgée, l'incitant à passer devant au règlement de ses achats, puis des inclinations respectueuses de la tête aux passants qui le reconnaissaient, un pas de côté pour s'effacer au passage d'un couple de touristes enlacés et l'acceptation, presque naturelle, d'une demande de selfie par une vendeuse qui, l'ayant vu passer devant son commerce, lui avait couru après. Il avait pris soin de se débarrasser de son cigarillo dans une poubelle de rue avant de poser. La vendeuse était devenue une femme singulière aux yeux enflammés et aux joues rosies par la frénésie. Alors qu'elle admirait le cliché réalisé, Dominik Jean l'abandonna sur le trottoir en poursuivant nonchalamment son chemin.

Delestran n'était pas dupe du jeu de Dominik Jean. Tout était calculé pour se mettre en scène. Il savait se servir de chaque opportunité pour séduire. Cet homme jouait son rôle en permanence.

À l'angle des Champs-Élysées, Dominik Jean s'installa à la terrasse du Fouquet's, en arrière-plan. Il revêtit des lunettes de soleil, un moyen de se camoufler pour ne pas être dérangé tout en ayant la certitude de ne pas passer inaperçu. Delestran chercha un endroit où se mettre, hésita à se poster sur un banc en contrebas. Il avait remarqué que Dominik Jean ne se retournait jamais, même lorsqu'il croisait une jolie femme. Il devait tout emporter d'elle d'un trait sans avoir besoin de vérifier. En restant dans son sillage, il était donc facile à filocher. C'était confort pour Delestran, qui décida finalement de rentrer dans le Fouquet's par l'entrée latérale afin de se positionner en fond de salle, dans l'axe de sa cible, qu'il voyait de dos. Il fut bien obligé de passer commande et, là, ce fut plus douloureux à la vue du ticket de caisse. Un café et un verre d'eau pour huit euros, l'emplacement avait un prix. DJ se fit servir trois croissants, un jus d'orange fraîchement pressée, deux œufs au plat et des tranches de lard grillés. Delestran eut l'impression de ressembler momentanément aux pauvres qui se donnent de l'imagination en allant observer le luxe derrière les vitrines. Davantage habitué aux gros volumes, le café était trop serré pour lui. Mais, vu le tarif, il essaya de savourer l'instant. Il assistait au festin de DJ dissimulé derrière ses verres solaires. Bien plus qu'une mise en abyme, cette image lui permit de retrouver le sourire pour faire passer l'addition.

Lorsque Dominik Jean eut terminé son petit déjeuner, Delestran le vit faire un signe de la main au serveur. Le garçon regagna l'intérieur de l'établissement et prit un téléphone portable tout en sortant le ticket à la caisse enregistreuse. Delestran l'entendit commander un taxi. Il n'avait pas prévu cela : que DJ se déplace en taxi. Cela allait lui coûter cher, cette filature. Sous pression, il lâcha un billet de dix euros dans la soucoupe sans attendre la monnaie et sortit précipitamment à la recherche, lui aussi, d'un taxi.

Lorsqu'une Mercedes se présenta devant le Fouquet's avec son globe lumineux allumé et les *warnings* activés, Delestran était parvenu à héler un taxi au vol, un peu plus haut, à l'angle de la rue Galilée. Il avait pris place à l'arrière en demandant au chauffeur de patienter. DJ se fit ouvrir la portière par le serveur, qui reçut un pourboire, et la Mercedes démarra en direction de la place de la Concorde.

– Mon ami est monté dans le taxi, juste devant. Nous allons au même endroit. Suivez-le.

Delestran avait dit cela avec une telle détermination que son chauffeur ne s'étonna pas. Le client lui avait demandé de suivre, il suivait, et le compteur horokilométrique défilait, un peu trop rapidement pour Delestran, qui s'était fixé la limite du périphérique.

Après avoir rejoint Montparnasse, il fut rassuré. La Mercedes ne prit pas la direction du périphérique, mais s'engagea sur le boulevard du même nom et tourna rapidement à gauche, au niveau de l'église Notre-Dame-des-Champs, pour s'engouffrer dans une petite rue. Le véhicule s'arrêta en pleine voie. Dominik Jean débarqua pour disparaître dans le hall d'un bâtiment qui hébergeait les locaux de sa maison d'édition. Cette petite balade matinale dans Paris coûta au commandant la somme de soixante-deux euros. Il fut contraint de demander à son chauffeur de le déposer un peu plus loin, devant un distributeur automatique de billets, pour qu'il retire de l'argent. Là encore, le chauffeur ne chercha pas à comprendre. Delestran déclina la délivrance d'une fiche. Qui pourrait le rembourser ?

Il n'était que dix heures trente et sa surveillance lui avait déjà coûté soixante-quatorze euros, café compris. Il ne faudrait pas que cela dure trop longtemps, sinon madame Delestran allait lui faire les gros yeux, sans lui en vouloir véritablement, lorsqu'il se sentirait dans l'obligation de se justifier sitôt rentré à la maison.

Il lui avait fallu trouver un nouveau poste d'observation. Il jeta son dévolu sur un banc idéalement placé au centre d'une placette dans l'axe de la rue, à une cinquantaine de mètres du porche. Combien de temps cela allait-il durer ? Quelle était la limite qu'il pouvait se fixer ? Il avait tout son temps, mais rester seul sur un banc pendant des heures pouvait finir par devenir usant. N'était-ce pas ridicule en fin de compte ?

Au départ, il avait focalisé son attention sur le porche, puis, progressivement, son champ de vision s'était élargi. Il se résigna à guetter seulement l'apparition d'une silhouette habillée de beige, ce qui lui permit de divaguer dans ses pensées sans bouger. Un pigeon vint se poser à côté de lui, en éclaireur, mais comme il n'avait rien à lui donner, l'animal repartit comme il était venu. Il songea à Simenon, son auteur préféré. Il avait dû, lui aussi, faire cette expérience de devoir attendre sans le moindre désir pour que surgisse cet aphorisme rendant grâce à ses clochards, personnages qu'il aimait tant. Oui, il y avait vraiment de cela, avec la pensée, on pouvait devenir « *un voyageur de l'immobile* ».

Delestran repensa à sa petite Victoire, devenue grande. Elle était venue le voir hier en fin d'après-midi dans son bureau transformé en confessionnal. Après lui avoir rendu compte des constatations qu'elle avait effectuées sur son féminicide en sollicitant son avis, elle lui avait fait part de son doute, non pas sur l'enquête, mais concernant la gestion du groupe. Elle se demandait si elle serait à la hauteur. Elle l'avait attendri, une fois de plus. Malgré sa fragilité, elle était déterminée à ne rien lâcher. Il l'avait rassurée. Il fallait qu'elle tienne le coup. Elle était sur la bonne voie. Le changement était en marche. On ne reviendrait pas en arrière. Ils étaient intelligents, s'adapteraient aux évolutions de la société, qui trouvaient leur écho dans le monde de la police. Il fallait qu'elle se saisisse de cette opportunité et elle pouvait compter sur la taulière, dont la tâche n'était pas simple non plus. Cette reconnaissance à l'égard de la cheffe de service l'avait surprise. Il avait dit cela comme ça, presque inconsciemment, mais, à bien y réfléchir, en prenant le recul nécessaire, il en était persuadé. D'ailleurs, elle avait aussi fait un pas de côté en le remettant en mouvement. C'était bien la preuve que tout le monde pouvait s'entendre. Il l'avait simplement mise en garde contre les apparences. Ce qui passait pour un féminicide ne l'était peut-être pas, bien que tout laisse à penser qu'un homme soit le meurtrier. Le terme posait débat. Est-ce qu'on tuait une femme parce qu'elle était une femme ? En serait-il de même si une femme venait à tuer une autre femme ? Le féminicide n'était pas prévu par le Code pénal. Il s'agissait d'un détournement de langage qui avait été vulgarisé pour le distinguer d'un homicide. Le sexe n'était pas une circonstance aggravante aux yeux du législateur, qui avait fait en sorte que les hommes et les femmes soient égaux en droits. Seul le lien qui les unissait, ou les avait unis, pouvait aggraver l'incrimination principale. Il l'avait également sensibilisée sur le fait qu'on attendait désormais trop de la technique. Certes, elle avait considérablement amélioré la résolution des enquêtes, mais il ne faudrait pas abandonner tout un pan du métier qui avait pourtant bien fonctionné jusqu'à présent. Il fallait continuer de fouiller dans l'humain et son environnement. Elle avait souri quand Delestran lui avait parlé du câble USB relié au cerveau. Elle voyait très bien qui lui avait mis cette image en tête. Victoire était repartie heureuse de le savoir « un peu mieux ».

Oui, il allait un peu mieux, même si Lapige avait laissé des traces. Une rupture s'était produite et cela ne servait à rien de vouloir retrouver ce qu'on avait définitivement perdu. Seul sur son banc, les pensées de Delestran s'étaient transformées en méditation tout en gardant un œil au loin sur le porche. Il avait aussi pensé à ce moment troublant avec Claire Ribot, dans la voiture, en revenant de l'IML. Comment expliquer cet appel violent à la tendresse qu'il avait éprouvé sur l'instant ? Quelle était la signification du malaise qu'il ressentait en repensant à ce moment ? Que signifiait ce désir spontané qui avait vu le jour subitement ? Une faille s'était ouverte. N'y avait-il pas, en profondeur, un gouffre, une cavité de vide enterrée depuis tant d'années ? Rien que d'y penser, il en était terrifié. Jusqu'à présent, il s'était senti au-dessus de tout cela.

Autour de lui, des traces d'ombre et de lumière avaient évolué selon la courbe du soleil en donnant du mouvement à son environnement, ce qui lui permit de sortir de sa confusion sans en tirer de conclusions.

Il était treize heures lorsqu'il eut le soulagement de voir DJ ressortir du bâtiment. Il était accompagné d'une femme que Delestran ne distinguait pas très bien en raison de la distance. Il était temps de se remettre en mouvement, de se rapprocher et de les suivre. Ils marchaient en vieux complices qui n'avaient pas besoin de se parler pour être ensemble. Sur le boulevard Montparnasse, ils se mêlèrent aux autres passants et il aperçut enfin son visage, seulement de trois quarts, après avoir accéléré le pas, trottoir opposé. Elle avait des traits fins, la peau transparente avec des veines apparentes dont un petit serpentin bleuté au niveau de la tempe, des lèvres peu charnues, épaissies d'un rouge mat. Quelques épis blancs fleurissaient sur les côtés d'une chevelure mi-longue châtain clair. Son maquillage léger ne cherchait pas à dissimuler son âge, simplement à l'accompagner. Ils devaient être du même âge, mais sa démarche était plus heurtée, son apparence, bien que soignée, plus fragile. C'était l'âge où se creusait une injuste différence. La patine du temps ajoutait aux hommes ce qu'elle retirait aux femmes. Delestran avait remarqué de l'attention de la part de Dominik Jean à l'égard de cette femme qui devait beaucoup compter pour lui, des gestes délicats et bienveillants en traversant la chaussée, une forme de tendresse également à travers un murmure à l'oreille. Il avait perdu de son orgueil et de sa superbe, était redevenu simplement un homme banal, bienveillant à l'égard d'une femme, dans un rapport privilégié, le fruit certainement d'une longue histoire. Avaient-ils été amants ? S'était-elle métamorphosée en mère protectrice ou amie complice ? Delestran ne la connaissait pas et pourtant il se doutait de son nom : Fabienne Delporte, agent de Domink Jean et bien plus encore, « une femme extraordinaire », « celle qui veille sur moi », « la seule à laquelle je sois resté fidèle », « celle qui m'a vu naître et me verra mourir ». Il avait prévu de la rencontrer pour lui poser quelques questions, il avait désormais hâte.

Ils rentrèrent à la Coupole pour déjeuner tandis que Delestran dut se contenter d'un repas moins prestigieux et plus expéditif : un sandwich acheté dans une boulangerie. Puis il fit le pied de grue à l'angle de la rue Delambre en finissant par s'asseoir sur une rambarde. Il relâcha sa vigilance en observant tout ce qui se passait autour et se remit à guetter la sortie au bout d'une heure. S'ils sortaient avant quinze heures, il se promit d'inviter madame Delestran dans ce même établissement qui avait vu passer du beau monde. Dix minutes avant l'heure fatidique, il les vit ressortir. Après une centaine de mètres sur le boulevard, Dominik Jean prit les mains de Fabienne Delporte pour y déposer un long baiser tandis qu'elle lui retournait la même attention, de façon plus maternelle, au front. Ils se séparèrent, lui en direction de la gare Montparnasse, elle retournant à la maison d'édition. Qui fallait-il suivre ?

Delestran retrouva le Dominik Jean qu'il avait suivi en matinée, tout en composition. Le pas alerte, il se dirigea dans la rue de Rennes et pénétra dans un grand magasin d'une chaîne spécialisée dans la distribution de produits culturels. Manifestement, il savait où il allait. Delestran décida de le suivre de façon plus rapprochée. Alors qu'il s'engageait sur l'escalier mécanique menant au rayon librairie du deuxième étage, il eut une frayeur lorsque Dominik Jean s'immobilisa dès l'arrivée, devant le présentoir comportant les meilleures ventes du moment. Il ne pouvait pas reculer, allait droit sur lui, allait immanquablement le frôler. Delestran baissa la tête pour ne pas avoir à croiser son regard. À mi-distance, il jeta un dernier coup d'œil et vit DJ faire un pas vers le présentoir pour s'emparer d'un livre, libérant ainsi le passage. DJ n'avait pas pris n'importe quel livre. Il avait pris le sien, *Une nuit pour la vie*, en tête des ventes. Il admira la couverture, puis retourna l'ouvrage pour lire la quatrième de couverture, ce qui lui laissa le temps de passer dans son dos et de se poser beaucoup plus loin avant de se retourner. Et lorsqu'il le fit, dans un renfoncement, derrière le rayon « voyages », DJ avait disparu. Delestran sentit son rythme cardiaque s'accélérer. Il ne pouvait pas être bien loin, n'avait pas eu le temps de quitter le deuxième étage. Par réflexe, il s'empara du premier livre venu, un guide touristique pour le Mexique, et se dirigea vers le tapis roulant descendant, ce qui laisserait le temps à ses yeux de fouiller tous azimuts.

Il n'était pas parti bien loin. Delestran le raccrocha rapidement. DJ s'était posé sur un fauteuil dans un angle du rayon BD. Il avait un ouvrage en main, faisait semblant de le lire. Delestran comprit rapidement son petit manège. DJ avait une vue sur son livre en présentoir et les clients étaient obligés de passer devant lui pour redescendre vers les caisses. Delestran se déplaça, tête basse, en feuilletant son guide. Il parvint à se poster dans le fond du rayon BD de telle sorte qu'il avait DJ de dos et un peu plus loin, dans l'axe, le présentoir des meilleures ventes.

Était-ce du vice ou de la simple curiosité ? De la part de Delestran, en surveillance d'un auteur de best-sellers à l'affût de ses lecteurs, il s'agissait bien entendu de curiosité. Mais, concernant DJ, il lui fallait attendre quelques instants avant d'être définitivement fixé.

Pendant une heure, Delestran observa le chasseur guettant sa proie avec, au fil du temps, de plus en plus de certitudes. Si un auteur ne choisissait pas son lecteur, DJ avait la possibilité de choisir ses lectrices, celles qu'il irait conquérir en provoquant un hasard qu'il avait lui-même mis en place. Deux femmes s'étaient dirigées vers la sortie avec le livre de DJ entre les mains, une mère de famille accompagnée de son jeune fils en poussette et une femme plus âgée, à l'embonpoint marqué. Lorsqu'elles s'étaient dirigées vers la sortie, DJ avait dissimulé son visage derrière sa BD largement ouverte à hauteur d'yeux. Elles ne présentaient visiblement aucun intérêt pour lui, tout comme cet homme en costume qui avait acheté deux exemplaires d'*Une nuit pour la vie*.

Lorsqu'une jolie femme métissée déboucha au sommet de l'escalier en se dirigeant vers le présentoir, Delestran comprit que ce n'était pas du vice ou de la curiosité, mais de la perversité narcissique mise en forme dans un piège diabolique. En un instant, DJ s'était emparé du hasard qu'il attendait pour le convertir en opportunité. La femme était vêtue d'un ensemble en tricot de couleur noire épousant parfaitement les courbes de son corps et agrémenté d'une large ceinture blanche. Elle avait de l'assurance, une certaine confiance dans le pouvoir de son physique. Avant même qu'elle ne prenne le livre en main, DJ avait refermé sa BD et il s'était levé, non pas pour signifier sa présence, mais pour mieux l'étudier. Aimanté, il s'était déplacé pour se retrouver de trois quarts, à une dizaine de mètres. Delestran avait été contraint de se décaler pour garder la même perspective. Il ne voyait pas les yeux de DJ, mais les imaginait, dévorant la belle entrée dans sa nasse. Plus rien ne semblait exister autour, ce qui facilitait la surveillance. C'était peut-être le moment de prendre un risque.

Delestran se faufila entre les rayons pour atteindre un renfoncement à partir duquel il avait un angle de vue plus intéressant. Tandis que la belle inconnue, de dos, lisait la quatrième de couverture, il pouvait enfin voir le visage de DJ, légèrement de biais. Il devait frétiller de l'intérieur malgré son flegme apparent. DJ prenait possession du corps de la jeune femme en la déshabillant d'un regard transperçant. Ses yeux brûlaient de désir. Il voyait à travers. On aurait dit qu'il la goûtait, s'en délectait à l'idée d'en faire son quatre-heures.

Convaincue, la belle inconnue prit la direction des caisses avec le livre tout contre sa poitrine. DJ fit en sorte de la croiser en lui cédant le passage au niveau du tapis roulant pour descendre d'un étage. Et ce fut le choc pour cette lectrice anonyme de se retrouver confrontée à l'auteur tant admiré. Il vit son visage s'allumer de rouge alors que DJ lui adressait un sourire. Auparavant si sûre d'elle-même, une panique paralysante s'empara de cette admiratrice. Delestran était stupéfait. Le piège se refermait. Le procédé était odieux, mais terriblement efficace. Elle était déjà sous son emprise.

En habitué, DJ la rassura. Il engagea la conversation avec prévenance. Elle ne semblait toujours pas en revenir. La discussion se poursuivit dans la file d'attente des caisses. La jeune femme essayait de contenir son excitation. Elle cherchait des choses à dire tout en devant se trouver maladroite, confuse et ridicule. Son état de fragilité renforça le sourire de DJ, qui ne manquait pas d'attention à l'égard de sa lectrice. Une main délicate vint effleurer l'épaule de la jeune femme décontenancée. Monstrueux dans son costume d'ange, il poussa le vice jusqu'à lui offrir son livre. Qui pourrait la croire à part Delestran, tapi dans un recoin ? DJ s'acquitta du montant avec un billet de cent euros sorti mécaniquement de la poche intérieure de sa veste. Après une hésitation calculée sous le regard halluciné de la jeune femme soumise à son charme, DJ ramassa sa monnaie et l'entraîna par le bras vers la sortie.

Devant le parvis de l'établissement les choses s'accélèrent. Hésitant à sortir lui aussi pour ne pas être confronté au couple, Delestran se retrouva dans l'inconfort d'attirer l'attention du vigile qui lui demanda d'ouvrir sa veste. Par-dessus son épaule, il vit DJ se saisir d'un stylo et rechercher quelque chose autour. Suivi par sa lectrice, DJ disparut du cadre, obligeant Delestran, libéré par l'agent de sécurité, à coller son œil contre la vitrine du magasin. Sur la pointe des pieds et dans un angle de la devanture, il vit DJ prendre appui sur une table à la terrasse d'un café pour dédicacer son livre. Que pouvait-il lui écrire ?

Cela lui prit à peine une minute. Après avoir relu ce qu'il venait d'écrire, DJ referma le livre et offrit son présent à sa lectrice. Il profita de son état de grâce pour lui déposer un baiser sur la joue avant de déguerpir sans même se retourner. Il était devenu subitement pressé, comme s'il avait rendez-vous. Dans la station de taxis voisine, il s'engouffra dans un véhicule qui quitta rapidement son stationnement. Pris de court, Delestran ne pouvait plus suivre. C'en était terminé de sa filature. DJ l'avait planté là, tout en abandonnant également sa nouvelle conquête sur le trottoir, un livre à la main.

Il ne restait plus que cette lectrice délaissée sur le pavé et pourtant si heureuse de ce qui venait d'arriver pour occuper encore un peu Delestran. Il voulait savoir. Alors il osa, lui aussi, provoquer une rencontre. Pendant qu'elle prenait connaissance de la dédicace, il se rapprocha :

– Excusez-moi, mademoiselle. Bonjour. C'était bien Dominik Jean qui était avec vous ?

Le visage illuminé, elle n'en revenait toujours pas.

– Oui, c'était lui.

– Quelle chance vous avez ! Il vous a dédicacé son livre ?

– Oui. C'est incroyable, n'est-ce pas ?

Elle en était toute retournée. Elle le prit à témoin pour lui raconter sa fabuleuse rencontre due au hasard tout en prenant enfin conscience de ce qui lui était arrivé. Elle s'enflammait. Elle était fan, avait lu tous ses livres. Elle était venue pour acheter le dernier et il avait surgi d'un seul coup. Il lui avait adressé la parole avec le sourire aux lèvres. Ils avaient discuté ensemble comme s'ils se connaissaient. Ce genre de chose n'arrivait qu'une fois dans la vie ! Delestran avait affaire à une femme exaltée. C'était tout de même incroyable, ce pouvoir de fascination qu'un être pouvait exercer sur un autre.

– Vous vous rendez compte ? Dominik Jean... Il m'a même offert son livre ! Je vous jure, c'est lui qui a payé !

Elle disait vrai et pourtant il était le seul à savoir que tout était faux. Il ne se sentait pas le droit de lui dire la vérité. À quoi bon ? Elle ne l'aurait pas cru.

– Et regardez ce qu'il m'a écrit. Mes copines ne vont pas me croire ! Mais regardez, c'est bien son écriture, sa signature. C'est bien la preuve, n'est-ce pas ?

« Pour Leïla, et ses beaux yeux aux "charmes si mystérieux", je voudrais vous dire tout ce que je ne saurais écrire. » Il avait eu l'élégance de mettre des guillemets pour la référence à *L'Invitation au voyage*, de Baudelaire, et avait signé lisiblement Dominik Jean. Sous sa griffe envenimée figurait un numéro de téléphone, un numéro fixe. Que fallait-il en déduire ? Qu'elle devait le rappeler pour un rendez-vous ? Quel infâme personnage, pensa Delestran. Se jouer ainsi de la crédulité d'une femme innocente pouvait s'apparenter à un crime, mais ce crime ne figurait pas dans le Code pénal !

– Mademoiselle, je vous souhaite une belle journée. Si je peux me permettre, faites tout de même attention aux grands espoirs, ils peuvent devenir de terribles désillusions. Il n'y a pas que dans les livres qu'on trouve de la tragédie, dans la vraie vie aussi.

Elle l'avait braqué avec ses yeux noirs de mépris. Pour qui la prenait-il ? Et elle s'était retournée pour s'enfuir. Il nota sur son téléphone le numéro qu'il s'était efforcé de retenir sans savoir encore ce qu'il allait en faire.

Delestran s'accorda une pause. Il s'installa sur la terrasse du café, devant cette table sur laquelle DJ avait parachevé son stratagème. Que pouvait-il y faire ?

Un serveur dans sa tenue noir et blanc tirée à quatre épingles se présenta.

– Une pression, s'il vous plaît.

Plongé dans ses pensées, il ne prêta pas attention à la dépose de sa commande. Quelques instants plus tard, il eut la surprise de voir apparaître une auréole humide sur le sous-bock en portant le verre à ses lèvres. Le carton rouge était cerclé de sombre.

Chapitre 13

Fabienne Delporte ne fut pas surprise de recevoir l'appel de Delestran. Il ne fut pas plus étonné d'entendre sa voix fluette lorsqu'elle se présenta. Elle ne manifesta aucune appréhension, comme si elle s'y attendait.

– Commandant Delestran, de la police judiciaire.

– Bonjour, commandant. Fabienne Delporte, agent de Dominik Jean. En quoi puis-je vous être utile ?

– Dominik Jean m'a parlé de vous au cours de son audition. Manifestement, vous êtes une proche sur laquelle il peut compter. Il n'a pas tari d'éloges à votre égard.

– Je ne vous cache pas que vous l'avez également impressionné. Il était ravi de ce moment passé en votre compagnie.

– Je suis de passage dans le quartier et je me disais que vous pourriez peut-être m'accorder un peu de temps. J'aurais quelques questions à vous poser.

– Il faut que je m'organise. Dans l'immédiat, c'est impossible. Mais je peux me libérer aux environs de dix-sept heures.

– Ce sera parfait.

– Où souhaitez-vous que nous nous rencontrions ?

– Je ne sais pas. En fait, je n'avais pas prévu de vous contacter. C'est un peu le hasard.

– Vous êtes dans le quartier, n'est-ce pas ?

– Oui.

– Dans ce cas, je vous propose mon bureau. Nous y serons au calme. Ce sera plus pratique.

– Très bien.

– Vous connaissez l'adresse de notre maison d'édition ?

– Oui.

– Vous vous présenterez à l'accueil et l'hôtesse me fera appeler.

– Je vous remercie beaucoup de votre disponibilité.

– De rien. Il est temps qu'une femme qui connaît vraiment son sujet vous parle de Dominik Jean. À tout de suite !

Delestran fixa le sous-bock avant de reposer son verre vide. L'auréole avait séché, était en train de disparaître. Sa montre indiquait quinze heures trente. Il avait déjà beaucoup attendu au cours de sa journée en épuisant son stock de pensées. La meilleure façon de ne pas laisser le champ libre au ressassement était de se mettre en mouvement. Une idée lui vint pour occuper utilement son temps libre.

Il se dirigea à nouveau vers le grand magasin. Devant le vigile, qui le reconnut en fronçant les sourcils, il inclina légèrement la tête avec un embarras dont il avait un peu honte. Non, il n'était pas un voleur. Cette fois-ci, il allait acheter un livre.

Au deuxième étage, il s'empara d'*Une nuit pour la vie*. Si le titre appelait au mystère, la couverture était d'une sobriété épurée. On n'achetait pas un livre de Dominik Jean pour sa couverture ! Delestran le retourna. Il était question d'un homme qui, au sommet de sa gloire, disparaissait subitement en tirant le rideau sur sa vie. À travers le personnage principal, DJ semblait se raconter, une fois de plus.

À la sortie, Delestran exhiba son ticket de caisse au vigile avec le soulagement de ne plus avoir à repasser. Il se posa sur un banc du boulevard Montparnasse, sortit de la poche intérieure de sa veste l'étui de sa paire de lunettes. Désormais, c'était devenu une obligation dont il ne pouvait plus se passer, une mise en condition, disait-il pour s'en consoler. Il chaussa la monture et entama sa lecture.

Dans l'incipit, DJ annonçait la couleur : « Mon épitaphe : maintenant Dieu peut exister. » Dès les premières pages, Delestran ne put s'empêcher de penser à Tolstoï quittant sa maison pour aller mourir dans les bois. Il y avait dans ces lignes le même sacrifice consenti, l'affirmation d'une ultime liberté devant la mort. Delestran était happé par le récit de cet homme qui, au cours de sa dernière nuit, refaisait le chemin à l'envers avec une lucidité n'appelant ni remords ni regret. Au fil des pages, une trentaine en une heure, il avait souligné des phrases avec son stylo noir. Pourquoi celles-ci plutôt que d'autres ? Parce qu'en quelques mots elles lui en disaient beaucoup sur DJ, sur ses relations avec les femmes : « Elle avait le charme du commencement en mettant des ailes à mon imagination », « J'avais besoin de rafraîchir mon désespoir avec une femme », « Il y a une différence subtile entre bien parler des femmes et les faire jouir ». Mais également sur son être en général : « Pour tout le monde, l'amour consiste à vivre à deux. Je suis une exception! », « Ce n'était pas un petit vélo que j'avais dans la tête, mais une piste cyclable ».

Delestran avait retrouvé l'homme qu'il avait eu devant les yeux, mais l'encre avait noirci le personnage : « J'étais devenu le rentier de mon petit malheur », « La mort, c'est vraiment dégueulasse : il faut crever quand on a fait le plus beau ».

Et puis, il y avait cette phrase à faire sourire le malheur. Elle aurait pu consoler Schopenhauer de son vivant : « Si Emma Bovary et Anna Karénine étaient parvenues à vivre leur bonheur, il n'y aurait pas eu de chef-d'œuvre. »

Même s'il connaissait la fin, Delestran avait hâte de lire la suite. Mais il dut refermer le livre. Lui aussi avait rendez-vous avec une femme, celle qu'il avait aperçue, de dos, sur le boulevard au côté de Dominik Jean. Ce ne pouvait être qu'elle. Il ne voulait pas être en retard. C'était un principe qui valait d'autant plus avec une dame.

C'était la première fois qu'il avait accès à ce lieu étrange au cours d'une enquête. Dans le hall d'accueil, de nombreux ouvrages étaient présentés en vitrine, des centaines de livres dont Delestran déchiffrait les titres et les auteurs. Que se passait-il dans les étages? Y avait-il un sous-sol, voire une cave? Le monde de l'édition lui était totalement inconnu.

Madame Delporte sortit de l'ascenseur et vint à sa rencontre. Elle lui souhaita la bienvenue, l'invita à la suivre. Il n'avait pas eu besoin d'exhiber sa carte tricolore pour confirmer sa qualité. Dans le silence de la cabine d'ascenseur s'élevant au quatrième étage, un panneau indiquait les différents services.

Dans son bureau à l'atmosphère feutrée, madame Delporte l'invita à prendre place sur un fauteuil confortable. Elle lui proposa un café qu'il accepta. Tout autour, encore des livres, partout, formant comme des échafaudages contre les murs.

– Je vous rassure, commandant, je ne les ai pas tous lus. Ce sont principalement des cadeaux accumulés au fil des ans, des marques d'attention mais qui ne coûtent pas grand-chose dans le monde de l'édition, une sorte de tradition. Ça arrive de partout. Je stocke. J'en offre, j'en redistribue pour m'en débarrasser un peu. Si vous voulez, servez-vous.

– Vous m'en voyez gêné, madame.

– Si vous êtes gêné, c'est que vous êtes tenté. Mais je ne voudrais pas vous mettre mal à l'aise. Il ne s'agit pas d'une tentative de corruption.

Avec assurance, Fabienne Delporte chaussa une paire de lunettes de vue dont les grands verres incurvés lui agrandissaient les yeux. Delestran l'examina un court instant sans lui faire affront. Visage décharné, système veineux apparent sous une peau parcheminée, la femme qu'il avait entrevue dans la rue avait subitement vieilli.

– En quoi puis-je vous être utile, commandant ?

– Eh bien, comme vous devez le savoir, j'enquête sur une affaire un peu particulière.

– Oui, je suis au courant. Dominik m'a tout raconté. Qu'est-ce que vous voulez savoir exactement ? Vous aviez des questions à me poser, je vous écoute.

– En fait, je n'ai pas de questions précises à proprement parler. Je travaille à la fois sur l'environnement de l'auteur et de la victime, je cherche à en savoir davantage en interrogeant leurs proches.

– L'auteur et la victime, dites-vous ? De quel auteur parlez-vous ? De quelle victime ? Dans quel camp situez-vous Dominik ? Une dénonciation ne fait pas de lui un coupable.

– Vous avez raison, madame Delporte. Je me suis mal exprimé. Vous pouvez être assurée de mon impartialité. Je travaille à charge et à décharge.

– Vous m'en voyez ravie.

– En fait, j'aurais voulu que vous me parliez de votre protégé. D'où vient-il ? Comment vous êtes-vous rencontrés ? Quel homme est-il vraiment ? Ce qu'on ne lit pas dans les journaux... Il y a l'homme public, le grand auteur, séducteur, voyageur, avec une vie extraordinaire, un vrai personnage de roman. Mais il y a aussi l'homme cynique et sulfureux qui multiplie les conquêtes féminines, un ogre avide de nouveauté, toujours à la recherche d'une proie, usant de stratagèmes discutables et pas toujours loyaux pour parvenir à ses fins. Moi, ce qui m'intéresse, c'est la partie cachée, plus intime. Je ne vous cache pas que Dominik Jean m'a... comment dire ? En fait, je ne sais pas quoi en penser. Vous comprenez ? J'ai besoin d'y voir clair.

– Si je comprends bien, ce n'est pas vraiment le commandant de police que j'ai devant moi.

– Détrompez-vous, madame. Je suis toujours commandant de police. J'agis dans un cadre légal. J'ai une enquête à mener.

– Tout en profitant de vos pouvoirs pour nourrir votre curiosité d'homme.

– C'est exact. Je le reconnais.

– Vous êtes soumis au secret professionnel, n'est-ce pas ?

– Oui, bien entendu.

– Dans ce cas, nous allons pouvoir nous entendre.

Fabienne Delporte se lança dans un long monologue au cours duquel elle revint sur sa rencontre avec Dominik Jean. Elle revivait ses souvenirs comme s'ils dataient de la veille, avec la mélancolie heureuse d'une longue histoire, toujours en cours. Elle l'avait rencontré sur un trottoir du 7e arrondissement de Paris alors qu'elle était étudiante en droit à la Sorbonne. Elle venait de passer en troisième année et lui d'obtenir son bachot à Nice, mention très bien, avec les félicitations du jury. À cette époque, cela voulait dire quelque chose. Il était monté à Paris pour intégrer Sciences Po avec un simple baluchon. C'était en 66, à la fin du mois d'août. Cela faisait donc quarante-quatre ans.

Elle l'avait « ramassé dans le caniveau ». Ce n'était pas une image, mais la réalité. Il errait dans la rue, complètement perdu. À quelques jours de son entrée rue Saint-Guillaume, il n'avait toujours pas effectué la moindre démarche pour se loger. On aurait dit un clochard n'ayant pas encore perdu sa dignité, mais déjà démoli par la vie. Pourquoi s'était-elle arrêtée plutôt que de passer son chemin ? Elle n'en savait rien, même encore aujourd'hui. Peut-être à cause de son premier regard, lorsqu'il avait levé les yeux sur elle ? C'était difficile à croire, mais elle s'était trouvée belle dans ce regard enveloppant n'appelant pourtant aucun secours. Elle n'avait pas éprouvé de pitié, mais plutôt de l'attendrissement pour cet aiglon tombé du nid. Là encore, elle ne pouvait l'expliquer, cela relevait de l'instinct : il n'était pas comme les autres. On aurait dit un être en pénitence, broyé par le chagrin. Cet homme en devenir était l'héritier d'un adolescent ruiné et, pourtant, il avait quelque chose de plus qu'elle n'était jamais parvenue à définir. Malgré son désœuvrement, il avait conservé une lueur qui s'apparentait au possible. L'image qui lui revenait était celle d'une chandelle éteinte avec des coulées de cire encore chaude. Il suffisait de rallumer la mèche pour lui redonner foi en son triomphe.

Alors, sans savoir pourquoi, elle lui avait offert le gîte lors de sa première année dans son petit deux-pièces. Il dormait sur le canapé convertible, travaillait sur la table de la cuisine jusqu'à très tard dans la nuit, lisait dès qu'il avait un moment de libre, parfois compulsivement. Elle lui avait remis le pied à l'étrier. Elle avait assisté à sa convalescence, puis à sa rémission. C'était sa grande fierté, elle l'avait relancé et guéri tout en poursuivant également ses études. Elle ne s'était pas trompée. Ce jeune homme était exceptionnel, d'une intelligence supérieure, brillant. L'appétit retrouvé, il était devenu sans limite, promis à un grand avenir.

– Pourquoi s'était-il retrouvé dans cet état en montant à Paris ?

Delestran profita d'un moment de silence pour lui poser la question. Bien qu'elle se sentît en confiance, Fabienne Delporte hésita avant de répondre. Delestran l'avait écoutée en absorbant ses paroles avec gourmandise. Il semblait capable de pouvoir tout comprendre, au-delà de ce que ses mots pouvaient exprimer. Elle pouvait donc lui répondre sans avoir l'impression de trahir un secret.

– Un terrible chagrin. Le premier et le seul. Celui qui justifie le drame de toute une vie ; de toute sa vie.

– Vous parlez de son abandon dès sa naissance ?

C'était une relance pour en savoir davantage, comme une fausse piste pour mieux se faire ramener sur le droit chemin.

– Non, ce coup du sort, il l'avait digéré et sublimé depuis longtemps. Il en avait d'ailleurs fait une grande fierté. Il ne se considérait pas comme un enfant abandonné, mais comme un enfant trouvé par la vie. De ce fait, il lui revenait de faire sa place tout seul. C'était un motif d'orgueil. Il prenait modèle dans les livres en endossant les rôles de ses héros. Tout comme Sorel, Vautrin, Karamazov ou Raskolnikov, il agissait en gouvernant son action. Vous voyez ce que je veux dire ?

– Oui, il me semble. Mais alors, ce grand chagrin, c'était quoi ?

– L'amour, commandant ! Celui qu'il avait ressenti pour la première fois avec une femme.

Fabienne Delporte se remémora leurs premières semaines de vie commune, durant lesquelles, tous les soirs, il s'était confié avec de grosses larmes dégoulinant d'un cœur meurtri. C'étaient les seules fois où elle l'avait vu pleurer. Il avait cru en l'amour avec toute la fougue de son ardeur et la candeur de son âme excessive. Mais il avait été trahi et ce, dès la première fois. Dès lors, il avait décidé que plus jamais il ne dirait « je t'aime ». Bien plus qu'une résolution, c'était sa façon de rester fidèle à celle qu'il avait aimée, celle qui avait également tué en lui ce mot si grand. Pour lui, ce fut terminé dès le départ. Une quarantaine d'années plus tard, il disait avoir eu finalement beaucoup de chance d'avoir été libéré de cette emprise, sans quoi il ne serait pas devenu ce qu'il est.

– Vous pensez que ce terrible chagrin d'amour peut expliquer sa conduite avec les femmes ?

– C'est mal le connaître.

– Je commence à cerner le personnage et, croyez-moi, je vois en lui bien plus qu'un simple collectionneur. Ce serait même lui faire offense que de dire cela.

– Vous m'intéressez, commandant. Je ne pensais pas qu'un policier puisse avoir une aussi fine analyse. Si vous aviez été l'une de ses conquêtes, vous auriez certainement pensé autrement. Vous l'auriez mis dans une case. Une case bien trop réductrice.

– C'est probable. Mais je suis un homme. Et vous ?

– Quoi, moi ?

– Vous êtes une femme et vous ne semblez pas lui en vouloir ?

– Moi, c'est différent. D'ailleurs, vous ne m'avez pas posé la question de savoir si avec Dominik nous avions eu une liaison. Vous y avez certainement pensé, n'est-ce pas ? Je vais vous répondre sans ambages. Je ne suis pas différente des autres femmes. Bien entendu que j'ai succombé à son charme, dès le départ. Oui, j'ai été amoureuse de lui, certes il y a longtemps, mais je l'ai été, follement. Mais, voyez-vous, j'ai très vite compris, à cause de ce premier chagrin d'amour, qu'il ne pourrait pas l'être de moi. Cette première femme l'a, pour ainsi dire, castré du cœur. Alors, je me suis fait une raison.

– Vous l'êtes encore ?

– Quoi ?

– Amoureuse ?

– Oui et non. On va dire que je suis devenue son aimante.

– Vous n'avez pas eu d'autres liaisons ?

– Tiens ! D'un seul coup, vous osez ? Mais enfin, commandant, bien sûr que si ! C'est bien mal connaître les femmes ! Je me suis offerte à de nombreux amants pour, moi aussi, rester désirable. Et jamais je n'ai renoncé à exister pour lui en m'effaçant. Je sais que je vieillis, mais je n'ai jamais renoncé.

– Renoncé à quoi ? Le conquérir définitivement ?

– Mais qu'est-ce que vous croyez ? J'y suis parvenue. C'est toujours vers moi qu'il revient. Avec moi, il ose se montrer nu, sans coquetterie. Il n'y a aucun secret entre nous.

– Mais vous n'êtes pas jalouse ?

– De toutes ces femmes ? Non, bien au contraire, je les plains. Vous savez, Dominik a connu tellement de femmes dans sa vie qu'il a toujours été, pour ainsi dire, seul. Les femmes remplissent sa solitude sans l'encombrer puisqu'il finit toujours par les quitter rapidement. Dominik est un cavaleur, mais pas comme on l'entend si souvent. Non ! Lui, c'est tout simplement un homme continuellement en cavale. Certes, il a le goût des expériences curieuses qui caractérisent le vrai libertin, mais sa vie est l'histoire d'une seule et même volonté, celle d'une conquête acharnée de lui-même. Et puis, pour en terminer avec le sujet, vous savez, le comble, avec sa notoriété, c'est qu'il est devenu pour certaines femmes un objet de convoitise avec lequel elles désirent s'afficher. Être sa maîtresse leur donne finalement plus de fierté que si elles avaient été sa femme. Alors que moi, voyez-vous, je suis bien au-dessus de tout cela. Il est toujours à moi.

Delestran était impressionné. Les mots lui manquaient. Fabienne Delporte avait une endurance à toute épreuve. C'était en quelque sorte le triomphe de la raison sur la passion.

– Mais que cherche-t-il dans toutes ces conquêtes féminines ? Éclairez-moi ! La petite flamme originelle de cette première fois ? Ou bien est-ce plus freudien, la recherche d'une mère à travers toutes ces femmes ? À moins que ce ne soit pour se venger ?

– Vous ne pouvez plus vous empêcher d'y revenir ! Mais, dites-moi, j'ai affaire à un policier ou à un psychologue ?

– Justement, Dominik Jean n'a jamais fait d'analyse ?

– Pas que je sache.

– Si tel était le cas, vous l'auriez su !

– Oui. Mais pourquoi donc voulez-vous qu'il ait recours à une analyse ? Il n'est pas malade !

– Je ne sais pas, je ne suis pas médecin. Mais avouez que c'est troublant.

– Un être troublant n'est pas forcément un être troublé. Vous avez l'air d'en douter ?

– Oui, un peu.

– Mais vous lui reprochez quoi ? Qu'est-ce que vous cherchez à prouver à la fin ?

– Une femme a déposé plainte contre lui pour viol, donc j'enquête sur sa personne et je l'ai vu un peu à l'œuvre.

– Comment ça ?

– Vous arrive-t-il de recevoir des appels téléphoniques de lectrices ?

– Oui, bien sûr.

– Régulièrement ?

– Toutes les semaines.

– Et que faites-vous ?

– Je prends leurs coordonnées pour qu'il les rappelle.

– Et il le fait ?

– Oui, toujours.

– Comment le savez-vous ?

– Parce qu'il le fait dans le bureau d'à côté.

– Il a un bureau ici ?

– Oui.

– Il est le seul à l'utiliser ?

– Oui

– Je peux le voir ?

– Cela ne va pas vous servir à grand-chose, mais si vous y tenez, suivez-moi.

Madame Delporte s'empara d'une clé dans le caisson de son bureau.

Delestran fut un peu déçu. Il s'imaginait un bureau luxueux, mais il était d'une fonctionnalité rudimentaire, démuni du moindre confort : une chaise de série avec sa coque bleue, une table supportant un pot rempli de stylos, un bloc de papier à lettres et un poste téléphonique. Comparables à ceux d'une cellule de garde à vue, les murs étaient blancs et la pièce sans la moindre fenêtre ni même de cadre. Il n'y avait rien pour accrocher les yeux.

– Il n'y passe qu'une heure par jour, précisa madame Delporte, pour répondre à son courrier, faire des dédicaces, des envois presse ou des particuliers.

– Et contacter ses admiratrices…, ajouta Delestran, qui releva le numéro du poste gravé en blanc sur une petite bande adhésive verte à proximité du clavier. Vous vous occupez d'autres auteurs ?

– Non, je n'ai que lui. C'est une volonté de sa part, mais rétribuée en conséquence. Croyez-moi, s'occuper de Dominik Jean, c'est un emploi à plein temps. Je ne compte pas mes heures. Il ne faut pas croire qu'un auteur se fasse tout seul. Je ne suis pas la seule à travailler pour lui. Il y a aussi la directrice de collection, les correcteurs, les graphistes, le responsable des relations avec les librairies et les salons, le service juridique, notamment pour les traductions à l'étranger.

Delestran regagna le bureau de madame Delporte alors qu'elle s'attendait à le raccompagner jusqu'à l'ascenseur. Il avait encore quelques questions à lui poser, attendit qu'elle s'assoie face à lui.

– Enfant de l'Assistance publique, il n'a jamais effectué des recherches pour connaître ses origines ? Retrouver sa mère, par exemple ?

– Non.

– Il n'a pas eu la tentation de le faire ? Il existe désormais des facilités *via* un organisme spécialisé, le Conseil national pour l'accès aux origines personnelles ?

– Il faut croire que là encore il n'est pas comme tout le monde. Nous en avons parlé une fois, il y a longtemps, et je me souviens encore de ce qu'il m'a dit à ce sujet. Ça m'a marquée. Il m'a dit que souvent, quand les hommes faisaient l'amour à une femme, au début ils ne pouvaient s'empêcher de penser à leur mère, puis, avec l'âge, à leur fille. Lui, il n'avait pas ce problème. Ni ascendance, ni descendance, Freud n'avait pas de prise sur lui. C'était, selon ses mots, « le cadeau de sa vie ».

Que fallait-il en déduire, sinon une certaine cohérence du personnage, doté d'un évident sens de la formule ?

– Je suppose que DJ doit avoir de nombreux ennemis.

– Vous supposez bien, commandant. Dominik, on l'adore ou on le déteste, parfois les deux en même temps. Et c'est toujours dans l'excès !

– Un peu comme lui…

– Oui, mais parfois ça bascule dans la haine, surtout chez certaines femmes. Cela m'inquiète. Cela risque de mal finir.

– Vous pouvez préciser vos pensées ?

– Il y a un groupe de furieuses qui se sont mis en tête de lui pourrir la vie. Des femmes qui se prétendent féministes, mais qui ont en fait la haine des hommes et qui ont pris Dominik pour cible. Le faire tomber serait leur trophée de guerre. Ce sont de véritables enragées qui le pistent à chacune de ses apparitions publiques en faisant du scandale. Cela a pris une telle importance qu'il a fallu avoir recours à une protection.

– Un garde du corps ?

– Non, ça, c'est impossible avec Dominik. Mais des agents de sécurité sont prêts à intervenir à chacune de ses interventions.

– Et lui, comment réagit-il ?

– Qu'est-ce que vous croyez ? Ça le fait sourire !

– Et vous, ça n'a pas l'air de vous faire sourire, apparemment ?

– Non, tant s'en faut. Il a été question de déposer plainte pour harcèlement, calomnie, entrave à l'exercice de la liberté d'expression, mais Dominik a refusé de le faire. Franchement, la menace s'est amplifiée. Je ne sais pas où elles s'arrêteront. Elles le suivent partout, se relaient. Il semble qu'elles n'aient pas de limite. La plainte contre lui, je suis sûre que ça vient d'elles !

– Cela n'est pas exclu. Dominik Jean m'a parlé de ces agissements au cours de son audition. Mais il n'avait pas l'air d'être inquiet pour sa personne, bien qu'il se dise victime pour pouvoir bénéficier d'un soutien auprès de notre psychologue.

– Elle doit être jolie.

– Je vois que vous avez tout compris… Une dernière question. Pas d'ascendance, pas de descendance, des ennemies, une femme aimante, comme vous dites, et des amis, il en a ?

– Non, aucun.

– Aucun ami ? Mais cela doit être terrible d'être aussi seul !

– Et vous, commandant, vous avez des amis ?

– Je ne suis pas le sujet de la discussion. Mais je vous rassure, je suis bien entouré. Donc aucun ami ?

– Non, il me semble même que ce soit devenu rédhibitoire.

– Comment ça ?

– Figurez-vous qu'il a eu un ami, il y a très longtemps. Ils étaient ensemble au lycée Masséna, à Nice. Puis ils se sont retrouvés un peu plus tard à Paris, lorsque Dominik était en dernière année à Sciences Po.

– Vous l'avez donc rencontré ?

– Oui, notre liaison était terminée depuis longtemps avec Dominik, mais on continuait de se fréquenter. On aurait dit qu'il avait rencontré son double, un vrai frère jumeau. Ils étaient, si vous me passez l'expression, « comme cul et chemise ». Éric Grasset venait de terminer son master en géographie. C'est avec lui qu'il est parti faire son premier voyage, en rejoignant la capitale du Tibet à vélo. Je lui en avais voulu à l'époque. Trois semaines avant le grand oral du concours d'entrée au ministère des Affaires étrangères, il a tout plaqué alors qu'il avait brillamment réussi les écrits. Et ensuite, pendant un peu moins de dix ans, ils ont fait les quatre cents coups ensemble, sur les traces des grands aventuriers du siècle dernier, sur tous les continents. Là, j'étais vraiment admirative, surtout qu'à travers leurs récits de voyages ils étaient parvenus à en vivre. Ils avaient ouvert une brèche tous les deux en démontrant que de nouvelles aventures étaient possibles bien que tout ait déjà été conquis. Et puis un jour, ce fut le drame.

– Grasset est mort ?

– Non, mais leur amitié, oui. Ils venaient de traverser à pied le continent africain du sud au nord. Ils étaient partis à trois, avec la petite amie de Grasset. À l'arrivée, Grasset s'est fait larguer. Dominik est parti avec la copine de son pote alors qu'ils devaient se marier. Il y a eu une terrible dispute à l'aéroport de Roissy. Ils en sont venus aux mains. Dominik a fini à l'hôpital : fracture de la mâchoire et plusieurs points de suture. Le plus terrible dans l'histoire, c'est que trois mois plus tard Dominik partait avec une autre. Et cela ne s'est jamais arrêté.

– Et qu'est devenu Grasset ?

– Il a continué ses voyages, seul, en vivant de ses écrits, mais de façon plus discrète que Dominik. Je ne sais pas s'il a passé l'éponge, mais, en tout cas, ils ne se sont jamais retrouvés et ont toujours fait en sorte de s'éviter. Il me semble que Grasset s'est remis avec sa femme quelque temps plus tard. À elle au moins, il a pardonné cet écart. J'ai eu vent qu'ils s'étaient mariés et qu'elle lui a donné une fille.

Delestran s'interrogeait. Dominik Jean avait-il été réellement séduit par la copine de son meilleur ami ou le fait qu'ils allaient bientôt se marier avait-il exacerbé sa convoitise ?

Fabienne Delporte observa Delestran en pleine réflexion. Que pensait-il de tout cela ? Il avait le regard grave, puis se résigna à mettre fin à son entretien en se levant.

– Je vous remercie beaucoup, madame Delporte, d'avoir pris le temps de me recevoir.

– J'espère que je vous ai éclairé. C'était votre mot, n'est-ce pas ?

– Oui et non. Pour l'homme que je suis, c'est plus clair. Mais pour le policier que je suis également, cela reste bien sombre.

– Dominik n'est pas un violeur, commandant, simplement un grand manipulateur séducteur. Il ne faut pas chercher à le comprendre, il faut le vivre.

Elle avait dit cela avec un air de complicité.

Fabienne Delporte raccompagna Delestran jusqu'à l'ascenseur. Les portes se refermèrent en le faisant disparaître. Sitôt sorti du bâtiment, il alluma une cigarette et se dirigea vers la station de métro pour rentrer chez lui. Au cours de cette journée, il avait beaucoup appris, sans pour autant avancer dans son enquête. Il avait accumulé de menus détails sans importance qui, mis bout à bout, pouvaient former un faisceau de présomptions. Mais la même question demeurait toujours : de culpabilité ou d'innocence, les présomptions ?

Dans la rame, il prit place à côté d'un homme tenant un bouquet de fleurs. Il repensa à l'attitude de DJ qui abandonnait systématiquement les femmes qu'il venait de conquérir. À peine séduites et c'était déjà fini. Cela lui rappela une image de son enfance, celle des clochettes qui bleuissaient à l'arrivée du printemps, dans un sous-bois à côté de chez lui. Sitôt cueillies, les fleurs se mettaient en souffrance. Dans le bouquet qu'il rapportait à sa maman sur son vélo, elles se courbaient et devenaient toutes flétries.

Pourquoi se rappelle-t-on tel instant de sa vie plutôt qu'un autre ?

Chapitre 14

Le bouche-à-oreille avait conduit plusieurs femmes à la 1re DPJ. Recommandées par maître Aubert, elles s'étaient présentées spontanément pour être entendues par Delestran en qualité de témoins. Elles souhaitaient dénoncer les agissements de Dominik Jean, dont elles avaient été victimes. Et pourtant, au terme de leur audition, aucune n'avait souhaité déposer plainte. Lorsque la question leur fut posée, elles avaient justifié leur renoncement par la peur de devoir affronter la machine judiciaire alors qu'elles étaient parvenues à se reconstruire en oubliant des faits souvent anciens. La mémoire leur était toutefois subitement revenue et elles avaient cru bon d'apporter leur concours à la justice en témoignant. Mais de quoi étaient-elles témoins si ce n'était de leur propre histoire ?

On aurait dit qu'elles s'étaient donné rendez-vous, bien qu'elles se présentassent séparément tout au long de la journée. Delestran n'avait rien dit. Il les avait écoutées en retranscrivant leurs propos sur procès-verbal. Il n'était pas nécessaire d'être policier pour deviner une sorte d'entente préalable. L'avocate était aux manettes. La méthode en disait aussi long qu'un mensonge, alors que les faits rapportés étaient certainement vrais. Le fond ne s'accordait pas avec la forme. C'était à se demander si on n'instrumentalisait pas la police à des fins de vengeance collective. Et pourtant, Delestran tenta d'y voir une manière de soutenir Camille Fauvert. Ces femmes n'agissaient pas pour elles, mais pour une autre ; et surtout pour une cause.

Elles étaient quatre à avoir défilé dans le bureau de Delestran. Les consœurs de Camille Fauvert s'étaient acharnées à planter leurs banderilles dans le garrot de Dominik Jean, mais pas jusqu'à l'estocade. L'écrivain avait survécu à ce travail de sape. DJ était capable du pire pour s'attribuer les faveurs des femmes, cependant rien n'était répréhensible au niveau du Code pénal. Absence de violence, de contrainte, de menace ou de ruse, tout reposait encore une fois sur l'emprise qui avait conduit ses proies à lâcher prise. Et sa mainmise avait plusieurs visages. Elle relevait de la séduction, de l'éblouissement, comme de l'envoûtement, de la domination ou de la dépendance. C'était sans fin. On tournait en rond.

Malgré tout, Delestran y trouva son compte. Entre les piques, il glana quelques informations venant compléter le portrait de son sujet.

Deux d'entre elles présentaient le syndrome de l'infirmière. Elles s'étaient entichées d'un mauvais garçon en pensant le remettre dans le droit chemin. À la différence de Fabienne Delporte, elles ne l'avaient pas aimé pour ce qu'il était, mais pour celui qu'elles auraient voulu qu'il soit. Pris pour un jouet, DJ avait retourné la situation par ses belles paroles, agissant comme un aphrodisiaque, son approche sensuelle de la vie et son regard instinctif. La désillusion fut à la hauteur de leur espoir. Une fois satisfait d'avoir obtenu ce qu'il avait convoité, le séducteur s'était retiré par le mensonge, une lâcheté préméditée.

Pour les deux autres, malgré leur ardeur initiale, la colère s'était effacée. Il ne leur restait qu'une vague amertume, la conscience d'avoir cru en quelque chose qui n'existait pas. Comme il savait qu'il allait les quitter, il se sentait dans l'obligation d'être particulièrement performant au lit. C'était plus fort que lui, ce besoin de les faire jouir. On pouvait deviner qu'il y était parvenu. Delestran s'était fait violence en insistant afin d'y trouver peut-être un indice symptomatique, comme une marque de fabrique. Il leur avait posé la question. Aucune d'elles n'avait assisté à la jouissance de DJ. Avec regret, elles en prenaient soudainement conscience. C'était à croire que sa sexualité exacerbée avait pour but de dissimuler son impuissance au plaisir. DJ impuissant ? Delestran repensa à l'expression de Fabienne Delporte : « Castré du cœur ». Une autre idée lui vint à l'esprit : un homosexuel refoulé ? Refoulé, cela lui allait bien ; refoulé par les hommes, incapables de le comprendre !

Qu'allait-il faire de tous ces procès-verbaux accumulés ? Où pouvait-il aller chercher encore ? Il restait les expertises psychiatriques, mais n'était-ce pas du temps et de l'argent dépensés pour rien ? Delestran s'apprêtait à rendre compte au parquet lorsque Rachel Delépine entra dans son bureau. Elle avait remarqué les allées et venues des femmes au cours de la journée et voulait s'enquérir de leurs récits et faire un point sur son enquête.

– Alors, Delestran, vous vous en sortez ?

Ses yeux pétillants contrastaient avec le regard consterné de Delestran.

– J'avoue que je tourne un peu en rond. Pour l'instant, je n'ai pas grand-chose qui puisse permettre au procureur d'engager des poursuites.

– Il faut dire que je vous ai envoyé au charbon. On partait de très loin. Sans élément matériel, tout repose sur des déclarations.

– Je suis bien heureux de vous l'entendre dire.

– Et Dominik Jean, il en dit quoi ?

– Il reste droit dans ses bottes, fidèle à lui-même. Indéboulonnable. C'est un personnage terrifiant et pourtant...

– Pourtant quoi ?

– On ne peut pas rester insensible à ce qu'il est.

– C'est-à-dire ?

– Un homme remarquable. Au sens premier du mot : qui attire l'attention.

Perplexe, la taulière fronça les sourcils.

Comment lui dire, lui rendre compte ? Il n'était pas question d'en faire l'étude ni le portrait, mais, à ce stade de ses investigations, il était tout de même en droit d'exprimer ses impressions.

Delestran n'était pas un homme à s'épancher facilement. Chez lui, la pudeur était toujours de mise. Elle masquait sa difficulté à communiquer, à trouver les mots justes. Tout comme l'éponge, il lui était plus facile d'absorber que de restituer. L'image était tellement plus belle.

Peut-être qu'un jour il lui faudrait écrire pour inverser le cours des choses ?

Rachel Delépine eut l'élégance de ne pas l'interrompre. Elle le laissa dérouler ce que son enquête lui avait permis d'apprendre, tant sur Dominik Jean que sur les femmes qui avaient été la cible de sa convoitise. Le visage de Delestran s'éclaira au fil de son développement, bien qu'il fût résigné par l'absence de preuve et embarrassé pour toutes ces femmes qui avaient effectivement matière à se plaindre.

– Mais, dites-moi, vous êtes tombé sous son charme, commandant? Je vous rassure, vous allez rapidement déchanter.

Elle ménagea son effet en le laissant dans l'expectative.

– Sous le charme, c'est beaucoup dire. Je reconnais que je ne suis pas insensible, mais, croyez-moi, cela ne vient pas altérer mon impartialité.

– Je n'en doute pas, commandant.

Elle jubilait par avance, ce qui dérouta Delestran.

– Vous savez, j'en ai vu d'autres... Je m'apprêtais à contacter le parquet pour savoir s'il fallait continuer ou s'arrêter là.

– Je vous rassure, vous allez pouvoir le faire. Et peu importe si le parquet décide d'en rester là en classant l'affaire.

Elle jouait avec son attente.

– Où voulez-vous en venir? s'agaça-t-il.

– Figurez-vous qu'il y a du nouveau. Hier, pendant que vous passiez votre journée à filocher Dominik Jean, je ne vous le reproche pas, bien au contraire, le groupe Beaumont a été saisi d'un nouveau féminicide. La copie conforme du premier. Vous avez l'air surpris, Delestran?

– Je l'ignorais, madame. Personne ne m'a rien dit.

Il se sentit d'un seul coup misérable. Comment en était-il arrivé là, à être coupé du monde?

– Victoire et son groupe ont travaillé vite et bien. Elle a du talent, votre ancienne adjointe. Elle a été bien formée. Vous pouvez en être fier. Figurez-vous que demain matin, à six heures, ils vont serrer le suspect. C'est calé avec le parquet. Et avec ce que nous avons, je peux vous assurer que nous avons dépassé le stade du suspect. Il est sérieusement accroché. Cette fois-ci, il ne pourra pas s'en sortir, le beau parleur!

– Dominik Jean?

– Ben oui, qu'est-ce que vous croyez! Vous avez eu le privilège d'avoir filoché le meurtrier, Delestran!

– Mais comment est-ce possible?

– L'enquête l'établira. Mais nous avons des preuves irréfutables. La technique, elle, au moins, ne ment pas! Vous verrez, c'est du concret. Croyez-moi, Delestran, ça sent bon. Votre petite Victoire va pouvoir s'en donner à cœur joie. Ça va faire du bruit!

Un pantin désarticulé. Voilà à quoi ressemblait Delestran abattu dans son fauteuil. L'annonce de la taulière venait de faire l'effet d'une bombe. Le grand incendiaire des femmes qui prétendait les purifier de leurs désirs réprouvés n'était en fait qu'un vulgaire assassin. La réalité venait de réduire en cendres la fiction.

– Qu'est-ce que je dois faire, patronne ?

Cela lui avait échappé. Rachel Delépine s'arrêta net au franchissement de la porte. Il l'avait appelée « patronne ». Pour la première fois ! Il lui demandait même conseil… Après un temps d'arrêt pour savourer l'instant, elle se retourna pour asseoir son triomphe.

– Vous pouvez toujours rendre compte au parquet, concernant votre enquête.

– À quoi bon ?

– J'ai conseillé à Victoire de venir vous voir. Elle en profitera pour vous donner tous les éléments sur les deux féminicides. Vous comprendrez mieux ce qui les réunit. Dominik Jean est fait comme un rat ! Mais rassurez-vous, Delestran, votre travail ne sera pas inutile. Vous savez comment il fonctionne. Nous aurons besoin de vous pour le faire passer aux aveux. Il va falloir qu'il crache. Ce sera la cerise sur le gâteau ! Un *serial killer*, je mets le champagne au frais !

Delestran n'avait rien vu venir. Une masse s'était écrasée sur son crâne. On l'avait mené par le bout du nez pour l'assommer comme un cochon de ferme. Exclu des réjouissances, on l'avait sacrifié. Il ne parvenait pas à réagir, errait dans ses pensées avec cette impression étrange d'être le spectateur de lui-même. Des images aux contours flous se mélangeaient. Naufrage, tremblement de terre, obsolescence, il se sentait englouti, enseveli, périmé. Le poisson rouge tournant en rond à la surface de son bocal était devenu une grosse carpe suffocante, déposée sur la berge, happant désespérément l'air qui allait pourtant sceller son sort.

Que se serait-il passé si Lapige avait tiré ?

Il se sentit partir.

Combien de temps resta-t-il ainsi, en dehors de lui-même, à faire le constat de son dépassement ?

– Julien ? Ça va ?

Une larme dégoulina le long de sa joue lorsqu'il ouvrit l'œil. Pris en faute, Delestran l'essuya maladroitement en revenant à lui.

– Je t'attendais et figure-toi que je m'étais endormi. Les vieux, en fin de journée, ça ne tient pas la route...

– Tu m'as fait peur. J'avais l'impression de...

– L'impression de quoi ?

– Euh... non, rien.

Son soulagement était explicite. Cette fois-ci, c'était elle qui était prise en faute.

– Je viens de voir la taulière. J'ai pris une claque. J'ai l'impression de ne plus rien comprendre. Il paraît que vous avez pris un deuxième homicide ?

– Oui, hier. Je suis désolée, je n'ai pas eu le temps de venir t'en parler. Tout s'est enchaîné si vite.

– Ne sois pas désolée. C'était plutôt à moi de descendre. Vas-y, assieds-toi, je t'écoute. Raconte-moi tout.

Véronique Deylot, vingt-huit ans, avait été retrouvée décédée dans son appartement au 14 de la rue René-Blum dans le 17e arrondissement, à proximité du square des Batignolles. Elle avait été assommée à l'arrière du crâne, puis étranglée. L'auteur avait utilisé une courte barre métallique pour haltère et une corde à sauter. Il n'avait pas eu besoin de les apporter. Inscrite dans une salle de sport, la jeune femme pratiquait également des exercices physiques à son domicile. Il s'était donc servi sur place, parmi d'autres petits équipements de même nature, et avait laissé les armes du crime sur les lieux. Le légiste avait nommé ce que tout le monde avait constaté : une plaie diffuse provoquée par un objet contondant avec enfoncement de l'os pariétal et un profond sillon cervical complet de même section que le diamètre de la corde à sauter et présentant les mêmes motifs tressés. Le coup porté à l'arrière du crâne n'avait pas été mortel, mais aurait provoqué des lésions irréversibles conduisant au décès à plus ou moins long terme. L'autopsie avait révélé un hématome important comprimant le cerveau. Il fallait de la force pour faire usage de la barre métallique, dont le poids était de deux kilos, et une sacrée détermination, vu la profondeur du sillon.

Véronique Deylot travaillait dans une agence de voyages du 14e arrondissement. Tout comme pour la première victime, son employeur avait donné l'alerte en raison de son absence au travail et de l'impossibilité de la joindre par téléphone. Le légiste avait évalué le moment du décès à la veille, en début de soirée. Cela faisait désormais quarante-huit heures. Autre point de similitude avec Adèle Bourselier : aucune trace de lutte ou de fouille dans l'appartement parfaitement rangé, la porte était non verrouillée, simplement claquée, la victime devait connaître son meurtrier, qu'elle avait certainement invité à rentrer dans les lieux. L'attaque avait dû se faire par surprise en raison de l'absence de lésion traumatique sur les zones de prise, de maintien ou de défense.

Des similitudes certes, mais également des affinités. Adèle Bourselier et Véronique Deylot se connaissaient. L'analyse des fadettes de leurs portables révélait quelques appels et des textos. Par ailleurs, elles fréquentaient la même salle de sport et étaient membres du Mouvement des femmes insoumises.

L'auteur avait laissé son ADN sur les deux scènes de crime, sur un verre dans l'appartement d'Adèle Bourselier et sur le mégot d'un cigarillo, dans celui de Véronique Deylot. Un vrai coup de chance, selon Victoire. Cet ADN commun, celui d'un homme, était inconnu du Fnaeg, mais elle avait une idée de l'identité de son propriétaire. Elle en aurait la preuve irréfutable, par une analyse comparative lorsqu'il serait en garde à vue. En effet, la téléphonie avait parlé et tout correspondait. En croisant les numéros accrochant les cellules implantées aux abords des domiciles des victimes au moment des meurtres, un numéro était sorti du logiciel Mercure*. Après identification, Victoire avait désormais le nom du meurtrier : Dominik Jean. Preuve supplémentaire : Victoire avait découvert un livre de Dominik Jean sur la table de chevet de la chambre d'Adèle Bourselier avec une dédicace insidieuse. Le piège était tendu dès le départ, il y avait sûrement préméditation.

De façon plus anecdotique, quelques différences séparaient les deux féminicides. Si, pour le premier, Domink Jean avait eu recours à du Lexomil en le mélangeant à du jus d'orange pour endormir sa victime, pour la seconde, il ne s'était pas embarrassé de ce subterfuge. Il avait employé la manière forte pour la plonger dans l'inconscience avant de l'étrangler, non pas de ses propres mains, mais avec un lien récupéré sur place. Enfin, si Adèle Bourselier n'entretenait pas de relation sentimentale au moment de sa disparition, Véronique Deylot, bien que vivant

* Logiciel permettant aux enquêteurs d'analyser de très grands volumes de données en matière de téléphonie.

également seule dans son appartement, avait une amoureuse. D'après les documents découverts à son domicile, il s'agissait d'une relation très sérieuse. Depuis un an, elle était pacsée avec une dénommée Élise Turotoski, de cinq ans son aînée. Les deux femmes avaient engagé des démarches avec une clinique à Barcelone pour avoir recours à une PMA. Véronique Deylot suivait un traitement hormonal de stimulation ovarienne. Une insémination artificielle avec un donneur anonyme était programmée le mois prochain.

– Tu en fais une tête ! Qu'est-ce qui te dérange ? Que des homosexuels puissent avoir un enfant ?

– Si ça peut rendre les gens plus heureux...

– Je suis désolée, Julien. Ma question était maladroite.

– Ce n'est pas parce que je n'ai pas eu cette chance que d'autres doivent en être privés, y compris s'ils sont homosexuels.

– Vous n'avez jamais pensé à l'insémination artificielle ?

– Non. Nous n'en avions pas besoin. Mon épouse a porté notre enfant dans son ventre pendant huit mois, mais notre fille est morte avant de naître.

Victoire s'en voulait d'avoir abordé le sujet. Au départ, il s'agissait juste de titiller son côté réac', sans arrière-pensée. Involontairement, elle avait ouvert une brèche. Puis elle l'avait relancé, naturellement, sans réfléchir. C'était un de ces moments vrais entre deux êtres au cours desquels on peut tout se permettre sans avoir l'impression d'aller trop loin, où on s'étonne, par la suite, de son audace finalement heureuse. Victoire venait d'un seul coup de tout comprendre. La colère secrète de Delestran et son problème avec Dieu étaient dus à la perte d'un enfant qui n'avait jamais vu le jour.

Elle lui adressa un regard empli de tendresse. Le silence partagé féconda leur complicité pendant un moment suspendu, à l'issue duquel Delestran revint à leur principale préoccupation.

– Vous allez le serrer demain matin ?

– Oui. La patronne m'a dit que tu l'avais eu dans ton bureau récemment suite à une plainte déposée contre lui, une vieille affaire mais toujours d'actualité, selon elle. Il paraît que tu commences à bien le connaître. Ça pourrait nous être utile pour le faire avouer.

– Pour le faire avouer, encore faudrait-il qu'il soit coupable.

– Tu en doutes ?

– Je sais bien qu'il a tout contre lui, mais, oui, j'ai un doute. Je ne sais pas comment l'expliquer. J'ai du mal à concevoir que cet homme ait pu tuer des femmes.

– C'est de la déception ?

– Oui, il y a de cela. Certes, c'est un homme monstrueux avec les femmes et sa réputation n'est pas usurpée, mais j'avais cru voir en lui autre chose. Quelque chose de plus... enfin, je veux dire, de moins réducteur que ces histoires de conquêtes féminines.

– Les preuves sont là ! La téléphonie...

– Si tu le dis. Et lui, il m'a dit qu'on lui avait volé son portable.

– Et tu l'as cru ?

– Je n'avais aucune raison de ne pas le croire.

– Et son ADN, on le lui a volé peut-être ?

– Tu n'as pas la preuve formelle qu'il s'agit du sien. J'admets néanmoins qu'il y a une forte possibilité, d'autant plus qu'il fume des cigarillos.

– On sera vite fixés.

– Oui, mais ça ne change rien.

– Comment ça ?

– Le mobile ! Pourquoi aurait-il voulu les tuer ? Quand Dominik Jean ne veut plus d'une femme, il ne s'embarrasse pas, il la quitte, tout simplement.

– Rien ne dit qu'ils avaient une liaison. Elles se sont peut-être refusées à lui. Son petit jeu de séduction n'a pas pris. Véronique Deylot était pacsée et elle avait pour projet d'avoir un enfant avec sa compagne. Avec elle, Dominik Jean s'est heurté à l'impossible, un mur avec des barbelés. Il ne l'a pas supporté. Ce n'est pas de la jalousie, mais pire que ça.

– Au contraire, cela aurait dû l'exciter davantage.

– L'exciter ? Tu es sérieux ?

– Oui, parfaitement. C'est d'ailleurs ce qui fait toute sa monstruosité.

– Eh bien, justement, le monstre a été mis devant le fait accompli. Il y a des gens qu'on ne peut pas compromettre. Ne le supportant pas, il les a supprimées. En plus, elles faisaient partie du MFI. Elles ont fini par le faire craquer.

– Il n'avait pas l'air de s'en soucier. Seul son entourage était inquiet. Il y a quelque chose qui m'échappe, mais je ne vois pas quoi.

– Tu t'es peut-être monté le bourrichon avec lui en le voyant plus grand qu'il n'est en réalité. L'avocat du diable, c'est bien pour la romance, mais dans la réalité... Tu as changé de métier. Mon commandeur est devenu défenseur.

– Ce n'est pas incompatible...

– Oui, mais il y a des limites ! La téléphonie, l'ADN : il va devoir s'expliquer. Et là, il va lui falloir un bon avocat !

– Tu verras, il n'en prendra pas.

– C'est son problème, pas le nôtre.

– Elle fumait, Véronique Deylot ?

– Pourquoi cette question ?

– Le mégot, il était dans un cendrier ?

– Non, il me semble que c'était une soucoupe. Mais ce n'est pas sur la soucoupe qu'on a trouvé de l'ADN !

– Et elle faisait quoi, dans la vie, sa compagne ?

– Je n'en sais rien.

– Elles habitaient ensemble ?

– Non.

– Étrange !

– Comment ça ?

– Lorsqu'on est marié, on a une obligation de domicile commun. Pour le PACS, ça doit être la même chose, non ?

– Tu me poses une colle. Mais qu'est-ce que tu vas chercher, là ?

– Je me pose des questions, c'est tout.

– J'ai vu son portait dans l'appartement, des photos de couple, comme tous les amoureux. Elles ont certainement déclaré une résidence commune, mais chacune vivait chez elle, comme beaucoup de couples modernes.

– Je dois vraiment être vieux jeu alors !

– Toi, c'est différent, s'esclaffa Victoire.

Il ne voyait pas en quoi il était différent.

– Et cette salle de sport ? Elle est dans le 14e arrondissement ?

– Oui, le Basic Gym Montparnasse.

– Tiens ! Comme celle de Dominik Jean.

– On sait au moins où ils ont dû se rencontrer : à la salle de sport.

– Il faudrait gratter de ce côté-là...

– Tu penses à quelque chose de précis ?

– Non. Malheureusement.

Les coudes en appui sur son bureau, Delestran se prenait la tête à deux mains. Des petits mouvements saccadés de la tête indiquaient qu'il refusait de croire à la réalité. Il cherchait des arguments, se confrontait au vide de l'évidence. Il n'avait rien de convaincant face aux éléments matériels. Victoire l'entendit souffler par dépit. Pourquoi s'entêtait-il ?

– Julien, je vais devoir y aller. J'ai encore un peu de travail en bas. Tu veux venir avec nous demain matin ?

– Merci, Victoire, mais je préfère rester dans mon rôle. Et je risque de n'être d'aucune utilité, bien au contraire.

– Effectivement, tu es vraiment perturbé. Tu me remercies maintenant ! Tu sais, ta formule à la con : on remercie les gens qu'on ne veut plus revoir... Tu ne veux plus me revoir ? Pourtant, après mon père, j'ai bien envie de te présenter mon amoureux.

Elle avait réussi son coup. Delestran rit de bon cœur.

– Allez file, et fais ça bien...

– T'inquiète, tu ne seras pas emmerdé.

Au moment où Beaumont s'apprêtait à sortir du bureau, Delestran la rappela. Il y avait beaucoup de douceur dans sa voix. Elle se retourna.

– J'ai été touché par ta proposition. Ça m'a fait du bien.

Avec espièglerie, elle lui adressa un salut militaire et s'échappa.

Sans le savoir, elle lui avait lancé une bouée de sauvetage. Si la technique était devenue prépondérante en imposant son règne, l'humain n'était pas encore mort.

Chapitre 15

La rue Marbeuf était figée dans un chapelet d'obscurité et de lumière blafarde projetée par les réverbères. Mitch se gara sur un emplacement de livraison à proximité du numéro 18. Le moteur éteint, Victoire abaissa le pare-soleil police. Un passe PTT leur permit de s'engouffrer dans l'immeuble. Anna Bellama raccompagna la lourde porte en bois tandis qu'Olivier Lessourd s'attaqua, avec délicatesse, à la porte précédant le hall. En jouant avec une radio insérée entre le bâti métallique et la porte vitrée, il parvint rapidement à faire bouger le pêne, qui se rétracta dans son logement, libérant ainsi l'ouverture. Ils montèrent par l'escalier pour ne pas déclencher le mécanisme de l'ascenseur. Aucun bruit au cours de leur ascension, amortie par un épais tapis recouvrant les marches, tout n'était que silence.

Comme toujours, ils étaient arrivés avant l'heure, principe de précaution pour parer à tout imprévu. Les cinq étages avaient accéléré le rythme cardiaque de chacun. Leur avance leur permit de retrouver leur souffle tout en savourant ce moment si particulier qui les faisait se lever de bonne heure. L'instant qui précède était aux flics ce qu'il était aux amants rejoignant leur chambre d'hôtel : l'effervescence se mêlait au désir trop longtemps retenu. On sentait l'adrénaline envahir ses veines. L'émotion était palpable dans la connivence des regards échangés. On se sentait en confiance, fort et indestructible. Bien que présumé meurtrier, Dominik Jean ne paraissait pas être un dangereux criminel susceptible de mettre en danger la vie des policiers venus le serrer à son domicile. C'était tout de même la même émotion, unique et renouvelée, qui resterait gravée dans la mémoire.

Victoire fixait sa montre en égrenant les secondes dans sa tête. On attendait le signal. La politesse des rois imposée par le respect de l'heure légale ! On tenait impérativement à être à l'heure en PJ. C'était une question de principe !

Lorsque les chiffres basculèrent pour le début d'une nouvelle heure, Victoire adressa un coup de menton à Mitch, qui appuya longuement sur la sonnette. Il relâcha la pression, puis battit le rappel avec deux coups très brefs. Un rail de lumière apparut aussitôt sous l'encadrement de la porte. Surpris par cette réaction si rapide, les policiers s'interrogèrent du regard. Il était déjà debout ! Comme on l'apprenait dans toutes les écoles de police, ils se positionnèrent de chaque côté du bâti. On avait déjà vu des récalcitrants tirer à travers la porte.

L'œilleton s'éclaira, puis s'occulta. On tentait de les observer. Victoire écarta le bras en exhibant sa carte tricolore face à l'œil de verre.

– Police, 1re DPJ. Ouvrez !

La serrure se déverrouilla instantanément et la porte s'ouvrit largement. Dominik Jean apparut sur le seuil. Déjà habillé, il avait passé une robe de chambre courte en soie aux motifs de pieuvres jaunes sur fond noir. Chaussé de charentaises, il était frais, visiblement réveillé depuis longtemps. Ses cheveux argentés n'étaient pas emmêlés par la nuit.

– Je vous en prie. Entrez.

Il s'écarta pour les laisser passer tout en dressant son regard par-dessus leurs épaules en direction du palier.

– Le commandant Delestran n'est pas avec vous ?

– Non, lui rétorqua froidement Victoire, qui vit apparaître une pointe de déception sur son visage.

– C'est lui qui vous envoie ?

Elle referma la porte.

– Monsieur Dominik Jean, il est six heures et vous êtes placé sous le régime de la garde à vue pour une durée de vingt-quatre heures pouvant donner lieu à une prolongation de vingt-quatre heures supplémentaires sur autorisation du procureur de la République, pour des faits d'homicides volontaires aggravés.

– Homicide volontaire ? Après avoir été outrageusement accusé de viol, me voici poursuivi pour des faits de meurtre ? C'est une plaisanterie ? La prochaine fois, ce sera pour quel motif ? Génocide ?

– J'ai l'air de plaisanter, monsieur Jean ?

– Et à qui ai-je ôté la vie ? Je suis curieux de le savoir.

Victoire hésita. Fallait-il lui répondre, au risque d'engager une conversation qui ne ferait que les retarder ?

– Mesdames Adèle Bourselier et Véronique Deylot.

– Parce qu'il y en a deux en plus ? Uniquement deux ? N'y en aurait-il pas une troisième ? Une quatrième ? Une douzaine peut-être ?

– Taisez-vous, monsieur Jean. D'ailleurs, si vous le souhaitez, vous avez le droit de garder le silence.

– Me taire ? Ce ne sera pas nécessaire.

– Adèle Bourselier et Véronique Deylot, ne me dites pas que vous ne les connaissez pas !

– C'est le début de l'interrogatoire ? Non, j'ai beau chercher, les noms de ces deux femmes me sont totalement inconnus.

– Nous allons vous rafraîchir la mémoire, monsieur Jean.

– Et vous ? Comment vous appelez-vous, mademoiselle ?

– Capitaine Beaumont. Et voici mes collègues, le major Mateoni, le brigadier Lessourd et la brigadière Bellama, qui va dès à présent vous notifier par procès-verbal les droits inhérents à la mesure de garde à vue dont vous faites l'objet.

– Enchanté de faire votre connaissance, mademoiselle.

– Non ! Moi c'est capitaine ! Et arrêtez votre petit cirque. Avec nous, cela ne prendra pas !

– Vos désirs sont des ordres, ma capitaine.

Victoire le dévisageait.

– Je ne suis pas votre capitaine, monsieur Jean !

– Ce n'était pas un pronom possessif, mais l'abréviation de « madame », comme le font les militaires avec le « mon », en lieu et place de « monsieur ».

– Les militaires s'en dispensent quand il s'agit d'une femme. Nous, dans la police, pour éviter toute confusion, on s'en tient juste au grade, pour les hommes comme pour les femmes. Pas de distinction ! Donc, dispensez-vous !

Le sourire de Dominik Jean s'effaça.

– Le commandant Delestran est au courant de cette descente ?

– Oui.

– Et qu'en pense-t-il ?

– Il n'a pas été surpris.

– Vous mentez mal, capitaine.

– Pas aussi bien que vous, monsieur Jean.

– Enfin un compliment !

– Anna, tu t'occupes de lui, lança Victoire, agacée.

Fallait-il lui mettre les menottes ? Si la rencontre avait été féroce, Dominik Jean n'avait pas paru menaçant physiquement et encore moins susceptible de prendre la fuite. Malgré l'envie, Victoire dissuada Mitch, qui venait d'ôter le bouton-pression de son étui à menottes.

- Pas de 803* pour l'instant.

Le message était clair : on se réservait un moyen de pression s'il continuait à fanfaronner.

– Par contre, palpation, Mitch.

Se faire palper par un homme était aussi insupportable à Dominik Jean que de devoir être entravé. Il se tortilla, puis se soumit à la fermeté de la main qui le contrôlait tandis que l'autre, par des pressions successives sur le corps à travers ses vêtements, s'assurait qu'il n'était pas porteur d'objets susceptibles d'être dangereux.

– Il est à toi, Anna.

Mitch s'empara d'une chaise dans le séjour et fit asseoir Dominik Jean au milieu de la pièce.

Après l'énoncé de ses droits, Dominik Jean se déclara être en bonne santé. Donc il refusa d'être examiné par un médecin. S'agissant de l'avis famille, il n'avait personne vers qui se tourner, mais comme un proche pouvait faire l'affaire, il indiqua le nom de sa secrétaire, Fabienne Delporte. Ainsi, elle ne serait pas inquiète de son absence en matinée lors de leur rendez-vous quotidien. Vint enfin la question de l'avocat. À brûle-pourpoint, il répondit par la négative, puis marqua une hésitation en feignant la réflexion.

– Je ne suis pas coupable, donc je n'ai pas besoin d'un avocat. En revanche, un défenseur pour affirmer mon innocence... À bien y réfléchir...

La lèvre pensive, il se tourna vers Victoire pour la prendre à témoin.

– Il est tellement plus difficile de démontrer l'innocence d'un homme que sa culpabilité... Pourtant, j'en connais un qui ferait l'affaire, un homme étonnant, rencontré récemment, que vous devez bien connaître. Mais non, suis-je bête, c'est impossible ! Avec un policier, il y aurait conflit.

---

* Article 803 du Code de procédure pénale : « Nul ne peut être soumis au port des menottes ou des entraves que s'il est considéré soit comme dangereux pour autrui ou pour lui-même, soit comme susceptible de tenter de prendre la fuite. »

L'arrogance se lisait sur ses lèvres étirées. Chacun voyait l'ombre de Delestran dans le sourire de Dominik Jean. Victoire ne se laissa pas perturber par le jeu de ce comédien.

– Très bien, monsieur Jean. Nous allons pouvoir désormais procéder à la perquisition de votre domicile, à laquelle vous êtes tenu d'assister, et qui donnera lieu à la rédaction d'un procès-verbal.

– Vous pouvez fouiller, je vous regarde.

On aurait dit que cela l'amusait.

– Je n'ai pas besoin de votre autorisation.

Dominik Jean avala sa salive.

L'opération ne dura qu'une trentaine de minutes, au terme desquelles ne furent saisis qu'un paquet de cigarillos et sa carte d'abonnement à la salle de sport. Les enquêteurs n'avaient pas trouvé son téléphone portable. Victoire finit par composer le numéro d'appel avec son portable de service. Après cinq sonneries dans le vide, elle fut renvoyée sur la messagerie alors que rien n'avait retenti dans l'appartement. En réponse aux questions, Dominik Jean expliqua qu'il n'avait plus de portable depuis qu'on le lui avait volé à la salle de sport. Cela datait d'un mois environ. Il l'avait oublié sur le reposoir d'un appareil de cardio-training et il ne l'avait pas retrouvé en revenant sur place. Il n'avait pas jugé utile de déposer plainte, car son portable ne lui servait à rien, sauf à noter quelques idées qui lui venaient en pédalant. Le reste du temps, il utilisait des carnets.

L'appartement était composé d'un vaste séjour avec une grande baie vitrée offrant une vue sur la tour Eiffel, un dressing, une petite cuisine et une grande salle de bain, une chambre et une seconde transformée en atelier d'écriture. Pas d'écran plat ni de téléphone fixe, Dominik Jean n'avait même pas fait installer Internet. Un homme de ménage passait une fois par semaine, tous les vendredis.

La chambre ressemblait à celle d'un enfant. Un lit simple et une modeste armoire reposaient sur de la moquette épaisse dans laquelle on avait l'impression de s'enfoncer. Victoire remarqua la présence d'un globe terrestre lumineux sur une table de chevet et, plus étrange, un ours en peluche posé contre la vitre, sur le rebord de la fenêtre. L'atelier était tout aussi surprenant, mais pour une autre raison. La pièce était peinte en noir du sol au plafond. La seule fenêtre avait été condamnée par l'apposition d'un panneau de bois. Deux bibliothèques se faisaient face. Elles comportaient un grand nombre d'ouvrages avec principalement de vieilles couvertures jaunies. Face au seul mur vide, dont le noir aspirait le regard, Dominik Jean avait installé son poste d'écriture, composé d'un grand bureau sur lequel trônait, à côté d'un vieux PC sans connexion, de nombreux carnets de notes, d'épais dossiers remplis de pages manuscrites, un vieux Larousse et divers ouvrages de grammaire, de conjugaison et de synonymes. Sur le plan de travail, sous le clavier, une feuille jaune cartonnée avait été partiellement noircie de mots, dont certains étaient rayés, et de phrases en cours d'élaboration. Une lampe de chevet au globe émeraude diffusait une lumière tamisée avec, tout autour, des livres plongés dans la pénombre comme des spectateurs. Dominik Jean était en train d'écrire. À côté d'un mug à demi rempli de café, l'écran blanc aimantait le regard. On pouvait y lire quelques lignes avec le sentiment de violer l'intimité de la création.

Sur une desserte à portée de main, une cafetière remplie de liquide noir encore chaud côtoyait une tablette de chocolat au lait entamée et une bouteille de cognac remplie aux deux tiers.

Devant le questionnement des policiers, un peu privilégiés de se retrouver en pareil endroit, Dominik Jean se laissa aller à quelques confidences. Tous les jours, il se levait à quatre heures pour écrire. C'était le moment où son esprit était le plus frais et complètement dévoué à la création. Il se passait des choses qu'il ne pouvait pas expliquer. Les idées lui venaient, un autre prenait possession de lui et l'emmenait en voyage. Au cours d'une séance d'écriture de six heures en moyenne, il ingurgitait plus d'un litre de café. Une façon de faire concurrence à Balzac, selon lui. Il piochait de temps en temps un carré de chocolat pour entretenir la stimulation et terminait la dernière heure au cognac par une relecture en apportant les premières corrections. C'était une mécanique immuable. Il comparait cela avec une ascèse lui permettant de s'évader au quotidien dans un rituel pourtant bien établi.

Dans le séjour, beaucoup plus lumineux, Victoire fut impressionnée par la collection de clichés photographiques encadrés aux murs, sur lesquels Dominik Jean posait aux côtés de personnalités appartenant au monde de la culture, de la politique et des médias. Une dizaine de présidents, des écrivains, quelques monarques, des acteurs, des patrons d'industrie, des sportifs, et beaucoup de peoples, tant en France qu'à l'étranger. On aurait dit qu'il connaissait le monde entier.

Victoire tendit le cou pour mieux s'imprégner des clichés tout en se décalant au fur et à mesure de ses découvertes. Tout aussi impressionné, Olivier Lessourd vint à la hauteur de Dominik Jean :

– Je peux vous poser une question?

– Je suppose que cela ne concerne pas l'enquête?

– Non, effectivement. Mais, comme pour l'enquête, vous n'êtes pas obligé de répondre, vous pouvez garder le silence.

– Je vous écoute.

– Parmi toutes ces personnalités que vous avez eu la chance de rencontrer, quelle est celle qui vous a le plus impressionné?

– Vous permettez?

Dominik Jean désigna le pan où se tenait Victoire, focalisée sur les clichés. Sans attendre son accord, il s'y dirigea à pas de velours pour laisser planer encore l'ambiguïté. Il décrocha un cadre qu'il remit à Beaumont avec solennité. Stupéfaite, elle reconnut Mère Teresa. Cela paraissait incroyable et pourtant c'était la réalité. Heureux de sa mise en scène, il se retourna vers Lessourd en énonçant le nom de la religieuse. Il pivota et se rapprocha de Victoire pour lui susurrer quelques mots à l'oreille, qu'elle fut la seule à entendre :

– Le commandant Delestran ne m'avait pas dit qu'il avait une si charmante collaboratrice.

Gênée, Victoire fit celle qui n'avait pas entendu en poursuivant sa découverte des personnages encadrés.

– Vous savez quelle était la définition du charme, selon Albert Camus, mademoiselle?

Jusqu'où allait-il jouer avec elle? Elle tenta de s'éloigner, mais il se rapprocha de plus belle :

– « Cette manière de s'entendre dire oui sans avoir posé de question claire. » Et cela vous va délicieusement bien, capitaine.

Victoire décrocha du mur et le fixa.

– Veuillez vous retourner, monsieur Jean, et mettre les mains dans le dos.

– Les entraves? Si vous me prenez par les sentiments, capitaine... Voulez-vous que je me mette à quatre pattes?

– Ce ne sera pas nécessaire. Vous êtes déjà suffisamment ridicule et je ne suis pas une adepte de l'humiliation.

Les menottes de Victoire se refermèrent sur les poignets de Dominik Jean avec leur cliquetis métallique caractéristique.

– Ce sera juste pour le temps du transport jusqu'à notre service.

– Vous m'en voyez rassuré.

Victoire tenait fermement les menottes d'une seule main avec les deux gros maillons de la chaîne enfermés dans son poing. Elle leur fit faire une légère rotation vers le bas et Dominik Jean se cambra en réaction. Il ressentit une vive douleur, vite estompée. Victoire n'insista pas et relâcha la pression.

Dominik Jean prit place dans l'ascenseur au milieu des policiers. Il lui fallut subir le désagrément des corps comprimés qui se touchent lors des vibrations de la descente pendant que les regards se fuient. Ce n'était pas la descente aux Enfers, mais simplement le retour au rez-de-chaussée.

La main ferme de Victoire sur ses entraves l'obligea à s'arrêter sous le porche et à se maintenir face à la porte en bois tandis que Mateoni partait récupérer le véhicule. Les policiers eurent l'élégance de ne pas vouloir exposer sur le trottoir leur prisonnier menotté à la vue des passants qui commençaient à remplir les trottoirs de Paris. Furtivement, on l'embarqua à l'arrière du véhicule stationné en pleine voie. Le démarrage lui fut désagréable. Les mains dans le dos, il ne pouvait pas laisser son corps reposer librement contre le dossier. Bien que ceinturé, il eut tendance à partir en avant pour offrir le plus d'espace possible à ses mains entravées et leur éviter tout appui douloureux sous le coup des accélérations et des changements de direction.

Dominik Jean fut soulagé de voir la barrière se lever une quinzaine de minutes plus tard. En sortant du véhicule, il leva les yeux au ciel le long de la façade en brique de la 1re DPJ. Au dernier étage, un homme immobile dans le clair-obscur l'observait dans l'encoignure d'une fenêtre. Il ne pouvait voir son visage, mais devina son regard posé sur lui. Il n'eut pas le temps de s'attarder sur cette silhouette qu'il avait reconnue. On l'obligea à entrer dans le bâtiment et il dut baisser la tête pour gravir les marches du perron.

Il n'était pas question de procéder immédiatement à son audition. L'urgence était ailleurs. Il fut conduit dans les geôles.

Une cellule l'attendait. Victoire lui ôta les menottes au niveau d'un comptoir derrière lequel un policier en uniforme s'était levé à leur arrivée. Dominik Jean vit ses poignets cerclés d'un fin liseré rouge occasionné par la compression des fers. Il les frotta énergiquement pour que les marques disparaissent progressivement.

Il fut invité à déposer dans un carton à chaussures ses effets personnels. Comme il était parti les mains vides, seule sa montre, une chaîne de cou avec un pendentif en ivoire, une ceinture, des boutons de manchette et sa paire de lacets furent déposés dans la boîte. Le geôlier ne savait pas quoi indiquer sur le registre concernant le pendentif. Il était aussi gros qu'une demi-phalange et avait la forme d'un haricot. Malgré ses trente années passées à la surveillance des geôles, il n'avait jamais rien vu de pareil. Interloqué, il se saisit de l'objet avec précaution, chaussa ses lunettes de vue et l'observa. Une dent? Un morceau de défense ou de corne? Un os? Dominik Jean retrouva la parole :

– Alors, monsieur l'expert, selon vous?

– Franchement, je n'en sais rien. C'est de l'ivoire, mais, concernant l'animal, je ne vois pas.

– C'est un éclat de défense d'un animal qui n'existe plus, mais qui pourrait très bien réapparaître avec les progrès de la science.

– Un mammouth?

– Oui, tout à fait. Ce que vous tenez dans vos mains appartenait à un animal qui vivait il y a dix millions d'années. Il m'a été offert lors d'un voyage en Sibérie par un chasseur nivkh, un peuple indigène en voie d'extinction. Si le changement climatique a été fatal au mammouth, il y a plusieurs dizaines de milliers d'années, celui que nous connaissons actuellement pourrait très bien lui permettre de ressusciter. Les défenses enfouies dans la glace remontent en surface avec la fonte du *permafrost*. C'est une véritable aubaine pour la science et une source de revenus pour les éleveurs de rennes des steppes sibériennes.

Le geôlier était émerveillé par ce qu'il tenait entre les doigts en prenant soudainement conscience de son origine.

– Vous pensez qu'on pourrait recréer des mammouths?

– Techniquement, c'est possible. À partir de matériel génétique congelé utilisé en combinaison avec celui d'un éléphant, l'espèce disparue pourrait être ramenée à la vie. De nombreux projets scientifiques y travaillent actuellement.

– C'est fascinant ! Ce serait extraordinaire. Vous imaginez ? s'enthousiasma le vieux geôlier, qui venait de retrouver une seconde jeunesse devant cette apparition.

– Fascinant et terrifiant, interjeta Victoire.

– Comment ça ? questionna le geôlier.

– En matière d'éthique, c'est un projet douteux qui pourrait conduire à la catastrophe. Si techniquement tout est possible, avant de retrouver le vrai mammouth, il faudra passer par un nombre incalculable d'intermédiaires et procéder à de nouveaux croisements pour tendre vers l'originel. Cela prendra beaucoup de temps. Des siècles ! Sans compter les risques de mauvaises surprises : fabriquer des hybrides, voire des monstres... N'est-ce pas, monsieur Jean ?

– Je ne suis pas suffisamment calé en la matière, mais si vous le dites, capitaine, cela doit être vrai. C'est dommage, car l'idée d'un vrai mammouth originel, rien qu'un seul, le mythe retrouvant son existence, moi, ça me fait rêver. Pour les hybrides ou les monstres, il y a la police. On peut compter sur vous pour nous protéger !

– Justement. Je vous invite à rejoindre une petite chambre spécialement aménagée pour vous. C'est spartiate, mais plus chaleureux que le *permafrost*. Et pour savoir où vous vous situez exactement dans le génome des hommes, une de mes collègues de la police technique et scientifique va venir vous voir rapidement pour prélever votre ADN.

– C'est obligatoire ?

– Vous pouvez vous y opposer. Mais outre le fait de constituer un délit distinct, passible d'emprisonnement, ce pourrait être interprété comme un renoncement valant début d'aveu.

– Donc pour sortir d'ici, vous ne me laissez pas le choix.

– Vous avez toujours le choix, monsieur Jean. Vous savez très bien que c'est une question de prix à payer. Et je pense que votre liberté n'a pas de prix.

– Vous avez raison, capitaine, et s'il faut en passer par là...

– Ne vous inquiétez pas, c'est indolore. On va juste vous prélever un peu de salive. Et de la salive, vous n'en manquez pas, n'est-ce pas ?

Dominik Jean tenta de sauver la face par un large sourire, mais il était teinté de crispation. Elle était coriace, cette fliquette ! S'il n'était pas inquiet pour sa destinée, ne pas avoir d'emprise sur cette jeune femme le contrariait. On aurait dit qu'entre ses mains il était redevenu un homme comme les autres, soumis à la force de la loi.

Les épaules rentrées, il fut dirigé dans le couloir des geôles. Victoire avait tenu à accompagner son collègue pour procéder elle-même à la fermeture des deux gros verrous. Par orgueil, il s'était maintenu volontairement debout, entre les murs, jusqu'à ce que Victoire et son collègue disparaissent. En passant derrière le comptoir d'accueil du poste, elle observa Dominik Jean sur l'écran de contrôle. Il s'était assis sur le matelas de son lit en béton, les coudes sur les genoux, les deux mains enserrant sa tête, le regard vers le sol, la nuque dégagée.

Dominik Jean à sa disposition, un long travail commençait avant de parvenir à « l'accoucher ». Tout ne faisait que commencer.

Chapitre 16

Victoire avait rassemblé sa troupe autour d'un café. Mitch lui fit remarquer qu'il manquait les croissants. C'était une habitude de PJ : se faire offrir des viennoiseries par le chef de groupe lorsqu'on s'était levé de bonne heure et qu'on rentrait au service. Il ne l'avait pas loupée ! Prise en faute, Victoire dut argumenter. Certes, ils avaient fait un prisonnier, mais il était beaucoup trop tôt pour s'en réjouir. Ils avaient du pain sur la planche. Elle en profita pour lui rappeler qu'elle avait retenu une autre leçon. À l'issue de cette affaire, elle les inviterait pour une *croque* chez Kader.

– Les croissants et le couscous, ce n'est pas la même chose, objecta Mitch.

– Oui, c'est vrai. Mais j'ai mieux pour toi. Tu vas partir à Nantes.

– À Nantes ? Mais qu'est-ce que je vais aller foutre là-bas ?

– Tu vas aller à l'IGNA*.

– Tu me prends pour un coursier ?

– Mitch, c'est super important. Je sais que je peux compter sur toi. Tu récupères le scellé du prélèvement ADN de Dominik Jean auprès de la collègue de l'IJ, tu prends également les deux autres, celui du verre et du cigarillo, et tu pars à Nantes. C'est ficelé avec la patronne, le parquet et la directrice de l'IGNA. Deux techniciens sont à notre disposition pour faire les analyses et les comparaisons au plus vite, dès réception des scellés. On devrait avoir les résultats en fin de journée. La téléphonie, ça risque de faire *short* pour l'encrister, mais, avec l'ADN, il sera ferré !

– Et j'y vais comment, à Nantes ? Au gyro deux tons ?

Les yeux de Mitch s'étaient illuminés comme ceux d'un petit enfant autorisé à enfreindre les règles en toute impunité. Un Paris-Nantes en moins de trois heures en faisant des doigts aux flashs des radars automatiques, il s'y voyait déjà.

* Institut Génétique Nantes Atlantique.

– Non, tu vas y aller en TGV. Ce sera tout aussi rapide, mais plus tranquille pour toi.

Après l'euphorie, ce fut la déception.

– Tu prends le scooter et tu files à Montparnasse. Au bureau de la BCF*, ils sont prévenus. Un de leurs agents te fera monter dans un Paris-Nantes, en première. Si tu te démerdes bien, tu peux avoir celui de 09 h 05. Ensuite, à Nantes, l'officier de voie publique local t'attendra sur le quai et te conduira à l'IGNA. C'est un certain commandant Jacques, il est de la même promo que Delestran. Tu devrais être bien accueilli !

– Et pour rentrer ?

– Même cheminement, mais en sens inverse. Et tu peux même te permettre de faire une *croque* sur place, une fois les scellés déposés. Il y a un établissement très sympa, une jolie brasserie avec une décoration de style Art nouveau, très élégante : la Cigale. Je te la recommande.

– Tu as l'air de connaître ?

– Oui. J'y suis déjà allée. Mon père habite à Nantes.

– Et pourquoi tu n'y vas pas ? Tu pourrais *croquer* avec lui.

– J'ai malheureusement plus important. Mais tu verras, ça devrait te plaire. Pendant ce temps, nous, on va faire les petites fourmis ici.

– OK. Et je fais une note de frais que je donne à la taulière ?

– Non, bien sûr, mais tiens, j'ai tiré cinquante euros de notre caisse. Ça devrait le faire.

– Bon, je crois que je n'ai pas le choix. Je vais me sacrifier, concéda Mitch le sourire amer.

– Mitch, je te remercie. Tu sais que c'est important. Tu imagines, on va pouvoir avoir les résultats pendant le temps de la garde à vue. Alors qu'avant il aurait fallu attendre combien ? Une semaine ?... Et si ça matche, ça sent le couscous chez Kader !

– C'est bon ! J'y vais.

Mitch regarda sa montre. Elle indiquait huit heures quinze.

– Dis-moi, Victoire, tu m'annonces ça, ce matin, comme ça... Mais, en fait, tout était prévu depuis la veille !

– Oui, qu'est-ce que tu crois ? Commander, c'est prévoir ! Et comme on n'était pas sûrs de faire notre prisonnier ce matin, j'ai préféré attendre un peu pour t'annoncer les réjouissances.

---

* Brigade des chemins de fer.

Finalement, tu vois, tu as droit à un régime de faveur. Au lieu des croissants, un voyage à Nantes en première et une *croque* à nos frais. Tu as la belle vie !

– En tout cas, bravo pour l'anticipation !

– Tiens, j'ai aussi anticipé pour les *réquises*. Tu donneras ça, avec les scellés, à l'IGNA.

Elle vit partir Mitch avec la satisfaction d'avoir marqué des points.

Mise en confiance, Victoire en profita pour donner ses instructions au reste du groupe. Il fallait entendre Dominik Jean sur les deux féminicides. Comme il était toujours en séduction lorsqu'il était en présence féminine, elle préféra passer son tour. Il valait mieux qu'elle se préserve. Elle le prendrait en main lorsque les circonstances leur seraient plus favorables. Victoire comptait également beaucoup sur les résultats ADN. Elle se montrait optimiste.

Stanislas Riaud et Olivier Lessourd se chargeraient de l'entendre en alternant les rôles. Il ne fallait rien attendre des deux auditions. Il aurait certainement réponse à tout. Mais peut-être que, par excès de confiance, le beau parleur commettrait une imprudence. À défaut de prouver sa culpabilité, démontrer sa mauvaise foi leur permettrait d'obtenir des billes pour le retourner un peu plus tard. Pendant ce temps, avec Anna Bellama, elle irait au Basic Gym Montparnasse. Dominik Jean y avait rencontré ses futures victimes. Delestran avait raison, il fallait « gratter de ce côté-là ».

Chacun savait ce qu'il avait à faire. On ferait un point en début d'après-midi avec la patronne et le parquet. Victoire vit des regards d'adhésion. Elle ressentit une curieuse sensation, agréable, celle d'être en phase avec ce qu'elle se devait d'être : une cheffe de groupe.

En début d'après-midi, ils se retrouvèrent comme convenu pour faire le point. Rachel Delépine était descendue de son bureau. Victoire appela Mitch en lui précisant qu'elle avait branché le haut-parleur. Il avait accompli sa mission. La directrice de l'IGNA lui avait assuré qu'elle mettait tout en œuvre pour que les résultats leur soient communiqués en fin de journée. Il venait de terminer une « sonate d'automne au caramel », un vrai danger de gourmandise, et, se sachant écouté par la taulière, précisa qu'il avait commandé un petit supplément pour accompagner son café : un vieil armagnac pour aider son estomac à la digestion lors du retour. Le serveur avait été généreux avec la PJ parisienne... « Ici au moins, on sait encore vivre », lâcha-t-il avant de raccrocher. Des sourires se dessinèrent sur les lèvres de l'auditoire, et même Rachel Delépine s'en amusa.

Dominik Jean avait été moins généreux avec Stanislas Riaud et Olivier Lessourd. Pendant trois heures, il ne leur avait rien donné. Il s'était montré pire qu'un voyou chiquant l'évidence. Irritant, cynique et particulièrement odieux, il finissait toujours par trouver le moyen de fuir en invoquant sa mémoire défaillante. Adèle Bourselier et Véronique Deylot ne lui avaient pas laissé plus de souvenirs que les autres. Toujours la même histoire... On aurait dit qu'il mentait avec la sincérité d'un être convaincu. S'il était possible qu'il les connaisse et qu'il se soit laissé aller à se dissoudre dans le plaisir de leur chair, selon son expression provocante, il était impossible qu'il se soit rendu à leur domicile. Ni chez lui ni chez elles, c'était sa règle. Toujours ailleurs et au même endroit : une chambre d'hôtel. Il affirmait pour se défendre que ce lieu sans passé et sans avenir était le royaume de l'éphémère. Libérées de l'avant, détachées de l'après, ces femmes pouvaient enfin s'exprimer dans la volupté en totale liberté. Il ne clamait pas son innocence, il la proclamait avec une arrogance triomphante. Et devant l'exaspération des deux policiers, il leur avait donné l'exemple d'une professeure de français qui avait failli entrer dans les ordres dans sa jeunesse et qui s'était donnée à lui dans un ancien couvent reconverti en hôtel. Elle non plus, il ne se souvenait plus de son nom, seulement qu'elle lui avait tout donné. « Alors pourquoi vouloir tuer après ? » Il mélangeait tout en racontant toujours la même histoire. C'était insensé. On se sentait désarmé.

Concernant son emploi du temps au moment des féminicides, encore son problème de mémoire. Il avait dirigé les enquêteurs vers son agent, Fabienne Delporte. Elle devait se présenter dans l'après-midi avec l'agenda de l'intéressé.

– C'est un grand malade qui joue les seigneurs, conclut Olivier Lessourd, tout aussi dépité que Stanislas Riaud.

– C'est un grand malade, effectivement. Mais il n'est pas aussi innocent qu'il le prétend. Avec Anna, nous avons obtenu des témoignages intéressants, ce matin, à la salle de sport. Nous avons de quoi lui faire retrouver la mémoire. Il ne pourra pas fuir éternellement. Son passé, je vais le lui rappeler personnellement. Anna, vas-y, je te laisse leur expliquer.

Une violente dispute avait éclaté au Basic Gym, à la fin d'un cours collectif auquel avaient participé Adèle Bourselier et Véronique Deylot. C'était il y a environ trois semaines. Victoire et Anna avaient recueilli plusieurs témoignages. Dès la fin du cours, la coach s'était dirigée vers Véronique Deylot et l'avait entraînée dans un recoin de la salle. Elles avaient eu des mots. Le ton était monté rapidement, à tel point que les autres participantes n'avaient pas osé rejoindre les vestiaires. La coach s'était emportée. Sous le coup de la colère, elle avait bousculé Véronique Deylot, puis elle l'avait agrippée en la saisissant au cou. L'autre avait été incapable de réagir. Des insultes avaient fusé : « Espèce de salope, comment tu as pu me faire ça ? » C'était comme dans une scène de ménage. D'humeur habituellement joviale pendant ses cours, elle était devenue folle de rage. À travers ses menaces, elle avait versé dans la bestialité : « Ça ne va pas se passer comme ça ! Je vais aller lui couper les couilles et je te les ferai bouffer ! » Elle avait armé le poing. Adèle Bourselier avait également observé la scène à l'écart. Voyant son amie en difficulté, elle s'était précipitée pour saisir le poing levé avant qu'il ne s'écrase. Elle avait tenté de ramener la coach à la raison, mais l'autre était repartie de plus belle : « Toi, ta gueule, sale truie ! » « Tu es pareille, c'est pour ça que tu prends sa défense. » Alertée par le brouhaha, la direction était intervenue pour mettre fin à cette violente altercation. Un moniteur de musculation avait ceinturé sa collègue devenue hystérique. Il l'avait entraînée de force dans un local à l'abri des regards sidérés.

Anna en vint à l'essentiel. Le nom de la coach était déjà apparu au cours de l'enquête. Il s'agissait d'Élise Turotoski, la compagne de Véronique Deylot. Son nom figurait sur les documents du PACS et ceux relatifs aux démarches effectuées auprès de la clinique espagnole. On l'avait vue sur les photographies encadrées dans l'appartement. Ce fut un choc en apprenant qu'elle travaillait dans cette salle de sport. Victoire ne put s'empêcher de repenser à sa conversation, la veille, avec Delestran. Avait-il deviné ? Sinon pourquoi lui avait-il posé la question de savoir ce que faisait la compagne de Véronique Deylot? Elle balaya son trouble en apportant une dernière information au reste de son groupe.

Suite à cette violente dispute, la direction du Basic Gym avait relevé sur-le-champ Élise Turotoski de ses fonctions afin d'engager une procédure de licenciement pour faute grave. Elle avait été priée de ne plus remettre les pieds dans la salle de sport. Mais, le lendemain matin, elle avait débarqué en furie pour s'en prendre à Dominik Jean sur son appareil de cardio-training. Elle l'avait giflé devant tout le monde, puis l'avait copieusement insulté en le traitant de « phallocrate » et de « tordu de la bite ». Elle en appelait à la vengeance, lui avait craché au visage. Devant la hargne de la jeune femme, il avait été contraint de se sauver en trouvant refuge dans le bureau de la direction. Élise Turotoski avait quitté les lieux sans demander son reste.

Que s'était-il passé pour que survienne un tel déchaînement de haine? Tout le monde pensait à la même chose : le diable de Dominik Jean s'était immiscé entre les deux femmes, tout comme il était parvenu à détourner Adèle Bourselier de ses inclinations saphiques. Il avait inoculé le germe du stupre et s'était ensuite retiré pour laisser le Mal prospérer. Tout le monde en convenait, y compris Mitch, cet homme était monstrueux. Mais pourquoi aurait-il tué les deux femmes?

À son retour du Basic Gym, Victoire avait lancé une réquisition judiciaire afin de localiser le portable de Dominik Jean. Lors de la perquisition, il avait sonné dans le vide. C'était bien la preuve qu'il était toujours actif quelque part.

Victoire allait devoir désormais affronter Dominik Jean en audition. Cela n'allait pas être une partie de plaisir. Elle allait devoir faire preuve de sang-froid et mettre de côté son aversion. Ne pas entrer dans son jeu, ne pas offrir de prise à ses petites manigances. Elle demanda à Anna d'aller le chercher aux geôles et d'être son assistante lors de l'audition. Fallait-il qu'elle se mette au clavier? Avec un autre, il aurait été préférable de laisser la main à Anna pour rester pleinement concentrée. Mais, avec ce personnage, retranscrire ses propos lui permettrait de mettre de la distance pour ne pas avoir à subir les silences favorisant l'accroche de son regard.

Victoire ferma les yeux, redressa les épaules et respira longuement par le ventre. Pour se donner du courage, elle repensa à Rastignac : « À nous deux, Dominik Jean ! »

Il pénétra dans le bureau en portant directement son regard sur elle. On aurait dit que quelque chose venait de s'allumer sur le visage de Dominik Jean. Sur l'invitation d'Anna, il prit place sur la chaise, face à Victoire. Il avança, puis recula pour trouver la bonne distance, comme s'il cherchait à régler la mire. Une fois qu'il fut installé, Anna fit exprès de le déranger pour passer derrière lui et venir s'installer sur le bureau mitoyen. Ainsi, il ne pourrait pas les regarder en même temps. Tandis que Victoire, tête baissée sur son clavier, s'appliquait à rédiger les premières lignes du procès-verbal, Dominik Jean l'aspirait avec ses yeux de passionné. Sans qu'il y paraisse, Victoire supprima les trois premières phrases qu'elle venait d'écrire et recommença à l'identique. Elle avait décidé de le faire attendre.

– Un café ? proposa Anna en descendant du bureau pour l'obliger à détourner son attention.

– Avec plaisir, lui répondit-il à l'aveugle.

La tasse fut déposée sur le bureau, ce qui l'obligea à s'avancer pour s'en saisir, puis à reculer en tâtonnant de sa main libre pour retrouver son assise. Anna le dérangea à nouveau pour se repositionner sur son perchoir. Dominik Jean était focalisé sur Victoire. Anna avait la meilleure place, dans l'angle mort.

Subitement, Victoire leva la tête. Elle s'était composé un regard neutre dont on ne pouvait rien deviner. Anna le vit décroiser les jambes, puis avancer pour se saisir de la tasse. Il recula afin de boire une gorgée et, tel un félin, se rapprocha au ralenti pour reposer la tasse. Tout était calculé. Il avait volontairement cassé la distance pour lui imposer son regard pénétrant. Victoire l'affronta en lui adressant un sourire désintéressé qui le fit rasseoir instantanément.

– Monsieur Jean, j'ai pris connaissance de...

– Appelez-moi Dominik.

– Non, monsieur Jean. J'ai donc pris connaissance de vos déclarations en matinée et il me semble opportun de devoir vous rafraîchir la mémoire.

– À quel sujet ?

– Concernant Adèle Bourselier et Véronique Deylot, vos anciennes maîtresses.

– Je n'ai jamais eu de maîtresse de ma vie.
– Vous jouez sur les mots ! Mais je vous l'accorde. Disons vos anciennes conquêtes ? Cela vous convient-il mieux ?
– Pas davantage.
– Vous êtes décevant, monsieur Jean.
– Vous m'en voyez peiné, capitaine.
– Vous me décevez terriblement, car, voyez-vous, je m'attendais à un peu plus de grandeur de votre part. Un homme tel que vous, se comporter comme un vulgaire voyou... Les voyous chiquent et vous, vous mentez. Permettez-moi de n'y voir aucune différence.
– Les voyous chiquent parce qu'ils sont coupables. Moi, je suis innocent. Et vous le savez bien.
– Il n'empêche que vous mentez.
– Ce n'est pas moi qui mens, c'est ma mémoire.
– Ah ! Votre mémoire... Votre solution unique pour avoir réponse à tout. Une fuite en avant... Je me demande bien si, derrière votre mémoire incroyablement défaillante, il n'y a pas finalement votre plus grand attribut : la lâcheté ?
– Vous me jugez ?
– Non, je vous pose la question.
– Une question pour le moins orientée. Mais passons et venez-en aux faits.
– Qui ne dit mot consent.
– Je n'ai consenti à rien.
– Pour l'instant, mais si vous souhaitez vraiment que je vous appelle Dominik, il va falloir arrêter de jouer avec moi, monsieur Jean. Deux femmes sont mortes, et vous êtes en garde à vue parce que j'ai des raisons plausibles de soupçonner que vous les avez assassinées.
– Foutaise ! Vos raisons plausibles ne sont pas des preuves.
– Je les aurai en fin de journée : votre ADN sur les deux scènes de crime.
– C'est impossible !
– C'est ce que nous verrons. Et aux assises, vous pourrez toujours mettre en avant votre mémoire défaillante, vos juges vous enverront croupir en prison jusqu'à la fin de vos jours.
– Après le jugement, les menaces ?
– Non, monsieur Jean, simplement ce qui vous attend si vous persistez dans le mensonge.
– Je n'ai jamais mis les pieds chez elles.

– Au vu de votre mémoire défaillante, permettez-moi d'en douter.

– C'est pourtant la vérité.

– Vous voyez, monsieur Jean, vous mentez si bien qu'il est impossible de vous croire lorsque vous affirmez dire la vérité.

– La vérité, vous ne pouvez pas l'entendre.

– L'entendre ou la comprendre ?

– Décidément, vous êtes coriace !

– Là, je veux bien vous croire, lui concéda-t-elle en lui adressant un sourire de satisfaction.

Anna le vit légèrement déstabilisé. Il venait de changer d'appui en décroisant, puis recroisant ses jambes. Il s'était retourné une fois vers elle pour faire le constat de son impassibilité. Pourquoi avait-elle l'impression qu'il avait perdu de sa superbe ?

– Vous avez dû vous sentir terriblement humilié ?

– À quelle occasion ?

– Se faire gifler par une femme devant tout le monde. Je n'ose pas imaginer ce que vous avez dû ressentir.

– C'est bien votre problème à vous, les flics, vous manquez d'imagination !

– Les policiers, s'il vous plaît, rectifia Victoire avec calme.

– Soit !

– Alors ? Ça fait quoi de se faire gifler par une femme ?

– C'était une folle !

– Peut-être, mais elle devait avoir une bonne raison ?

– Faudrait le lui demander.

– Allez ! Faites un petit effort, puisque vous êtes innocent et que la mémoire vous revient. Vous ne pouvez pas vous réfugier systématiquement dans l'oubli.

– Elle était furieuse contre moi.

– Mais encore ?

– Que voulez-vous que je vous dise ? Je ne force jamais les femmes à me choisir. Et je n'y peux rien si j'ai un certain talent au lit. Sa copine, je lui ai fait découvrir la volupté, une volupté d'autant plus précieuse qu'on la sait éphémère. Et l'autre furieuse en était incapable, donc elle a eu une réaction épidermique.

– Ce ne serait donc qu'une histoire de cul ?

Anna fit de gros yeux. Victoire n'était pas habituée à parler aussi crûment.

– Ce serait trop simple. Je vaux plus que ça. Le cul, comme vous dites, c'est pour le petit personnel.

– Mais vous, le petit personnel, comme vous dites, vous savez l'utiliser pour parvenir à vos fins.

– Oui. Ma finalité, c'est de leur révéler la possibilité d'une autre existence.

– J'ai du mal à comprendre.

– Faites un effort.

– Je ne peux pas comprendre, je manque d'imagination. Décidément…

– Il faudrait peut-être vous y mettre !

Cette fois-ci, c'est lui qui lui adressa un sourire.

– M'y mettre à quoi ?

– Je parlais d'imagination. Pour le reste, je ne m'amuserai pas à ce petit jeu avec vous.

– Figurez-vous que moi non plus, je n'ai pas envie de jouer avec vous. Mais puisque la mémoire semble vous revenir, allez-y, faites-la dérouler jusqu'au bout. Dominik, je ne demande qu'à vous croire.

Elle l'avait appelé par son prénom. Il en fut très affecté. Pour continuer de lui faire croire que c'était involontaire, elle s'en mordit les lèvres. Il baissa les yeux, piteusement.

– Ce n'est pas très glorieux.

– Peu importe, je ne suis pas là pour vous juger, Dominik. Je vous écoute.

Cette fois-ci, c'était volontairement affiché. Victoire avait trouvé la prise.

Ce n'était plus le même homme, orgueilleux, cynique et provocant. Il s'était laissé attendrir par l'emploi de son prénom. Victoire avait écarté ses mains du clavier pour l'écouter parler. Ce n'était pas encore les aveux du criminel, mais plutôt le début d'une confession plus humaine. Dominik Jean se laissa aller au souvenir de ces deux femmes.

Il avait rencontré Adèle Bourselier à l'issue d'une séance de dédicaces dans une librairie du 4e arrondissement. Dès son entrée en scène, il l'avait reconnue sans la connaître. C'était à sa façon de se tenir à l'écart et de lui tourner autour sans oser l'approcher. Dans cette retenue tout en pudeur, il y avait un appel non formulé qu'il avait su entendre malgré l'agitation générale. Dominik Jean avait le goût des espèces menacées.

Il n'y pouvait rien, c'était dans son cœur « capable d'aimer la terre entière ». Une image bouleversante lui était venue, celle d'une mouette agonisant dans une nappe de mazout. Elle battait désespérément ses ailes blanches pour s'arracher au piège de la marée noire. Cette femme avait encore dans son regard une douceur fiévreuse qui ne demandait qu'à s'enflammer. On lui reprochait souvent sa lâcheté – Victoire se sentit à juste titre visée –, alors que, selon DJ, la lâcheté aurait consisté à ne pas répondre à l'appel de cette belle inconnue. Il n'était pas nécessaire d'attendre qu'une femme saute d'un pont pour se jeter à l'eau, on pouvait l'inviter à rejoindre la berge pour lui faire découvrir un autre point de vue à travers les méandres du fleuve. Ils avaient attendu que la foule disparaisse pour qu'enfin le terrain d'une rencontre improbable s'ouvre et qu'elle devienne incontournable. Naturellement, chacun avait fait un pas vers l'autre. Il avait usé de sa petite comédie habituelle. Charmée et mise en confiance, elle avait accepté de le suivre à l'hôtel le lendemain. On connaissait la fin, il n'y avait pas eu de surlendemain. Raconté comme cela, on se serait cru dans un livre et pourtant Dominik Jean était en audition dans le cadre de sa garde à vue. La réalité des policiers dépasse toujours la fiction.

Concernant Véronique Deylot, la rencontre fut plus houleuse. Avec des copines d'une association, elle était venue lui manifester sa colère en perturbant une conférence qu'il donnait dans un centre culturel. Une vraie teigne, combative et pugnace, elle avait été outrée de sa façon de se comporter avec son amie, Adèle Bourselier, et tenait à le lui faire savoir. Des insultes avaient fusé, accompagnées de slogans hostiles. Le modérateur avait été contraint d'interrompre la table ronde. Dominik Jean s'était excusé auprès du public, mais lui avait assuré un retour à la normale dès qu'il se serait entretenu avec l'intéressée. Que lui avait-il dit pour que la conférence reprenne dans le calme une demi-heure plus tard ?

Dominik Jean s'en était sorti en lui accordant du temps. Il avait annulé un dîner avec les organisateurs pour la retrouver. Sur le zinc d'un troquet du 18e, il lui avait raconté l'histoire d'une mouette engluée dans le mazout, puis dans l'arrière-salle ils avaient prolongé leurs échanges. Dominik Jean était parvenu à éteindre la colère de Véronique Deylot. Cela lui avait pris du temps, beaucoup de temps, car la jeune femme était remontée contre les hommes. Après l'avoir écoutée, il avait usé de sa force de persuasion pour démolir progressivement tout ce qu'elle avait construit contre lui. À la fermeture, il avait commandé un taxi pour la raccompagner à son domicile et sur le pas de sa porte lui avait donné rendez-vous le lendemain, car il avait senti quelque chose de très excitant.

Anna et Victoire s'étaient cherchées du regard pour confronter leurs doutes. Pour un homme qui n'avait pas de mémoire, elles assistaient à un véritable miracle. Bien que ces propos relèvent de la confidence, l'ombre du mensonge rôdait toujours autour. Le mieux était de le laisser aller jusqu'au bout. Elles feraient le tri ensuite.

Ce qu'il avait flairé s'était montré exact en dépassant ses espérances. Le chasseur s'était remis en marche dès le lendemain. Il avait retrouvé Véronique Deylot dans les salons feutrés du Royal Monceau. Désormais apaisée, la discussion avait repris comme si elle ne s'était pas interrompue. Au cours de l'après-midi, un obstacle majeur s'était dressé devant lui. Véronique Deylot était amoureuse d'une femme. Elle lui avait exprimé ses profonds sentiments et sa fidélité sans faille. Il avait bien cru ne pas y arriver, cette fois-ci, malgré ce défi prodigieux qui lui tendait les bras. Elle n'en démordait pas : Élise était la femme de sa vie. Il avait dû subir le déballage habituel des gens si prompts aux grands sentiments, jusqu'à ce qu'une fenêtre s'ouvre au moment où il pensait renoncer. Les deux femmes voulaient fonder une famille. Elles avaient entrepris des démarches auprès d'un établissement espagnol pour une procréation assistée avec un donneur anonyme. Alors que Véronique Deylot s'enthousiasmait d'accomplir leur rêve interdit en France, une idée germa dans l'esprit de Dominik Jean. Il venait de trouver la solution pour parvenir à ses fins. Il lui suffisait désormais de faire preuve de persuasion.

Pourquoi aller en Espagne alors que, un donneur, elle en avait un devant elle ? Sa proposition lui fit l'effet d'une bombe. Une fois l'onde de choc diffusée, ce qui pouvait paraître indécent n'était finalement pas si infondé. Dominik Jean fit en sorte de rendre la proposition acceptable en l'habillant de belles paroles. L'attente était tellement grande. Cela méritait réflexion. C'était tombé du ciel. Et le ciel, c'était lui ! Il fallait cependant qu'elle en discute avec son « amoureuse ». Retrouvant tout son cynisme, Dominik Jean avait qualifié ce mot de « délicieux ». Mais il ne pouvait accepter cette discussion préalable. Outre le risque de tout faire capoter, lui, c'était maintenant qu'il voulait passer à l'acte !

Bouches bées, Anna et Victoire avaient dû subir l'argumentaire du monstre manipulateur pour convaincre sa proie à satisfaire son désir. La vérité de cet homme était plus terrifiante que ses mensonges. Il était odieux par le plaisir du triomphe facile. Il n'y avait pas de mot pour le qualifier, mais elles se devaient d'entendre la suite, une formalité après avoir donné l'ordre à la réception de lui préparer sa chambre, avec du champagne millésimé et des petits-fours.

– Effectivement, ce n'était pas très glorieux ! Les mots sont faibles, monsieur Jean !

– Tiens ! Vous ne m'appelez plus Dominik ? Vous vouliez pourtant la vérité...

– Votre vérité est abjecte.

– C'est un jugement et comme tout jugement il est contestable.

– Oui, je sais. Cela fait partie de votre sempiternel discours. Mais sachez que vous ne parviendrez jamais à me convaincre.

– Je ne le cherche pas.

– Selon les résultats de l'autopsie pratiquée sur le corps de Véronique Deylot, elle n'était pas enceinte. Il semble donc que vous ne lui ayez pas donné satisfaction.

– Dommage qu'elle ne puisse plus s'exprimer, elle vous aurait convaincu du contraire.

– Un problème de fertilité, monsieur Jean ?

– Non. Mais voyez-vous, au dernier moment, je n'ai pas pu.

– C'est habituel chez vous ?

– De quoi ?

– De ne pas pouvoir ?

– Ces choses-là, ça ne se commande pas.

– Une petite faiblesse, monsieur Jean ?

– Non ! Qu'est-ce que vous croyez ? La seule chose que je puisse vous dire, c'est que je n'ai pas pu.

– Dès le départ, vous saviez, n'est-ce pas ?

– ...

– Votre silence est une affirmation. Vous saviez dès le départ et vous avez joué avec la crédulité de cette femme... C'est immonde !

– Non, je ne savais pas, capitaine.

– Bon, allez, on arrête ! Ça suffit ! Je n'en peux plus.

– Fatiguée ?
– Non. Écœurée !

Victoire s'était remise au clavier pour synthétiser l'échange qu'elle venait d'avoir lorsque son téléphone sonna. Elle décrocha le combiné :
– Je suis en audition avec Dominik Jean.
– C'est Rachel. Je peux vous parler ?
– Oui, mais...
– Je viens d'avoir l'IGNA, susurra-t-elle. Ils sont formels, c'est bien son ADN qui est sur les deux scènes de crime. On le tient, Victoire !
– Très bien, madame. Je passe vous voir dans cinq minutes.
Victoire raccrocha, resta quelques secondes interdite avant de poursuivre la rédaction de son procès-verbal. Il était toujours pénible de mettre par écrit ce qui venait de se dire à l'oral, de devoir composer avec les mots des autres. On avait toujours l'impression de faire dans la fadeur et l'approximatif. Mais là, avec l'appel de la taulière, elle avait comme une impression d'inutilité. Elle finit par envoyer le document à l'impression.
Anna récupéra les trois feuillets que l'imprimante venait de cracher et les proposa à la lecture de Dominik Jean pour qu'il signe son audition. Victoire profita de ce moment pour écrire quelques mots sur un post-it qu'elle donna à la dérobée à Anna : « C'est son ADN. » Dans le dos de DJ, un large sourire se dessina sur le visage d'Anna. Puis un pouce se déploya en l'air avant que le post-it, réduit en boule, ne finisse dans la corbeille à papier.
Dominik Jean prenait son temps pour relire ses déclarations. Il finit par relever la tête en cherchant un stylo, que lui tendit Victoire.
– C'est pas mal. Vous vous en êtes bien sortie, compte tenu du style imposé. Juste deux petites fautes d'orthographe – on dira que ce sont des coquilles – et visiblement un problème avec les appositions.
Que fallait-il répondre ?
– Vous signez ?
Dominik Jean griffa énergiquement chaque page.
– Très heureux d'avoir fait votre connaissance, mesdames. Il me tarde de retrouver ma liberté. Ah ! Quel bonheur, j'ai tant

à faire dehors... Figurez-vous que j'ai rendez-vous avec une jolie princesse.

– Votre liberté et votre rendez-vous vont devoir attendre.

– Comment ça ? J'ai beau apprécier votre présence, mesdames, je ne voudrais pas que vous ayez le sentiment que j'en abuse.

– Restez assis, monsieur Jean ! Nous n'en avons pas terminé avec vous.

– Je ne suis pas libre ?

– Non.

Victoire marqua une pause et, avec une indifférence calculée, lui annonça la suite des réjouissances :

– Monsieur Jean, je suis au regret de vous annoncer que nous venons d'obtenir les résultats du laboratoire. Votre ADN a été découvert sur les deux scènes de crime. C'est une preuve irréfutable qui vient contredire vos déclarations. Votre empreinte génétique, vous entendez ?

– Impossible !

– Il y aurait donc un grand mystère ? Mais, face à la science, j'ai bien peur qu'il vous faille déployer d'autres arguments. Nous allons avoir du temps pour en discuter. J'appelle le parquet et vous, vous allez suivre ma collègue. Elle va vous notifier la prolongation de votre garde à vue pour une durée de vingt-quatre heures supplémentaires. Et nous allons tout reprendre depuis le début.

– Donc, vous ne m'avez pas cru ?

– Monsieur Jean, dans mon métier, je n'ai pas à croire ou ne pas croire.

– Mais vous, mademoiselle, personnellement ?

– J'aurais bien aimé vous croire, même si... même si j'avoue avoir de la répugnance pour ce que vous êtes. Heureusement pour vous, je dois faire fi de ce que je ressens. Et votre ADN sur les lieux du crime est bien plus parlant qu'une simple impression.

Pour la première fois, Victoire vit Dominik Jean en peine. S'agissait-il de la répugnance à son égard qu'elle s'était permis de lui exprimer ? Du fait qu'il ne puisse pas jouir de sa liberté ? Ou de ce fameux ADN qui l'accusait ?

– Je peux avoir un avocat ?

– Oui, bien sûr. Ma collègue va vous notifier vos droits. Mais comme la prolongation ne prendra effet que demain matin à six heures, il va falloir attendre un peu. Vous allez avoir tout loisir de réfléchir pendant la nuit.

Dominik Jean fut invité à quitter le bureau. Il se leva péniblement. La démarche douloureuse, il suivit Anna dans le couloir. Les voyant passer dans l'encadrement de sa porte, Olivier Lessourd se leva pour se diriger dans le bureau de Victoire. Il venait d'entendre Fabienne Delporte au sujet de l'emploi du temps de Dominik Jean. Il fit grise mine en entrant :

– Bon, c'est pas lui !

– Comment ça ?

– Lorsque Adèle Bourselier a été tuée, Dominik Jean se trouvait à un dîner de gala pour une ONG afin de récupérer des fonds pour la Somalie. Bien avant le dîner, il était présent pour une vente aux enchères d'un de ses manuscrits. Concernant Véronique Deylot, il était en déplacement en province dans le sud de la France.

– Impossible. Je viens d'avoir les résultats du labo. Son ADN est présent sur les deux scènes de crime.

– Putain ! C'est quoi, ce bordel ! Et lui, il en dit quoi ?

– Il affirme qu'il n'a jamais mis les pieds à leur domicile, même s'il a reconnu avoir eu une liaison avec les deux femmes.

– Il ment, forcément !

– J'en sais rien. Figure-toi que j'ai un doute. Il faut absolument vérifier l'emploi du temps. Il ne faudrait pas que Fabienne Delporte le couvre. Franchement, ça serait un peu gros. Mais au point où on en est, mieux vaut avoir des certitudes.

– Je te fais ça, cheffe !

Avant de monter dans le bureau de la taulière, Victoire consulta sa boîte mail. La réponse à sa réquisition judiciaire lui était parvenue pendant l'audition. Elle ouvrit le document, rechercha son appel sur le listing, nota la référence de la cellule activée, une succession de lettres et de chiffres, et se reporta aux identifications pour découvrir la localisation de la cellule. Ce fut un véritable coup de tonnerre en découvrant que le portable de Dominik Jean se situait à la mairie de Saint-Ouen. Saint-Ouen, cela lui parlait, forcément. Une nouvelle recherche sur Google Maps et ce fut la stupeur. La rue d'Alembert était à cent mètres de la mairie de Saint-Ouen. Ce devait être une erreur, une incroyable erreur. Elle avait dû se tromper de ligne ou effectuer un mauvais report. Elle recommença depuis le début pour finir par obtenir le même résultat. Non, elle ne s'était pas trompée. Il lui fallut du temps pour admettre ce que ses yeux voyaient. Le portable de Dominik Jean se trouvait dans la zone couvrant le domicile d'Élise Turotoski.

Victoire décrocha son téléphone pour aviser le parquet.

Chapitre 17

La porte était ouverte, mais Victoire frappa avant d'entrer.

– Ah! Te voilà!

Elle semblait un peu perdue. Delestran referma le livre qu'il était en train de lire et le posa délicatement sur l'angle de son bureau. *L'Angoisse du roi Salomon* de Romain Gary lui avait permis de patienter agréablement en attendant la venue de sa petite reine, comme convenu, au terme de la première journée de garde à vue de Dominik Jean. « Tu rentres au bercail », semblaient lui dire ses yeux accueillants alors que de l'abattement se lisait sur le visage de sa protégée, cerné de fatigue.

Dans la fenêtre, le jour s'était effacé. L'obscurité extérieure était accrue par l'effet miroir de la vitre reflétant la lumière du néon au plafond. Victoire vit son image avancer, puis s'affaisser en prenant place sur la chaise. Il était vingt heures.

Aspirée par le regard affable du commandant, Victoire se pencha légèrement en avant. Les mains jointes, les coudes en appui sur les genoux, elle prit une longue inspiration, puis expira.

– C'est une histoire de dingue!

– Je t'écoute.

Après le parquet et la taulière, c'était la troisième fois qu'elle rendait compte des investigations en moins d'une heure. L'interpellation et la perquisition du domicile, les premières auditions en matinée, les témoignages obtenus à la salle de gym, les confessions de DJ au sujet des deux victimes, son ADN présent sur les deux scènes de crime, qui l'accusait, alors que son emploi du temps le disculpait, les résultats de la géolocalisation de son portable aux abords du domicile d'Élise Turotoski.

– Vous allez la chercher demain matin?

– Oui.

– Et la taulière, elle en pense quoi?

– Elle? Peu importe, du moment qu'on a un coupable.

– On ne choisit pas son coupable.

– Pourquoi tu dis cela?

– Parce que je te sens un peu aigrie. Et vu le personnage, je peux comprendre.

– Pour l'instant, rien ne prouve qu'il est innocent. Je te rappelle quand même que son ADN est présent sur les deux scènes de crime. Il va bien falloir qu'il nous l'explique.

– Ce sera peut-être à toi de trouver l'explication.

– Pourquoi ?

– Parce que lui ne le peut certainement pas.

– Manquerait plus que ça !

– Prouver l'innocence de quelqu'un est aussi valorisant que prouver sa culpabilité.

– Tu t'es trompé de métier, commandeur !

– Je ne pense pas.

Victoire inclina la tête, puis la releva avec le regard d'un chien battu.

– Tu as raison ! Doublement raison... Tu ne t'es pas trompé de métier et, effectivement, un innocent en prison... Même si lui, franchement, il mériterait d'aller faire un séjour à l'ombre.

– Ce n'est pas la policière qui parle, mais la femme...

– Là, tu as tort ! Ce n'est pas une question d'être une femme, un homme devrait tout autant condamner ce type de comportement.

– Au regard de quelle loi ? Celle du Code pénal ou au nom de la morale ? Je te rappelle : « Nul ne peut être puni pour un crime ou pour un délit dont les éléments ne sont pas définis par la loi. »

– Je t'en prie ! Le principe de la légalité criminelle, article 111-3, c'est bon, je connais. Pas besoin de me faire la leçon !

– Alors prouve qu'il a commis les deux meurtres et, à ce moment-là, tu l'enverras à l'ombre.

– Tu m'énerves.

– Tu dis cela parce que tu es en colère.

– Oui, je suis en colère. Je suis en colère contre lui. Cet homme me dégoûte. C'est facile de s'attaquer à des femmes fragiles, de faire le beau devant elles. Moi, je peux te dire qu'il ne me fait aucun effet. Et puis, je suis aussi en colère contre ces femmes. Qu'est-ce qu'elles lui trouvent ? Qu'est-ce qu'elles cherchent ? On dirait des mouches qui viennent se coller à un sparadrap ! Avec les filles de ma génération, ce vieux beau, il finira au cimetière, sans fleurs ni couronnes ! Cet homme est dépassé. Il ne nous fait pas rêver ! Il s'est trompé d'époque !

– Belle colère, Victoire !

– Et tu vois, ce qui m'énerve aussi, c'est que toi, tu prends sa défense. On dirait que tu l'admires !

– J'avoue qu'il y a chez cet homme quelque chose qui me trouble. Il m'attire et me terrifie à la fois.

– Franchement, je ne vois pas quoi.

– Je vois en lui un homme épris d'une liberté totale, jusqu'à en être l'esclave.

– N'importe quoi ! Moi, je ne l'admire pas. Je le déteste !

– Eh bien moi, je suis plus nuancé. Il me plaît de pouvoir le détester.

– Tu es sérieux ?

Il lui souriait et Victoire, consternée, le regardait comme si elle le voyait pour la première fois. Était-ce un problème de génération ou était-il encore traumatisé par Lapige ? Elle lui cherchait des excuses.

– Tu as l'air perturbée, Victoire.

– Euh... Oui, un peu. Mais ça va passer.

– Tu devrais rentrer chez toi. Demain sera une grande journée. N'oublie pas les croissants, cette fois...

Elle pouffa. « Merde ! Il est au courant ! » se dit-elle en retrouvant un peu d'enthousiasme. Elle se leva, le salua à la façon des militaires et fit claquer sa main droite sur sa cuisse en la rabaissant énergiquement.

– C'est reçu, chef !

Delestran n'avait pas envie de rentrer chez lui ; pas tout de suite. Il passa un coup de fil à son épouse pour la prévenir qu'il rentrerait tard. Il n'était pas nécessaire qu'elle lui garde une assiette à réchauffer au micro-ondes, il allait « souper au service ». C'était la première fois qu'il employait cette curieuse expression. Madame Delestran ne lui posa pas de questions. Elle aurait l'explication le lendemain au petit déjeuner. « J'essaierai de ne pas faire de bruit en rentrant », et il avait raccroché.

Il descendit fumer une cigarette sur le perron. L'équipe de nuit avait pris ses quartiers au rez-de-chaussée. En façade, seule la lumière de son bureau scintillait dans l'obscurité du bâtiment. La 1re DPJ s'était vidée, comme la mer se retire au loin pour laisser place à l'estran. C'était un soir de pleine lune. Elle venait de surgir à l'horizon, entre deux bâtiments, nimbée d'un cortège de nuages gris. Delestran n'était pas superstitieux. Il écrasa son mégot dans le cendrier et se dirigea aux geôles.

À son entrée, le geôlier leva la tête en lui adressant un geste amical de la main.

– Bonsoir, commandant.

– Salut, Albert. Je croyais que tu étais parti.

– Moi aussi, mais finalement je me suis mis dans la réserve civile. Quatre ou cinq nuits par mois, ça compense la perte de salaire. Et puis, comme c'est sur la base du volontariat, je choisis mes nuits.

Delestran contourna le comptoir pour jeter un œil sur les caméras. Une seule était activée.

– À ce que je vois, la nuit sera calme.

– Romain Gary !

– Bien vu, Albert.

– Ah commandant ! Quand je vois les jeunes collègues entrer ici, tête baissée, téléguidés par leur portable, même pas un mot pour le geôlier...

– Et moi, quand je vois les nouveaux geôliers rivés sur leur portable à s'exciter tout seuls sur des jeux qui font mal aux yeux...

Le brigadier Desiles se détourna de ses mots croisés pour ouvrir son petit sac de sport et en sortir une bouteille de bordeaux.

– Vous voulez boire un verre, commandant ?

– Non, je te remercie Albert. Ce sera pour une autre fois.

– Eh bien, dans ce cas, je la garde au chaud, commandant.

– Comment se comporte ton seul *client* ?

– Vous avez vu qui c'est ? Si on m'avait dit... Moi, j'aime bien ce qu'il écrit ! Et puis la vie qu'il a eue... Ça, c'est du bourlingueur ! Quand j'ai vu l'incrimination sur le registre de garde à vue, je suis tombé des nues ! Pourtant, j'en ai vu d'autres... Le capitaine Beaumont m'a dit qu'à part son *baveux* qui devait venir demain matin, et encore, après ma relève, il ne recevrait aucune visite. Donc, je ne devrais pas être emmerdé. Pour un soir de pleine lune, je m'attendais à pire.

– Il t'a demandé des choses ?

– Franchement, il n'est pas chiant. Il a refusé son repas chaud. Il m'a simplement demandé si j'avais un peu de lecture à lui proposer. Je suis en train de lire un vieil *SAS*, je n'ai pas osé le lui prêter. Vous imaginez, Dominik Jean lisant un *SAS* ?

– Pourquoi pas ?

– Les jeunes, ils font chier. Avant, ici, il y avait des bouquins et des revues pour les gardés à vue. C'était pratique pour qu'ils nous foutent la paix. Ils ont tout bazardé !

– Pourtant, à ce que je vois, il est en train de lire. Un gros pavé en plus.

– Oui. Je lui ai filé mon dictionnaire. C'est un poche, à trimbaler, c'est pratique ! Et pour les mots croisés, c'est indispensable.

– Il a quoi dans sa fouille ?

– Les trucs habituels : ceinture, lacets, montre, boutons de manchette… et un collier avec un drôle de pendentif en ivoire.

Par-dessus l'épaule d'Albert, qui avait replongé dans sa grille de mots croisés, Delestran observa Dominik Jean sur l'écran de contrôle. L'homme épris de liberté faisait l'expérience du cachot. Sa cellule de béton n'avait pas la moindre fenêtre pour tenter d'apercevoir un coin de ciel bleu en journée ou étoilé la nuit. Immobile, il était assis en travers sur le matelas en plastique de sa couche, le dos légèrement voûté, le dictionnaire ouvert sur les genoux. L'épreuve de la garde à vue devait relever davantage de la torture que de la simple détention. Et pourtant, cet opportuniste en toute circonstance parvenait à s'évader en lisant le dictionnaire. À quoi pensait-il réellement ? Son apparente tranquillité allait-elle, à un moment ou un autre, se fissurer ? On aurait pu s'attendre à voir un lion tourner en cage, mais Dominik Jean attendait sagement que le temps passe en retrouvant le vrai sens des mots. Delestran aurait pu rentrer chez lui, mais l'occasion était trop belle.

– Albert, je vais le prendre avec moi et l'emmener fumer dans mon bureau. Ça risque de prendre un peu de temps, parce que, lui et moi, il faut qu'on cause.

– Pas de problème, commandant. C'est votre prisonnier, pas le mien.

– Pas la peine de noter cette entrevue sur le registre. C'est du *off*.

– En parlant de registre, on m'a dit qu'ils allaient nous mettre un logiciel à la place du registre de garde à vue. Un truc de l'espace sur lequel il faudra être habilité, avec tout un tas de rubriques à remplir. Il paraît que ce sera connecté avec votre logiciel de rédaction de procédure et reliée à une espèce de tablette pour que les mis en cause signent leur fouille de sécurité. C'est vrai ?

– Ce serait dans l'air du temps.

– Va vraiment falloir que je parte en retraite. Justement, retraite, en sept lettres, vous n'auriez pas une petite idée, commandant ?

– Émérite ?

– Attendez voir... Hé, ça rentre !

– Albert, tu me donnes ton passe ?

Il prit la direction du couloir, qui desservait une dizaine de cellules individuelles et deux autres plus grandes, les collectives, aux portes laissées largement ouvertes. Happé par sa lecture, Dominik Jean ne le vit pas arriver. Delestran le regarda un instant avant d'introduire la clé dans la serrure. Reclus dans le dépouillement, on aurait dit un moine contemplatif, les yeux magnétisés par la lecture de son missel.

Delestran tourna la clé dans la serrure et actionna les deux gros verrous latéraux avec fracas. Arraché à sa lecture, Dominik Jean se leva et eut le soulagement de découvrir le visage de son visiteur :

– Ah ! Vous voilà ! Enfin, ce n'est pas trop tôt !

– Vous m'attendiez ?

– Pas vraiment, mais je suis bien heureux de vous voir.

– Je reconnais bien là votre côté pragmatique...

– Je vous avoue que, cette fois-ci, je me serais bien passé de cette infamante expérience de captivité. J'étouffe ! Quand est-ce que je vais pouvoir sortir d'ici ?

– Maintenant.

– Vraiment ?

– Oui. Mais provisoirement. Un cigarillo dans mon bureau, ça vous dit ?

– Avec grand plaisir.

– Suivez-moi.

Dominik Jean monta les marches d'un pas lourd, en prenant appui sur la rambarde. Il n'avait pas sa vigueur habituelle, était à la remorque de Delestran. Sa démarche pataude lui donnait une allure de surcharge. Arrivé sur le palier du troisième, il marqua une pause pour reprendre son souffle. Delestran se retourna, fut saisi par ce regard empreint de lassitude. Il commençait à être légèrement marqué. Ce n'était plus le DJ vif et alerte des rues de Paris. Il avait perdu de son assurance. L'épreuve de la détention battait le rappel des années passées et lui faisait endurer son âge. S'asseoir sur le fauteuil que lui avait préparé Delestran fut presque un soulagement.

– Ce n'est pas avec votre collègue que j'aurais eu le droit à cette faveur. Elle est coriace, la capitaine Beaumont !

– C'est la nouvelle génération, il faudra s'y habituer.

– Elle vous a mis au placard ?

– Non, je m'y suis mis tout seul.

– Ah ! Il n'y a pas plus sublime qu'être l'artisan de son propre malheur.

Dominik Jean avait la parole compensatrice. Elle lui permettait de retrouver de la prestance. D'un seul coup, il s'était délesté de sa lourdeur. Delestran ouvrit son tiroir pour en extraire un paquet de cigarillos sous blister.

– Tenez ! Il me semble que c'est la bonne marque.

– C'est exact ! Fin observateur, le commandant Delestran ! J'observe également que vous aviez tout prévu. Ça sent la préméditation…

– Vous m'en offrez un ?

– Volontiers.

Tout en allumant leur cigarillo, ils se jaugèrent du regard. Il n'y avait aucune agressivité, juste de la curiosité. Delestran plaça un cendrier sur son bureau, à mi-distance. Dominik Jean laissa échapper une intense volute de fumée en levant les yeux au plafond, puis revint poser son regard à l'horizontale.

– Elle m'a mal jugé, votre collègue. C'est dommage.

– Je ne pense pas qu'elle vous ait jugé. Disons que vous l'avez passablement irritée.

– Vous êtes un bien curieux policier, Delestran. Figurez-vous, que je vous aime bien. Derrière vos larges épaules se dissimule une sensibilité singulière. Il me semble que vous cherchez toujours à défendre l'indéfendable. Il faudrait vous ériger une statue.

– Calmez-vous ! Je ne suis pas encore mort.

– C'est paradoxal, avec votre métier, cette recherche de défense.

– Parce que vous voyez toujours mon métier sous le prisme de la répression. « Je suis devenu policier pour être au centre des choses. »

– *Les Justes*, Albert Camus. Décidément, vous êtes étonnant !

– Pour revenir au centre des choses et à l'indéfendable, je n'aimerais pas avoir la tâche de vous défendre lors d'un procès d'assises.

– Ce ne sera pas nécessaire, commandant.

– Je le pense aussi.

– Ah ! Enfin quelqu'un qui me croit !

– Oui, même si j'ai commis une grave erreur avec vous, monsieur Jean.

– Une seule ? Laquelle ?

– J'ai commis l'erreur de prétendre lire en vous comme dans un livre. Un petit whisky, ça vous dit ?

– Pourquoi petit ? Il y a encore de l'alcool dans les services de police ? J'avais cru comprendre que votre hiérarchie vous avait mis au sevrage...

– Pour les grandes occasions, j'ai un bar clandestin.

– Je vous couvre, Delestran. Soupons au whisky !

Ce fut un moment incroyable, hors du temps, que partagèrent les deux hommes. L'alcool libérant les consciences, Dominik Jean éprouva le besoin de parler, de se justifier. Delestran l'écouta avec un sourire de complaisance dénué de gaîté. Il guettait la fissure d'un homme qui, en confiance, se mit progressivement à nu. Au départ et à l'initiative de Delestran, il fut question d'empathie. Si Dominik Jean en maîtrisait parfaitement la signification, ce mot lui échappait totalement dans les faits. Comment ce modèle d'égocentrisme, séducteur compulsif, aurait-il pu reconnaître et comprendre le mal qu'il faisait vivre à toutes les femmes qu'il avait conquises ? Delestran s'y attendait, il rapportait tout à lui, ne vivait que pour son intérêt. On devait le suivre et l'admirer ou le quitter et le détester. Il imposait. À défaut de remettre en cause son opinion, toujours prête d'avance, Delestran entrevoyait les entrailles de la mécanique.

Dominik Jean agissait comme si chaque nouvelle femme était la dernière de sa vie. Si le saint tendait vers la qualité par la rareté, DJ tendait vers la quantité par le renouvellement permanent. Paradoxalement, cet homme dépourvu de morale cultivait une sorte d'éthique du quantitatif. Il y avait chez lui, quelque part, la peur de manquer. Était-ce pour compenser une enfance sevrée ?

La grandeur de son isolement résidait dans le fait qu'il n'avait nul autre semblable. Chaque nouvelle conquête, malgré ses efforts, le renvoyait inéluctablement à sa solitude. L'expérience était une confirmation, mêlée à la fois de tristesse et de fierté. Ses réussites n'étaient finalement que le miroir de son grand échec : ne pas être en mesure d'aimer.

Les verres étaient vides. Dominik Jean alluma un cigarillo pour marquer une pause. Ses yeux exprimaient une sorte de tristesse si lucide qu'elle le remplissait d'orgueil. Delestran hésitait entre admiration et compassion. Il s'empara de la bouteille de whisky. D'un coup de menton, il l'invita à tendre son verre. « Pour la route », concéda Dominik Jean. Delestran fut généreux, puis relança la conversation :

– Vous ne trouvez pas que vous avez suffisamment pris votre revanche ?

– C'est mon côté Julien Sorel. *Le Rouge et le Noir,* voilà un livre que j'aurais aimé écrire ! Prodigieux, n'est-ce pas ?

– Il faudrait que je le relise.

– Il faudrait ? Une obligation ?

– Plutôt un désir.

– Vraiment, vous me plaisez, Delestran !

Et son regard s'assombrit de gravité. C'était peut-être le moment que recherchait Delestran, lorsque s'ouvrent enfin les serrures de la confidence. Il fallait le laisser faire. Peut-être avait-il envie d'y venir tout seul ?

Ce ne fut pas une surprise. Dominik Jean préférait l'instant à l'éternité par le désir sans cesse ravivé. Mais, avec l'âge, son désir était devenu comme le fruit trop mûr qu'on laisse pourrir dans l'arbre. À l'approche de l'hiver, tout flétri, il finissait par tomber. C'était implacable. DJ se sentait vieillir. Il était d'autant plus angoissé qu'il savait ce qui l'attendait à la fin. Si, jusqu'à présent, vivre consistait pour lui à entretenir le provisoire, le temps le dépouillait inlassablement de toutes ses illusions. Un jour, il ne resterait plus rien et il disparaîtrait. Il ne pouvait le concevoir. Finalement, Dominik Jean était un homme comme les autres, il avait peur de mourir. Cette banalité le rendait d'autant plus fou que sa peur était proportionnée à son formidable appétit de vivre. « Ce n'est vraiment pas le moment. Pas maintenant ! » Ces deux derniers mots, prononcés comme une supplique, aiguisèrent la curiosité de Delestran.

– Pourquoi, pas maintenant?
– Ah, si vous saviez...
– Une femme?
– Comment vous savez?
– Je commence à vous connaître...
– Figurez-vous que je l'ai rencontrée par hasard. Un bien curieux hasard...
– Le hasard est toujours une source de curiosité.
– Je valide, Delestran! Je crois que je vais devoir vous remercier, car c'est un peu à cause de vous. Si vous ne m'aviez pas convoqué, je n'aurais pas vu apparaître ce petit ange inespéré.

Soudainement, le regard de Delestran s'assombrit de méfiance.

– Figurez-vous, que c'est un véritable retour de flamme. Une résurrection! Cette jeune femme est un véritable diamant au fond d'un puits. Elle a posé sur moi son regard clinique et elle m'a délivré d'un véritable traumatisme. Je sais, à mon âge, c'est difficile à croire, mais je me sens revivre. J'ai retrouvé certaines capacités.

La crainte avait remplacé la suspicion dans l'œil de Delestran. Ce n'était pas ce qu'il voulait entendre. Il s'était mis à subir les aveux d'un homme qu'il voyait désormais en ennemi. Pourquoi?

– Vous savez, Delestran, je suis à un stade de ma vie où la chair est triste. Rien ne vaut la jeunesse pour l'égayer, mais là, c'est au-delà de mes espérances. J'ai retrouvé ce que je pensais avoir définitivement perdu. C'est fou, elle me donne un tel plaisir que je ne peux y résister. Je m'autorise enfin à jouir pleinement de la vie.

De qui parlait-il? Delestran ne pouvait lui poser la question franchement, de peur d'entendre la réponse.

– Elle est beaucoup plus jeune que vous?
– Tout dépend de ce que l'on entend par beaucoup. D'une manière générale, avec les femmes, j'oublie mon âge, j'ai toujours vingt ans. Que voulez-vous? La différence d'âge a tendance à décupler ma sensualité. Mais, avec elle, c'est particulier, ce n'est pas qu'une question de sensualité. Je n'ai pas peur de salir le beau de la passion.

Delestran n'y comprenait rien. Il haussa le ton :

– Quel âge a-t-elle?
– Je ne sais pas, je ne lui ai pas posé la question.
– Combien?

– Enfin, calmez-vous, Delestran ! Qu'est-ce qui vous arrive ? Avec son teint hâlé et son physique de danseuse, c'est difficile à dire, mais disons qu'avec elle j'ai rajeuni de trente ans.

Décidément, il ramenait toujours tout à lui ! Delestran fit le calcul dans sa tête. Dominik Jean avait soixante-deux ans... Il avait rajeuni de trente ans... Le salaud ! Avec son côté excessif, ça pouvait coller !

– Je vous sens apeuré, Delestran. Je ne comprends pas pourquoi. Vous n'avez rien à craindre. J'aimerais pouvoir en dire autant.

Ça y est, il va faire sa victime, se dit Delestran, préoccupé, qui avait envie de mettre un terme à cet entretien.

– Généralement, la beauté d'une femme me rend aveugle à tout ce qui l'entoure. Mais, là, son entourage, je le connais bien. Je m'expose à de sérieux problèmes. Figurez-vous que je risque de finir au trou. Mais tant pis, puisqu'il faut mourir, au moins je serai sans regret ! Cette femme a rallumé la mèche. Grâce à elle, j'ai retrouvé goût au plaisir. Je ne vais pas y renoncer tout de même !

Dominik Jean avait traversé la vie sans redouter les foudres de personne et, subitement, il se mettait à avoir peur. La menace devait être sérieuse ! Sauf s'il s'était amusé avec Delestran...

Pour un souper, les deux hommes avaient effectivement mangé liquide. Il était vingt-deux heures trente lorsque Delestran se leva pour signifier à son invité qu'il allait devoir regagner sa cellule. Il lui avait néanmoins concocté une petite surprise. Au vu de ce qu'il avait appris, il adapta sa mise en scène.

Delestran ouvrit son tiroir, dans lequel il avait préparé une paire de gants en latex qu'il enfila devant le regard interloqué de Dominik Jean.

– On dirait que, dans cette affaire, quelqu'un nous a manipulés pour nous induire en erreur et vous faire porter le chapeau.

Les mains protégées, Delestran prit délicatement un mégot laissé par Dominik Jean sur le bord du cendrier pour le déposer au fond d'une pochette en papier cristal. Dans une large enveloppe en papier kraft, il déposa le verre utilisé par son convive.

– Maintenant, je vais vous raccompagner à votre cellule et aller commettre un crime odieux à votre place en y laissant votre ADN bien en évidence. La victime est toute trouvée. Votre dernière conquête, la psychologue du service. Votre plaisir aura eu une durée de vie limitée.

Dominik Jean éclata de rire.

– Mais vous faites une terrible erreur, mon cher Delestran ! Vous vous êtes trompé de victime. Vous pensez sérieusement que Claire Ribot... Enfin, Delestran, soyons raisonnables. J'en conviens, elle est charmante, mais parfois je sais me retenir. Et les psychologues, voyez-vous, je m'en méfie terriblement. On ne sait jamais à quoi ils pensent !

Pourquoi Delestran eut-il une prodigieuse sensation de soulagement ? Il s'était fait avoir, proprement, riait de lui-même. Il eut presque envie de prendre Dominik Jean dans ses bras pour l'en remercier.

– Mais en quoi suis-je responsable de cette rencontre ?

– C'est en sortant de votre bureau que j'ai rencontré Mélissa. C'est un joli prénom, n'est-ce pas ? Ça fait jeune... à peine monté dans mon taxi, au premier feu rouge, je l'ai vue héler mon chauffeur, pensant que le véhicule était libre. Ce fut un choc pour moi, il m'a semblé la reconnaître. Et lorsqu'elle est montée dans mon véhicule pour regagner son domicile, j'en ai eu la confirmation. J'ai bien connu sa mère et elles se ressemblaient à s'y méprendre.

Les deux hommes descendirent les marches côte à côte pour rejoindre les geôles. Delestran rassura Dominik Jean. Demain, il retrouverait sa liberté. Il en convenait, cela devait être extrêmement pénible pour lui de devoir passer la nuit en cellule, tout comme il lui était déplorable de savoir un innocent privé de sa liberté.

– J'aurai une bonne raison d'avoir un nouvel entretien avec votre psychologue.

Donc elle l'avait reçu...

– Mais rassurez-vous, Delestran : une nuit, ce n'est pas l'éternité. Et demain matin, une femme m'attend. J'ai de grands projets avec elle.

Dominik Jean se projetait dans l'avenir. Une révolution !

Chapitre 18

– Qui est-ce ?
– C'est la police, madame Turotoski. Ouvrez !
Victoire colla sa carte tricolore contre l'œilleton qui venait de s'éclairer. Il y eut un moment de flottement.
– Vous avez un mandat de perquisition ?
– Non ! Les mandats de perquisition, c'est dans les séries américaines. Ouvrez !
– Allez vous faire foutre !
Derrière la porte, la lumière s'éteignit, laissant les policiers dans l'expectative. Plus aucun bruit, ils avaient perdu le contact.
– Ouvrez ! cria Victoire en frappant énergiquement du poing.
En vain, elle fit grésiller la sonnette pour provoquer une réaction. Visiblement, Élise Turotoski était partie se recoucher. Mitch et Stan se consultèrent du regard avec le sourire aux lèvres. Mauvaise volonté de l'occupante, ils allaient pouvoir se faire plaisir...
– La pleine lune rend vraiment les gens impolis, souffla Mitch en rapprochant le bélier.
Il s'était personnellement chargé de customiser l'*animal* du service, baptisé « l'Ami Ricoré ».
– Elle sait qu'on est là. Donc prudence.
Victoire dégaina son arme de service, invitant les autres à en faire de même, à l'exception de Mitch et Stan qui allaient avoir l'honneur d'enfoncer la porte. Ils présentèrent l'*animal* devant l'encadrement en le tenant par les poignées latérales. Le point de choc fut désigné, au niveau de la serrure, puis ils reculèrent pour prendre de l'élan. Dans les starting-blocks, ils attendirent le signal de leur cheffe de groupe.
– Tu l'auras voulu. À vous de jouer, les gars ! Faites ça bien...
Et Victoire entonna la petite chanson :
– « Le soleil vient de se lever, encore une belle journée »...
Boum !
Un lourd fracas résonna sur le palier comme une déflagration. Le résultat fut saisissant. Les serrures n'avaient pas cédé, mais sous la violence du coup le bâti s'était désolidarisé du

mur, provoquant un large entrebâillement. Un deuxième coup fut nécessaire pour que la porte bascule complètement avec son encadrement boisé tout effiloché. Il y aurait du ménage à faire, mais le résultat était atteint. Mitch et Stan s'écartèrent pour permettre aux autres d'entrer, arme à la main.

Élise Turotoski était assise dans son canapé, le regard fixe et vide, les mains dissimulées sous un épais coussin. Elle portait un débardeur moulant et un legging de compression révélant un corps particulièrement athlétique. Ses épaules arrondies détaillaient parfaitement les faisceaux de ses deltoïdes, tout comme ceux de ses pectoraux, habituellement dissimulés par les seins. Son système veineux enraciné dans une chair sculptée impressionnait, à l'image de ces veines bleues parcourant ses biceps galbés.

– Je veux voir vos mains, lui indiqua Victoire, qui la désignait avec son arme. Montrez-moi vos mains ! Tout doucement...

Retranchée dans son for intérieur, elle ne réagissait pas. Les muscles de sa mâchoire inférieure ondulaient imperceptiblement sur ses joues. Olivier Lessourd et Stefan Henrich rengainèrent leur arme et se déplacèrent de façon à se retrouver de chaque côté du canapé alors que Victoire réitérait ses injonctions, arme à la main, en se décalant face à elle.

– Montrez-moi vos mains, Élise ! Je veux voir vos mains. Vous m'entendez ?

Elle avait toujours ce regard fixe et absent. Lessourd se pencha tout doucement vers la jeune femme et d'un geste fulgurant lui arracha le coussin des genoux. Ses mains étaient si fermement entrecroisées qu'on devinait la pression exercée par la blancheur de la peau aux jointures.

Il n'y avait plus de danger. Lessourd et Henrich la saisirent au niveau des coudes et lui donnèrent l'impulsion nécessaire pour qu'elle se lève. Elle n'opposa aucune résistance. On entendit le cliquetis métallique des menottes se refermer autour de ses poignets avec le soulagement de ne pas avoir eu à se *maillocher*.

Élise Turotoski sortit de son mutisme. À la demande d'Anna Bellama, elle déclina son identité, n'eut aucune réaction au motif de son placement en garde à vue et ne sollicita aucun droit. Elle savait très bien que les policiers n'étaient pas venus la cueillir au petit matin par hasard. Mais le ton avait été donné dès le départ. Elle se contenterait de répondre aux questions les moins embarrassantes. Pour le reste, son mépris et son orgueil exacerbé seraient sa seule défense. Elle ne leur donnerait rien. Combien de temps allait-elle tenir ?

Les policiers se répartirent dans l'appartement pour procéder à la perquisition. Victoire resta seule avec Élise Turotoski, assise sur une chaise au milieu de la pièce principale. Sous la contrainte des entraves, les veines de ses bras s'étaient dilatées en se gorgeant de sang, ses épaules saillaient davantage. Elle s'était redressée, affichait une posture de défiance, mais ses yeux s'étaient mis en alerte, guettant les faits et gestes de chacun. Son talon droit battait la mesure.

Dans la cuisine, de nombreux compléments alimentaires occupaient deux étagères. Peu habituée à ce genre de produits, Anna Bellama les détailla. Les flacons aux couleurs chatoyantes portaient des noms barbares de produits stimulant la prise de masse et favorisant la récupération. Les notices d'utilisation promettaient des résultats rapides. Sous forme de gélules, de barres ou de poudres colorées, il s'agissait de protéines, acides aminés, brûleurs de graisse. Le reste des placards et l'intérieur du réfrigérateur témoignaient d'une alimentation drastique pour limiter la masse graisseuse. Elle passa à la salle de bains alors que Stanislas Riaud et Olivier Lessourd s'affairaient dans la chambre.

– Je l'ai !

C'était la voix de Stefan Henrich, soulagé, fouillant les tiroirs d'une commode à l'entrée. Élise Turotoski fit l'effort de ne pas se retourner. Son talon s'immobilisa. Elle ferma douloureusement les yeux. Victoire la laissa revenir après avoir observé un léger changement de posture. La femme était marquée, mais elle résisterait jusqu'au bout.

Victoire ouvrit la coque bleue du Nokia 3210 pour vérifier les numéros IMEI* et IMSI**. Il s'agissait bien du portable de Dominik Jean.

---

* IMEI : International Mobile Equibement Identity, numéro qui permet d'identifier de manière unique chaque terminal de téléphonie mobile.

** IMSI : International Mobile Subscriber Identity, numéro unique d'identification d'un usager figurant sur la carte SIM.

– Madame Turotoski, ce téléphone vous appartient ?
– Non.
– Pouvez-vous nous préciser son origine et son utilisation ?
– L'origine, je l'ai trouvé dans la rue. L'utilisation, aucune.
– Que comptiez-vous en faire ?
– Rien. Je sais, j'aurais dû le rapporter au commissariat, mais je n'ai pas eu le temps. Je comptais le faire.
– Vous l'avez trouvé où exactement ?
– Je ne sais plus. À la sortie du métro.
– Quelle station ?
– La mienne, celle de la mairie de Saint-Ouen. C'est pour ça que je l'ai ramené chez moi en pensant le déposer le lendemain matin au commissariat.
– Vous n'avez pas cherché à identifier le propriétaire en essayant de contacter des personnes figurant sur son répertoire, de façon à lui faire savoir que vous aviez récupéré le bien ?
– Non.
Et après un temps de réflexion.
– Vous n'allez quand même pas me reprocher d'avoir trouvé un téléphone dans la rue et de ne pas l'avoir rapporté immédiatement au commissariat.
– Non, bien sûr, madame Turotoski, puisque vous alliez le faire. Vous me confirmez, vous l'avez bien trouvé hier ?
– Oui, en rentrant chez moi.
– Effectivement, c'est tout récent. Je comprends que vous n'ayez pas eu le temps de le déposer aux objets trouvés.
Il fallait la laisser raconter des histoires, faire semblant d'y croire, naïvement, pour lui redonner une lueur d'espoir qui se retournerait d'autant mieux contre elle qu'elle avait menti et serait confrontée, par la suite, à des preuves accablantes. C'était le début d'un long travail de sape, d'un petit jeu dont Victoire et ses collègues détenaient les règles. Il fallait l'éprouver pour qu'elle ressente, progressivement, la pression se refermer sur elle avec, comme seule échappatoire, le besoin de se soulager.
– Vous avez des troubles du sommeil ?
Entre son pouce et son index, Anna Bellama exhibait un tube de Lexomil qu'elle avait trouvé dans l'armoire à pharmacie dans la salle de bains. Élise Turotoski ne répondit pas immédiatement. Il fallut une relance de Victoire pour qu'elle consente à lâcher un simple « oui ».
– Vous avez la prescription médicale ? demanda Victoire.

– Je ne sais plus ce que j'en ai fait.
– Il va falloir faire un effort.
– Vous n'avez qu'à chercher !
Victoire s'adressa à ses collègues, qui avaient déjà tout compris.
– À vous de jouer, les gars. Vous me faites un tas.
Olivier, Mitch et Stanislas se transformèrent en déménageurs. Sans ménagement, le contenu d'un premier tiroir fut retourné au milieu de la pièce devant la jeune femme, incrédule. Puis ce fut l'avalanche, chacun revenant avec, dans les mains, un contenant à vider dans un bruit assourdissant. Il n'était pas question de chercher, ni même de trouver.
– Avec de la drogue, c'est plus facile, on fait venir les chiens. On trouve sans déranger. Mais là, pour un bout de papier, il va vraiment falloir s'employer. Je suis vraiment désolée de vous imposer cela.
Un chargeur de portable venait de passer sous les yeux de Victoire, qui s'en saisit pour vérifier qu'il pouvait s'adapter au Nokia 3210.
– Ça, je prends !
Et une caisse de CD fut retournée, puis une boîte à couture, un porte-document, une trousse de maquillage, la poubelle de la cuisine, le sac de l'aspirateur, qu'éventra Mitch au couteau dans un nuage de poussière.
– Vous êtes vraiment des enculés ! ragea Élise Turotoski.
– C'est vous qui voyez, modéra Victoire, en la défiant du regard.
Toujours alimenté, le tas grossissait. Stanislas avait rassemblé tous les compléments alimentaires. Il commença par vider les gélules d'un premier flacon.
– Non ! Pas ça ! Ça suffit ! Dans la poche intérieure de ma veste, au portemanteau, à l'entrée.
– Ah, enfin ! Vous auriez pu nous éviter ce petit désagrément...
Victoire revint avec l'ordonnance. Elle datait d'une semaine. Les troubles du sommeil d'Élise Turotoski étaient vraiment récents, ce qui expliquait le peu de comprimés manquant dans le tube.
– Bon, je crois qu'on a tout. Vous voyez autre chose, les gars ?
– Non, malheureusement. C'est dommage, ça commençait à me plaire, susurra Stefan Henrich à l'oreille d'Élise Turotoski en la saisissant par les menottes pour l'obliger à se lever.
– Et qui va nettoyer tout cela ?

– Ne vous inquiétez pas, vous n'aurez pas à faire le ménage, se moqua Victoire.

Sur le chemin du retour, Victoire demanda à Lessourd de s'arrêter à la boulangerie alors que les deux autres véhicules, le bleu allumé sur le toit, poursuivaient leur route. Elle en ressortit avec deux gros sacs de viennoiseries. Croissants au beurre, pains au chocolat et aux raisins, brioches suisses. Cette fois-ci, Mitch serait servi. Lessourd redémarra, ce qui laissa le temps à Victoire de réfléchir avant d'arriver sur le parking du service.

– Tu la fais passer à la signalisation. Je veux les résultats rapidement et tu nous rejoins pour le réconfort. Ensuite, tu me refais un visionnage de la vidéosurveillance du métro Saint-Georges. Faut que tu la trouves. Pendant ce temps-là, Stanislas va rédiger l'*interpel'* et la *perquise*, Anna et Oliv' vont la prendre en audition. Un bon PV de chique et on lui servira la soupe plus tard. Moi, je vais me charger des comptes rendus, taulière et parquet, et ensuite de l'exploitation du Nokia.

– Je pense qu'on la tient.

– Oui. Mais elle n'est pas prête, faut qu'on la travaille encore. Il va falloir lui percer la poche des eaux. Si on se démerde bien, ça risque d'être violent, tu as vu comment elle est *tankée* !

– C'est vrai qu'elle est impressionnante. Une vraie nageuse est-allemande ! Je n'aimerais pas qu'elle me fasse un câlin... La turlutte avec elle, ça doit être comme dans un pressoir, avec les draps qui te rentrent dans le cul !

– T'es con ! pouffa Victoire, hilare.

– Et Dominik Jean, qu'est-ce qu'on en fait ?

– Mitch va l'entendre, ça justifiera la *prolong'*. Si tout va bien, en début d'après-midi, on le relâche.

– On dirait que ça te fait chier.

– Que cet enfoiré s'en sorte proprement, oui, un peu ! Enfin... Il aura passé une nuit aux geôles, ça le fera peut-être réfléchir pour l'avenir. Croissant ou pain au chocolat ?

– Chocolatine !

– Ah oui ! C'est vrai, monsieur est du Sud. T'inquiète : je t'en mets un de côté avant que les morfales se jettent dessus.

– Un seul ?

Victoire revenait des toilettes, où elle était partie se rafraîchir. En passant devant le bureau d'Anna, elle jeta un œil sur l'audition en cours. La moue d'Anna en disait long. Comme on s'y attendait, il n'y avait rien à en tirer. Elle entendit la sonnerie de son téléphone, rejoignit son bureau pour décrocher :

– Capitaine Beaumont ?

– Oui, j'écoute.

– Major Eck, au poste de garde. J'ai une avocate qui se présente pour vous. Maître Aubert, qui souhaiterait s'entretenir avec sa cliente, une dénommée Turotoski.

– C'est quoi ce bazar ? Maître Aubert, vous dites ?

– Oui, je vous confirme.

– Mais elle n'a pas demandé d'avocat.

– En tout cas, j'ai une avocate devant moi.

– Eh bien, dites-lui que ce ne sera pas possible puisque madame Turotoski n'a pas émis le souhait de s'entretenir avec un conseil.

– Elle insiste, capitaine.

– Eh bien, résistez, major !

– Oui mais, dehors, c'est l'effervescence. Elle n'est pas venue toute seule. J'ai un comité de soutien devant les grilles. Elles sont une bonne vingtaine et elles donnent de la voix. Elles sont pénibles, si vous voyez ce que je veux dire...

– Bon, j'arrive !

Furieuse, Victoire raccrocha. Il y avait eu des fuites ! D'où pouvaient-elles provenir ? Comment l'avocate du MFI pouvait-elle savoir qu'Élise Turotoski était en garde à vue ?

Sur le perron, elle fut coupée dans son élan. C'était la première fois qu'elle voyait un tel spectacle. Devant les grilles du service, un attroupement de femmes criait des slogans reprenant des inscriptions sur des pancartes. On pouvait lire et entendre : « La femme n'est pas de la chair à plaisir », « Au diable le prédateur ».

Victoire hésita, puis elle prit la direction du poste de garde. Elle se retrouva en présence d'Aurore Aubert, qui lui adressa un sourire mordant.

L'avocate lui tendit la main. Victoire la refusa.

– Bonjour, maître. Je pourrais savoir qui vous a mise au courant ?

– Je n'ai pas à vous répondre. Mais sachez que nous avons notre propre réseau de renseignements. Et j'exige de m'entretenir avec ma cliente, madame Élise Turotoski.

– Pour qu'elle soit votre cliente, encore aurait-il fallu qu'elle en émette le souhait. Je vous informe que, lors de la notification de ses droits de placement en garde à vue, madame Turotoski n'a pas souhaité de conseil ni faire appel à vos services. Donc vous n'avez rien à faire ici, maître. Aussi, je vous demande de bien vouloir sortir.

– Je vous préviens, capitaine : j'en réfère immédiatement au bâtonnier.

– Faites, maître. En attendant, je vous demande de sortir. Votre présence trouble le bon fonctionnement du service.

– Dites-lui au moins que je suis ici.

– Je ne suis pas obligée, mais voyez-vous, comme je ne voudrais pas vous forcer à formuler des observations écrites dans une procédure à laquelle vous n'avez pas accès, je lui passerai le message. Ce sera même acté lors de son audition en cours, mais sans vous. Allez hop, dehors ! J'exige que vous rejoigniez vos sympathisantes sur le trottoir.

Se sentant humiliée, Aurore Aubert réagit vigoureusement.

– La police est adepte du trottoir ! Nous, c'est la voie publique...

– Soit, maître. Après vous...

Victoire l'agrippa par le coude pour l'inciter à prendre la sortie. Lorsque la porte s'ouvrit, la clameur tapageuse monta d'un cran. Cette fois-ci, on s'en prenait à la police avec les sempiternelles « police partout, justice nulle part », « police complice ».

Alors que Victoire refermait la porte, l'avocate se retourna et lui lança une dernière flèche :

– Je vous préviens, je vais faire venir la presse.

– Je vous en prie ! Ce sera votre moment de gloire.

La porte close, Victoire souffla bruyamment en regardant son collègue.

– Bon courage ! Personne ne rentre. Vous me tenez au courant de l'évolution.

– J'ai bien une solution pour les disperser, capitaine.

– Oui, je n'en doute pas. Mais voyez-vous, si nous devons en arriver là, on fera ça dans les règles. Et si tel est le cas et qu'après les sommations d'usage elles sont toujours là, la première grenade, ce sera pour vous.

– Cela fait beaucoup de *si*...

– Il n'y en a que deux.

– Cela en fait un de trop !
– Ne soyez pas défaitiste, major, s'esclaffa Victoire.

En remontant dans les étages, Victoire vit Delestran au fond du couloir, devant la porte de Claire Ribot. Il venait de frapper et s'engouffra dans son bureau. « Ah le petit cachottier ! » murmura-t-elle. Elle aurait bien aimé être une petite souris.

Chapitre 19

La tendresse avait fait irruption dans le chaos de l'annonce du décès. Il s'était passé quelque chose de foudroyant. L'épreuve partagée avait scellé une complicité ouvrant sur une possibilité nouvelle. La guerre était finie, l'ennemie était devenue une alliée, presque une amie. Avec Claire, il s'autorisait désormais, sans savoir quoi exactement. C'était comme un besoin répondant à un appel du lointain. Delestran était devenu quelqu'un d'autre, moins retenu, plus libéré. Tout ce temps, pour enfin prendre conscience qu'il était prisonnier d'une routine... Que se serait-il passé si Lapige avait tiré ?

En le voyant entrer, Claire Ribot posa sur lui un regard doux, légèrement flatté. Avant même qu'il parle, elle eut la sensation d'être reconnue pour ce qu'elle était vraiment. Elle ne traînait plus son passé en souffrance, n'avait plus besoin de faire superbement semblant. Elle avait renoué avec l'estime d'elle-même, se voyait importante dans ses yeux. Elle ressentait à nouveau cette fierté d'exister. Parviendrait-elle à lui expliquer comment deux failles pouvaient s'appuyer l'une contre l'autre pour mieux se refermer ? Oserait-elle provoquer l'instant ?

Elle lui proposa un café. Il opta pour un thé.

– Dans ce cas, je vais peut-être me mettre au café.

– On pourrait faire un échange : cafetière contre théière ?

– Ou alors je viens boire le café chez vous et vous venez prendre le thé chez moi ?

Ils sourirent. Claire n'était plus effacée. Elle se laissait fouiller par un œil attendri. Delestran était en confiance. Il ne sentait plus peser sur lui un regard médical qui examine.

– Sucre ?

– Oui.

– Combien ?

– Un seul, pour commencer.

Leurs yeux se remplirent de gourmandise.

– Je vous écoute, commandant.

Avec elle, c'était surtout l'intonation qui comptait. On se laissait happer facilement.

Delestran était venu la voir pour lui rapporter la frayeur qu'il avait connue la veille, lors de son entretien avec Dominik Jean. Il lui avait fait des confessions surprenantes donnant naissance à un quiproquo, toujours révélateur de quelque chose. DJ était un homme chez qui l'amour de sa vie était toujours le dernier. Et il y en avait un nouveau, une femme rencontrée par hasard, mais grâce à lui, Delestran. Le doute avait surgi lorsque DJ avait évoqué une femme au physique agréable, beaucoup plus jeune. Il se souvenait de sa formule : « Un diamant au fond d'un puits ». C'était troublant, même encore maintenant. Puis le doute s'était amplifié. Dominik Jean avait parlé d'un regard clinique qui l'avait délivré d'un traumatisme. Pourquoi Delestran avait-il pensé instantanément à Claire ? Parce qu'ils s'étaient croisés fortuitement dans le couloir, lorsqu'il l'avait convoqué. Parce que DJ avait manifesté de l'intérêt pour Claire à plusieurs reprises au cours de l'audition. Parce que, au terme d'une petite comédie, il s'était prétendu victime et avait souhaité s'entretenir avec elle, comme si cela lui revenait de droit.

Cela aurait pu s'arrêter là, mais Dominik Jean avait fini par l'agacer. Son désir épuisé, il se sentait vieillir, évoquait sa mort et l'angoisse qui l'accompagne, et cette femme avait subitement rallumé la mèche. Pire encore, elle lui avait permis de retrouver le plaisir de jouir enfin de la vie. Pourquoi Delestran avait-il ressenti une sorte de colère, comme s'il s'était senti trahi ? Parce que c'était Claire ou parce que c'était lui, Dominik Jean ?

Heureusement, le doute avait finalement été levé lors de sa démonstration qu'un ADN pouvait être transporté sur une scène de crime. Il y avait eu une terrible confusion. Delestran en riait encore, avoua à Claire que cela avait été un soulagement. Elle tenta de contenir sa joie. Elle avait su entendre l'essentiel, ce qu'il n'avait pas formulé, mais qu'il avait fini par comprendre. Sa colère ne venait pas du fait que ce soit elle ou Dominik Jean, mais tout simplement parce que c'était lui, Delestran. Cette colère était révélatrice. Il tenait à elle. À en être jaloux ! C'était un aveu délicieux.

– Un deuxième sucre, commandant ?

– Je ne voudrais pas abuser.

– L'abus n'exclut pas l'usage.

– Il faut savoir être raisonnable.
– À qui le dites-vous ?
– Peut-être à nous deux.
– Vous avez peur ?
– Oui. J'ai toujours un peu peur des choses qui se passent entre un homme et une femme.
– Je comprends.
– Je n'en doute pas.

Un long silence s'ensuivit. La densité des regards échangés témoignait d'une réelle complicité, que ce soit dans la beauté du moment partagé comme dans le fait de devoir fermer les yeux sur tout ce qu'il y avait autour. Une histoire de verre à moitié plein ou à moitié vide...

Delestran joua le taquin pour sortir de ce moment déstabilisant :

– D'après ce que m'a dit Dominik Jean, j'en ai déduit que vous l'aviez quand même reçu.
– Vous avez l'air étonné ?
– Oui, un peu.
– C'est un reproche ?
– Non.
– On ne choisit pas ses victimes, commandant. Je vous signale que c'est à cause de vous, encore une fois... Vous m'aviez transmis ses coordonnées, donc je l'ai appelé comme il se doit. Et il est venu, vous pensez bien...
– Et alors ? Pensez-vous qu'il soit vraiment une victime ?
– Il le prétend, donc il faut savoir l'entendre.
– Mais d'après toi, Claire ?
– Julien, la seule chose que je peux te dire, c'est que, s'il est victime, c'est d'être parfaitement lui-même.
– Tu vas le recevoir à nouveau ?
– C'est un interrogatoire ?
– Claire...
– Non, ce n'est pas prévu. Et puis, pour te rassurer, avec moi, il a commis une erreur d'entrée de jeu lorsque nous nous sommes effectivement croisés dans le couloir du service. Si son regard m'a accrochée, la malice de son sourire m'a prise pour cible. J'ai déjà donné et je l'ai payé très cher.

Curieusement, les rôles venaient de s'inverser. En confiance, Claire se dévoila.

– Pourtant, avec ton métier, tu devrais être protégée de ce genre de danger. Je t'imagine mal victime d'un pervers. Tu sais pourtant comment ça fonctionne, ce genre de type.

– Tout comme vous, les policiers, savez comme ça fonctionne un cambriolage, un home-jacking ou un vol à la roulotte. Et pourtant…

– Ce n'est pas la même chose.

– Je ne suis pas sûre… Et moi, tu vois, je me suis laissé enfermer, progressivement, inéluctablement, pendant dix ans. J'ai été incapable de réagir.

– Mais tu as des enfants, Claire ? Ces enfants, tu les as conçus avec cet homme !

– Oui, et alors ? Tes collègues mettent des alarmes dans leur maison ou sur leur voiture, ça ne les protège pas toujours.

– Encore une fois, ça n'a rien à voir.

– Bien sûr que, mes enfants, je les ai conçus par amour. J'y croyais ! Tout comme je croyais que c'était juste passager, que les choses allaient revenir à la normale, puis que j'allais pouvoir changer des choses qui ne changeaient pas, mais qui, en réalité, s'aggravaient. J'ai même cru que j'allais pouvoir tenir. Au bout du compte, je me suis enfoncée dans l'impossible.

– Comment as-tu fait pour t'en sortir ? Il faut du courage pour se séparer.

– Oui, il faut du courage, beaucoup de courage ! Ce courage, c'est dans mes enfants que je l'ai trouvé. Ce que je pouvais supporter, endurer, cette violence au quotidien, ce rabaissement, ces humiliations, je ne pouvais pas prendre le risque de les faire subir à mes enfants. C'est pour eux que je suis partie. Je ne voulais pas qu'ils me le reprochent un jour.

– Mais ils pourraient très bien te reprocher de ne pas l'avoir fait pour toi.

Un voile d'humidité apparut dans les yeux de Claire.

– Le plus terrible, c'est que je me sois laissé enfermer par un homme, un vrai pervers, alors qu'en même temps, dans mon travail, j'expliquais aux femmes comment se défaire de ce genre d'individu. Si tu savais comme j'ai honte, honte de moi. En essayant de les sauver, c'était comme si je me sauvais moi-même.

Il ne manquerait plus que ce pervers soit psychologue, pensa Delestran, atterré.

Le voile laissa place aux larmes, chaudes, abondantes, qui dégoulinaient sur ses joues. Pétrie de honte, Claire se dissimulait le visage. Elle ne voulait pas voir ce que les yeux de Delestran voyaient.

Il se leva, contourna le bureau et la prit dans ses bras pour éviter qu'elle ne s'effondre. Elle sanglotait comme une enfant. Par pudeur, il détourna le regard vers la fenêtre tout en ressentant son cœur battre contre le sien.

Deux failles s'étaient resserrées, l'une contre l'autre, pour disparaître subitement. Qui pouvait comprendre cela ?

Chapitre 20

Victoire, qui aurait voulu être une petite souris en matinée, allait devoir se transformer en sage-femme. L'heure avait sonné. Élise Turotoski était prête. Lors de son audition de chique, elle avait nié en bloc, trouvant refuge dans le silence ou l'indifférence comme seule défense. Il allait falloir lui forcer la main.

« À la caresse, elle n'y viendra pas. On va y aller au forceps ! » annonça-t-elle au café du début d'après-midi. Il fallait s'adapter à l'adversaire, à sa façon de fonctionner, muscler parfois son jeu pour provoquer la réaction qui déclencherait tout. Victoire fit place nette sur son bureau, prépara les éléments de preuves qu'elle exhiberait à l'intéressée en prenant soin de les dissimuler pour l'instant. Ménager son effet de surprise, ne rien laisser entrevoir, c'était la règle. On ne montrait les cartouches à l'adversaire qu'au dernier moment, lorsqu'on appuyait sur la queue de détente.

Il fallait s'attendre à ce que ce soit physique. Victoire serait assistée par Mitch et Anna, preuve que fermeté et douceur pouvaient faire bon ménage.

Victoire alluma le gros œil de sa caméra fixée à l'angle de son écran, vérifia le niveau sonore du microphone. C'était une obligation imposée par le Code de procédure pénale. En matière criminelle, les auditions étaient enregistrées, puis placées sous scellé pour être jointes à la procédure. Les anciens avaient accueilli la réforme avec le sentiment qu'une fois de plus on remettait en cause leurs méthodes de travail. Certains avaient trouvé un palliatif : un procès-verbal attestant que le logiciel était, momentanément, hors d'état de fonctionnement pour une raison indépendante de la volonté de l'enquêteur. Ça *buggait* souvent au début, et puis cela avait fini par se tasser.

Elle demanda à Mitch de s'asseoir sur la chaise, face à elle, pour un dernier réglage de l'image et un essai son :

– Michel Mateoni, les aveux ont-ils été arrachés sous la torture ?

– Non, madame la juge.
– Et les traces du prévenu au niveau de l'arcade ?
– Un angle de porte, madame la juge. Il a dérapé. Ça glisse chez nous, vous savez.
– C'est bon. Tout est OK. Tu vas la chercher ?

En attendant, Victoire ouvrit le document qu'elle avait préparé tranquillement en matinée avec le déroulé de l'audition et les questions déjà retranscrites. Elle apporta quelques, corrections à sa feuille de route en inversant des questions mais ne changea rien à la ligne directrice. Tout était en place. Elle décrocha les deux téléphones de son bureau pour ne pas être dérangée et mit son portable en mode silencieux.

Il était quatorze heures et trente minutes. Madame Élise Turotoski était extraite de sa cellule pour comparaître et être entendue dans le cadre d'une enquête menée en flagrant délit pour des faits d'homicides volontaires aggravés.

– Veuillez prendre place, madame Turotoski. Je vous rappelle que cette audition sera filmée et que son enregistrement figurera en procédure.

Mitch se plaça hors du champ de la caméra, derrière la jeune femme, qui venait de s'asseoir devant Victoire tandis qu'Anna se positionnait sur le côté, à cheval sur le bureau voisin. On sentait Élise Turotoski tendue. Elle avait bien compris que, en ayant affaire à la cheffe de groupe, cela allait être du sérieux. Victoire lui laissa le temps de s'installer, prolongea le silence en posant sur elle un regard oppressant qu'elle fit durer longtemps. Elle la sondait et observait sa réaction. Les mâchoires crispées, Élise Turotoski tenta de faire bonne figure en soutenant le regard perçant. Victoire prit un air songeur, les coudes en appui sur son bureau, simulant l'étude. Son index droit caressait tout doucement ses lèvres. Elle continuait de la creuser. Un premier agacement se fit ressentir lorsque Élise Turotoski s'échappa momentanément en jetant un œil au pied de sa chaise. Son talon droit avait perdu l'appui contre ledit pied. Elle fixa à nouveau Victoire, mais cette fois-ci ce furent ses mains, dont elle ne savait que faire, qui remuèrent imperceptiblement. Victoire affichait sa sérénité. Elle tenait les rênes, enfonçait davantage son regard dans la bulle de survie qu'Élise Turotoski avait construite autour d'elle. Il lui fallait attendre le moment opportun pour dégainer sa première flèche sans aller trop loin. Mitch inclina légèrement la tête en fermant les yeux en signe d'acquiescement. Il avait raison. C'était maintenant :

– Madame Turotoski, vous avez déclaré ne jamais être allé chez Adèle Bourselier, dont vous ignorez l'adresse. Maintenez-vous vos déclarations ?

– Oui.

– C'est faux ! Tenez, voici une photo extraite de la vidéosurveillance de la station de métro Saint-Georges, la plus proche du domicile de madame Bourselier. On vous y voit, le 13 avril, à 19 h 35, sortir de la station, puis le même jour, à 20 h 50, y entrer de nouveau. C'est bien vous sur la photo, n'est-ce pas ?

– Oui, c'est moi. Mais cela ne veut rien dire, je pouvais très bien être dans le quartier.

– Vous pouviez très bien y être ou vous y étiez, dans le quartier ?

– J'y étais, mais c'était le hasard.

– Vous y étiez effectivement, mais c'est encore faux, ce n'était pas le hasard. Vous êtes gauchère, n'est-ce pas ?

– Oui, et alors ? Être gauchère, ce n'est pas un crime !

– Effectivement. Mais figurez-vous que j'ai avec moi un rapport de police technique et scientifique qui atteste du relevé d'une de vos empreintes, votre index gauche, sur la sonnette de la porte d'appartement d'Adèle Bourselier, au troisième étage. Tenez, voici le document.

– Allez vous faire foutre !

– Allez – vous – faire – foutre. Je le note.

– Vous n'allez pas marquer ça quand même !

– Je note tout ce que vous me dites. N'oubliez pas que tout est enregistré. Je me dois d'être rigoureuse et de retranscrire fidèlement votre audition.

– Si ça peut vous faire plaisir...

– Rassurez-vous, je ne relèverai pas l'outrage.

– Je dois vous en remercier ?

– Ce ne sera pas nécessaire. Mais, en parlant d'enregistrement et de caméra, revenons à ce qui nous préoccupe. Concernant le Nokia 3210 découvert à votre domicile lors de la perquisition – je vous le représente, scellé numéro 21 –, vous avez déclaré l'avoir trouvé hier soir à la sortie de la station de métro Saint-Ouen en regagnant votre domicile. Maintenez-vous vos déclarations ?

– Oui, bien sûr.

– C'est faux ! Encore une fois. Vous mentez, madame Turotoski.

– Prouvez-le !

– Figurez-vous que nous avons exploité la vidéosurveillance de l'accueil de la salle de sport dans laquelle vous travailliez. Le 24 mars, à 10 h 22, on vous voit sortir précipitamment de la salle avec ce portable à la main.

Mitch fit des yeux d'ahuri. Il n'avait pas eu connaissance de cet élément de preuve. Il consulta Anna, qui lui adressa un petit geste de la main pour lui signifier que c'était normal et que Victoire savait ce qu'elle faisait en y allant « au flan ».

– Madame Turotoski ? Vous vous souvenez ? Le 24 mars... C'est cette journée où, malgré l'interdiction qui vous avait été signifiée par votre employeur, vous êtes revenue dans la salle de sport pour vous en prendre violemment à un homme sur son appareil de *cardio-training*. De ce qu'on m'a rapporté, vous l'avez giflé au visage. C'était tellement violent qu'il a dû s'enfuir et trouvé refuge dans le bureau de la direction.

Victoire lisait ses questions en lui jetant un regard perforant à la fin de chaque phrase.

– Allez vous faire foutre !

– Donc, inutile de vous montrer la photo extraite de la vidéosurveillance où on vous voit, très distinctement, avec le Nokia 3210 à la main. C'est bien vous avec le portable que vous avez dérobé ?

– Mais lâchez-moi avec vos preuves à la con ! Vous croyez me faire peur ?

Et d'un geste de colère, elle envoya valser la caméra, qui se retrouva pendante et vacillante à l'aplomb du bureau, retenue par le fil de connexion. Mitch s'employa à la calmer. Il appuya fermement sur son épaule pour la contraindre à rester sagement assise :

– Calmez-vous, madame Turotoski. Sinon, je vais être obligé de vous passer les menottes.

Elle avait le regard méchant des bêtes furieuses. Sa cage thoracique oscillait de haut en bas. Les mains ballantes, elle contractait ses phalanges comme si elle pressait des pinces de musculation. Il lui fallut quelques secondes pour redescendre en pression.

Victoire se leva, contourna son poste de travail pour tirer sur le fil de la caméra et la poser sur son bureau. Elle s'adressa à Mitch à la dérobée :

– Cette fois-ci, l'impossibilité technique d'avoir recours au logiciel est vraiment indépendante de la volonté des enquêteurs. La preuve : plus d'image ! Tant pis, on s'en passera.

Victoire se rassit. Elle prit une longue inspiration et un air plus déterminé que jamais en fixant la jeune femme :

– Bon, madame Turotoski. On va arrêter de jouer maintenant. L'échauffement est terminé. Dominik Jean, vous connaissez ?

– Connais pas.

– Dominik Jean, vous savez, l'homme que vous avez giflé à la salle de sport.

– Je ne sais pas de qui vous parlez.

– Dominik Jean, enfin ! Tout le monde le connaît, madame Turotoski !

– Pas moi.

– Véronique, elle, le connaissait bien, apparemment. Et Adèle Bourselier aussi.

Un retroussement de lèvres trahit la rage qui montait en elle. Il fallait continuer d'appuyer sur la plaie pour que le mal finisse par hurler.

– Madame Turotoski, je me suis laissée dire que Dominik Jean était parvenu à séduire votre amie, Adèle Bourselier.

– Ce n'était pas mon amie !

– Et qu'il avait également, par la suite, conquis le cœur de votre femme.

Peu habitué, Mitch tiqua alors que Victoire avait employé le mot « femme » naturellement.

– Je ne vais pas vous faire l'affront de vous lire son audition, mais Dominik Jean nous a raconté, en détail, comment il était parvenu à conquérir votre femme.

– Et alors, qu'est-ce que vous voulez que ça me fasse.

– Vous étiez au courant, je suppose ?

Elle acquiesça d'un battement de paupières.

– Quelle a été votre réaction en l'apprenant ?

– Que voulez-vous que je vous dise ? Cet homme-là, voyez-vous, c'est comme les autres, ça fait du mal partout où ça passe ! Mais lui, c'est pire !

– Pourtant, au départ, son intention n'était pas de faire le mal. Vous cherchiez à avoir un enfant avec Véronique et il s'était porté volontaire pour être donneur de sperme.

– Putain ! Vous n'allez pas vous y mettre, vous aussi ! Arrêtez avec vos salades, je les ai déjà entendues ! Tout le monde lui trouve des excuses à cet affreux salaud ! Lui, la seule chose qu'il voulait, c'était les baiser, les accrocher à son tableau de chasse. C'est tout ce qu'il voulait.

– Et il y est parvenu.

À contrecœur, Victoire se fit violence.

– Apparemment, ça a été torride. Encore une fois, je vous épargne les détails dans la chambre d'hôtel du Royal Monceau, mais, d'après ce que Dominik Jean nous en a dit, Véronique...

– Ta gueule ! Ferme ta gueule, petite...

Élise Turotoski dévorait Victoire avec des yeux injectés de sang. Sous ses muscles bandés, elle fermentait sa rage dans un corps en ébullition. Peu importe que Victoire se fasse traiter de petite conne ou pute, elle était prête à tout entendre. Anna et Mitch avaient bien compris qu'elle la provoquait pour que la digue se fissure et se brise enfin. Il suffisait d'un rien pour qu'elle franchisse le pas, pour qu'elle expulse sa haine.

– Adèle Bourselier d'abord, puis la femme de votre vie, Véronique Deylot. J'imagine que, pour vous, cela a dû être un choc, surtout venant de la part de Dominik Jean, un séducteur à la réputation sulfureuse.

– Où voulez-vous en venir, à la fin ?

– Vous n'avez pas eu peur de la perdre ?

– Comment ça ?

– Après une telle nuit d'amour avec Dominik Jean ?

– C'était de la baise !

– Ça, c'est vous qui le dites. Elle vous a dit quoi, Véronique ? Elle vous a raconté ? Parce que nous, Dominik Jean, il nous a tout dit et ...

– Ta gueule !

– C'était très chaud au Royal Monceau...

– Tais-toi, putain !

– Il paraît que Véronique lui a tout donné.

– Tu vas la fermer ou je te...

– Vu comment elle s'est donnée, elle a dû éprouver beaucoup de plaisir. On ne se donne pas aussi intensément sans éprouver de plaisir...

– Continue et moi, je vais t'en donner !

– Un plaisir comme elle n'avait jamais connu, apparemment.

– Tu vas fermer ta petite gueule ou sinon...

Mitch était prêt à intervenir.

– Je comprends que, pour vous, cela a dû être terrible à entendre, surtout si vous n'étiez pas en mesure de lui en donner autant. Une simple histoire de cul ? Vous en êtes sûre ? Il devait y avoir autre chose...

Élise Turotoski se dressa sur ses jambes et se jeta sur le bureau en le saisissant à deux mains. Mitch la ceintura. Anna se rapprocha pour l'aider à la remettre en place. Elle résistait, se cramponnait au bureau. Élise Turotoski tremblait de tout son corps. Défigurée par la colère, on aurait dit qu'elle allait vomir sa répugnance au visage de Victoire, qui ne se laissa pas impressionner. Tout doucement, elle réduisit la distance et planta son regard dans le sien pour porter le coup fatal :

– Alors, ça fait quoi de se faire piquer sa femme par un homme ?

Ce fut un long hurlement de bête qui s'accompagna d'une telle décharge d'énergie que le bureau se souleva et faillit partir à la renverse. Mitch et Anna durent intervenir. Étranglement arrière, clef de bras, rien n'y fit. Bloquée sur sa chaise, Victoire se retrouva collée au mur avec son écran et son clavier sur les genoux tandis que tous les objets présents sur son bureau avaient chuté au sol dans un lourd fracas. Alertés par le cri perçant et le tumulte, Olivier Lessourd et Stefan Henrich débarquèrent pour prêter main-forte à Mitch et Anna, qui étaient à peine parvenus à lui faire lâcher prise. Une balayette portée par Anna déstabilisa Élise Turotoski. Ils parvinrent à l'amener au sol en l'accompagnant. Elle se débattait, tenta de se défaire de l'emprise en effectuant de grands moulinets avec toute l'énergie qu'il lui restait. Il fallait casser la distance, se coller tout contre elle pour ne pas prendre de méchants coups. Elle hurlait, une vraie bête en furie qu'on égorgeait et que rien ne pouvait apaiser. C'était un véritable déferlement de vulgarité et de paroles incendiaires. Elle vomissait sa haine en crachant et s'étouffant par moments, puis reprenait sa logorrhée d'insultes et de menaces. Il fallait laisser passer l'orage, que la crise se passe.

Les hurlements se firent plus espacés, moins intenses. On la sentait sur la voie de la résignation. À l'agonie, elle eut un sursaut d'énergie, puis rechercha de l'air, et d'un seul coup elle s'effondra complètement en devenant toute molle. Il n'y avait plus rien, juste une dernière parole :

– Putain ! C'est pas elles mais lui que j'aurais dû tuer ! Cet enculé de fils de pute !

Et ce fut une longue jérémiade incompréhensible, mêlée de pleurs. Anna ramena la chaise qui avait valsé jusque dans le couloir et lui proposa de se rasseoir. Il fallut s'employer pour la soulever. Élise Turotoski était devenu un pantin désarticulé à l'abandon. Ne pouvant plus parler, elle remuait la tête de gauche à droite par saccades, avec une mimique de douleur à chaque butée. On ne pouvait pas savoir ce qui se passait dans sa tête, mais on imaginait une terrible souffrance à travers son masque d'affliction. Elle reniflait sa morve noyée de larmes. Olivier Lessourd lui proposa un verre d'eau, Mitch un mouchoir. Une voix devenue fluette les en remercia.

Victoire rangea ses menottes dans son étui et commença à remettre son bureau en place. À part la caméra, il n'y avait pas de casse. L'informatique fonctionnait. On allait pouvoir coucher tout cela sur le papier. L'orage était passé et, lorsque la foudre était tombée, Élise Turotoski avait « accouché » de son crime dans un déchaînement de violence effrayante. Désormais, une forme de soulagement se lisait sur son visage en débâcle.

À l'écart, Victoire donna ses instructions :

– Oliv', avec Anna et Stan, vous la laissez souffler un peu et vous la reprenez tout de suite en audition. Tout depuis le début. Le mode opératoire bien sûr, sans oublier la préméditation. Je veux savoir comment elle a récupéré le verre et le mégot du cigarillo. Pour le mobile, je pense qu'elle évoquera la jalousie, voire la trahison. Vous prenez votre temps et vous déroulez. N'hésitez pas à vous relayer au clavier. Stefan, tu relis les *constates* des deux homicides et tu fais le lien avec Oliv', Anna et Stan, au fur et à mesure de l'audition, pour vérifier qu'ils n'ont rien oublié.

– On prend ton bureau ?

– Oui, on ne la déplace pas. Moi, je vais aviser la taulière et le parquet et puis je m'occuperai de la fin de la garde à vue de Dominik Jean. Mitch, tu vas te mettre à la *bécane* et tu vas nous faire un beau PV de ce prodigieux moment. Tu nous arranges ça bien, qu'on sente la tension…

– Et je fais comment pour la vidéo du Basic Gym ?

– Comment ça ?

– Rassure-moi : je n'ai rien loupé. Tu y as été au flan ?

– Oui, et alors ? Tu n'en parles pas, c'est tout. Tu évoques juste le fait que, confrontée à ses contradictions et au regard de la téléphonie effectuée sur le Nokia, l'intéressée a fini par reconnaître qu'elle l'avait bien volé le jour où elle s'en est prise à Dominik Jean.

– Tu me demandes de mentir ?

– Oh, le pétochard ! Non, je ne te demande pas de mentir, simplement d'oublier la vidéo du Basic Gym et de passer à l'étape suivante.

– Et tu oublies l'enregistrement vidéo de l'audition ? Tu vas le placer sous scellé ?

– Oui, bien sûr. Mais, rassure-toi, personne ne regarde les enregistrements vidéo, sauf quand le client se plaint d'avoir reçu des coups. Mais là, on a fait ça proprement. Et au pire, on risque quoi ? On nous reprochera d'avoir usé de moyens déloyaux ? Le vice, c'est loyal ! Ce n'est pas toi qui vas me le reprocher. Ça fait partie du métier ! Tu as peur de quoi ? Les bœufs ? Tu iras faire tamponner ta carte de fidélité ! s'esclaffa Victoire. Bien entendu, je signerai ton PV en qualité d'assistante. Mitch, si on tombe, on tombera ensemble, tous les deux ! Et pense à Kader...

La « petite » avait pris de l'assurance. Elle avait de la gueule et quelque chose de frais qui donnait envie de la suivre. Mitch lui adressa un sourire qui valait cher, une vraie reconnaissance ! Heureuse, Victoire se précipita au quatrième pour que Delestran ait la primeur de ce qui venait de se passer.

Delestran avait eu une double satisfaction, qu'elle vienne le voir en premier et qu'elle lui propose de s'occuper de la remise en liberté de Dominik Jean. Il l'avait donc reçu quelques instants plus tard dans son bureau pour lui notifier la fin de sa mesure de garde à vue. En raison du comité de soutien qui avait grossi avec l'arrivée de journalistes attirant eux-mêmes d'autres badauds, Delestran lui avait proposé une sortie discrète, à l'arrière d'un sous-marin. Dominik Jean s'en était offusqué : « Vous n'allez quand même pas me priver d'un triomphe ! »

La garde à vue fut levée à seize heures. Dominik Jean venait de passer trente-quatre heures dans les locaux de la 1re DPJ et son visage était marqué par la détention. Avant de sortir, il demanda une faveur à Delestran : il voulait se faire beau pour affronter la foule.

Delestran l'accompagna aux toilettes pour qu'il se rafraîchisse, recoiffe ses cheveux argentés emmêlés. DJ resserra sa ceinture en vérifiant que la boucle était bien centrée, tira sur sa chemise afin de faire disparaître les plis, dépoussiéra sa veste et réajusta les boutons de ses manchettes pour qu'ils soient visibles. Il recula et s'inspecta dans la glace, redressa le torse, se composa un regard incarné et prit la décision, finalement, de déboutonner sa veste. En moins de cinq minutes, il avait retrouvé sa superbe.

– Bon, je crois qu'on peut y aller, mon cher Delestran. On prend le grand escalier ?

Juste avant d'arriver au deuxième palier, Delestran lui mit la main sur l'avant-bras. Par un bien curieux hasard, encore une fois, Élise Turotoski, accompagnée d'Anna et d'une collègue féminine, sortait des toilettes. Elle s'arrêta net à la vue de Dominik Jean, bloqué par Delestran en bas des marches. Ce fut la stupeur. Ils étaient séparés de quelques mètres, presque face à face. Sans rien connaître de l'enquête, Dominik Jean comprit instantanément qui était la responsable de ce grand désastre. Il n'avait pas l'intention d'avancer, l'observa avec mépris. Élise Turotoski voulut se diriger vers lui, mais fut entraînée de force dans le couloir. Elle résista, tenta de l'atteindre avec un crachat qui s'écrasa sur un mur et, tandis qu'on l'extirpait, elle tourna la tête en hurlant avec des yeux de possédée :

– Je te tuerai quand je sortirai ! Tu m'entends, espèce de salaud, j'te tuerai !

On vit des têtes inquiètes sortir des encadrements de portes. Elles assistèrent, médusées, au passage d'Élise Turotoski traînée dans le couloir, réitérant ses menaces de mort en s'arrachant la voix.

Descendus sur le palier, Delestran et Dominik Jean la regardèrent s'éloigner péniblement dans le couloir et disparaître dans le bureau de Victoire.

– Elle va prendre combien ? Perpétuité ?

– La perpétuité est relative en droit français. Une peine maximum de vingt-deux ans.

– Cela me rassure. Vingt-deux ans, quand même... Elle aura sûrement très faim de tendresse en sortant. Faites-moi confiance, je suis un homme généreux dans ce domaine, je lui en donnerai pour son compte. Quand elle viendra me tuer, je lui ferai découvrir le plaisir de pulsions insoupçonnées, non mortelles celles-là. Ce sera mon pardon !

En descendant les marches, Dominik Jean se mit à rire à gorge déployée. C'était un rire à l'insolence victorieuse, un rire comparable à un cri, si puissant qu'il en parut inhumain. Il déchirait le silence et résonnait entre les murs avec un terrible écho. Et si ce rire gorgé de cynisme et d'ironie n'était en fait qu'un moyen de masquer le plus profond désespoir ?

Sur le perron, Dominik Jean jeta un œil sur ce qui l'attendait et se tourna vers Delestran pour lui serrer la main :

– Ce fut un plaisir bien singulier. J'espère avoir l'occasion de vous revoir. Mais dans d'autres circonstances, bien évidemment...

– Tiens, vous vous mettez à espérer ?

– Vous avez raison. Le ciel est vide. Donc, je le désire, c'est effectivement mieux.

– Je le souhaite aussi. Allez, la foule vous attend. Je vous regarde faire.

– Aux premières loges, Delestran ! Je vais jouer pour vous. Ouvrez grand vos yeux !

Et d'un pas léger, Dominik Jean descendit les dernières marches pour rejoindre le poste de garde. Avant de sortir, il se retourna pour observer Delestran, qui ne voulait pas en perdre une miette. On aurait dit qu'il cherchait un dernier appui pour rejoindre sa destinée.

Les grilles s'écartèrent. Des projecteurs s'allumèrent et se dirigèrent vers celui qui retrouvait la liberté. Sous la clameur, la foule se resserra en se dressant face à lui pour lui faire barrage. Le regard altier balayant l'assistance, Dominik Jean se laissa conspuer allègrement pour forcer l'admiration. Il attendit, immobile, savoura l'instant. Les cris de haine s'estompèrent progressivement pour laisser place à une intense rumeur. Les pancartes dressées et agitées s'abaissèrent les unes après les autres. Époustouflée, l'assistance s'écarta pour lui ouvrir le passage tandis que d'autres cris se firent entendre, comme des encouragements.

Dominik Jean fendit la foule agitée par des vagues successives. Des micros se tendirent sur son passage. Avec élégance, tout en prévenant les bousculades, il les écarta d'un geste ample. Au milieu de la cohue, il marchait comme un souverain distribuant généreusement ses grâces. Impérieux, il semblait défier l'humanité tout entière.

C'était hallucinant ! Un spectateur éloigné aurait pu croire que Dominik Jean quittait la scène sous les acclamations du public. Delestran avait envie d'applaudir, mais il s'en empêcha.

Que se serait-il passé si Lapige avait tiré ?

Chapitre 21

C'était la fin. On avait accolé deux tables dans le couloir pour mettre en page la procédure, en cinq exemplaires, dont deux seraient certifiés conformes à l'originale. La photocopieuse tournait à plein régime. Tout le monde s'activait, tamponnait, vérifiait que chaque acte était bien signé et *marianné*. Les paris avaient été lancés sur le nombre de feuillets. Il fallait s'attendre à dépasser les mille. Le premier annonçait le plan de la procédure, découpée en cinq chapitres : homicide volontaire d'Adèle Bourselier, homicide volontaire de Véronique Deylot, garde à vue de Dominik Jean, garde à vue d'Élise Turotoski et le dernier, réquisitions et annexes.

Au retour de son déjeuner, Delestran avait déposé un post-it sur le bureau de Victoire, sur lequel figuraient deux mots qu'elle allait devoir placer dans le rapport de transmission. Si elle connaissait la signification du premier et avait déjà une petite idée quant à la manière de l'employer, elle avait dû effectuer quelques recherches concernant le second. Pour celui-là, ce n'était pas gagné ! Elle fit la moue, ce n'était pas un joli mot. Tant pis, il fallait se faire confiance, adopter la technique napoléonienne : faire un pas en avant, se mettre en mouvement, et l'inspiration viendrait.

Victoire ferma la porte de son bureau pour être au calme et se lança dans la rédaction de cette synthèse, prérogative traditionnelle du chef de groupe.

Avec un rythme régulier, elle commença à noircir le blanc de son écran. Elle déroulait. À l'évocation de l'appartenance des deux victimes au Mouvement des femmes insoumises, elle évacua le premier mot. Affichant ouvertement leur hostilité à l'égard des hommes, ces néo-féministes adoptaient une posture *misandre*. C'était facile, mais il restait l'autre…

Et l'autre, c'était aussi ce Dominik Jean que tout accusait au départ. Il s'en était bien sorti, celui-là ! La plainte déposée par Camille Fauvert avait été classée sans suite, faute d'éléments probants. Il avait séduit les deux victimes en usant de stratagèmes fallacieux. Il avait surtout allumé le feu de la jalousie, attisé les flammes de la trahison en faisant naître chez Élise Turotoski une pulsion mortifère de vengeance. Fallait-il entrer dans les détails ? Victoire devait modérer ses propos, rester factuelle et ne pas lui donner trop d'importance puisque, au terme de cette enquête, il était bel et bien innocent. Il fallait néanmoins lui consacrer un passage. Elle piochait, butait sur les mots. Delestran en aurait fait tout un roman, mais elle...

Elle réfléchissait.

Delestran s'était fait l'avocat du diable. Une idée lui vint : tout mettre ensemble dans une même phrase avant de passer au chapitre suivant, le plus important. Elle prit une feuille, inscrivit des mots-clés, chercha à les agencer. Elle voulait frapper fort, le fond et la forme, un coup d'éclat qui passerait inaperçu, sauf pour Delestran. Elle sentit quelque chose venir, s'agaça de ne pouvoir le formuler. Elle raya les mots « fringale » et « possibilités », recommença. Elle inversa deux blocs, fit apparaître les verbes « résister » et « osciller », se lança dans une nouvelle construction en conservant des associations de mots qu'elle avait fini par valider, fit chanter à nouveau la petite musique des mots dans sa tête. Elle ne serait jamais satisfaite et, pourtant, elle y était presque. L'heure tournait. C'était frustrant. Elle se lança en se disant qu'elle verrait à la fin si elle conserverait cette phrase, ou pas :

« Ne pouvant résister à la tentation *protéenne* de la multiplicité, Dominik Jean maintenait son équilibre psychique en oscillant entre deux sources intarissables d'incarnation : sa sexualité exacerbée et son écriture prolifique. »

Soulagée, elle enchaîna avec Élise Turotoski.

Après avoir listé les éléments de preuves, fait état des aveux implicites d'Élise Turotoski lors d'une audition mouvementée, Victoire s'attacha au mode opératoire et au mobile, détaillés dans les huit pages d'audition menée par ses collègues pendant trois heures.

Véronique Deylot lui avait fait part de sa relation avec Dominik Jean en lui racontant sa nuit au Royal Monceau sans lui épargner le moindre détail. Elle lui aurait pardonné cette « incartade », mais Véronique Deylot lui avait annoncé sèchement sa décision de la quitter, remettant en cause brutalement leur projet de vie, dont celui d'avoir l'enfant qu'elles étaient en passe de concevoir. Ce fut terrible. Il l'avait complètement retournée. Elle lui avait fait un portrait dithyrambique de Dominik Jean, avoué un vrai coup de foudre. Cet homme était aux antipodes de sa réputation. Le monstre était devenu un ange dans les yeux enfiévrés de Véronique Deylot. Sous emprise, elle était possédée. Elle avait cru à ses mensonges, s'était laissé entraîner dans ce qu'elle pensait être la belle vie, le grand amour, sans se rendre compte qu'elle n'était que de passage, comme toutes les autres. Véronique Deylot était devenue folle, n'avait rien voulu entendre malgré les supplications d'Élise Turotoski. Le ton était monté, mais les deux femmes en étaient restées là.

Comment Véronique Deylot, féministe engagée, en était arrivée à ce grand chamboulement, si subitement ? Élise Turotoski avait voulu comprendre auprès de la meilleure amie de sa femme, Adèle Bourselier. Et là, ce fut le deuxième coup de poignard. Un syndrome de Stockholm à son paroxysme. Victime de Dominik Jean, Adèle Bourselier avait pris sa défense avec une telle conviction que cela en était devenu humiliant. Élise Turotoski s'était heurtée à un mur. Les deux femmes étaient passées de l'autre côté en trahissant la cause qu'elles avaient défendue pendant tant d'années. C'était révoltant !

Anéantie, Élise Turotoski était rentrée chez elle avec des idées noires. Mais elle était une combattante, une guerrière. Si les deux autres avaient retourné leur veste en vendant leur âme au diable, elle était sûre de sa cause. Elle avait tenté de désamorcer le conflit en ayant une nouvelle explication avec Véronique Deylot à l'issue d'un cours de sport. Le résultat s'était montré désastreux. Cette fois-ci, elle avait perdu son sang-froid. Elle s'était emportée avec violence, le seul moyen d'exprimer sa détresse.

Tombée en disgrâce, y compris chez son employeur, elle avait fulminé toute la nuit et, au petit matin, l'appel de la vengeance avait sonné. C'est ainsi qu'elle était retournée en furie à la salle de sport pour cracher ses quatre vérités au visage de Dominik Jean, une façon également de l'humilier devant tout le monde. Dans sa fuite, il avait laissé son portable sur l'appareil de *cardio-training*. Pourquoi l'avait-elle pris avant de quitter précipitamment les lieux ? Elle n'en savait rien. C'était comme un réflexe. Élise Turotoski paraissait sincère. Et ce réflexe avait déclenché le passage à l'acte.

Victoire éprouva le besoin de faire une pause. Si incroyable que cela puisse paraître, si Élise Turotoski n'avait pas dérobé le portable de Dominik Jean, Adèle Bourselier et Véronique Deylot seraient certainement toujours en vie. La genèse du crime tenait dans la réalisation d'un acte commis par inconscience. Ainsi dévoilé, le mystère du passage à l'acte devenait encore plus effrayant. Victoire se remit dans l'histoire pour arrêter de gamberger.

Élise Turotoski avait fouillé dans le portable de Dominik Jean. Son historique d'appels montrait qu'il ne décrochait qu'environ une fois sur dix, voire une fois sur quinze. Aucune application téléchargée, rien dans les éléments envoyés. En revanche, elle trouva des textos d'Adèle Bourselier et de Véronique Deylot. Ce fut un nouveau choc pour elle. Tout acquise à sa cause, Véronique Deylot lui affirmait qu'elle s'était trompée sur sa compagne. Les mots étaient durs, sanglants. Elle évoquait une relation sans passion, un amour illusoire, qui après le confort s'était dégradé. La forte personnalité d'Élise Turotoski l'avait conduite à une sorte de soumission. C'était le monde à l'envers. Un message l'avait particulièrement ébranlée. Véronique Deylot affirmait que sa compagne avait la haine des hommes à la suite d'une mauvaise rencontre à la fin de son adolescence. Un homme avait abusé sexuellement d'elle et elle ne s'en était jamais remise. Véronique avait donc livré son secret à Dominik Jean. C'était au-delà de la trahison. Pire encore, elle la jugeait en affirmant qu'elle avait basculé dans l'extrémisme. Elle avait lâché un mot, une bombe à retardement : pitié.

Plus modérée, Adèle Bourselier abondait dans le même sens. Instable psychologiquement, Élise Turotoski était devenue dangereuse pour sa compagne parce que, chez elle, la cause emportait tout.

Qu'avait pu leur dire Dominik Jean pour qu'Adèle et Véronique en arrivent là ? C'était immonde.

La raison ne peut rien sur la jalousie. Accrue par un sentiment de trahison, la suite n'était qu'une implacable mécanique dont les rouages s'imbriquaient parfaitement pour conduire aux meurtres. Cette logique n'excusait pas Élise Turotoski. Bien au contraire, elle l'accusait. Elle avait beau plaider une pulsion, son intention criminelle était devenue obsessionnelle. Il y avait bien préméditation.

Élise Turotoski avait cherché à dissimuler ses crimes. Pour orienter l'enquête sur Dominik Jean, elle avait récupéré un verre qu'il avait utilisé et un mégot de cigarillo qu'il avait fumé. Elle avait assisté à une signature dans une librairie. Deux heures à faire le beau et le mielleux auprès de ses lectrices, cela lui avait donné soif. Dès qu'il avait quitté sa table, suivi de sa cohorte d'admiratrices, elle avait récupéré discrètement son verre en prenant soin de le saisir avec un foulard pour ne pas laisser ses empreintes. À la sortie, elle l'avait vu allumer un cigarillo juste avant de monter dans son taxi. Elle avait attendu de longues minutes que l'assistance se disperse pour récupérer le mégot jeté sur le trottoir, à l'aide d'un mouchoir en papier.

Le processus était en marche. Plus rien ne pouvait l'arrêter. Le jour suivant, elle s'était présentée au domicile d'Adèle Bourselier. Elle l'avait attendue, dissimulée dans une brasserie à la sortie du métro Saint-Georges. Elle l'avait vue rejoindre son domicile en rentrant du travail. Utilisant le portable de Dominik Jean, elle lui avait envoyé un message en se faisant passer pour lui. Il était de passage dans son quartier, souhaitait la rencontrer pour une annonce importante. « Ravie », Adèle Bourselier lui avait répondu qu'elle venait juste de rentrer et qu'il pouvait monter. Elle lui avait transmis le numéro de l'immeuble, le code d'accès et l'étage. Bien entendu, elle fut surprise de la voir débarquer. Adèle Bourselier prit peur, mais Élise Turotoski parvint à la rassurer. Elle aussi était capable de jouer la comédie, prétextant vouloir faire la paix. Adèle Bourselier l'avait fait entrer, lui avait proposé de boire un verre pour discuter et, profitant d'un déplacement dans la cuisine, Élise Turotoski avait chargé son jus d'orange de Lexomil préalablement broyé, l'équivalent de quatre comprimés. Elle avait assisté à la soudaine fatigue d'Adèle Bourselier la conduisant à l'endormissement, l'avait veillée, puis étranglée. Avant de quitter les lieux, elle avait revêtu des gants en latex pour déposer le verre de Dominik Jean sur la table basse et elle avait emporté celui qu'elle avait utilisé.

Pourquoi avait-elle attendu deux jours avant de passer à l'étape suivante ? Des remords ? Espérait-elle pouvoir encore récupérer sa compagne, terrifiée par le meurtre de sa meilleure amie, en la consolant ? À vrai dire, elle n'en savait rien. Elle avait attendu deux jours sans avoir d'explication à donner aux enquêteurs.

Concernant le meurtre de Véronique Deylot, elle avait utilisé la même technique d'approche. Dans l'ascenseur, elle s'était gantée de cuir avec la rage au ventre. À l'ouverture de la porte, sa compagne avait poussé un hurlement. Elle avait tout compris, tenté de refermer la porte, mais Élise Turotoski avait mis son pied en travers et usé de sa force pour rentrer. Déterminée, elle aurait pu prendre n'importe quoi pour la frapper et la tuer. Après l'avoir jetée violemment au sol, elle s'était emparée de la barre d'haltère dans l'entrée du salon et lui avait asséné un seul coup, d'une violence inouïe, à l'arrière du crâne. Elle l'avait assommée, puis tuée en l'étranglant avec un lien. Il ne lui restait plus qu'à déposer le mégot de cigarillo sur le rebord d'une soucoupe et à mettre en place un simulé d'apéritif entre deux personnes avant de quitter les lieux en claquant la porte.

Après avoir supprimé sa compagne et sa meilleure amie, Élise Turotoski avait effacé l'ensemble des messages sur le téléphone de Dominik Jean. Il était dommage pour les enquêteurs de ne connaître le contenu de ces messages qu'à travers les dires de la prévenue. La technologie ne permettait pas de les retrouver une fois effacés.

Lors de sa mesure de garde à vue et à la demande du parquet, Élise Turotoski avait fait l'objet d'une expertise psychiatrique. À l'issue des trois heures d'examen, l'expert assermenté avait remis sous enveloppe cachetée son analyse en laissant simplement apparaître sa conclusion sur une page accessible aux enquêteurs. Il n'avait constaté, chez la patiente, aucune abolition ou altération du discernement lors des passages à l'acte.

Il s'agissait donc d'un double assassinat avec un maquillage finalement grossier. Crimes passionnels, pouvait-on les qualifier de féminicides ?

Victoire clôtura : la nommée Élise Turotoski vous est présentée ce jour à dix-neuf heures à l'issue de sa mesure de garde à vue.

Elle prit le temps de relire son rapport en corrigeant quelques fautes, valida les deux mots du post-it et grimpa au quatrième étage pour le soumettre à Delestran.

– Ah, te voila ! Soulagée ?

– Pas encore... Tiens, lis ! Et dis-moi ce que tu en penses.

Victoire attendit debout face à Delestran, qui avait chaussé ses lunettes. Elle se sentait comme une élève soumettant sa copie à la correction de son professeur, guettant la moindre réaction, redoutant l'usage du stylo rouge. À l'encre noire, il annota un passage, raya une phrase pour en inscrire une autre, ajouta quelques virgules. Au début de la deuxième page, Victoire vit un premier sourire, léger, puis un autre, plus marqué, accompagné d'un acquiescement. Delestran détourna son regard pour réfléchir quelques secondes et, convaincu, reprit sa lecture. Victoire se détendit, finit par s'asseoir, rassurée.

– C'est pas mal. J'ai corrigé quelques fautes, des coquilles bien sûr, supprimé deux ou trois répétitions et reformulé à certains endroits, pour que ce soit plus fluide.

Victoire attendait autre chose.

– La ponctuation, ce n'est pas votre truc, vous, les jeunes !

– Je sais, commandeur, il faut que la phrase respire...

– Je suis content.

– Pourquoi ?

Victoire eut l'impression qu'il allait la féliciter.

– Cette affaire, c'est bien la preuve que la technique ne fait pas tout. Certes, elle nous permet d'améliorer considérablement la résolution de nos enquêtes, mais il ne faudrait pas oublier le cœur de notre métier : l'humain.

– On dirait que ça te fait peur, cette technique ?

– Oui ! Parce que mon petit doigt me dit que nous n'en sommes qu'au tout début et qu'il va falloir se mettre en mode survie face à ce qui nous attend. Je passe peut-être pour un « *has been* » ou un « réac », mais je lis, je m'informe.

– Il faut y voir des possibilités nouvelles, un progrès.

– Le progrès ne vaut que s'il est humain. Il ne faudrait pas qu'il se révèle exclusif en se targuant de vouloir profiter à tous.

– Il n'y a pas de raison.

– Permets-moi d'en douter. Mais tout n'est pas perdu, surtout avec des gens comme toi. Pas mal, ta formule sur Dominik Jean ! En une phrase, tout est dit ! J'apprécie beaucoup. Moi qui pensais que tu le détestais, tu lui as trouvé une bien belle excuse. En plus, je pense que tu as tout compris à la splendeur et à la misère de cet homme.

– Tu m'as un peu forcé la main...

– Si peu...
– Quand même !
Ils éclatèrent de rire.
– Allez ! Tu peux redescendre et finir de mettre en page. Mon petit doigt me dit que, après sa conférence de presse avec le *proc'*, la patronne va payer le champagne dans son bureau.
– Comment tu sais ça ?
– Elle m'a passé un coup de fil pour m'inviter à vous rejoindre. On se retrouve tout à l'heure. Et profite de cette fin de mise en page. Ça fait des souvenirs prodigieux !
Victoire se leva, mais, avant qu'elle ne disparaisse, Delestran la rappela.
– Victoire ?
– Oui, Julien.
– Tu peux être fière de toi, et fière de tes effectifs.
– Ce sont toujours les tiens.
– Pour moi, ce sera mille six cent vingt-deux.
– ... ?
– Le nombre de feuillets de la procédure. Qu'est-ce que tu crois ? J'ai envie de jouer, moi aussi. À moins que je sois exclu ?
– T'est con ou quoi ?
Victoire prit le billet de dix euros que Delestran avait préparé pour mettre dans le pot commun.
– Tu m'as dit combien ?
– Mille six cent vingt-deux. La naissance de Molière. Facile à se rappeler. C'est forcément un ticket gagnant !

Un ciel rougeoyant colorait l'horizon nimbé de nuages étirés. Sur l'autre bord, l'obscurité avait avalé les toits. Entre les deux, Paris se vidait de sa fournaise quotidienne pour laisser place au monde de la nuit. La procédure et ses deux copies certifiées conformes furent déposées sur un chariot à roulettes et descendues aux geôles avec trois cartons de scellés. Mille deux cent treize feuillets : Delestran avait vu trop grand ! Dernier arrivé dans le groupe, Stefan Henrich eut le plaisir, pour la première fois, de remporter les quatre-vingts euros du pot. L'apéritif et le digestif chez Kader seraient pour lui. Après avoir rangé une copie de la procédure aux archives, Anna déposa la pelure* sur

* Cinquième et dernier exemplaire de la procédure.

le bureau de Victoire. Elle était au téléphone avec l'état-major pour commander un car police-secours. Élise Turotoski allait être transportée au dépôt du Palais de Justice afin d'y passer la nuit. Elle serait présentée le lendemain matin devant le magistrat pour son placement en détention provisoire.

Après avoir hésité à sortir sa bouteille de whisky de son bar clandestin, Mitch paya sa tournée de bières. Victoire les rejoignit et leva son verre à la santé du groupe. On aurait pu s'attendre à un moment d'euphorie, mais il n'en fut rien. Heureux d'être ensemble, ils échangèrent quelques mots sur l'affaire avec le sentiment du devoir accompli. Comme ils étaient attendus au quatrième, Victoire dut se résoudre à donner le signal en entrechoquant deux bouteilles vides. Mitch ferma la marche en traînant des pieds.

Rachel Delépine les salua chaleureusement en les invitant à se répartir autour d'une table sur laquelle elle avait disposé des réjouissances. Delestran était déjà là. Il avait eu le plaisir de retrouver Claire Ribot, invitée également. Radieuse, la patronne avait bien fait les choses. À son retour du Palais de Justice, elle s'était arrêtée chez Fauchon pour acheter trois bouteilles de champagne et quatre plateaux de petits-fours. Mitch retrouva le sourire en donnant un coup de coude à Stan. Finalement, elle y était venue. « Tout n'était pas perdu », semblait dire son regard espiègle.

Rachel Delépine prit la parole pour les remercier du travail effectué et leur transmettre les félicitations du directeur, qu'elle avait rencontré à l'issue de la conférence de presse. La 1re DPJ était à l'honneur et ferait la une des journaux. En qualité de cheffe de service, elle en retirait une certaine fierté : « Ma première affaire de PJ, je m'en souviendrai longtemps ! », puis elle modéra ses propos en leur avouant qu'elle avait beaucoup appris, notamment de ses erreurs, et qu'elle avait compris certaines choses, sans en dire davantage. Sa voix était teintée d'une émotion sincère qui inspirait le respect. Elle avait une annonce à faire, se tourna vers Delestran.

– Commandant, je me suis entretenue avec le directeur, qui a eu connaissance des conclusions de l'IGPN. La procédure vous concernant va être transmise au parquet avec un avis favorable à l'abandon des poursuites pour absence d'infraction. Vous êtes donc invité à reprendre votre activité normale.

Delestran opina sans être enjoué. Il attendait la suite, tout comme Victoire, subitement soucieuse de ce qu'elle allait devenir.

– Le problème, c'est : où vais-je pouvoir vous mettre, commandant ?

Elle balaya l'assistance d'un regard circulaire pour jauger les réactions voilées d'inquiétude, mais sans croiser les yeux de Delestran.

– Vous auriez pu reprendre votre place au sein du groupe, mais la capitaine Beaumont est en place et je souhaite la maintenir à son poste.

Victoire fut à demi rassurée.

– Le commandant Demuriez va partir à la retraite en fin d'année prochaine. Il m'a transmis un rapport pour me faire savoir qu'il allait devoir écluser toutes ses récupérations.

Tout le monde avait compris. Agacée, la patronne poursuivit ses explications :

– C'est fou ce qu'en PJ on peut faire comme heures supplémentaires. Je ne comprends d'ailleurs pas comment l'administration tolère cette fâcheuse habitude : capitaliser tant de jours de récupération qui, au bout du compte, se chiffrent en mois, voire en année, au lieu de les prendre au fur et à mesure ! Mais ça, c'est un autre problème...

Elle enchaîna :

– Figurez-vous que Demuriez m'a mise devant le fait accompli : dans un mois, il sera parti, alors qu'officiellement il faudra attendre la fin de l'année prochaine pour que son poste soit proposé à la mutation. Et moi, je fais quoi en attendant ? Donc la solution est toute trouvée : Delestran prend la tête du groupe Demuriez. Et vous, Victoire, la collègue du 93 que j'ai recrutée est affectée dans votre groupe. Comme ça, vous ne perdez rien en effectif. Ça vous va ?

– Et une gonzesse de plus..., marmonna Mitch sans faire bouger ses lèvres, mais de façon à être entendu par ses plus proches collègues.

– Un problème, Mitch ?

– Non, madame. Aucun.

– Bon ! Eh bien, dans ce cas, à vous de jouer. Ouvrez le ban ! lança-t-elle en désignant les bouteilles de champagne.

La taulière fit le service. Chacun y allait de son petit commentaire sur sa décision, qui finalement convenait à tout le monde. Elle était parvenue à faire l'unanimité. L'atmosphère se détendit. Victoire vint féliciter son ancien chef de groupe pour sa nomination. Malgré sa pudeur habituelle, Delestran avait les yeux gourmands.

– C'est une très bonne décision, concéda-t-il au passage de Rachel Delépine remplissant les coupes.

Il était tout aussi heureux pour lui que pour Victoire. Cela se voyait dans ses yeux luisants.

– Les groupes Delestran et Beaumont, une saine émulation, proclama Claire, lorsque les verres s'entrechoquèrent.

La taulière poursuivit le service et termina avec Mitch, qui attendait sagement son tour. Elle trinqua avec lui. Il fut tout surpris de son sourire.

– Mitch, je suis très heureuse d'avoir appris à vous connaître. Il me semble qu'on va faire du bon travail ensemble.

– Vous me voyez un peu rassuré, madame.

– Juste un peu ?

– C'était mal parti, mais, vous comme moi, on a corrigé le tir.

– Finalement vous êtes quelqu'un de très sage, Mitch !

– Bien plus que vous ne le pensez.

– Ça tombe quand, la Saint-Michel ?

– Le 29 septembre.

– J'aurai le droit de vous embrasser ?

– Faut que je consulte votre baromètre.

– Ah, je vois qu'il a produit son effet... Mais si je vous le demande ?

– Si c'est un ordre en plus... Du jaune, on pourrait vite basculer au rouge.

– Bien que vous soyez amené à rougir, on pourrait faire en sorte de rester dans le vert, vous ne croyez pas ?

– Bien entendu, madame. Et vous, c'est quand ?

– Quand quoi ?

– La Sainte-Rachel ?

– Le 15 janvier.

– Après l'Épiphanie, la fève, ce sera moi ! Mon verre est vide, madame. Vous permettez ?

– Bien volontiers, laissez-moi terminer le mien pour ne faire qu'un voyage.

Avec amusement, Delestran et Claire Ribot avaient observé Mitch et la taulière s'apprivoiser. Par-dessus son épaule, Delestran guettait la même chose que Victoire discutant un peu plus loin avec Anna Bellama et Olivier Lessourd : l'éclair bleuté du car police-secours surgissant dans la cour du service. Un rapide échange de regards confirma cette incroyable complicité.

– Alors, commandant ? Ça fait quoi d'être à nouveau chef de groupe ?

– Une drôle d'émotion. J'ai l'impression d'une nouvelle aventure, mais sans rien changer. Franchement, Claire, je suis très heureux. Surtout pour Victoire.

– Elle a trouvé un bon compromis, la patronne.

Puis, à l'initiative de Delestran, la conversation dévia sur Dominik Jean :

– Tu en penses quoi de ce personnage ?

– Je te rappelle que je suis soumise au secret professionnel, rétorqua Claire avec un large sourire.

– Tu ne vas pas me refaire le coup du secret ; d'autant plus que ce n'est pas à la professionnelle que je m'adresse, mais à la femme.

– C'est un homme malheureux, un grand malheureux. Avec un « G » majuscule !

– Et moi, je suis un petit malheureux avec un « m » minuscule parce que je n'arrive pas à en saisir la raison. Il y a quelque chose qui m'échappe. Et ça m'énerve.

Claire sourit de cet agacement.

– Dominik Jean est un homme de désir, comme toi tu désires tout comprendre chez l'autre.

– Et alors ?

Delestran voyait d'un mauvais œil cette comparaison.

– Son désir est tellement exacerbé qu'il prend toute la place. C'est un désir envahissant, ravageur, un désir cannibale qui engloutit tout. Et le pire, c'est que, à travers son désir, il le recherche, le plaisir, mais ne parvient pas à l'atteindre – et pour cause, il se l'interdit. C'est son grand malheur.

– Si je comprends bien, tu es en train de me dire que Dominik Jean est un impuissant ?

– Oui, si incroyable que cela puisse paraître.

– Et s'il ne l'était plus ?

– Dominik Jean est un cérébral, ce n'est donc pas définitif. Son impuissance n'est pas physiologique. Mais qu'est-ce qui te fait dire cela ?

– Une expression qu'il a employée lors de notre discussion en tête-à-tête au cours de notre soirée. Il m'a dit que « quelque chose s'était déverrouillé en lui, grâce à une femme ».

– La femme de sa vie ?

– Oui, peut-être la vraie, cette fois-ci.

Une étincelle arracha Delestran à sa discussion. Il leva la tête en direction de Victoire. D'un geste discret de la main, il l'invita à rejoindre la place qui lui revenait désormais de droit. Elle n'y serait pas allée sans son autorisation. Entre eux, cette invitation avait la saveur d'un sacrement. Victoire passa devant Claire et Delestran en direction de la fenêtre faisant office d'autel pour la petite cérémonie traditionnelle du déferrement. Au moment de son chargement dans le car police-secours, Victoire allait tenter d'entrevoir, dans le dernier regard d'Élise Turotoski, une autre vérité que celle de son enquête.

Claire examinait Delestran, qui voyait la scène à travers les yeux de Victoire collée contre la vitre. Elle était totalement focalisée sur ce qui allait se passer en contrebas. Il fallait attendre un peu. Le faisceau bleuté revenait régulièrement après avoir fait un tour sur lui-même. Victoire guettait. Elle s'impatientait, sans rien lâcher, de peur de manquer le moment crucial. Delestran la dévorait des yeux. Sur la pointe des pieds, un léger frétillement de jambe témoignait d'une tension grandissante. On retenait son souffle.

Victoire se hissa au maximum. Le moment était venu. Menottée, Élise Turotoski sortait du bâtiment, encadrée par deux policiers en uniforme. Ils étaient suivis d'un troisième, poussant un chariot à roulettes chargé de la procédure et des scellés. Ils marquèrent une pause sur le perron. Un policier fit un geste de la main à son collègue chauffeur pour qu'il recule d'une dizaine de mètres pour faciliter le chargement. Où se portait le regard d'Élise Turotoski ? La bouche entrouverte, Victoire avait arrêté de respirer. On incita Élise Turotoski à descendre les marches du perron. Le port des menottes lui donnait une démarche instable. Elle disparut un instant en contournant le véhicule pour y pénétrer par la porte latérale, qui venait d'être ouverte. Elle réapparut sous l'éclairage du plafonnier, donnant une impression vaporeuse à l'habitacle. On l'invita à rejoindre le fond du véhicule et à s'asseoir sur le banc, côté opposé au chauffeur*. Ainsi positionnée, Élise Turotoski soumettait à Victoire son visage de trois quarts face dans le rectangle éclairé de la fenêtre arrière du fourgon. Victoire avait le cœur qui cognait. Un policier faisait les allers-retours pour charger la procédure. Élise Turotoski allait-elle avoir un regard cherchant quelque chose à travers la vitre pendant cet instant suspendu ? La porte latérale fut claquée. Le chef de bord rejoignit sa place à l'avant du véhicule, qui démarra. Victoire vit la barrière se lever et le bleu se dissoudre dans le lointain.

Comme elle revenait vers Claire et Julien, une légère déception se vit sur le visage de Victoire.

– Rien ! Elle n'a même pas levé la tête.

– C'est donc qu'elle n'attend plus rien.

La sentence de Delestran jeta un froid, vite dissipé par Claire :

– Champagne ?

* Pour prévenir toute réaction brutale d'une personne transportée dans un véhicule de police pouvant perturber le chauffeur et nuire à la sécurité, elle est toujours assise de façon à être le plus éloignée du conducteur.

Chapitre 22

La sonnerie du téléphone arracha Delestran à sa nuit. Des ronflements, il passa aux grognements avant de décrocher son portable professionnel, qui indiquait cinq heures trente.

– Julien, c'est Annie. Excuse-moi de te réveiller.

Delestran s'échappa du lit.

– Je t'écoute, Annie, murmura-t-il, quittant à l'aveugle le noir de la chambre.

– Ce n'est pas la bonne heure, je sais, mais j'ai un cadavre sur les bras.

– Attends, je prends un stylo, bafouilla-t-il en rejoignant douloureusement le salon.

– Pas besoin. Bois de Boulogne, lac Inférieur, au niveau des barques.

– Tu es sur place ?

– Je viens d'arriver. Un homme d'une cinquantaine d'années, une balle en plein cœur, découvert allongé au fond d'une barque par un joggeur.

– Un joggeur ?

Sur sa montre, Delestran vérifia à nouveau l'heure. Ses yeux n'avaient pas rêvé.

– Oui, il commence à faire jour. Certains sont matinaux, même un 14 juillet. Je commence à ratisser la zone. J'ai prévenu l'IJ et le légiste. Je n'ai pas encore appelé le parquet.

– C'est qui, le *proc'* de permanence ?

– Lecourbe.

– Connais pas.

– Je l'ai eu au téléphone, il y a deux nuits, sur un *braquo*. C'est un perdreau de l'année qui se prend pour un aigle. Tu vois le genre... C'est pour ça, il vaut mieux que ce soit toi qui l'appelles pour ne pas l'avoir trop tôt sur le dos.

– OK. Je vais venir avec deux collègues de la permanence. Tu me laisses une petite heure ?

– Bien sûr, Julien. Prends le temps d'avaler un truc et de boire un café.

– Tu peux aviser la taulière ? Tu as plus l'habitude que moi de réveiller les gens...
– Je m'en occupe.

La commandant Annie Siman n'avait pas eu besoin de se justifier. Débuter les constatations maintenant, c'était finir sa nuit en début d'après-midi, à l'issue de la rédaction du procès-verbal, pour reprendre à vingt heures. Il valait mieux laisser l'affaire à l'équipe de journée, Delestran ayant horreur de reprendre un dossier sans avoir fait lui-même les constatations, non qu'il n'ait pas confiance en sa collègue de nuit, mais parce qu'il ne pouvait concevoir l'idée de mener une enquête sans avoir été sur la scène de crime.

Delestran appréciait Annie Siman, cheffe de l'équipe de nuit depuis plus de vingt ans. Outre ses compétences et son sens policier, elle avait su imposer ce qu'elle avait décidé d'être aux yeux de tous. Avec sa voix grave, ses formes assumées, toujours mises en valeur par une longue robe noire moulante au décolleté plongeant, été comme hiver, cette grande dame plantureuse à l'abondante chevelure rousse cultivait le mystère autour de son personnage. Sa provocation affichée avait le goût d'une lointaine vengeance. Elle prenait un malin plaisir à voir les mâles prétentieux venir se casser les dents devant son apparence travaillée, puis baisser les yeux, courber l'échine et finir par se consoler dans le fantasme. Volontairement énigmatique, elle était devenue une véritable icône. Tout le monde la connaissait, même ceux qui ne l'avaient jamais rencontrée. Obtenir un sourire d'Annie Siman, c'était recevoir un baiser au front avant de fermer les yeux.

La voix envoûtante d'Annie avait sorti Delestran du lit. Malgré la brutalité du réveil, cela le fit sourire. En attendant que sa cafetière se remplisse, il contacta deux membres de sa permanence. La capitaine Camille Goujon, adjointe du troisième groupe crime, serait un sérieux appui. Le gardien de la paix Brahim El Faoued, major de sa promotion et arrivé récemment à la 1re DPJ, allait être lancé dans le grand bain lors de ce week-end de trois jours. Il leur donna rendez-vous sur place une heure plus tard.

Son café avalé, Delestran fit un brin de toilette avant de se mettre en route. Encore un peu vaseux, il se coupa en se rasant. Ce n'était pas une grosse entaille. Un petit filet de sang s'échappa, le contraignant à appliquer un morceau de coton humidifié sur sa lèvre supérieure pendant quelques instants. Un peu plus tard, dans le parking souterrain de sa résidence, il vit dans le rétroviseur central qu'une petite goutte avait perlé, faisant pansement en séchant. Il l'effaça avcc un peu de salive au bout du doigt.

En raison de la fête nationale et de son imposant dispositif de sécurité, Delestran dut contourner la place de l'Étoile pour rejoindre le bois de Boulogne. Dans l'axe de l'Arc de Triomphe, un liseré orangé enflammait l'horizon tandis que, de l'autre côté, quelques têtes d'épingles scintillaient encore sur la grande toile tendue par la nuit. Entre les deux, le ciel étalait sa palette de couleurs vivifiantes, qui progressaient inexorablement à chaque instant vers le clair. Lorsque le soleil surgit, il incendia les toits de Paris en faisant briller une multitude de petits miroirs. Delestran aurait aimé s'arrêter pour savourer ce moment si particulier, mais le cadavre d'un homme l'attendait.

La population habituelle avait déserté la route de Suresnes. Entre les grands platanes, les camionnettes en stationnement étaient vides. Éteintes, les bougies sur les tableaux de bord étaient devenues froides depuis longtemps. Apeurés par la présence au loin de deux véhicules de police-secours au gyrophare allumé, les clients avaient renoncé à leurs pulsions, obligeant les travailleurs du sexe à abréger leur vacation de nuit.

Au débouché, Delestran ralentit. Il vit apparaître le lac Inférieur tapissé d'un léger film de vapeur d'eau. Avec le vert sombre des arbres tout autour, on se serait cru loin de Paris, au pays des matins calmes. À cet endroit, une anse se formait au bout du lac. Sur la droite, Delestran reconnut Annie à une centaine de mètres. Sa chevelure rousse était entourée de trois policiers en tenue, du capitaine Goujon et du gardien de la paix El Faoued. De la rubalise avait été tendue entre les troncs des pins séculaires d'un petit bosquet. Sur la berge, une barque isolée semblait être échouée. Juste en face, sur l'autre rive, se situait la société de location. Une trentaine de barques, similaires et enchaînées les unes aux autres, étaient rassemblées autour d'un ponton. De la rubalise entourait également l'embarcadère et deux policiers montaient la garde tandis qu'un troisième se maintenait un peu plus haut sur la route de la

Muette-à-Neuilly, devant un véhicule étrangement seul, une Jaguar à la robe vert métallisé.

Delestran se gara au milieu, entre les deux périmètres de sécurité. Il hésita un instant en enfilant son brassard police autour de son bras gauche. Il devait y avoir un point de départ et un point d'arrivée, mais ce n'était pas ce qui le perturba. C'était comme une intuition, en plus insidieux. Il se dirigea vers le policier en faction devant la Jaguar, qui, le voyant arriver, s'approcha à grands pas en levant le bras en direction du bosquet.

– La commandant est là-bas avec le corps et le reste de votre équipe.

Ne voyant aucune réaction de Delestran, fixé sur la Jaguar, le brigadier crut bon de rajouter :

– C'est la voiture du mort. On l'a fait identifier. Une fourrière est commandée. Dès que l'IJ l'aura prise en photo, votre collègue m'a demandé de la faire remorquer dans la cour de votre service.

Delestran ne réagit toujours pas. C'était de la peur qui se lisait désormais dans ses yeux. Le brigadier s'en aperçut.

– Oui, ça a dû se passer au niveau de l'embarcadère. Ensuite la barque a dérivé de l'autre côté. Ça va faire du grabuge quand la presse va savoir. On risque de les voir débouler, affamés comme des charognards.

Quand la presse va savoir quoi ? L'identité du mort ? Delestran fut soudain frappé de stupéfaction. Il y avait une erreur, forcément. C'était le hasard. Il n'était pas le seul à avoir une Jaguar ! Il ne pouvait pas y croire, ne voulait pas l'entendre. Il devait rêver. Annie ne l'avait pas réveillé.

– Ne me dites rien, s'il vous plaît, supplia-t-il.

Et il fit demi-tour précipitamment, en proie à une colère s'apparentant à du déni.

On vit la démarche lourde et pataude de Delestran rejoindre le petit sentier longeant le lac, celui qu'empruntent les promeneurs en famille et les adeptes de course à pied. On aurait dit un homme à la fois solitaire et solidaire, avançant inexorablement vers son destin, accablé du sort des hommes. Il passa sous le cordon de sécurité, fit la bise à Annie et salua ses deux autres collègues de permanence. Les visages étaient graves, comme si on allait lui annoncer la mort d'un proche. Dominik Jean avait été assassiné d'une balle en plein cœur. Quelle ironie! Son corps gisait au fond d'une barque poussée par le courant sur l'autre rive. Ce n'était plus Dominik Jean, mais un homme comme les autres, que la mort avait ramené parmi les siens en le transportant dans l'autre monde.

On laissa la place au photographe de l'IJ pour fixer les lieux sur la carte mémoire de son appareil. Les policiers attendirent l'arrivée du légiste sous le chant des oiseaux célébrant un jour nouveau. Après avoir grillé une cigarette, Delestran contacta le magistrat de permanence. Il se rendait sur place.

Deux policiers en tenue aidèrent le légiste à ramener le corps sur la terre ferme. Il fut étendu sur une bâche. Delestran assista à l'examen sans y prendre part. Cette fois, il ne pourrait pas y mettre les mains.

Une phrase résonnait en lui : « J'espère avoir l'occasion de vous revoir. Mais dans d'autres circonstances… » C'étaient les dernières paroles que Dominik Jean lui avait adressées. Ils ne s'étaient pas revus, c'étaient donc bien les dernières; définitivement.

Une vie prodigieuse venait de s'en aller brutalement. La mort avait pris possession du corps de Dominik Jean et pourtant Delestran l'entendait rire encore. Il se souvenait également de la menace exprimée au cours de sa garde à vue. Il redoutait pour sa vie. Pourquoi n'avait-il pas cherché à en savoir davantage? Parce qu'à ce moment-là son esprit était préoccupé par une autre personne. Il le regrettait.

Il y avait donc bien quelqu'un qui en voulait à la vie de Dominik Jean. Le résultat était là, sous les yeux des enquêteurs : une balle en plein cœur. Jamais Delestran n'avait vu un rouge aussi vif sur la chemise blanche gorgée de sang. La plaie formait un cratère, d'où s'était échappée une quantité incroyable de lave en fusion. Elle s'était répandue sur sa poitrine, puis fixée en refroidissant. Sur les pourtours, le sang s'était assombri en séchant tandis qu'au centre, rubescent, il luisait encore.

Mis à part les clés de son véhicule, Dominik Jean avait les poches vides. Lorsque sa poitrine fut mise à nu, on découvrit le pendentif en ivoire autour du cou. Delestran expliqua l'origine de ce morceau chargé d'histoire tout en donnant quelques détails sur les circonstances qui l'avaient amené à rencontrer cet illustre personnage.

L'examen terminé, Delestran envoya Camille Goujon et Brahim El Faoued procéder aux constatations sur l'autre rive, au niveau du ponton. Il s'approcha enfin et fut captivé par le regard du cadavre. Il avait dû voir la mort arriver et, pourtant, il lui avait souri, par mépris. Les lèvres étirées laissaient largement entrevoir la blancheur de ses dents. Ses grands yeux ouverts portaient toujours l'éclat lumineux de son orgueil. Jusqu'au bout, il avait eu l'audace de son arrogance. Dominik Jean n'aurait pas eu ce regard dédaigneux avec une femme. Celui qui avait appuyé sur la détente avait dû subir un terrible affront. « Vas-y, tire, si tu es un homme. » Et l'autre avait tiré pour faire taire Dominik Jean à tout jamais.

Dans son processus de dégradation, la mort allait ternir la vigueur de ce regard qui n'appartenait qu'à Dominik Jean. Elle allait le défigurer, le ramener à la normalité, pour l'éternité. Delestran se pencha et lui ferma les paupières.

Le corps fut recouvert d'un drap. Deux policiers déviaient les joggeurs, de plus en plus nombreux, de leur parcours habituel. Ils étaient invités à contourner le bosquet en longeant le ruban rouge et blanc, puis à reprendre leur trajet sur le chemin de terre longeant le lac. Pendant ce contournement, leur regard était aimanté vers cet amas blanc gisant au bord de l'eau.

Il était huit heures, les constatations se poursuivaient lorsque les enquêteurs virent arriver le jeune magistrat, costume clair et attaché-case. Il s'adressa à un policier en tenue à l'entrée du périmètre, désignant le commandant Siman d'un geste méprisant.

Intrigué, Delestran se rapprocha de sa collègue pour accueillir le magistrat.

– Anthony Lecourbe, substitut du procureur.

– Bonjour, monsieur le substitut, commandant Delestran et ma collègue de nuit, la commandant Annie Siman que vous avez déjà eue au téléphone il me semble.

– À quelle occasion ? Rafraîchissez-moi la mémoire, questionna le magistrat après avoir serré la main des deux policiers.

– Le braquage de la rue Legendre, il y a deux nuits.

– Ah ! C'était vous !

– Oui !
– L'auteur court toujours.
– Oui, mais il est identifié, une paluche retrouvée sur une pile du boîtier à impulsion électrique qu'il a laissé sur place en prenant la fuite. Ils ont beau mettre des gants pour monter au *braquo*, ils oublient parfois d'en mettre en préparant leur coup.
– Effectivement. Heureusement qu'ils font des erreurs… Bon, je vous écoute. Dites-moi tout.

Ce beau brun aux cheveux courts avait le regard vif et dans la voix une assurance à toute épreuve. Il avait eu un œil amusé, puis s'était repris dans une posture plus solennelle. Delestran l'invita à se rapprocher du corps autour duquel patientait le légiste. Il appela la capitaine Goujon et le gardien de la paix El Faoued pour faire un point précis.

En première intervenante, la commandant Siman prit la parole. C'était un joggeur qui avait découvert le corps aux premières lueurs du jour, à cinq heures. Il avait trouvé surprenant de voir la barque isolée à cet endroit du lac. En se rapprochant, il avait fait la macabre découverte et avait donné l'alerte avec son téléphone portable en composant le 17. À son arrivée, la zone était déserte, mais, en ratissant large, les effectifs de la police-secours du 16e arrondissement avaient obtenu un témoignage important. Un travesti équatorien faisant le tapin dans une camionnette stationnée route de Suresnes avait entendu une déflagration vers une heure du matin. Étant occupé avec un client, il ne s'était pas rapproché immédiatement, mais seulement une dizaine de minutes plus tard. Arrivé à proximité du lac, il avait vu un combi Volkswagen quitter son stationnement sur la route de la Muette-à-Neuilly, au niveau de la Jaguar. Il n'avait pas vu le conducteur, juste le véhicule partir rapidement sans aucune indication sur la plaque d'immatriculation. C'était un combi beige avec un porte-vélo fixé sur le hayon. Il s'était rapproché de la cabane, mais il faisait sombre. Il n'avait rien remarqué de particulier, avait rejoint sa camionnette à une centaine de mètres. Le joggeur et le travesti étaient en train d'être auditionnés au service.
– Il y avait un vélo ? interrompit le procureur.
– Un vélo ?
– Oui, sur le porte-vélo du combi ?

– Euh… Je n'en sais rien. Mais mon collègue mentionnera la réponse dans l'audition et, si tel était le cas, il essaiera d'avoir une description.

– Faudra essayer de voir aussi s'il y a de la vidéosurveillance, au moins au niveau du périphérique. Un combi beige, ça devrait se repérer facilement.

– Ce sera fait, monsieur le substitut, répondit Delestran, qui donna la parole au capitaine Goujon.

Quelques gouttes de sang avaient été découvertes sur le chemin en terre devant la cabane de location des barques, au niveau du ponton. Le collègue de l'IJ avait effectué un prélèvement pour une analyse comparative avec le sang du défunt. Une fouille minutieuse des abords n'avait pas permis la découverte d'une douille, ni d'une arme. Cependant, sur le ponton, deux traces de ripage parallèles laissaient supposer que le corps avait été traîné sur une dizaine de mètres jusqu'à un emplacement de barque vide. Le gardien de la paix El Faoued avait constaté que la chaîne de sécurité avait été coupée au niveau d'un maillon pour libérer la barque.

– Cela veut dire que l'auteur, en plus d'être armé, devait avoir avec lui un coupe-boulon ou une pince coupante ?

– Oui, certainement, monsieur le substitut. Cela veut surtout dire qu'il avait prémédité son coup.

– Le jour où vous lui mettrez la main dessus, il faudra absolument l'outil qui lui a permis de cisailler la chaîne, commandant.

– Nous n'y manquerons pas, monsieur le substitut.

– Et ces traces de ripage ? Vous avez trouvé des traces qui pourraient correspondre sur les talons des chaussures du cadavre ?

– Oui, mais ce n'est pas flagrant.

Anthony Lecourbe fronça les sourcils. Il essayait de visualiser ce qui avait pu se passer, se frotta le menton, regarda en direction du ponton, puis fixa la barque vide.

– Bon, il va falloir faire intervenir des plongeurs. On ne sait jamais : l'auteur a pu jeter l'arme dans le lac, voire le coupe-boulon.

– Si vous le souhaitez, monsieur le substitut.

Le magistrat eut un rictus d'agacement à l'usage répété du mot « substitut » par Delestran.

– Bon ! Vous me mettez ça en place immédiatement.

Delestran se tourna vers la capitaine Goujon, qui opina pour lui signifier qu'elle allait contacter les sapeurs-pompiers.

Ce fut au tour du docteur Renaud d'apporter son éclairage. La mort avait été pratiquement instantanée, une balle en plein cœur. Il avait examiné minutieusement la plaie après un nettoyage pour la débarrasser du sang. Il s'agissait d'une plaie pénétrante et non perforante, le projectile n'était pas ressorti. La forme circulaire de l'orifice indiquait un tir perpendiculaire. La chair autour de la plaie était gonflée et parcheminée en raison des gaz brûlants et présentait un aspect stellaire. En raison de l'élasticité de la peau, il ne pouvait pas calculer le calibre de l'arme utilisée. Il avait observé une zone de tatouage particulièrement marquée. Les grains de poudre avaient grisé les pourtours de la plaie au niveau de la chemise, et de la suie, provoquée par la combustion à la sortie de la bouche du canon, avait noirci l'intérieur de la plaie, brûlée également par la flamme s'échappant du canon. Il s'agissait d'un tir à bout touchant appuyé, l'auteur avait enfoncé son arme dans la poitrine de sa victime, ce qui était éclairant sur son intention criminelle. Par ailleurs, sur le reste du corps, il n'avait constaté aucune lésion traumatique sur les zones de prise, de maintien ou de défense. La victime n'avait eu aucune réaction de défense. La perte de sang était abondante, mais, en plein cœur, il fallait s'y attendre.

– L'autopsie, vous pouvez la faire quand docteur ?

– Cet après-midi, monsieur le procureur.

– Ah ! J'apprécie... votre disponibilité, docteur. Dès mon retour au tribunal, je vous adresserai une réquisition. Outre le projectile à récupérer pour envoyer à la balistique, vous me ferez une recherche en toxicologie, alcool, stupéfiants, opiacés ; enfin, la totale !

– Moi, je me contenterai de prélever du sang, c'est le commandant qui se chargera du reste avec le labo.

– Ce sera fait, monsieur le substitut, dans la foulée, intervint Delestran.

Puis se tournant vers le gardien de la paix El Faoued :

– Brahim, tu fais quoi cet après-midi ? Une autopsie, ça te dit ?

– Euh, rien, commandant. Je n'ai jamais fait, mais... je suis partant.

– Ne t'inquiète pas ! Tu iras avec un collègue de la *perm'* et tu verras – il fit un clin d'œil au légiste –, le docteur Renaud est un grand pédagogue, surtout la première fois. Tu vas en ressortir tout chamboulé, certes, mais très heureux de vivre.

– Si vous le dites...

– Autre chose, docteur? demanda le magistrat.

– Oui, une dernière, concernant le délai *post mortem*. La rigidité cadavérique est en cours d'installation dans la partie haute du corps. Les lividités cadavériques sont visibles mais non fixées. Elles sont présentes dans les zones déclives et correspondent à la position de la découverte. Avec la température corporelle que j'ai prise, on se situe dans un délai de sept heures, avec une incertitude de plus ou moins une heure.

– Donc, vers une heure du matin, ce qui correspond à la déflagration entendue par notre ami le travesti.

– Oui, monsieur le procureur.

Anthony Lecourbe voulut voir le corps. Ils se dirigèrent vers ce dernier et, lorsque Delestran souleva le drap, il eut un choc :

– Putain! Mais c'est Dominik Jean! Vous auriez pu me le dire avant! Merde!

– Ça change quoi? rétorqua Delestran, piqué à vif.

– Pour vous, pas grand-chose. Mais pour moi, beaucoup. Ça va faire du grabuge. Quand les médias vont savoir ça, ça va être une déferlante.

– C'est vrai que je ne vous l'ai pas indiqué, mais je comptais le faire, bien entendu, monsieur le substitut. Surtout que j'ai des choses à vous dire le concernant.

– Et vous comptiez le faire quand? Au retour d'autopsie? Je vais avoir tous les médias sur le dos. Ça va être infernal! Je vous préviens, si ça sort, ça va chier!

– Nous sommes comme vous, monsieur le substitut. Nous avons tous intérêt à pouvoir travailler paisiblement.

– Bon, je vous écoute. Qu'est-ce que vous avez à me dire de si important au sujet de Dominik Jean?

Delestran lui relata les circonstances dans lesquelles ils avaient fait connaissance, puis les menaces évoquées par ce dernier.

– Et vous n'avez rien fait?

– Que voulez-vous que je fasse? Ce n'était pas des menaces circonstanciées. Elles étaient pour le moins évasives. L'intéressé n'a pas jugé opportun de déposer plainte. Depuis, je n'ai pas eu connaissance qu'il l'ait fait auprès de nos services.

– Et c'était quand, sa garde à vue?

– Il y a tout juste trois mois.

– Bon, il va falloir me reprendre tout ça. Vérifier son emploi du temps, interroger son entourage, parce que désormais, preuve en est, les menaces étaient bien fondées. C'était acté dans la procédure ?

– Non, monsieur le substitut. C'était du *off*.

Anthony Lecourbe poussa un ouf de soulagement.

– Vous penserez à me faire la téléphonie également.

– Là, je peux déjà vous dire le résultat : rien ! Dominik Jean n'avait pas de portable.

– Pas de portable ?

– Pour être plus précis, il n'en avait plus.

– Mais comment faisait-il ?

– Il avait une agent, Fabienne Delporte, qui lui organisait tous ses rendez-vous, sa vie en général.

– Faudra me l'entendre, alors.

Puis s'adressant au capitaine Goujon :

– Vous voulez bien m'accompagner de l'autre côté ? Je voudrais jeter un œil avant de repartir.

Delestran le regarda s'éloigner.

– Je t'avais dit. Pas commode, le jeune *proc'*...

– C'est son problème, pas le mien. Dis-moi, Annie, tu comptes rester là encore longtemps ? Ce n'est pas que ta présence m'indispose, bien au contraire, mais j'ai du travail.

– Je vais y aller. On se revoit tout à l'heure...

Delestran la raccompagna, puis, à son retour, il s'adressa au policier devant la rubalise.

– Brigadier, qu'est-ce qu'il vous a dit, le substitut, en arrivant ?

– Si vous saviez... La honte !

– Justement, j'aimerais bien savoir.

– Il m'a dit que la pute, là-bas, n'avait rien à faire dans le périmètre de sécurité et qu'il fallait qu'elle dégage.

– L'imbécile !

– Quand je lui ai dit que c'était la commandant de la nuit...

Le bois de Boulogne s'agitait, toujours plus de promeneurs et de joggeurs. C'était une matinée de fête nationale très agréable où le soleil brillait sans plomber encore l'atmosphère. Les hommes-grenouilles des sapeurs-pompiers de Paris captaient l'attention. Un amas de badauds s'était formé. Deux hommes sondaient méthodiquement le périmètre défini. On les voyait remonter régulièrement à la surface, faire un signe négatif de la main, avancer d'un mètre et disparaître en faisant apparaître un nuage boueux à la surface.

En face, dans son bosquet clôturé de rouge, Delestran attendait les pompes funèbres. Les joggeurs, solitaires, en couple ou en groupe, ralentissaient l'allure en devant contourner l'îlot parsemé de troncs déployant leur verdure ombragée. Beaucoup s'arrêtaient et marchaient, pour observer sur une vingtaine de mètres, avant de relancer la machine. La bâche blanche dissimulant le corps mort focalisait tous les regards. C'était toujours la même chose. Les passants affichaient un regard triste, sans savoir, mais en devinant, puis retrouvaient instantanément leur allégresse initiale en s'éloignant. La vie des uns, la mort des autres... Et les flics au milieu!

Delestran décrocha son téléphone personnel et composa un numéro :

– Salut, Michel. Je ne te dérange pas?

– Non, mon général, je suis chez moi en train de terminer un article.

– J'ai du biscuit pour toi.

– Je t'écoute.

– Dominik Jean, assassiné d'une balle en plein cœur.

– Oh putain! Tu es où?

– Bois de Boulogne. Son corps a été retrouvé gisant au fond d'une barque au petit matin.

– Il y a déjà du monde sur le coup?

– Non. Personne. C'est bien pour ça que je t'appelle.

– Vous avez des pistes?

– Non, rien pour l'instant. Là, j'attends les PFG.

– Merde, je n'aurai pas le temps de venir sur place.

– Tu pourrais me faire un truc, deux mots, trois lignes, sur votre site, juste pour lancer les hostilités?

– Toi, je sens que tu as des comptes à régler?

– Pas faux!

Delestran lui donna quelques détails, juste ce qu'il fallait, sans en dire trop.

– Compte sur moi, je vais te faire ça bien. Ni vu ni connu. Par contre, si tu pouvais me faire une petite photo, juste pour illustrer. Le genre : enlèvement du corps par les PFG, à la dérobée, par un paparazzi.

– Si je peux te faire plaisir...

– Tu me soignes quand même le cadrage. Tu en prends plein et tu trieras après.

– OK, je te tiens au jus.

– J'aime quand tu prends de mes nouvelles, comme ça, un 14 juillet !

– Tu as eu une aide extérieure. Un coup de chance, je t'expliquerai...

– La chance, c'est comme les femmes, il faut la désirer.

– C'est ton côté romantique. Allez, on se rappelle plus tard...

Le camion des PFG se présenta à dix heures. Il se gara au plus proche du périmètre de sécurité. Delestran accueillit les assistants funéraires parés de leur uniforme en leur remettant la réquisition judiciaire pour le transport du corps à l'IML.

Il avait eu le temps de réfléchir, avait déjà sa petite idée. Il se prépara, régla la mise au point sur les deux hommes se dirigeant vers le corps avec leur brancard à la main. En se décalant d'une dizaine de mètres, il choisit l'endroit du déclenchement : un large espace entre les troncs, le lac en arrière- plan, avec le ciel bleu de Paris et, en bordure supérieure, le vert des pins.

Les croque-morts déplièrent leur brancard. Le corps fut rapidement mis dans la bâche. Derrière lui, Delestran entendit un vrombissement arrivant de loin, mais il resta concentré sur les deux hommes qui venaient de décoller le corps du sol. Le ronflement se rapprocha et devint rapidement assourdissant. Neuf Alphajet de la Patrouille de France déchirèrent le ciel pour ouvrir le défilé militaire. Les assistants funéraires levèrent les yeux et virent les biréacteurs larguer leurs fumigènes aux couleurs de la République. Delestran appuya instantanément pour prendre plusieurs clichés.

Même mort, Dominik Jean ne faisait pas les choses comme les autres. En formation « Big Nine », les avions de la Patrouille de France lui rendaient les hommages de la Nation dans un ciel bleu-blanc-rouge. Un scoop saisissant !

À quatorze heures, Delestran était toujours en train de rédiger le procès-verbal des constatations. Pour la relecture, une âme charitable lui avait déposé une religieuse au chocolat sur le coin de son bureau. La patronne était passée pour prendre des nouvelles et elle était partie à l'autopsie, accompagnée de

Brahim El Faoued. Quitte à ce que ce soit une première, autant que ce soit pour deux. Le portable professionnel de Delestan vibra. Le numéro du parquet s'afficha. Cela allait être du sport :

– Delestran ? Lecourbe à l'appareil. C'est quoi ce putain de bordel, Delestran ?

– De quoi parlez-vous, monsieur le substitut ?

– Mais enfin, Delestran, la fuite dans la presse ! Ça vient forcément de chez vous ! J'ai tout le monde sur le dos, figurez-vous ! Les chaînes info, la presse écrite, le procureur général et même le garde des Sceaux ! Vous vous rendez compte ? Ça carillonne de partout ici ! Un bordel sans nom ! Ils me mettent une pression terrible !

– Je ne comprends pas, monsieur le substitut.

– Vous rigolez ou quoi ? Je vous préviens : ne me prenez pas pour un con, Delestran. Une photo a été prise et diffusée sur le site d'une revue spécialisée et tout le monde la reprend en boucle. Je veux savoir qui a pris cette putain de photo !

Le magistrat hurlait au téléphone, obligeant Delestran à éloigner l'écouteur.

– Delestran, vous êtes toujours là ?

– Oui, monsieur le substitut.

– Je veux un nom ! Il va me le payer cher, celui qui a fait ça ! Le secret de l'instruction, vous connaissez ?

– Oui, monsieur le substitut. Mais je vous assure, cela ne vient pas de chez nous.

– Vu la photo, il fallait être sur place.

– Vous êtes sûr ?

– Putain, mais allumez la télé et vous allez voir. Alors ça vient d'où ? J'exige une réponse !

– Vous savez, à cette heure-là, le Bois s'était rempli. Il y avait beaucoup de monde sur place et, forcément, notre présence intriguait, rameutait du monde. N'importe qui a pu prendre cette photo. L'accès au Bois était libre. Le droit à l'information, vous connaissez ?

– Arrêtez, Delestran. Ne jouez pas à ce petit jeu avec moi. Ce photographe devait être dans le périmètre, tout proche de vous. Vous savez forcément ! Alors, j'attends. Je veux un nom !

– Maintenant que vous me le dites, monsieur le substitut, il y a bien un homme qui s'est présenté à moi vers dix heures. C'était, comment dire... un souteneur...

– Un souteneur ?

– Oui, un julot, si vous voulez.
– Et qu'est-ce qu'il voulait ?
– Figurez-vous qu'une de ses dames de galanterie...
– Une quoi ?
– Une dame de galanterie, une pute, si vous préférez, monsieur le substitut. Elle avait perdu une boucle d'oreille en faisant une passe dans la nuit et il la cherchait. Je ne vois que lui. Par contre, je ne l'ai pas vu prendre de photo. Allô ? Monsieur le substitut, vous êtes toujours là ?
– C'est bon, Delestran, j'ai compris ! Je vous préviens, vous avez intérêt à me la sortir, cette affaire, et vite ! Parce que, maintenant que les fauves sont lâchés, il va falloir leur donner à manger.
– Nous y travaillons, monsieur le substitut.
Et le magistrat de raccrocher.

C'était un petit bonheur qu'il fallait savoir savourer. Les chaînes info tournaient en boucle. France Télévisions et TF1 avaient interrompu leurs programmes. Dans les rédactions, c'était l'effervescence. On avait pesté, le président de la République n'en finissait pas avec son interview du 14 Juillet, ça traînait. Tout le monde était sur le pont. La photo – une œuvre d'art, selon certains – avait été effectivement reprise par tous les médias. En coulisse, on s'affolait. Aucune nécrologie n'était prête. Il y avait tout à faire. On recherchait des images d'archives. Il fallait trouver des témoignages, des voisins qui le connaissaient bien, entrer en contact avec des proches. Des reporters étaient partis sur place, à son domicile, chez son éditeur. C'était la course, il fallait produire du contenu. Ce 14 Juillet sentait le soufre. C'était bon pour l'audimat ! Pas sûr que l'étape du Tour de France soit diffusée dans son intégralité.

Sur les plateaux, les experts improvisaient en attendant d'être approvisionnés. Ils meublaient en commentant inlassablement la photo, reprenaient ce qu'ils trouvaient sur le Net concernant Dominik Jean : la liste de ses ouvrages, ses missions philanthropiques, ses expéditions et sa réputation avec les femmes. C'était la surenchère au bandeau défilant : « Le grand écrivain-voyageur tué d'une balle en plein cœur », « L'homme aux mille femmes retrouvé mort », « La fin tragique de Dominik Jean », etc.

Des pistes commençaient à être évoquées. Un règlement de comptes par des néo-féministes ? Une femme jalouse ? Un mari trompé ?

Delestran jubilait et croqua dans sa religieuse au chocolat à pleines dents.

Chapitre 23

Ils l'avaient cherché tout le week-end, en vain. L'auteur du meurtre de Dominik Jean avait rapidement été identifié, mais il courait toujours ou, plus exactement, il se terrait quelque part; introuvable.

Dès le vendredi après-midi, une piste sérieuse avait vu le jour avec l'audition de Fabienne Delporte. Le mercredi précédent, en début d'après-midi, elle avait reçu l'appel d'un homme se présentant comme un très vieil ami de Dominik Jean. Elle s'en souvenait très bien. En effet, depuis sa sortie de garde à vue, plus personne ne cherchait à entrer en contact avec lui et, subitement, le téléphone s'était remis à sonner avec, cette fois-ci, un homme au bout du fil. Elle n'avait pas reconnu la voix de cet inconnu qui ne s'était pas donné la peine de se présenter. Il voulait « revoir Dominik Jean, une dernière fois ». La voix était grave et résolue, l'homme semblait pressé et déterminé. Elle avait noté son 06 en lui assurant qu'elle le lui communiquerait, ce qu'elle avait fait le lendemain matin, lorsque Dominik Jean était venu, comme à son habitude, passer quelques heures chez son éditeur. À la transmission du message, elle avait noté de l'inquiétude. Ce jour-là, il était reparti rapidement. Elle l'avait trouvé « soucieux » et « sombre », mais elle n'avait pas posé de questions. « Revoir une dernière fois », qu'est-ce que cela voulait dire? L'homme allait-il mourir? Allait-il partir? Le lendemain, Dominik Jean n'était pas passé au bureau. Elle ne l'avait plus revu. Ce fut la dernière fois.

L'identification du propriétaire du 06 fut un choc pour Delestran. Il connaissait ce nom, avait dû relire une de ses précédentes auditions. La menace, c'était peut-être lui : Éric Grasset, l'ancien compagnon de route de Dominik Jean, il y a trente ans. Pourquoi ressurgir dans la vie de Dominik Jean après tant d'années alors qu'il avait fondé une famille avec la femme pardonnée? Pourquoi tenait-il à le revoir une dernière fois?

Delestran s'était arraché les cheveux en repensant à cette femme rencontrée par hasard, « mais grâce à lui », à la sortie de la 1re DPJ, « la femme de sa vie », qui avait « déverrouillé quelque chose », son impuissance selon Claire Ribot. Ce n'était pas possible. C'était effarant ! Si le hasard pouvait être prodigieux pour Dominik Jean, il devenait maudit pour Éric Grasset en s'acharnant à nouveau contre lui. Dominik Jean avait croisé la route de sa fille.... Après lui avoir pris sa femme, il lui avait pris sa fille ! D'un seul coup, Delestran avait tout compris, abasourdi.

Le samedi matin, ils s'étaient rendus au domicile d'Éric Grasset, dans la commune de Nemours. La maison était vide. Le combi était stationné dans la cour. S'il n'y avait pas de vélo fixé sur le hayon, la fouille du véhicule avait permis la découverte d'une pince-monseigneur et d'une paire de gants. Lors de la perquisition du domicile, les enquêteurs avaient découvert un Walter P38, arme de dotation de l'armée allemande datant de la Seconde Guerre mondiale. Le chargeur était garni de sept cartouches, la huitième étant manquante. Comme beaucoup d'armes récupérées dans les familles après la guerre, elle n'avait pas fait l'objet d'une déclaration en préfecture. La comparaison effectuée par la balistique avec l'ogive de 9 millimètres extraite du cœur du Dominik Jean au cours de l'autopsie avait établi qu'il s'agissait bien de l'arme du crime.

Le téléphone portable d'Éric Grasset avait également été placé sous scellé. L'étude de la facturation détaillée mettait en évidence que Dominik Jean l'avait bien recontacté depuis son bureau, chez son éditeur, sitôt le message transmis par Fabienne Delporte. Par ailleurs, dans la nuit du 13 au 14 juillet, le portable était sur zone, au bois de Boulogne. Sur la table du séjour, Éric Grasset avait laissé son portefeuille avec ses papiers d'identité et sa carte de crédit. Il avait quitté son domicile les mains vides en utilisant sa Super Cinq. Le voisinage avait appris aux enquêteurs qu'il vivait seul depuis le décès de son épouse, emportée par un cancer il y a quatre ans, et qu'on l'avait vu partir vendredi matin vers dix heures.

Éric Grasset fut immédiatement inscrit au Fichier des personnes recherchées et son véhicule placé sous surveillance. Une fiche de diffusion avec sa photographie fut également transmise à tous les services de police, à commencer par ceux des gares et des aéroports.

Le dimanche matin, les gendarmes de Nemours découvrirent la Super Cinq sur le parking de la gare. On pouvait supposer qu'il avait rejoint Paris. Dès le samedi midi, un binôme d'enquêteurs s'était relayé sans discontinuer devant le domicile parisien de sa fille, dans le 20e arrondissement. La jeune femme, prénommée Mélissa, était architecte et spécialisée en scénographie. Aucun mouvement, la surveillance avait été levée le dimanche soir.

Un homme ne pouvait pas disparaître comme cela. Il devait bénéficier d'une aide extérieure. Quelqu'un devait donc savoir. En urgence, Mélissa Grasset et Fabienne Delporte furent placées sur écoute pour tenter de localiser Éric Grasset. En vain ! Les preuves s'étaient accumulées, mais il demeurait toujours introuvable.

Anthony Lecourbe avait bu la tasse pendant trois jours. Sans pouvoir évoquer la piste sérieuse, il avait dû rassurer les médias impatients de nouveauté pour entretenir le buzz. Il leur avait donné des éléments au compte-gouttes, mais le réservoir s'amenuisait et les journalistes revenaient inlassablement à la charge. Le jeune magistrat fulminait, harcelait régulièrement Delestran au téléphone. C'était sa façon de se venger en lui mettant la pression.

Lors de leur dernier entretien du dimanche soir, Delestran n'était pas inquiet. On allait bien finir par mettre la main dessus. Mais, plutôt que d'espérer, il préféra agir. Le magistrat ne fut pas convaincu par l'opération qu'il souhaitait mettre en place. Ils allaient perdre leur temps. Peu importait, Delestran se passerait de son aval. Il n'était pas donné à tout le monde d'assister aux funérailles de Dominik Jean. En aucun cas il n'aurait manqué cette occasion.

Dominik Jean n'ayant pas de famille, Fabienne Delporte s'était chargée d'organiser les obsèques. Les enquêteurs avaient suivi cela à travers les écoutes. Des faire-part avaient été adressés, un communiqué de presse rédigé et relayé par les médias. La France entière était au courant. Il y aurait foule sur l'esplanade du crématorium du Père-Lachaise. Des personnalités triées sur le volet viendraient l'accompagner pour son dernier voyage. Il avait fallu bousculer le planning, lui faire de la place. Les crémations programmées en matinée avaient été reportées le lendemain. Dominik Jean ne pouvait pas attendre. Même mort, il passait devant tout le monde. La préfecture de Police avait pris des dispositions pour assurer la sécurité de l'événement aux abords de l'entrée du cimetière. Delestran serait aux premières loges.

Les groupes Beaumont et Delestran étaient rassemblés dans le bureau de la taulière pour le café du mardi matin, une dizaine d'effectifs seulement en raison des congés annuels. Un plan du cimetière du Père-Lachaise était affiché au mur. Delestran prit la parole pour donner ses instructions :

– Avec Victoire, on sera dans le sous-marin. Brahim, tu entreras par l'entrée principale, rue des Rondeaux, et tu nous poses dans le cimetière, à l'angle de l'avenue Circulaire, pour avoir une vue sur celle qui mène au crématorium depuis l'entrée.

Il lui désigna l'emplacement sur le plan.

– Une fois posé, tu rejoins Camille et Stan à pied sur l'esplanade, là où se massera la foule. Seules les personnes accréditées pourront entrer dans le crématorium. Je veux deux véhicules à trois effectifs dans la rue des Rondeaux, de chaque côté de l'entrée, à une cinquantaine de mètres. Anna et Oliv' vous grenouillerez devant l'entrée principale. Vous avez tous la photo d'Éric Grasset ? Alors on ouvre l'œil. Vous me passez tout le monde en revue et le premier qui le voit annonce. On observe, on fait l'éponge, on accompagne. Écoute discrète pour tout le monde, on trafique sur la 36*. Les funérailles ont lieu à onze heures. Mise en place terminée à dix heures. Des questions ?

– Oui, commandant. Et moi, dans le *dispo*, je me mets où ?

– Vous voulez venir avec nous, patronne ?

– Mais enfin, Delestran... Qu'est-ce que vous croyez ? Je suis une femme de terrain !

– Vous pouvez accompagner Brahim à l'avant du *soum'*, puis sur l'esplanade.

– À vos ordres, Delestran !

Rachel Delépine avait le sourire aux lèvres, puis elle prit un air embarrassé.

– Par contre... Je n'ai pas d'écoute discrète. Si...

– Pas de souci, madame, on va vous trouver ça.

* Une fréquence de transmission parmi d'autres permettant des conversations indépendantes en mode local.

– Vous pensez qu'il va venir ?

– Je le souhaite. Il se cache depuis quatre jours, il va bien finir par se montrer. Et là, il a une formidable occasion de le faire. Alors, ça se tente.

Derrière la vitre de son bureau au deuxième étage, Claire Ribot les observait rejoindre les véhicules dans la cour du service. Elle aurait bien voulu en être, mais elle était prisonnière de sa fonction, devait se faire une raison. C'était frustrant, quand même, d'être à la fois avec et en dehors. En levant la tête, Delestran vit son regard peiné les observer. Elle avait dans les yeux une sorte de tendresse en détresse qui le bouleversa. Il éprouva un drôle de sentiment de culpabilité, comme s'il se voyait reprocher un abandon. Ils se regardèrent intensément pendant un instant suspendu. Delestran dégaina son portable. Avec ses gros doigts, il lui composa un message :

– Je vous embarque avec nous par la pensée et, pour me faire pardonner, je vous invite à dîner à mon retour.

Il attendit sa réaction à la réception du message avant de prendre place à l'arrière du sous-marin. Rassuré par son sourire, il disparut dans l'habitacle et la porte se referma. Son téléphone vibra au franchissement de la barrière du service.

– Avec grand plaisir. Mais on y va en sous-marin !

Assise contre la paroi, Victoire était secouée de gauche à droite face à Delestran. Elle se demanda ce qui pouvait bien lui donner un tel sourire à la lecture du message qu'il venait de recevoir. Ses yeux brillaient et son visage s'empourpra lorsqu'il releva les yeux sur elle.

L'orage de la nuit avait déversé un déluge de pluie lessivant tout sur son passage. Les gros nuages chargés de gris s'étaient éloignés en faisant exhaler le pétrichor. Des petites larmes dégoulinaient encore des gouttières. Il restait sur le bitume, ici ou là, des taches sombres en voie d'effacement qui rétrécissaient à vue d'œil. Paris avait fait peau neuve pour une belle journée ensoleillée.

Le sous-marin se présenta à l'entrée du Père-Lachaise. Discrètement, Brahim El Faoued présenta sa carte tricolore au policier en faction, qui fit lever la barrière pour libérer le passage. Tout autour, un imposant dispositif de sécurité avait été mis en place. Pas facile pour les autres véhicules de se poser à proximité de l'entrée. Il faudrait s'imposer sans attirer l'attention.

Sur l'esplanade, un cordon rouge délimitait l'espace réservé au public. Quelques personnes étaient déjà rassemblées derrière le fil alors que sur le côté les médias installaient leur matériel. Des agents d'une société de sécurité privée avaient été déployés. Sur la place gravillonnée, un épais tapis rouge avait été déroulé jusqu'à l'entrée du crématorium.

Brahim El Faoued et Rachel Delépine quittèrent le véhicule.

– À tous, le *soum'* est posé. Lorsque vous êtes en place, vous vous annoncez.

La voix de Delestran s'était diffusée dans les oreillettes.

– Camille et Stan, en place sur l'esplanade.

– Même message pour Anna et Oliv' à l'entrée.

On entendit Mitch pester, ce qui était plutôt bon signe :

– Putain ! Les CRS ont garé leur parc auto le long du cimetière, pas facile de trouver une place pour se poser.

– Mitch de Stef : on a trouvé une place à l'angle Émile-Landrin, côté est de l'entrée. Démerde-toi pour l'ouest.

– T'es gentil ! On cherche...

Une dizaine de minutes plus tard, on entendit à nouveau la voix de Mitch.

– À tous, on a dû garer la bagnole plus loin et on s'est trouvé un pigeonnier dans un bureau au premier étage d'une société commerciale. On a une très bonne vue sur l'entrée et tout ce qui arrive sur la rue des Rondeaux, côté ouest.

– OK, c'est bien pris pour Delestran. Tout le monde est en place.

– De Mitch, vous savez dans quoi on est posés ? Vous n'allez pas me croire.

– Vas-y, envoie, Mitch.

– Atout Cœur Wedding, une agence matrimoniale ! Juste en face du Père-Lachaise. Vous le croyez ? Nous, on a le meilleur, et vous, le pire !

Il était mort de rire sur les ondes.

– Profites-en, Mitch, pour prendre rendez-vous !

– C'est bon, mon précédent mariage, ça m'a déjà coûté un bras, et même une jambe ! Maintenant, j'ai compris. Union libre !

Delestran se tourna vers Victoire et en *off* :

– Et toi, Victoire ? Le mariage, ça te tente ?
– J'y pense.
– Ah bon ?
– Ah ! Je te vois venir... Oui ! J'ai un amoureux... T'es content ! Hein ?
– Et je le rencontre quand ?
– Quand il sera rentré de sa tournée.
De ses yeux interrogateurs, Delestran attendait la suite.
– Il est pianiste dans un orchestre symphonique.
– Tiens donc, un musicien classique...
– Oui, mais quand il joue, rien que pour moi, « Les Mots bleus », je fonds littéralement.
– Je ne suis donc pas le seul à être « démodé », rétorqua Delestran en lui adressant un clin d'œil. J'ai vraiment hâte de rencontrer l'heureux élu.
Il appuya sur le bouton-poussoir :
– Merci, Mitch, pour ce petit moment qui restera. Bon, maintenant, pas de « phrase inutile », silence radio et on ouvre l'œil.

La foule se massa progressivement derrière les cordons de sécurité. Parmi tous ces anonymes venus rendre hommage à Dominik Jean, de nombreuses femmes portaient le deuil, certaines au bras de leur mari, d'autres seules, la larme à l'œil. L'arrivée des premières célébrités provoqua des ondulations dans le public. On tentait de les identifier malgré leur volonté de se dissimuler derrière des verres fumés. Il fallait être vu sans s'afficher. Parfois, un petit signe de la main était adressé à la foule, lorsqu'un nom était chuchoté un peu trop fort.

L'attente fermentait dans le public comme dans le sous-marin stationné en plein soleil. Impossible de ventiler, il fallait endurer en sentant poindre les gouttes de transpiration dans le dos au fur et à mesure que la température montait. Delestran vit passer une silhouette qu'il reconnut. Fabienne Delporte était seule, tout en noir. Elle paraissait désorientée. Sa démarche était chancelante en raison de l'arrondi des pavés de l'allée. Elle avançait péniblement sur le côté en se faisant dépasser par des gens pressés. Elle avait su conserver une dignité qui témoignait de son immense chagrin.

De longues minutes passèrent en silence malgré l'agitation extérieure. Delestran consultait régulièrement sa montre. Et puis la voix de Mitch interrompit le mutisme des ondes :

– À tous de Mitch, arrivée du camion des PFG.

Il était onze heures moins dix, Dominik Jean était un peu en avance.

Delestran vit l'éclat bleuté des gyrophares des motocyclistes de la préfecture de Police ouvrant la voie au cortège. Puis le camion noir passa au ralenti sous ses yeux.

– Putain ! Mais qu'est-ce qu'il fout ? grommelait-il, collé contre la vitre, la mâchoire en appui sur ses mains entrecroisées.

On aurait dit qu'il priait.

Le camion s'immobilisa sur le gravier de la place. La foule retint son souffle alors que les points rouges des caméras s'allumaient de concert. Six hommes en chemise blanche immaculée et costume sombre impeccable sortirent du crématorium. Ils se dirigèrent vers le véhicule, dont les portes arrière venaient d'être ouvertes, laissant entrevoir le cercueil. La boîte en pin clair fut extraite et portée à l'épaule par les six hommes. Immobiles, ils attendirent que le camion reparte.

D'un même pas cadencé, les hommes en uniforme se mirent en mouvement sur le tapis rouge. Un premier claquement de mains fut repris par quelques applaudissements prudents qui s'intensifièrent. En bandes horizontales alternées, les pierres blanches et noires de la chapelle néo-byzantine faisaient écho aux bravos. À mi-hauteur entre le ciel et la terre, Dominik Jean chemina sous l'acclamation générale de la foule. Ce fut une ovation.

Sur les ondes, la voix d'Anna étouffa son dernier triomphe :

– Je l'ai ! Il vient de débarquer d'un taxi. Il n'est pas seul. Une jeune femme l'accompagne. Ils se dirigent vers le crématorium. Julien, tu ne vas pas tarder à les voir passer.

– Je confirme, c'est bien lui. Pas d'interpellation pour l'instant, ce serait indécent. On se rapproche, on resserre. Pas d'interpellation. On attend le bon moment. C'est suivi ? Vous accusez réception.

Delestran venait de voir passer Éric Grasset, le visage sans expression tourné piteusement vers le sol. Toute son attention se focalisa sur la jeune femme lui tenant le bras. Un châle noir recouvrait ses cheveux en épousant ses épaules. Elle marchait la tête haute, une rose blanche à la main, avec la prestance d'une femme devant accomplir une mission. Sa beauté sauvage endeuillée le troubla. Elle dégageait quelque chose de supérieur. Ce devait être elle, forcément ; ce ne pouvait être qu'elle.

Aspiré par son sillage, Delestran sortit de sa cachette. On aurait dit un chien de chasse aimanté par l'odeur, faisant fi de tout ce qui se passait autour. Surprise, Victoire se précipita au-dehors.

Le couple entra dans le crématorium pour rejoindre la salle de cérémonie bondée d'invités. Delestran dut présenter sa carte pour entrer à son tour et se fraya un chemin le plus discrètement possible, suivi de Victoire, qui demanda aux autres de rester à l'extérieur, en attente d'instructions.

Delestran vit tous les regards se retourner sur la jeune femme à son entrée dans la salle. Les visages pivotèrent, la suivirent dans l'allée centrale au bras de son père. Elle s'immobilisa devant le cercueil avec, en arrière-plan, un grand rideau ondulé en velours rouge. Elle lâcha son bras pour accomplir les derniers mètres afin de déposer sa rose blanche sur le couvercle, puis recula d'un pas en laissant son père seul, derrière elle. Delestran parvint à se rapprocher dans une allée latérale en visant Fabienne Delporte, assise au bout d'une travée. À son air apeuré quand elle le vit surgir, il leva son index contre sa bouche pour la rassurer. Victoire pénétra dans la salle avant que les portes se referment.

Il n'y avait aucun artifice, pas de fleurs ni de couronnes, pas de portrait encadré pour évoquer le disparu. Aucune musique n'accompagnait la cérémonie. En lieu et place d'une prise de parole, ce fut un long silence imposé au cours duquel chacun revit le visage de Dominik Jean dans sa mémoire et entendit sa voix dans la puissance du recueillement. La jeune femme se tenait debout, parée des grâces du malheur. Elle avait posé une main sur le cercueil et l'autre sur son ventre. Tout doucement, Delestran avança pour se retrouver pratiquement à sa hauteur, de profil, à une dizaine de mètres sur sa droite. Il vit ce que personne ne pouvait voir. Claire Ribot avait raison, ce n'était pas physiologique. La main gauche de Mélissa Grasset enveloppait son ventre très légèrement arrondi. Elle ferma les yeux longuement, comme si elle entrait en communion.

Delestran fixa Éric Grasset, qui souffrait le martyre. Il cherchait désespérément un appui sur lequel son regard pût s'accrocher. Lorsqu'il croisa celui de Delestran, il le fuit instantanément, pris de tremblements. On aurait dit qu'il allait s'effondrer.

Dans la salle, aucun bruit, pas un sanglot, ni même un toussotement. Le silence était d'une densité à la hauteur de l'homme qu'on était venu célébrer.

Après une dizaine de minutes, Mélissa Grasset, apparemment instituée maîtresse de cérémonie, fit un geste de la main en direction d'un appariteur, qui donna le signal à ses homologues, groupés dans le fond de la salle. Le rideau rouge fut écarté pour faire apparaître, sous un éclairage tamisé, le cœur du dispositif de crémation. Ce fut un moment saisissant. Derrière une large baie vitrée, le cercueil de Dominik Jean fut déposé sur la table de chargement du four massif aux lignes épurées. La porte de la chambre de combustion était largement ouverte.

Mélissa Grasset fut invitée à passer de l'autre côté. Elle avait décidé d'y aller seule, sans le moindre regard pour son père. Elle se plaça au centre de la scène, devant la bière, prête à être enfournée, marqua une pause. Elle s'approcha de l'entrée du four en tournant le dos à l'assistance, déposa un long baiser sur la tête du cercueil, puis revint se positionner face à lui. L'appariteur vint à sa hauteur, mais elle refusa de prendre le boîtier. Elle lui ferait signe quand il faudrait appuyer.

L'assemblée se leva aux ordres de l'huissier. Mélissa Grasset tourna tout doucement la tête en direction de son père. Elle le fixa avec dédain. Il éclata en sanglots, baissa misérablement la tête, affligé. Elle se détourna de lui sans la moindre pitié.

Elle posa soigneusement ses mains aux angles du cercueil et adressa un mouvement de tête à l'huissier, qui déclencha le processus de crémation. La table de chargement commença à se rétracter. On aurait dit qu'elle l'accompagnait en l'entraînant dans cette chambre qui allait le consumer. Delestran était stupéfait par l'attitude solennelle de la jeune femme.

La porte coulissante du four se referma. Mélissa Grasset recula d'un pas. Elle plongea son regard à l'intérieur, à travers l'insert de la façade. L'induction se mit en marche. Une multitude de petites flammes jaunes ondoyaient comme des bougies sur les pourtours de la chambre, puis le four livra brutalement sa pleine puissance. Des flammes jaillirent et avalèrent le corps de Dominik Jean. L'ombre colorée du brasier illumina le visage de la jeune femme, qui avait de nouveau posé ses mains délicatement sur son ventre. Une larme coula le long de sa joue et s'écrasa au sol comme une goutte de pluie.

C'est à ce moment-là que son père s'écroula, victime d'un malaise.

Delestran accourut. Il était conscient mais sonné, rien de grave. Avec Beaumont, ils l'aidèrent à se relever en rassurant l'assistance. Il fallait lui faire prendre l'air. Ils allaient le sortir pour que la crémation se poursuive.

Arrivé au bras de sa fille, Éric Grasset repartit entre les mains des deux policiers, qui n'avaient pas encore fait état de leur qualité. À la sortie de la salle, Victoire appuya sur le bouton-poussoir de sa radio et chuchota dans le micro dissimulé dans le revers de sa veste :

– À tous, de Victoire. C'est serré. On sort. Mitch, ramène une voiture au niveau du *soum'* pour le transport.

Éric Grasset se laissa prendre en charge sans poser la moindre question.

Ils l'avaient assis sur un rebord de trottoir, à l'ombre du sous-marin, en attendant l'arrivée de Mitch. La patronne les avait rejoints. Éric Grasset reprenait ses esprits.

– Monsieur Grasset, je suis le commandant Delestran de la 1re DPJ.

Cela ne lui fit aucun effet.

– Vous êtes placé en garde à vue pour l'assassinat de Dominik Jean à compter de ce jour à douze heures. Vous allez être conduit à notre service, où vos droits vous seront notifiés.

Éric Grasset le regardait douloureusement avec des yeux froids remplis de vide.

– Vous m'entendez ?

Ses paupières se fermèrent longuement, puis s'ouvrirent d'un trait. Ses pupilles se mirent à s'affoler. Tout pouvait basculer. Delestran fit en sorte de provoquer une réaction.

– Ça vous a soulagé ?

La tête d'Éric Grasset fit des allers-retours de gauche à droite, de plus en plus marqués.

– Après votre femme, votre fille…

Sa tête bascula de tout son poids vers le sol, désarticulée. Il lui était impossible de la relever. Delestran voulut l'aider, mais Grasset écarta violemment sa main.

– Votre fille sait que vous l'avez tué ?

De nouveau sa tête se mit à battre de gauche à droite.

– Pourquoi avez-vous voulu le revoir une dernière fois ? Vous vouliez le dissuader ? Le convaincre ?

Delestran parlait pour empêcher le silence de se transformer en mutisme. Il fallait que cela sorte maintenant.

– Mais enfin, monsieur Grasset, on n'empêche pas Dominik Jean quand il en a décidé autrement. Vous pensiez vraiment qu'il allait lâcher l'affaire ? C'était bien mal le connaître !

Delestran haussa le ton.

– C'est un homme qui va jusqu'au bout, lui !

Odieux, le « lui » fit son effet. Éric Grasset releva la tête et défia Delestran :

– Moi aussi, je suis allé au bout ! Qu'est-ce que vous croyez ? Qu'il pouvait tout se permettre ? Puisqu'il ne pouvait pas s'empêcher, il fallait bien que quelqu'un le fasse à sa place. Si vous croyez que j'ai des regrets ? Jamais ! Jamais, vous m'entendez ! Jamais je n'aurai de regret. J'aurais déjà dû le faire il y a trente ans. J'ai été lâche et faible. Mais pas cette fois ! Non, pas cette fois...

C'était la colère qui se libérait. Delestran insista.

– Votre fille risque de vous haïr.

– Il aurait fait avec ma fille ce qu'il a fait avec ma femme. Il l'aurait abandonnée, comme il le fait avec toutes les femmes. Il fallait que le monstre crève enfin ! C'en était trop. C'est pour la sauver que je me suis sacrifié.

– Sacrifié ? Monsieur Grasset, vous êtes sérieux ?

– Oui, parfaitement !

– Non ! Vous l'avez sacrifié, lui ! Ce qui fait de vous un criminel !

– Peu m'importe ! Moi, j'ai débarrassé la terre du Mal.

Delestran pouvait entendre la douleur de cet homme. Il n'aurait pas la charge de le juger. Mais, pour permettre à d'autres de le faire, il insista :

– Non, le mal, comme vous dites, c'est vous qui l'avez fait.

– Vous savez ce qu'il m'a dit lorsque je lui ai mis l'arme sur la poitrine pour lui interdire de s'approcher de ma fille ? Si vous aviez vu son regard, son arrogance...

– Il vous a provoqué ?

– Pire ! Il m'a regardé avec son regard de fourbe et ses yeux tout mielleux, pleins de cynisme, et il m'a dit : « J'ai l'honneur de te demander la main de ta fille. » Et il s'est mis à rire. À rire ! Vous m'entendez ? Alors, j'ai appuyé ! Et il a arrêté de rire !

Qu'aurait fait Éric Grasset si le rire avait cessé de lui-même ? pensa Delestran.

Mitch se présenta avec le véhicule dans l'allée. Victoire et la taulière aidèrent Éric Grasset à se relever. Elles le menottèrent et l'installèrent à l'arrière. Rachel Delépine prit place à son côté et le véhicule prit la sortie du Père-Lachaise.

D'un seul coup, on entendit une clameur provenant du crématorium. La foule rassemblée devant l'édifice venait de réagir. Une fumée blanche s'échappant d'une cheminée s'élevait dans le ciel bleu dépourvu de nuages.

* * *

La foule se retira rapidement en laissant la place vide devant le crématorium. Le dispositif de sécurité fut levé. Il n'y avait plus personne. La vie reprenait son cours. Delestran et Beaumont attendirent à l'ombre d'un arbre, échangeant quelques mots pour combler le silence pesant.

À treize heures, ils la virent enfin sortir. Mélissa Grasset était seule, le regard perdu dans le vague, les yeux aveuglés par la lumière. Elle tenait dans ses mains l'urne funéraire collée contre sa poitrine. Ils la laissèrent avancer, puis vinrent à sa rencontre.

– Bonjour, madame Grasset. commandant Delestran et capitaine Beaumont, 1re DPJ. Nous vous présentons toutes nos condoléances.

– Je vous remercie.

– Je suis au regret de vous dire que nous venons de procéder à l'interpellation de votre père pour le meurtre de Dominik Jean. Il a été pris d'un malaise au cours de la cérémonie, mais tout va bien. Il est actuellement en garde à vue dans notre service.

Elle les regardait curieusement, avec douceur, sans la moindre surprise.

– Nous allons avoir besoin de vous entendre sur procès-verbal.

– Vous me laissez quelques heures ? Je dois aller disperser les cendres de Dominik dans la nature.

– Bien entendu, madame. Par contre, si je puis me permettre, je tiens à vous faire savoir que c'est interdit.

– Interdit de quoi, capitaine ?

– De disperser les cendres dans la nature.

– Pour la mémoire de celui qui n'a pas eu le temps de devenir mon mari et qui sera le père de mon enfant, je me fiche de l'interdit ! Dominik Jean mérite amplement cette exception, vous ne pensez pas ?

Beaumont consulta Delestran du regard. Que pouvaient-ils dire ?

– Où dois-je me présenter ?

– 1re DPJ, 46 boulevard Bessières, dans le 17e arrondissement.

– J'y serai pour quinze heures. Ça vous va ?

– Ce sera très bien.

– Je peux y aller ?

– Oui, vous êtes libre. Mais juste une question : pour votre père, vous saviez ?

– Je m'en doutais, commandant. Mais j'ai pris sur moi.

Delestran et Beaumont restèrent plantés au milieu de la place à regarder s'éloigner Mélissa Grasset vers la sortie du Père-Lachaise. Elle avait quelque chose de sublime dans la démarche, une prestance dans laquelle se confondaient de l'honneur et de l'orgueil malgré le deuil ; un éclat lumineux dans la noirceur du drame. Dominik Jean avait raison : « Un diamant au fond d'un puits ».

– Pourvu que ce soit un garçon, soupira Delestran en regardant le ciel.

– Manquerait plus que ça ! rétorqua Beaumont du tac au tac. Et pourquoi pas une fille ? Ce serait chouette, non, une fille ? Ça changerait...

Delestran la regarda avec admiration. Elle avait peut-être raison. Ça changerait...

Que se serait-il passé si Lapige avait tiré ?

Achevé d'imprimer en mars 2025
sur Roto-Page par l'Imprimerie Floch à Mayenne
pour le compte des Éditions Fayard
13, rue du Montparnasse 75006 Paris
info-fayard@edition-fayard.fr

Composition réalisée par Belle Page

PAPIER CERTIFIÉ

N° d'éditeur : 73.5061.3/01
N° d'imprimeur : 106643
Imprimé en France